MW01280107

Un recuerdo especial para Carito de su mami Fidelia

Los Ang. 02-17-93

MADRID

DEBRETT'S

NUEVO TRATADO DE ETIQUETA Y REGLAS SOCIALES

Prefacio de Sir Iain Moncreiffe of that Ilk

Escrito por
SIBYLLA JANE FLOWER, JUDY ALLEN, ANNA SPROULE, JANE ABDY,
JONATHAN ABBOTT, JO-AN JENKINS, IAIN FINLAYSON
(para mayor detalle véanse los agradecimientos.)

Ilustraciones de
JULIA WHATLEY

Título del original inglés: DEBRETT'S ETIQUETTE AND MODERN MANNERS

Traducción de ANTONIO RAMOS

Jorge Juan, 30. Madrid.
Para la edición en español por acuerdo con
DEBRETT'S PEERAGE LTD-LONDON

I.S.B.N.: 84-7166-939-0
Depósito legal: M-23.670-1991
GRAFUR, S.A. Pol. Igarsa, Naves E-F. 28860 Paracuellos del Jarama (Madrid)

PRINTED IN SPAIN / IMPRESO EN ESPAÑA

INDICE

Págs.

Págs.

AGRADECIMIENTOS

Colaboradores

Queremos agradecer a las siguientes personas, empresas y organizaciones su ayuda en la preparación de este libro:

Mr. Brian Abethail, y The Mansion House; Lady Elizabeth Anson, Party Planners; Mr. Michael Bannister, MFH; Mr. Brinsley Black; Mr. Nicholas Bull; Miss Lucie Clayton, Lucie Clayton Secretarial College; Major R.A.G. Courage, M.V.O., M.B.E.; Mrs. Anne-Marie Cox, Belgravia Bureau; Captain Maldwin Drummond; Mrs. Kenneth Edwards; Alice, Lady Fairfax-Lucy; Mr. Stephen Green, Curator of Lord's Cricket Ground; Mr. F. J. Haggas, Joint Master of the West Norfolk Hunt; Mr. Peter Hargreaves; Miss Jay Harris; Lord Henley; Mr. George Howard; Mr. M.V. Kenyon, M.V.O.; Mrs. Norman Lamont; Mr. George Lawson, Press Officer of Henley Regatta; Miss Marjorie Lee, Press Officer, Dorchester Hotel; Mrs. Jeremy Maas; Mr. T. Neate, Smythson of Bond Street; Rev. Kenneth Nugent, S.J.; Lady Ropner, Mr. Harold Rosenthal, Opera Magazine; Mr. D.M.A. Scott, The Worshipful Company of Goldsmiths; Miss Sophie Scarisbrick; Mrs. S. Sproule; Rev. J. Sunshine; Mr. Robert Wade; Rev. Andrew Walmisley; Miss Audrey Wild, General Synod of the Church of England; Mrs. Digby Willoughby; Mr. and Mrs. John Woodward.
Berry Bros and Rudd Ltd.; The Clerk of Information Services at the House of Lords; Thomas Goode Ltd.; Huntsman Ltd.; Knightsbridge Nannies; London Domestics Ltd; Lines Agency; Moss Bros Ltd.; PDC Graphics Ltd; The Press Office and Master of the Household, Buckingham Palace; The Press Office of the All England Club; The Press Offices of Glyndebourne Festival Opera, The Royal Opera House, Covent Garden and the Savoy Hotel; R. Twining & Co. Ltd.

Autores de los capítulos

Jane Abdy, Cap. 8; Jonathan Abbott, Cap. 15; Judy Allen, Caps. 9 y 13; Iain Finlayson, Cap. 16; Sibylla Jane Flower, Caps. 1 y 5; Joan Jenkins, Cap. 14; Anna Sproule, Caps. 6 y 7.

NOTA A LA EDICION ESPAÑOLA

Los editores desean advertir al lector que tanto en algunas indicaciones de horarios, como en otras referentes a normas legales, ha de tener en cuenta que, por tratarse de una obra inglesa, aluden a las vigentes en Gran Bretaña, y que por tanto deberá adaptarlas a las que rigen en su país. Por supuesto, estos detalles no afectan a la utilidad y aprovechamiento del contenido del libro.

PREFACIO

Cuando se me consultó, en mi calidad de presidente del Consejo de Debrett, acerca de la necesidad por nuestra parte de la publicación de este libro, mi primer pensamiento fue que, afortunadamente, no tendría yo que escribirlo, pero que, desde luego, sí que existía demanda para una obra así.

Mi actitud personal ha sido siempre sencilla. Cuando era niño me enseñaron que había que imitar al hada buena: Pórtate-Como-Quisieras-Que-Se-Portara-Contigo. Pero la observación de los adultos vino pronto a reforzar las lecciones de historia que el hada estaba confundiendo ligeramente: alguien apasionado del «hacerlo bien», que «sabe lo que es mejor», ocasiona a menudo a la gente molestias actuales «por su propio bien», fatigándoles ahora en aras de una futura luna que quizá no hayan pedido. El auténtico espíritu a emular es aquel que dice: Pórtate-Como-Quisieran-Que-Se-Portaran-Con-Ellos, tanto si está uno de acuerdo con ellos como si no.

Confucio pensó que si estuviera establecida una manera correcta de comportarse para todas y cada una de las situaciones posibles, las tensiones y roces de los contactos humanos quedarían de este modo suavizados en beneficio de todos.

Para mí, los modales han de ser algo natural. Su finalidad es que todo el mundo se sienta cómodo, cualesquiera sean su edad o rango. A veces esto ha de hacerse intuitivamente y puede ser necesario formular, con sumo tacto, alguna observación, tal y como sucedió con la misma Reina

Victoria: se le servía en primer lugar, y tan pronto como ella dejaba cuchillo y tenedor, se retiraba el plato al resto de los comensales. Nadie decía a la Reina que no todo el mundo había terminado en ese momento, hasta que Lord Hartington, durante una cena en Windsor, pidió al criado que volviera a traerle su plato, por lo que Su Majestad averiguó lo que ocurría y puso fin a tal costumbre.

A partir de la publicación de *La forma correcta* de Debrett, constantemente se nos ha venido pidiendo la publicación de una guía, puesta al día, de los formulismos habituales en la vida actual. Este libro, cuidadosamente preparado, es la respuesta a tales demandas.

Iain Moncreiffe of that Ilk
Albany Heraldo of Arms

En el salón, en la alcoba, o doquiera que vaya,
la crianza y los buenos modos hacen al hombre

Urbanitatis, 1490

Si te ves en ocasión de escupir
y no lo puedes impedir,
recuerda hacerlo decentemente:
considera quién se halla allí.
Si una inmundicia o basura
sobre el suelo has de arrojar,
písala y límpiala con tus pies
y hazlo todo con premura.

Booke of Demeanour, Richard Weste, 1619

La conducta es el vestido del espíritu y ha de tener las características de éste. En primer lugar, ha de estar a la moda; en segundo lugar, no ha de ser excesivamente singular o costosa; en tercer lugar, debe estar organizada de tal modo que realce cualquier virtud del espíritu y supla y oculte cualquier defecto; y finalmente, y sobre todo, no ha de ser rigurosa, de modo que no aprisione al espíritu e interfiera sus tareas y su libertad de acción.

Francis Bacon

Las gentes más bajas y pobres del mundo esperan buena educación de un caballero —y tienen derecho a ello—, pues son, por naturaleza, vuestros iguales, no siendo inferiores a vos si no a causa de su educación y fortuna. Hábleles con gran humildad y *douceur*, pues de otro modo os juzgarán orgulloso y os odiarán.

Lord Chesterfield

¡No es un caballero! Separa los faldones de su frac cuando se sienta.

Jorge IV, de Sir Robert Peel

Casi es definir a un caballero decir de él que es alguien que nunca causa molestias a otros.

Cardenal Newman

INTRODUCCION

Libros acerca de los modales

Los libros de etiqueta y reglas sociales tienen una larga historia, y se han centrado en su gran mayoría en cuatro temas tópicos, tratando, según las costumbres de la época, uno o más de ellos.

El primero, muy pasado de moda en la actualidad, son los consejos paternos. El libro más antiguo que se conoce contiene las instrucciones del faraón Ptah Hotep a su hijo sobre la conducta personal, habiendo llegado hasta nosotros tal tradición, más recientemente, a través de las cartas de Lord Chesterfield a su hijo. Sin embargo, la juventud actual no es muy propensa a beber de la fuente de conocimientos de sus progenitores, y muchos padres se sienten muy poco seguros de la amplitud de su sabiduría mundana como para ofrecerla a sus hijos.

Así mismo, el segundo tema en desuso son los consejos acerca de las artes para alcanzar el éxito mundano, incluyendo las reglas de la política. Todos ellos se compendiaban en el más famoso de todos los libros de corte, el manual de Castiglione *El Cortesano*, convertido, al no ser ya una guía válida para el comportamiento caballeroso, en un clásico de la literatura.

En la Inglaterra de los siglos XV y XVI aparecieron una serie de libros de «urbanidad». Eran guías de comportamiento y de vestido, de talante y de conversación, que derivaban de preceptos de buen gusto universal más que de la moda. Estaban muy influidos por *De Civilitate*, de

Erasmo, en cuya obra el carácter, los hábitos personales y la apariencia externa se consideraban interrelacionados. Incluían detalles tales como el doblado de la servilleta o cómo yacer en la cama; y prevenían en contra del escupir o de las ventosidades en la mesa. Los hábitos y el aseo personales ofrecían, desde luego, un amplio campo de acción para los reformistas de la época.

El cuarto y último tema tópico, análogo a la urbanidad, es el de la costumbre. Las costumbres afectan también a las pautas de vestido, comportamiento y modales en la mesa, aunque deban entenderse más bien como formas de conducta aceptables en unos determinados momento y lugar, más que como preceptos universales. En este sentido, la urbanidad exige que la ropa no sea ostentosa, y la costumbre que las mujeres lleven sombrero en Ascot.

Las clases medias ascendentes de la Inglaterra victoriana o eduardina estaban obsesionadas con los matices que diferenciaban a la élite social, y un sin número de publicaciones sobre la etiqueta intentaban tenerlas informadas. Sin embargo, la élite cambiaba constantemente las reglas. La tremenda importancia que se daba a estos infinitos rituales, que casi parecían inventados para confundir al *arriviste* (y en cierta medida así era), provocó una reacción en contra de la etiqueta y de las tradiciones formales —y en contra los libros que trataban el tema— que subsiste en nuestros días. «¿Para qué se necesita un libro acerca de la buena educación? ¡Hoy en día vale todo!» es una exclamación habitual.

Definición de los modales

Antes de hablar de las ventajas de un libro contemporáneo sobre los modales es necesario referirse a la naturaleza misma de esos modales. Existen innumerables observaciones acerca del tema, desde sabrosos epigramas hasta tratados morales escrupulosamente razonados, aunque todos se reduzcan al hecho de que la buena educación significa una muestra de consideración hacia los demás —sensibilidad que es innata en ciertos pueblos y que en otros requiere un considerable aprendizaje.

Sin embargo, cualquiera que sean sus raíces, su fin es permitir a las personas reunirse tranquilamente, permanecer juntas durante un cierto tiempo sin fricciones o discordias y hacerse mutuas concesiones en un mismo estilo. Esta es la esencia de todas las conductas civilizadas y, aparentemente, no parece ser algo difícil. Pero aunque la consideración y la benevolencia sean aspectos de nuestros caracteres, lo son también la irascibilidad, el egoísmo, la intolerancia y la susceptibilidad. Además, una gran parte de la vida social no es en sí placentera; al emprenderse por razones de trabajo, u otras parecidas, la amabilidad se resiente. Igualmente importante es el hecho de que no está en la naturaleza de los humanos sentirse totalmente a gusto en un entorno que no sea conocido, o rodeado de extraños; es necesaria una posición de seguridad para que la tranquilidad y la relajación resulten posibles. Este es el papel de las costumbres y de la cortesía: las primeras estimulan las confidencias personales y reducen los malentendidos, y la última nos proporciona la seguridad de que nuestros compañeros tienen la intención de ser amables.

Propósito de este libro

En la actualidad, los hábitos sociales están notablemente simplificados y son particularmente flexibles; las expresiones de cortesía son más informales, con lo que a menudo ganan espontaneidad; la tradición formal también está modificada, quedando reservada en general para ocasiones ceremoniales, en las que, felizmente, sirve para recordar y afianzar nuestros lazos con el pasado. Pero el que las cosas se simplifiquen no quiere decir que «valga todo». Las reglas básicas son hoy en día tan importantes como siempre han sido, o tal vez más, ahora que tantos encuentros sociales son fortuitos; sin embargo, es de crucial impotancia que estas reglas resulten asequibles a todo el mundo y que sean adaptables a todo tipo de posibilidades económicas.

Este libro intenta conseguir todo esto de tres maneras: proporcionando una detallada información acerca de las ceremonias y acontecimientos que forman parte de la vida social, eliminando como si de «madera podrida» se tratase los formulismos anticuados y estableciendo como «forma correcta» los nuevos y útiles hábitos que han surgido para dar respuesta a las nuevas circunstancias. Todo esto significa atender a los cambios producidos en un sin fin de actividades, que van desde diversiones normales como las cenas con invitados, hasta las expectativas en el galanteo o las nuevas normas de educación en los negocios. Nuestro propósito es construir un perfeccionado armazón básico para aumentar las posibilidades de intercambio en la convivencia, sin por ello hacer disminuir el placer del individualismo y de la espontaneidad.

Nota especial

A fin de simplificar las expresiones, se ha utilizado a lo largo de todo el libro el género femenino para referirse a aquellas actividades tradicionalmente ejercidas por mujeres, como por ejemplo el papel de anfitriona. El pronombre masculino se ha empleado al referirse al género humano en general, así como en los casos que la tradición hace que encajen dentro del ámbito masculino. Por tanto, la figura que preside la mesa de una cena es «la anfitriona», o bien «ella», mientras que el invitado, ya sea varón o hembra, es «él». Naturalmente, el lector podrá hacer sus propias sustituciones donde lo juzgue oportuno.

Elsie Burch Donald

1. NACIMIENTOS Y CEREMONIAS EN LA INFANCIA

Sigue siendo costumbre, tanto si la familia tiene creencias religiosas como si no, iniciar a los niños en la religión que haya sido tradicional en la familia. Normalmente esto trae consigo la celebración de ceremonias especiales, a menudo de muy antiguo origen, cuya función es la presentación formal del niño, y más tarde del adolescente, en la sociedad (y sus responsabilidades), tanto como la exposición de los artículos de fe que sean propios de la comunidad. Incluimos aquí las ceremonias de iniciación de la Iglesia Católica Romana, aunque la mayoría de las religiones poseen rituales similares, debiendo dirigirse todo aquel posible participante en ellos, que quiera estar informado de antemano, a la iglesia, mezquita u oficinas administrativas correspondientes en demanda de detalles.

NACIMIENTOS

El nacimiento de un niño suele ser casi siempre ocasión de felicidad. En la actualidad, la mayoría de los nacimientos tienen lugar en clínicas, estando los miembros de la familia y los amigos más íntimos advertidos de la inminencia del acontecimiento y esperando impacientes la noticia.

Tan pronto como sea posible, una vez nacido el niño, el padre debe telefonear a los abuelos, a los parientes más próximos, a los amigos íntimos y a todo aquel que se haya mostrado particularmente interesado en las últimas semanas.

Las visitas deben procurar averiguar, antes de dirigirse al

hospital, si es conveniente llamar con anterioridad. A madre e hijo pueden enviárseles telegramas, cartas, tarjetas o flores a la clínica. No suelen mandarse regalos, excepto los amigos más íntimos, y para el niño.

Anuncios

Mediante carta o llamada telefónica pueden insertarse anuncios en la sección de natalicios de los periódicos locales o nacionales.

Ejemplos

Martin.—El día 3 de octubre, en el hospital de Knightsbridge, de Londres, a Mary, esposa de Robert Martin—una niña.

Martin.—El 3 de octubre de 1980, en el hospital de Knightsbridge, de Londres, a Mary y a Robert – una niña, Anne.

Martin.—El día 3 de octubre, en Wellington Street número 27, en Londres, a Mary (de soltera Grant) y a Robert – una niña.

BAUTIZOS

La primitiva Iglesia Cristiana otorgaba gran importancia al sacramento del bautismo. Por esta razón, muchas iglesias europeas tenían sus baptisterios propios en pequeños edificios, exentos habitualmente de planta octogonal y a menudo con interiores suntuosamente decorados.

En el interior de todo baptisterio había un gran pilón en el cual se vertía el agua de una fuente. Este era el lugar donde se realizaba la ceremonia bautismal. Cualquier individuo que deseara ser bautizado y que hubiera superado el riguroso aprendizaje al que la Iglesia le sometía, se sumergía en el agua y era tenido por el obispo bajo la fuente en la ceremonia de iniciación; salía luego del agua y vestía una túnica larga y blanca, símbolo de la pureza inmaculada del recién bautizado; era, a continuación, ungido y emprendía el camino hacia la basílica para ser recibido por la congregación.

Bautismo infantil

Con el paso del tiempo fue haciéndose casi universal en la Iglesia Cristiana el bautismo infantil. El antiguo ritual está expreso en la presencia del agua y el Espíritu Santo en el vertido por el sacerdote de aquélla sobre la frente del niño y en la ropa blanca con que éste va vestido.

La doctrina católica romana se refiere a la naturaleza regeneradora del bautismo, y por esta razón ha sido costumbre permitir que los padres lleven a sus hijos a bautizar antes de tener la edad suficiente para profesar la fe cristiana; aunque todo esto se hace en el supuesto de que los niños bautizados van a recibir una educación cristiana. En la nueva liturgia se hace gran hincapié en las responsabilidades de padres y padrinos, que son descritas al comienzo de la ceremonia.

Planteamiento de la ceremonia

La ceremonia se celebra en la iglesia parroquial de los padres o bien en aquella a la que éstos acuden normalmente a los cultos. Tan pronto como se haya tomado una decisión debe acudirse al párroco. Si los padres no son asiduos de la iglesia y el sacerdote no les es conocido, no es difícil averiguar su nombre (puede estar escrito en el tablón de la misma iglesia). Debe telefoneársele para concertar una cita en la que discutir los aspectos religiosos (a petición de los padres), la liturgia a escoger y la fecha más adecuada para el desarrollo de la ceremonia.

La mayoría de los clérigos ven con simpatía la oportunidad de bautizar a un niño, y lo harán de buen grado en el supuesto de que los padres tengan la sincera intención de proporcionar al hijo una educación cristiana.

Amigos con órdenes sagradas

Algunas familias tienen algún amigo o conocido que ha recibido las órdenes sagradas y quisieran que oficiara el bautizo; esto requiere el permiso del párroco de la iglesia en que ha de celebrarse la ceremonia. Si éste es muy conocido de la familia, puede preguntársele informalmente, pero si no es así, escribir una carta exponiendo las razones por las que se desea que otro sacerdote oficie la ceremonia es más cortés que una llamada telefónica, debiendo hacerse lo antes posible.

El momento de la ceremonia

La Iglesia Católica Romana ha mantenido la forma tradicional de bautismo privado, que puede tener lugar en cualquier momento, poniéndose de acuerdo con el sacerdote. También puede celebrarse el bautismo durante el oficio de la misa.

Arreglos antes de la ceremonia

Una vez aclarados todos los detalles de la ceremonia en unión del sacerdote, los padres deben decidir si van a invitar a amigos y parientes. Si el bautismo va a ser privado, es usual congregar un pequeño grupo de personas en torno a la pila: padres, abuelos, padrinos, algunos otros miembros de la familia y unos pocos amigos. Todos ellos se reúnen previamente en casa de los padres o en cualquier otro sitio adecuado para, desde allí, dirigirse a la iglesia, o bien, si esto no es viable, darse cita en la iglesia misma.

Normalmente, es la familia quien se hace cargo de la decoración de la pila con flores, si bien este detalle debe consultarse con el clérigo a quien concierna. El sacerdote dispondrá la organización del servicio para los participantes.

Padrinos

Los padrinos son elegidos por los padres, pudiendo ser miembros de la familia o amigos íntimos. Según la Iglesia Católica Romana, un niño ha de tener un padrino y una madrina.

La Iglesia exige que los padrinos estén bautizados, confirmados y sean cristianos practicantes, pidiéndoseles explícitamente, en el curso de la nueva liturgia, que hagan expresión de su propia fe. En determinadas circunstancias, la Iglesia Católica Romana permite que actúe de padrino un cristiano bautizado perteneciente a «alguna comunidad o iglesia separada», siempre y cuando el otro sea católico.

Es un gran honor ser invitado a ser el padrino de un niño, siendo para éste un padrino previsor un regalo precioso que recibe al nacer.

Negativas

Los posibles padrinos deben ser consultados con la antelación suficiente. Si alguno no acepta la invitación, debe aceptarse ésta con naturalidad y agradecimiento por su respeto hacia el niño. No es incorrecto un rechazo de este tipo, pues es mejor hacerlo así que aceptarla ignorando cualquier futura responsabilidad una vez cumplimentado el bautizo.

Delegaciones

Cuando un padrino se ve imposibilitado de acudir a la ceremonia del bautizo, puede pedir a un amigo que asista por poderes en su nombre. Por su parte, los padres pueden también ponerse de acuerdo con una persona de cuya asistencia estén seguros.

Deberes

En la Iglesia Católica Romana la madre tiene al niño a lo largo de toda la ceremonia. Padres y padrinos responden al unísono al oficiante.

Los deberes de los padrinos no se limitan a la ceremonia y al tradicional regalo del bautizo. Al ir creciendo el niño, el contacto surgido en el bautizo ha de convertirse en un vínculo de parentesco; tan sólo el padrino puede asegurarse de que esto ocurra así.

La ceremonia

El rito católico romano, ha sido revisado y reestructurado a raíz del Concilio Vaticano II, y está dividido en tres partes, que comienzan con el rito preparatorio.

Las primeras palabras van destinadas a los padres y a los padrinos. El sacerdote da la bienvenida en la comunidad cristiana al niño, y traza en su frente el signo de la cruz, exhortando a los padres y a los padrinos a hacer lo mismo. Una lectura del Evangelio es seguida por una breve homilía y unas oraciones, entre las que se incluye una única plegaria de exorcismo, ya no dirigida a Satán, sino a Dios. El sacerdote unge al niño en el pecho con el óleo de los catecúmenos (el óleo de la salvación) y coloca su mano sobre él.

La segunda parte de la ceremonia consiste en la administración del sacramento, la bendición del agua, la renuncia a Satán por parte de padres y padrinos y su triple confesión de fe. Acto seguido se bautiza al niño, que en todo momento es tenido por su madre.

Tras el bautismo, el niño es ungido con crisma (óleo bendito el Jueves Santo) en la coronilla.

Las ceremonias finales constituyen la tercera parte; se viste al niño con una prenda blanca, y el padre, o el padrino, enciende una vela a partir de la vela pascual que tiene el sacerdote: «Recibe la luz de Cristo.» El rito de Efetá, en el cual el oficiante toca los oídos y la boca del niño, puede venir a continuación, aunque es algo opcional.

Finalmente, se entona el Padre Nuestro y el sacerdote bendice a la madre con el niño en brazos, al padre, y por último a todos los congregados. La bendición triple pone punto final a la ceremonia.

El bautismo en el transcurso de la misa

El ritual del bautismo puede también efectuarse en el transcurso de la misa. El rito introductor, tal y como queda reseñado más arriba, sustituye al rito penitencial de la misa. El bautizo tiene lugar a continuación de la homilía que sigue al Evangelio.

Después de la ceremonia

Es costumbre, tras la ceremonia, invitar a algún tipo de festejo, según sea la hora del día, al clérigo oficiante, a los padrinos, a la familia y a los amigos.

Las fiestas de bautizo suelen ser actos informales y con poca gente en la casa de los padres. Si el bautizo ha tenido lugar por la mañana, es aconsejable ofrecer un almuezo; si ha sido por la tarde, a primera hora, normalmente se ofrece un té o café con una tarta de bautizo, o si ha sido más tarde, una fiesta con bebidas.

Regalos de bautizos

Se ofrecen al niño por los padres, padrinos y miembros más allegados de la familia, como por ejemplo los abuelos. Otras personas no suelen hacer regalos, aunque los amigos que hayan visitado a la madre y al niño en el hospital pueden llevar algún pequeño detalle.

Regalos apropiados

La regla de oro en el momento de la elección de los regalos de bautizo tal vez sea pensar en futuro y no en presente. Una dote en metálico es algo apropiado, y también son aconsejables todo tipo de antigüedades, incluso plata, porcelana, cristal, mapas, grabados o libros. El vino es un obsequio tradicional, pudiendo comprarse, Oportos, Burdeos o Borgoñas, como algo a guardar para el futuro.

Las piezas de joyería siguen siendo un regalo altamente adecuado para las niñas.

Anuncios de bautizos

Los anuncios se someten al redactor jefe de sociedad mediante carta.

Ejemplo

La niña, hija del Sr. y la Sr.ª John Harris, fue bautizada con el hombre de Alice Mary por el Rev. George Roberts en la iglesia de la Santísima Trinidad, de Ryde, el sábado 13 de abril. Los padrinos fueron el Sr. Robert Grant y la Sr.ª Anthony Smith (en cuyo nombre actuaron por poderes los Sres. John Parker).

PRIMERA COMUNION

Precede a la confirmación en la vida religiosa de un niño católico romano. El sacerdote imparte las enseñanzas básicas en la escuela o en la parroquia y luego administra el sacramento a un cierto número de niños en el transcurso de una misa especial.

Esto sucede a la impresionable edad de siete u ocho años (aunque ésta varía hoy en día según el criterio de cada parroquia); los blancos vestidos y los velos que las niñas llevan vienen a añadirse a la excitación y a la sensación de gran ocasión. A la ceremonia suele seguir habitualmente una fiesta.

CONFIRMACION

Se confirma a un niño tan pronto como es lo suficientemente mayor como para ser instruido en la fe cristiana y renovar por sí mismo los votos que, en su nombre, tomaron sus padrinos en el bautizo. El rito otorga al bautizado la gracia del Espíritu Santo y fortifica al receptor para llvar una vida cristiana.

Los niños son confirmados aproximadamente un año después de su primera comunión. La responsabilidad de llevar a confirmar a sus hijos pertenece a los padres. Como en el caso de la primera comunión, la preparación puede recibirla en la escuela o en la parroquia que corresponda a su residencia, o en la que asistan al culto.

La ceremonia de confirmación es un evento familiar en el

que intervienen los padres. Además, cada niño tiene un padrino que le acompaña a lo largo de toda la ceremonia, y que debe ser, si ello es posible, su padrino o madrina de bautismo.

La confirmación tiene lugar en el transcurso de la misa o en una ceremonia aparte. Habitualmente la imparte un obispo, si bien en ciertos casos puede hacerlo un sacerdote. El ritual es sencillo: cada niño se arrodilla ante el obispo; éste extiende sus manos sobre él y reza. Sumerge su pulgar derecho en el crisma (óleo bendito el Jueves Santo) y traza el signo de la cruz sobre la frente del niño.

2. COMPROMISOS MATRIMONIALES

Antecedentes históricos

La promesa de casar o de dar en matrimonio se llamaba antiguamente desposorio o esponsales. Era una ceremonia que se remontaba a los tiempos bíblicos, y fue considerada durante siglos tan vinculante como el mismo matrimonio.

Frecuentemente, se concertaban los desposorios de una doncella con fines dinásticos en los que quedaban implicados dinero y propiedades. Ello trajo consigo grandes abusos, viéndose obligada la Iglesia, en su día, a prohibir los desposorios de los niños menores de siete años.

En esencia, la ceremonia de los esponsales consistía en la donación por parte del varón de un anillo a la mujer, en presencia de un sacerdote y de otros testigos. El desposorio podía queda sin efecto por mutuo acuerdo, si bien su celebración pública era una promesa de matrimonio, y de ahí la existencia en la historia de amantes frustrados que acudían a los tribunales para su desagravio.

Aún quedan vestigios de esta antigua tradición, aunque ya no se celebran las ceremonias de desposorio. El compromiso ha sido absorbido por la ceremonia matrimonial; las palabras «además, yo te doy palabra de casamiento», que aparecen en la liturgia católica, son ecos de la antigua ceremonia formal. Así mismo, la costumbre de ofrecer un anillo en el momento de los esponsales ha permanecido, como símbolo de promesa matrimonial, en el ritual del casamiento.

Hoy en día, el anuncio del compromiso es la pública expresión, por parte de dos personas, de su intención de casarse.

Tanto las parejas que estén emparentadas, como las que no, deben comprobar que están legalmente capacitadas para contraer matrimonio.

Restricciones religiosas

Los sacerdotes de la Iglesia Católica pueden negarse a unir en matrimonio a dos personas cuyo grado de parentesco sea juzgado excesivamente próximo, aunque no lo sea por las autoridades civiles.

ANUNCIO DEL COMPROMISO

En la actualidad, mucha gente utiliza la forma tradicional de anunciar su compromiso: informan en primer lugar a los padres y a los amigos íntimos, para luego insertar un aviso o un anuncio formal en el periódico. Otras personas prefieren anunciar sus intenciones de una manera informal, o incluso guardar el secreto celosamente. El método antiguo y tradicional presenta muchas probadas ventajas, y obtendrá el máximo beneplácito de los padres, a quienes normalmente agradará la inequívoca manifestación de las intenciones de sus hijos.

Han disminuido las presiones sociales sobre las parejas en cuanto al anuncio de su compromiso, si bien persisten las más personales de familia y amigos; hasta que se haya tomado una decisión definitiva acerca del futuro, siempre es preferible guardar silencio a que un apresurado anuncio sea seguido por una triste retractación.

Duración del compromiso

Los compromisos de larga duración son experiencias fatigosas. Si por una u otra razón no es posible fijar una fecha para la boda, es probablemente mejor postergar cualquier anuncio hasta que se hayan concretado los planes. La duración del compromiso es algo muy varible, dependiendo normalmente de los arreglos que haya que hacer, tanto antes de la boda como para el día en sí. Es difícil generalizar, pero una duración de unos seis meses es, tal vez, la ideal para un compromiso.

El anuncio a los padres

Los padres deben ser informados inmediatamente, cualesquieran puedan ser sus posibles reacciones. En el pasado era inusual que una muchacha aceptara la oferta de matrimonio de un hombre que no fuera conocido de la familia; incluso hoy en día el compromiso es, la mayoría de las veces, anunciado por los padres. Pero si ellos aún no conocen a su futuro yerno o su futura nuera, es indicado preparar un encuentro en cualquier ocasión en que ello sea posible, antes de mencionar nada acerca de compromiso o boda.

Es costumbre que el joven y el padre de la muchacha mantengan una charla informal acerca de sus expectativas y de las cuestiones económicas antes de hacer anuncio alguno. Los padres esperan esta pequeña muestra de cortesía, debiendo tenerse en cuenta, siempre que sea posible, sus sentimientos en lo que para ellos son momentos de emoción.

El hombre informa a sus propios padres acerca de sus planes; sus padres escriben inmediatamente a su novia, tanto si la conocen como si no (véase a continuación «Contacto entre las familias»).

Si el compromiso obtiene el beneplácito de los padres, no existe problema; si expresan su oposición en un principio, es mejor dejarse guiar por las reglas en este punto que cosechar nuevos rechazos. Toda brecha en los lazos familiares está condenada a dañar la relación, siendo difícilmente predecibles las consecuencias de lealtades divididas.

Contacto entre las familias

Es usual que los padres del novio (normalmente la madre) escriba en seguida a los padres de la novia. La carta debe expresar satisfacción para el compromiso, y si ambas partes no se conocen mutuamente, también el deseo de reunirse antes de que tenga lugar la boda. La carta debe escribirse sin demora.

Si es imposible verse para cenar o almorzar, a causa del lugar de residencia o por otro motivo cualquiera, los padres del novio deben sugerir una visita de fin de semana.

El anuncio a la familia y a los amigos

Antiguamente era costumbre que la madre de la muchacha informase a los parientes y a los amigos íntimos de la familia del compromiso de su hija antes de efectuar su anuncio público. Actualmente esa tarea se reparte. El joven debe informar a sus propios parientes y amigos.

Es de la mayor importancia asegurarse de hablar con los miembros de la familia, los padrinos, los benefactores y ciertos amigos íntimos, antes de que se enteren de la noticia por otras vías; nada podría hacerse después para corregir esta negligencia.

Segundos matrimonios

Los viudos o viudas escriben a los padres de su difunto cónyuge antes de anunciar su compromiso. Si las relaciones entre los divorciados se mantienen aún amistosas, también ellos lo hacen así. Este tipo de contacto es esencial, no obstante, cuando afecta a hijos anteriores, a fin de que los abuelos estén enterados del cambio de situación.

Anuncios públicos

Los compromisos se anuncian formalmente en la columna de próximos enlaces de las páginas de sociedad de los periódicos, eligiéndose los de mayor solera y tradición.

Es costumbre que sean los padres de la novia quienes encarguen y paguen ese anuncio. En él deben incluirse los nombres y el linaje de los prometidos y, normalmente, sus direcciones. Sin embargo, algunas personas no incluyen estas últimas.

Segundos matrimonios

Una persona que, habiéndose divorciado o enviudado, transcurrido algún tiempo desee volver a casarse, puede insertar, si así lo desea, un anuncio de su compromiso en los periódicos. (Los que están aún a la espera del divorcio para poder volver a casarse no anuncian formalmente su compromiso.)

Revistas

Existen diversas revistas que publican las fotografías de las parejas prometidas. Estas fotografías han de remitirse al editor de la revista elegida, acompañada de la debida información acerca de la pareja.

CARTAS DE FELICITACION

La publicación de anuncios traerá consigo la llegada de cartas de felicitación, que deben contestarse lo antes posible. Estas cartas se envían bien a la novia, bien al novio, pero no a ambos. Para esto último son necesarias dos cartas.

Las respuestas brindan una buena oportunidad para hacer saber a la gente los proyectos ya ultimados y relativos a la boda. Si ésta va a desarrollarse en la intimidad, es el momento de comunicarlo.

FESTEJOS PARA CELEBRAR EL COMPROMISO

Pueden ser formales o informales, según lo aconsejan las circunstancias. Antiguamente era costumbre que los padres de la novia concertasen y corriesen con los gastos de una cena a la que invitaban a los padres del novio. Esta sigue siendo la más agradable manera de celebrar un compromiso, siendo una ocasión ideal para reunir a los padres de ambos prometidos. La cena tiene lugar el mismo día en que se anuncia el compromiso o poco tiempo después. La

Los anillos de compromiso tienen más antigua tradición que los de boda, pues por milenios han simbolizado la promesa de matrimonio.

índole del festejo se explica a los invitados, si es que va a celebrarse. No suelen ofrecerse regalos. Si se brinda en honor de la pareja, debe hacerlo el padre de la novia.

Los padres del novio pueden ofrecer algún festejo similar. Suele consistir normalmente en una celebración familiar e íntima.

Ambas familias pueden juzgar oportuno organizar una fiesta con bebidas en sus respectivos domicilios para celebrar el acontecimiento, a fin de presentar a su futuro yerno o futura nuera a un círculo de amigos mayor de lo que sería posible mediante una cena.

Frecuentemente, ambos prometidos dan ellos mismos una fiesta algo más informal, o bien se organiza una para ellos.

Invitaciones a las parejas de prometidos

Las invitaciones a actos sociales a lo largo del compromiso deben incluir a ambas partes, siempre que ello sea posible.

REGALOS DE COMPROMISO

La muchacha recibe el anillo de compromiso y hace un regalo a su prometido. Este obsequio puede ser unos gemelos de oro, un reloj, un anillo con sello (si no tiene ya uno), o reflejar algún interés particular, o ser un objeto para una colección (un libro, un dibujo, una acuarela, una tabaquera), según el gusto individual.

Anillos de compromiso

Los anillos de compromiso tienen una más antigua tradición que los de boda, pues a lo largo de miles de años han simbolizado la promesa de matrimonio. Los romanos usaban anillos de hierro, que a veces llevaban piedras preciosas engarzadas, si bien hacia el siglo XV ya era el diamante la piedra preciosa predilecta para los anillos de desposorio, tradición que se mantiene en nuestros días. También es frecuente regalar una pulsera como símbolo de compromiso.

Simbolismo y supersticiones

A lo largo de los tiempos se han atribuido a las piedras preciosas y gemas toda suerte de propiedades, mágicas o de otro tipo. Los rubíes eran considerados símbolos de intensa devoción, ayudando a quienes los llevaban a resistir las tentaciones de la carne y obtener amor y respeto; los zafiros simbolizaban el afecto imperecedero, y las esmeraldas la esperanza, induciendo en sus portadores castidad tanto en el cuerpo como en el habla. Se creía que la amatista brindaba protección en pesadillas y borracheras; que la adularia, o piedra de la Luna, traía la suerte, y que la turquesa palidecía en presencia de algún veneno. El ópalo siempre ha tenido una siniestra reputación, y aún se piensa que un regalo a base de perlas trae lágrimas consigo.

En los últimos cien años los anillos han asumido una forma razonablemente convencional: media sortija de brillantes, un diamante solitario o una piedra rodeada de un pequeño círculo de brillantes. La piedra puede ser preciosa —diamante, rubí, esmeralda o zafiro—, o bien una de las diversas y atractivas piedras semipreciosas.

La elección del anillo de compromiso

La elección de la piedra y del estilo, antiguo o moderno, la hace la novia y la paga el novio. Este puede pedir a un joyero que haga una selección entre las de un nivel de precio similar y ofrecérsela a ella para que escoja. Pero dada la existencia de tan gran cantidad de anillos en el mercado, puede ocurrir que la novia prefiera hacerse una idea de lo que puede gastar y buscar entre la mayor variedad que distintas tiendas pueden ofrecerle. Los anillos antiguos son muy apreciados, existiendo también hoy en día diseñadores de joyería moderna muy notables.

FOTOGRAFIAS

Las fotografías forman parte del tradicional ritual de compromiso. Es esencial escoger un buen fotógrafo, pues su trabajo normalmente irá destinado al adorno, durante un largo tiempo, de los salones de las casas de padres, suegros, abuelos y tíos. La forma más sencilla de hacer la elección tal vez sea echar una ojeada a las páginas de alguna de las revistas que muestran el trabajo de los fotógrafos de sociedad; cada fotografía irá acreditada con una firma. El fotógrafo podrá dar una idea del costo aproximado y aconsejar acerca del vestuario conveniente.

RUPTURA DE COMPROMISO

Esta es una situación que siempre resulta embarazosa y dolorosa, especialmente cuando ambas personas pertenecen al mismo círculo de amigos. Pero cuanto antes se haga, mejor. No son necesarias las explicaciones.

Es costumbre que sea la novia quien anuncie la ruptura del compromiso. La madre de ella puede desear insertar un aviso en el periódico; esto era lo usual antiguamente cuando se había anunciado formalmente el compromiso, y de vez en cuando aún aparecen tal tipo de avisos. Sin embargo, no es, en absoluto, obligatorio hacerlo.

Los padres informan a los miembros de la familia, pudiendo escribir o telefonear a los amigos íntimos para comunicárselo.

Anuncios en la prensa

Si se cree necesario colocar un anuncio en la prensa, debe hacerse en las páginas de sociedad. El anuncio debe enviarse por escrito al redactor jefe de sociedad e ir firmado por ambas partes.

Ejemplo

El matrimonio concertado entre
el Sr. Robert Smith y la Srt.ª Elizabeth Jones
no se llevará a efecto.

Si se han enviado invitaciones

Si ya fueron enviadas las invitaciones, se remiten notas que digan simplemente que la ceremonia ya no tendrá lugar; van redactadas formalmente e impresas, o bien escritas informalmente. Si no hay tiempo material de informar a los invitados por correo, debe telefoneárseles (véase también «Cancelación de la boda», Capítulo 3).

Devolución de regalos

Se devuelve el anillo de compromiso y todos los obsequios que hayan sido hechos a la pareja. Todos los regalos de boda deben ser cuidadosamente empaquetados y devueltos con una carta de agradecimiento.

3. BODAS

La organización de una gran boda es una tarea tan agotadora que no es de extrañar la ambigua reacción de muchas parejas de recién prometidos ante el panorama.

Algunas futuras novias no albergan en absoluto dudas respecto a su capacidad y disfrutan con todos y cada uno de los detalles de los complicados preparativos, mientras que otras se sienten afortunadas de tener un miembro de la familia o amiga que esté dispuesta a aliviarla de parte de la carga.

Parecen ser más los hombres que las mujeres que prefieren una boda en el registro civil, a fin de reducir la ceremonia al mínimo. Pero un registrador detrás de su mesa carece de la significación de un clérigo ante el altar, y además esta opción, como las cosas tienden a complicarse y a crecer, a menudo acaba siendo de más envergadura de la prevista en un principio —en una iglesia con todo el entorno tradicional—. Tal acontecimiento sirve de espléndido comienzo de la vida matrimonial, tanto si han asistido 15 como 50 ó 500 invitados y más adelante, al recordarla se verá que el trabajo y los esfuerzos con que todos contribuyeron a hacer memorable el día valieron realmente la pena.

ASPECTOS LEGALES

Con respecto a la edad de los contrayentes, deben consultarse las leyes y disposiciones de cada país en lo concerniente edades mínimas, casamiento de menores con autorización, etc.

Cuando los miembros de una pareja estén emparentados, deben comprobar que su grado de parentesco no está incluido entre los que prohíbe la ley civil o la ley religiosa (véase «Compromisos», pág. 29).

Ceremonias autorizadas

Según la ley inglesa, muy similar a las de otros países, están autorizadas distintas formas de celebración del matrimonio, de las cuales las tres siguientes son las más usuales: primero, según el ritual de la Iglesia Católica; segundo, según el ritual de cualquier otra confesión religiosa y con un certificado del registro civil superintendente de matrimonios; y tercero, mediante una ceremonia civil (matrimonio civil) en una oficina del registro dirigida por un registrador superintendente de matrimonios y sin ningún servicio religioso.

Testigos

Deben testificar en el matrimonio al menos dos personas mayores de dieciocho años, y además, el clérigo de la iglesia que dirige el servicio, o bien, en el caso de matrimonios civiles o de otras confesiones, una persona «autorizada», que es el registrador, su delegado, o el clérigo autorizado por el registrador.

REQUISITOS CIVILES Y RELIGIOSOS

Todas las confesiones religiosas, y las oficinas del registro civil, tienen ciertos requisitos y códigos que es preciso cumplir antes de poder celebrar la ceremonia matrimonial. Se refieren normalmente, entre otras, a condiciones respecto a la residencia, declaraciones de afiliación religiosa y licencias. Sobre este particular, cada cual debe informarse de las disposiciones vigentes en su país.

Iglesia Católica

El sacerdote de la iglesia parroquial en la que se ha decidido celebrar el matrimonio necesitará, en circunstancias normales, un tiempo prudencial para cerciorarse de que los contrayentes están convenientemente preparados para dar el paso que desean y para cumplimentar todo el papeleo que la Iglesia requiere.

Pedirá le sean mostrados los certificados de bautismo y de confirmación de ambas partes antes de proceder a rellenar los formularios prematrimoniales.

Si uno de los contrayentes no va a casarse en su propia parroquia, debe conseguir un permiso para contraer matrimonio en otro templo, mediante la obtención de la llamada carta de libertad.

Sólo se leen las amonestaciones si ambas partes son católicas.

Matrimonios mixtos

Aun cuando mantiene sus preferencias por los matrimonios entre católicos, la Iglesia Católica ha modificado, en los últimos años, su postura frente a los matrimonios entre católicos y no católicos, especialmente en los casos en que este último es cristiano.

Sin embargo, un católico aún necesita obtener una dispensa especial para casarse con un no católico. Esta dispensa puede obtenerse actualmente de un cura párroco.

Como contrapartida a esta dispensa, el contrayente católico debe convenir en preservar su fe, respetar la fe de su cónyuge y hacer todo lo que esté en su mano, «dentro de la unidad del matrimonio», para que sus hijos sean bautizados y educados en el seno de la Iglesia Católica.

El sacerdote pedirá le sea mostrado el certificado de bautismo del no católico y deseará organizar el necesario período de instrucción.

Requisitos civiles

Una vez finalizados los arreglos con el sacerdote, el certificado registrador superintendente de matrimonios puede obtenerse en la oficina del registro.

LOS PREPARATIVOS

Al principio deben tomarse dos decisiones que van a influir hasta en el más pequeño detalle de los preparativos. La primera de ellas se refiere a la índole de la ceremonia nupcial —si va a ser religiosa o civil—, y la segunda a la magnitud e intenciones de la recepción.

Indole de la ceremonia

El novio y la novia, solos, decidirán si quieren casarse en una iglesia, una sinagoga, una capilla privada o en la oficina del registro; pueden ser ambos de la misma confesión religiosa, lo que simplifica la decisión a tomar, o no serlo, lo que hará que uno u otro tengan que ceder. Si ello no resulta fácil, debe resolverse el problema con la menor intromisión paterna posible.

La recepción

El tema de la recepción es, sin embargo, por antigua tradición, responsabilidad de los padres de la novia, por lo que debe consultárseles a ellos antes que a nadie.

La novia quizá tenga una idea de lo que sus padres están en disposición de gastar, pudiendo tener plena confianza con su prometido en torno a este punto. Puede ser que no existan problemas económicos, en cuyo caso serán los padres de la novia quienes se hagan cargo de los preparativos y de los desembolsos, pues tradicionalmente se asignan a ellos. Pero no es correcto presionar a padres de recursos limitados para que ofrezcan un generoso festejo que no pueden permitirse. No obstante, hay muchos padres a quienes gusta gozar de tal prerrogativa y, como hoy en día muchos novios y novias están en condiciones de contribuir a los costos de la boda, el monto final no tiene por qué ser prohibitivo.

La fecha

Novio y novia tienen sus propios compromisos, que cuentan en primer lugar. Las fechas deben discutirse luego con ambos grupos de padres, la persona que ha de oficiar en la ceremonia y los organizadores de la recepción.

Las épocas preferidas para la boda suelen ser la primavera y el verano, ya que la abundancia de flores y la probabilidad de un mejor clima ofrecen más agradables perspectivas que la lluvia y el frío del otoño o del invierno.

La Iglesia Católica suele permitir las bodas en Cuaresma.

La hora

El momento más habitual para las bodas es la primera hora de la tarde. Hacerlo así proporciona tiempo más que suficiente para preparar el peinado de la novia, para disponer convenientemente las flores, para que las bebidas y la comida estén listas y para que se reúnan todos los invitados, especialmente si alguno tiene que hacer un largo desplazamiento.

Una hora conveniente para la celebración de una boda en el campo sería las dos y media de la tarde de un sábado, pues esto permite que, tras un servicio de unos tres cuartos de hora y una recepción de dos o tres horas y media, los novios puedan partir hacia las cinco y media de la tarde y los invitados algo después.

Las bodas en la ciudad comienzan, en días entre semana, frecuentemente por las tardes, entre las seis y las ocho, ofreciéndose la recepción a una hora en la que todo el mundo puede asistir sin interrumpir un día de trabajo.

Antiguamente no estaba permitido que las bodas se celebraran después del mediodía, por lo que a la boda matinal seguía una comida nupcial. Pero en el curso de este siglo se adelantó la hora límite hasta las tres de la tarde y luego hasta las ocho, con lo que la antigua tradición ha sido totalmente desplazada por la moderna costumbre de ofrecer la recepción a primera hora de la misma, o en las primeras horas de la noche.

Responsabilidades

Una vez decididos fecha, hora y lugar de la boda y del festejo, pueden ponerse en marcha los demás preparativos. Estos, reseñados más abajo, son tradicionalmente de dos tipos: los que efectúa (y paga) el novio, y los que corren a cargo de la novia y sus padres (y que éstos pagan).

Responsabilidades comunes de los novios

Ambos planifican el servicio nupcial junto al sacerdote y ayudan a elaborar la lista de invitados; ambos deciden en lo tocante a la lista de regalos de boda.

Responsabilidades de la novia

Ella decide la decoración en la iglesia y discute la música a ejecutar con el organista; elige sus damas de honor, sus pajes y los vestidos de todos ellos, así como su propio vestido, su ajuar y las cosas que va a llevarse para el viaje de novios; elige y pide hora en la peluquería.

Responsabilidades del novio

El elabora la lista de invitados con sus padres; escoge a su padrino y a los ujieres; costea el anillo de bodas y todo tipo de emolumentos y gastos de la iglesia, excepto las flores y la música (órgano y coros); compra algunos obsequios para las damas de honor, paga sus ramilletes de flores y también el de la novia, sin olvidar llevar él mismo una flor en el hojal; organiza y costea el transporte propio y del padrino a la iglesia y el de ambos cónyuges, luego, hasta el lugar del festejo; y organiza y paga la luna de miel.

Responsabilidades de los padres de la novia

Ellos confeccionan la lista de invitados, con la colaboración de los novios y de los padres del novio; se ocupan de que las invitaciones estén impresas y de que el programa de la ceremonia (que los novios eligen) esté en poder de los ujieres para que lo distribuyan en la iglesia entre los invitados (también está a su cargo pagar esto); costean las flores y la música en la iglesia, así como el alfombrado de la nave del centro y el entoldado de la entrada a éste (si es que están previstos); deciden, encargan y pagan la recepción posterior, que incluye decoración floral, bebidas, comida y la tarta nupcial; el fotógrafo y el director del protocolo; y también el desplazamiento de la novia, de la familia y de los invitados que tengan en casa, a la iglesia y de allí a la recepción; se encargan de la exposición (si está prevista) de los regalos de boda, y de su custodia si lo estiman necesario; costean el vestido de la novia, su ajuar y las cosas que necesite llevarse (véase también «Importe de la recepción», pág. 51).

Resumen

Las bodas no se hacen solas; el éxito de un acontecimiento así es directamente proporcional a la cantidad de reflexión y trabajo que se dedique a su preparación. Quizá haya detalles que salgan mal, por supuesto, sin que pueda culparse a los organizadores. Sin embargo, una boda que se desarrolle con fluidez y eficacia hace más improbables los imprevistos adversos: la novia llega a tiempo, la ceremonia está bien ensayada, los invitados no se ven obligados a hacer largas colas o a aguantar bajo la lluvia, los discursos son los justos y la boda está cuidadosamente cronometrada a fin de acabar en un determinado momento. De este tipo de cosas depende la satisfacción de todos los participantes.

Preparativos en la iglesia

Existe un cierto número de asuntos prácticos que es necesario discutir con el oficiante a la mayor brevedad. Lo primero, y lo más importante, es que la ceremonia de la boda debe estar planificada. El novio y la novia tal vez tengan sus propias ideas al respecto, por lo que el sacerdote puntualizará lo que puede y lo que no puede hacerse en el templo. Los tres juntos discutirán y llegarán a un acuerdo en lo referente a la forma del servicio y a la elección de himnos y oraciones. (Para más información sobre los tipos de servicio que pueden ser válidos, véase más adelante «La ceremonia nupcial».)

Amigos o familiares sacerdotes

La novia o el novio pueden tener algún familiar o amigo íntimo que haya sido ordenado sacerdote, y desear que éste oficie en la ceremonia, o tal vez los padres deseen pedir a algún obispo que lo haga. Debe consultarse al cura de la parroquia antes de invitar a alguna otra persona a participar.

En términos generales, los dos llevarán la ceremonia juntamente con el obispo o el sacerdote invitado que va a casar a la pareja y dar la plática y la bendición.

Los honorarios se entregan al clérigo de la parroquia y no al visitante, aunque es costumbre ofrecer a este último un pequeño obsequio (un libro, por ejemplo), cosa que debe hacer el novio si él es su amigo, o la novia si lo es de ella, o ambos si esto se juzga más apropiado.

Música

El sacerdote facilitará la identidad del organista y del director del coro de la parroquia (si no son ya conocidos), y dará también una idea aproximada de sus capacidades. Se trata de una útil información, ya que puede merecer la pena contratar para la ocasión a un organista, especialmente en una parroquia rural. No obstante, esta decisión puede herir ciertas sensibilidades, por lo que es aconsejable iniciar pronto alguna cortés toma de contacto. Desde luego, antes de imprimir el programa, debe discutirse con el organista la música a sonar. En caso de que ni la novia ni el novio entiendan de música, debe pedirse consejo a algún amigo más preparado, para que el organista no se vea desasistido. La música tiene una especial importancia en la ceremonia nupcial, por lo que si se dedica un cierto tiempo a la elección de partituras e intérpretes se obtendrá el reconocimiento de muchas de las personas participantes.

Programas

Una vez ultimado el programa de la ceremonia, se envía el texto a un impresor. En la portada han de ir impresos los nombres o las iniciales de los contrayentes, el nombre de la iglesia y la fecha de la boda.

Flores

Los deseos de la novia en cuanto a la decoración floral deben contrastarse también con el sacerdote, ya que éste puede tener algo que objetar respecto a su colorido o disposición.

Si en la misma iglesia va a celebrarse más de una boda el mismo día (cosa que sucede frecuentemente), es esencial contactar con la otra novia respecto a las flores. Puede que sea incluso posible compartirlas. (Véase también pág. 51.)

Fotografías y grabaciones

Antes de decidir nada al respecto hay que pedir la opinión del sacerdote en lo tocante al uso de aparatos fotográficos o de grabación en la iglesia.

Condiciones del templo

En una de sus visitas al sacerdote, los prometidos deben examinar el templo cuidadosamente, pues aquél les informará del número de asientos que hay en él.

Merece la pena dibujar un croquis aproximado de la disposición de los asientos y calcular el número de miembros de las familias que pueden sentarse en los bancos delanteros con una visibilidad adecuada de la ceremonia. Estos dibujos pueden darse, en su momento, a los ujieres.

La novia tendrá en cuenta el ancho del pasillo central, ya que por éste va a efectuarse el desfile, así como la amplitud del presbiterio. Deberá cerciorarse de que hay espacio suficiente para que las damas de honor y los pajes puedan congregarse en espera de su llegada.

El novio debe decidir en qué punto esperará, con su padrino, el inicio de la ceremonia, y comprobar en qué lugar se halla la sacristía.

Ciertas iglesias, en particular las de mayor tamaño, suelen proporcionar una alfombra roja que puede extenderse desde el altar hasta la calle, y un entoldado a la entrada; pueden utilizarse a cambio del abono de una cierta cantidad, debiéndose encargar con la debida antelación.

Honorarios

El novio debe ponerse de acuerdo con el sacerdote respecto al abono de los emolumentos. Puede pagarlos él mismo por anticipado o bien el padrino inmediatamente antes de la ceremonia nupcial.

Invitaciones

La lista de invitados a la boda es confeccionada por los padres de la novia. Ellos pueden tener una idea del número de personas a las que desean invitar, teniendo en cuenta sus disponibilidades económicas, la capacidad de la iglesia y del local donde ha de celebrarse el festejo, si han sido ya elegidos, y los deseos de los novios.

Es costumbre que los padres de la novia inviten al novio y a sus padres a completar la mitad de la lista. En una gran boda, la lista de invitados está compuesta por los miembros de ambas familias, amigos de los padres y a migos de los novios, en proporciones equivalentes. Por muy reducida que sea la celebración, la confección de la lista de invitados se comparte siempre entre ambas familias. En caso de que una de ellas sea mucho más numerosa que la otra, o de que tenga un mayor número de amigos, debe llegarse a un acuerdo amistoso al respecto. Pero los padres del novio han de tener presente que no son ellos quienes toman la decisión final en este sentido.

Las invitaciones se envían con seis semanas de antelación a la fecha de la boda, haciéndose desde el domicilio de los padres de la novia (o el de sus tutores), tanto si conocen a los destinatarios de aquéllas como si no. Se envía una invitación, como una pura formalidad, a los padres del novio, así como al sacerdote o a cualquier otro cura oficiante.

Los niños sólo deben acudir a la boda si se alude expresamente a ellos en las invitaciones.

Redacción de las invitaciones

Para el formato y redacción de las invitaciones de boda, véase págs. 199-200.

Notas inclusas

A veces se incluyen con las invitaciones mapas, instrucciones para el estacionamiento u horario de trenes, para ayuda de los invitados. (Para estos detalles véase más adelante «Traslados».)

Preparación de la recepción

La casa de los padres de la novia es el marco tradicional del festejo nupcial. No obstante, en la actualidad, con la reducción del tamaño de las casas, problemas de servicio, etc., se va apelando a otras soluciones.

No es infrecuente que un amigo o un pariente preste una casa para la ocasión, y si ello no es posible, se elige entre un hotel o un club.

Dado que los hoteles, los clubs, y los servicios de comida suelen hacer sus reservas con meses de antelación, es de suma importancia contratar el local y/o el proveedor antes de hacer cualquier otro preparativo.

Bebidas

Normalmente se sirve a lo largo de todo el festejo un champaña seco, por lo general no de cosecha. Es usual ofrecer un vino blanco seco como opción para los que prefieran un vino no gaseoso, y también whisky si la recepción es a media tarde. Siempre ha de disponerse de refrescos.

La elección del tipo de champaña y la cantidad a servir es tema a concretar entre el padre de la novia y el proveedor; si los padres de la novia hacen ellos mismos los preparativos de la recepción, pueden pedir el consejo de un comerciante en vinos acreditado.

Comida

Si la recepción va a celebrarse en un domicilio privado y en la familia hay algún buen cocinero, la comida puede prepararse en casa, aunque esto quizá no sea factible, en cuyo caso hay que contratar un servicio de comidas.

Los entremeses, canapés, bocaditos, hojaldres, y cosas por el estilo, suficientemente pequeñas como para cogerlas con los dedos, constituyen el refrigerio más ligero, siendo llevadas en bandejas de un lado a otro por camareros o camareras.

Si hay espacio suficiente, parte de la comida fría puede dejarse sobre una o más mesas dispuestas al efecto en los laterales de la sala de recepción. Las mesas se cubren con manteles blancos damasquinados y se decoran con flores. (Véase «Buffets» en el Cap. 6.)

Tarta nupcial

Suele ser tradicionalmente un sabroso bizcocho con helado primorosamente adornado. Frecuentemente se elabora el pastel dividiéndolo en dos o más pisos. Si el pastel lo confecciona un proveedor, debe encargarse con la debida antelación, debiendo recogerse, si es necesario, el día antes de la recepción.

A menudo la misma novia, o su madre, hacen la tarta nupcial. Si no se sienten capaces de elaborar los adornos con helados, puede encargarse su confección a un profesional (las grandes pastelerías le aconsejarán al respecto).

Si el novio o la novia gustan especialmente de otro tipo de pastel —por ejemplo a base de chocolate— y desean cambiar por éste el de bizcocho, no hay motivo alguno para denegar tal capricho. Existe un inconveniente: la tarta de chocolate no es fácil de comer, por lo que probablemente, muchas de las personas atraídas inicialmente por la idea pueden echarse atrás al imaginarse a los invitados con los dedos pegajosos.

La tarta nupcial se coloca en lugar de honor en la mesa del buffet durante todo el festejo, o, si no se dispone una, en una pequeña mesita en espera del solemne corte por los novios.

Personal necesario

Se requiere el siguiente personal: un hombre o mujer para abrir la puerta principal (si la recepción tiene lugar en una casa privada en la ciudad); una o dos mujeres para hacerse cargo de las prendas de abrigo (según el número de invitados); un maestro de ceremonias para anunciar a los invitados y los discursos; camareros y camareras para ofrecer las bandejas con comida y servir las bebidas; (para las bodas en el campo) alguien para atender el estacionamiento de coches; policías para dirigir el tráfico; y un vigilante para la exhibición de los regalos.

Importe de la recepción

El importe de una recepción nupcial de cualquier tipo es considerable; a pesar de que la tradición de que sean los padres de la novia quienes corran con los gastos es muy antigua, frecuentemente la misma novia o el novio y sus padres contribuyen en alguna medida.

Si la madre de la novia es viuda o sus padres, obviamente, no disponen de recursos equiparables a los de la familia del novio, puede hacerse una oferta de ese tipo con entera libertad, y aceptarse sin sonrojo. El mejor momento para plantear este asunto tal vez sea cuando se completa la lista de invitados, pues es la única ocasión en que los padres de la novia intervienen en los preparativos.

Flores

Las flores de la novia y de sus damas de honor son regalos que hace el novio, y dado que su confección es un trabajo altamente especializado, hará bien éste si los encarga a algún experto florista. Las decoraciones florales de la iglesia y del local del festejo están inspirados en estos ramilletes.

Elección de las flores de la novia

Las flores han de elegirse de tal modo que armonicen con los vestidos de la novia y de sus damas. Las blancas o de color crema son las más hermosas, reflejando los colores de la seda o de los encajes del vestido nupcial de la novia. Azucenas, orquídeas, rosas, stefanotis o lirios son las flores predilectas, si bien las rosas rojas o de color rosa, u otras flores de más brillante colorido, permiten componer una imagen más vívida, si así se desea.

A veces el tocado de la novia se adorna mediante un círculo de flores en torno a su cabeza, pudiendo ser, tradicionalmente, flores de azahar, brezo blanco o mirto.

Las flores en la iglesia

Si están dispuestas con imaginación, las flores de la iglesia pueden constituir un maravilloso espectáculo que la asamblea va a admirar durante un buen rato, por lo que no habrán sido en vano los esfuerzos de quienes hayan intervenido en su preparación.

Los puntos focales de la decoración se sitúan en el altar y en los escalones del presbiterio. Los antepechos de los ventanales pueden ser otros lugares donde disponer pequeñas decoraciones. En el verano, cuando hay abundancia de flores, la colaboración de un pequeño ramillete en el extremo de cada banco causará un efecto precioso a medida que la novia vaya avanzando a través de la nave hacia el altar, contribuyendo a crear la impresión de un templo lleno de flores.

Las flores en la recepción

Se pone a la entrada de la recepción un arreglo floral, de tal modo que los invitados puedan verlo a su llegada. En el salón en que tenga lugar el festejo, la decoración floral ha de colocarse lo suficientemente elevada como para que pueda verse por encima de las cabezas de la gente. Se decoran con flores las mesas del buffet, colocándose también en torno a la tarta nupcial.

La ropa

Cuando se cursan invitaciones formales quiere decirse que el vestuario de todos los invitados también ha de ser formal. Las bodas suponen una buena excusa para vestir bien. Ciertas personas gustan de llevar ropas complicadas o formales mientras que otras lo encuentran fatigoso. Todo esfuerzo que se haga en este sentido, cuando sea posible, debe considerarse como una atención hacia la novia.

La novia

Los vestidos nupciales tienen poco que ver con la moda del momento; cada época ha tenido un estilo peculiar, habiéndose recurrido claramente al pasado en busca de inspiración.

Durante casi 200 años el color tradicional ha sido el blanco —símbolo de pureza— y la seda y los encajes los tejidos tradicionales de los vestidos de novia. De cuando en cuando, a lo largo de este tiempo ha habido momentos en que se utilizaron otros colores, como por ejemplo el rosa o el azul pálidos, que estuvieron de moda en los años 20; habiendo variado los largos, en el transcurso de los años, desde el tobillo hasta la rodilla —e incluso más arriba—. Pero el vestido blanco y largo ha sido siempre, a lo largo del tiempo, el predilecto, y todo indica que así seguirá siendo.

Hoy en día, tan populares como el blanco tradicional son los colores crema o marfil, con complementos en oro o plata. Los vestidos se confeccionan a base de seda o encaje y con velos de tul o encaje sujetos mediante una circunferencia de perlas o flores, horquillas disimuladas con diminutos grupos de flores o con una diadema de brillantes.

Muchas familias consideran como tesoros las diademas o los velos de encaje, y algunas novias llevan los trajes de sus abuelas o bisabuelas, según la actual moda nostálgica de los pasados tiempos.

En ciertos casos, la familia del novio puede prestar a la

novia el velo y las joyas, si bien éstos son los únicos adornos que, tradicionalmente, el novio o su familia proporcionan a la novia el día de la boda, si exceptuamos el ramo de flores. (Véase también más adelante «Ropas para el viaje de novios».)

Damas de honor y pajes

La novia elige el modelo, la tela y el color de los vestidos de sus damas de honor y sus pajes de modo que hagan juego con el suyo. Es responsabilidad de las damas de honor o de sus padres costearse sus propios trajes. Normalmente se procura diseñarlos de tal modo que puedan volver a utilizarse con posterioridad en fiestas u otras celebraciones.

El uniforme de los pajes puede alquilarse en las tiendas especializadas o en los vestuarios teatrales.

La novia puede sugerir el nombre de una modista que se encargaría de confeccionar todos los vestidos o que suministraría los patrones para que las damas de honor o sus madres los confeccionen por sí mismas.

Las damas de honor llevan ramilletes de flores que el novio se encargará de proporcionarles.

Novio, padrinos, ujieres e invitados

En todas las bodas formales, los hombres llevan chaqué. (Para más detalles sobre este traje, véase Cap. 16.)

El novio, el padrino y los ujieres llevan una flor en el hojal (habitualmente un clavel o un capullo de rosa).

(Ver también más adelante «Ropa para el viaje de novios».)

Invitadas

Los vestidos y los sombreros para las bodas en el verano son a menudo algo más complicados que los de otros meses del año, ya que esta estación es propicia para el uso de telas suaves, ligeras y de exóticos colores.

En invierno se llevan abrigos de piel u otras prendas similares sobre los vestidos o trajes de chaqueta.

En las bodas se llevan siempre sombreros, así como joyas, guantes o cualquier otro tipo de complemento elegante.

Bodas en el Registro Civil

La ropa, en este caso, puede ser elegida con entera libertad, aunque rara vez se llevan trajes muy complicados. La novia puede escoger entre traje largo o traje corto, y entre llevar o no sombrero; muchas de ellas llevan un ramillete (en el registro las flores suelen ser artificiales).

El novio lleva traje con americana con una flor en el hojal.

Los testigos e invitados pueden vestirse según su gusto, si bien teniendo en cuenta cómo van a ir los novios y cuál va a ser la índole de la celebración.

Ropa para el viaje de novios

La novia elige su vestuario para la luna de miel, debiendo tenerlo ordenado y en las maletas el día antes de la boda. Se deja fuera de ellas una muda, a fin de que pueda cambiarse tan pronto como abandone el festejo. La elección del vestuario depende en gran medida de la época del año y del tipo de viaje a realizar.

La mayoría de las novias procuran elegir ropa de aspecto elegante para el viaje, pues han de despedirse de familia y amigos y pueden aún sacarle un buen partido durante la luna de miel y en el momento del regreso. En las bodas que tienen lugar en la ciudad esta ropa suele ser más elegante que en las que se hacen en el campo; en estas últimas suelen escogerse para el viaje un vestuario más informal.

Los hombres sustituyen el traje formal de ceremonia por otro con americana.

Traslados

En una boda es necesario hacer desplazamientos a la iglesia y desde la iglesia, y si la celebración es en el campo puede resultar imprescindible hacer preparativos especiales para que todos cojan su tren o para asegurarse de que quienes se trasladen por sus propios medios estén informados del camino.

La fiesta nupcial

Se necesita un coche amplio para llevar a la novia y a su padre desde su domicilio hasta la iglesia y, tras la ceremonia, a los novios a la recepción. Coche y conductor se alquilan a una compañía de alquiler de coches, a no ser que el padre de la novia posea un coche apropiado.

Se hacen los preparativos necesarios para el traslado de otros miembros de la familia: la madre de la novia, la primera dama de honor o amiga que ha ayudado a vestirla, y el resto de las damas y los pajes. Esto hará necesaria la presencia de otros dos coches y sus conductores respectivos, uno de los cuales servirá para el traslado de los padres de la novia desde la iglesia hasta la recepción, y el otro para el de las damas de honor y pajes, todos los cuales deben llegar antes que el grueso de los invitados para poder tomar las fotografías.

El padrino puede acompañar a las damas de honor, a no ser que disponga de coche propio, en el que llevó al novio hasta el templo.

Traslados en las bodas en el campo

Las bodas que se celebran en el campo requieren, en lo referente al transporte, una mayor organización, especialmente si el lugar se halla alejado de los caminos más transitados.

Los padres de la novia sólo se hacen responsables de los invitados en las bodas en el campo después de su llegada a la iglesia y hasta el momento de su partida tras la recepción; sin embargo, los padres de la novia suelen brindar en estos casos a sus invitados algún tipo de ayuda para facilitarle el desplazamiento. Se consignan todos los detalles en una postal y se envían junto a las invitaciones.

Automovilistas

Como ayuda a quienes se desplazan en automóvil debe incluirse, además, un mapa en el que se indique la localización exacta de la iglesia y del local para el festejo, de modo que pueda hacerse una estimación de la duración del viaje.

AYUDANTES

La novia es acompañada desde su casa, o desde donde se hospede, hasta el altar por su pariente masculino más próximo, que es costumbre sea a la vez el padrino, en la ceremonia católica, para ser «entregada» al novio en la ceremonia nupcial.

Las damas de honor y los pajes confieren una mayor prestancia al acontecimiento y tienen también su utilidad práctica, aunque en absoluto sean algo esencial. Muchas novias prescinden de su comitiva infantil sustituyéndola por una dama de honor adulta, o bien prefieren ir solas.

No obstante, la novia normalmente pide a una hermana, a una amiga íntima, o a ambas (sin que tengan necesariamente que hacer algo en la ceremonia), que la ayuden a vestirse para la boda y para su viaje de novios. Su madre también la asiste en la medida en que se lo permiten las múltiples tareas que tiene que atender.

(Véase también el epígrafe «Responsabilidades» página 42.)

Entrega de la novia

Ocupa un lugar importante y concreto en el ritual de la boda y es llevada a cabo por el padre de la novia.

Si el padre está impedido o ha fallecido, es acompañada hasta el altar por un pariente masculino —un hermano o un tío, tal vez— y entregada, bien por este pariente, bien por su madre. Es una tradición bastante consolidada que sea la propia viuda quien entregue a su hija; ella no la acompaña a lo largo de la nave, sino que sale del primer banco para unirse a su hija al acercarse ésta, en cuyo momento su acompañante se retira a un lado, a un puesto que se le ha reservado en el banco delantero izquierdo.

El padrino

El padrino, que como se ha dicho será el padre de la novia o pariente más próximo, tiene, si está en condiciones de asumir, un papel importante en los preparativos: el de maestro de ceremonias.

Deberes del padrino antes del día de la boda

Ha de estar informado de éstos para la boda a medida que vayan concretándose.

Deberes del padrino en el día de la boda

Se asegura de que el anillo de bodas esté a salvo en su poder. Reúne la cantidad necesaria para abonar, antes de la ceremonia y en nombre del novio, los emolumentos al sacerdote.

Anima al novio a tomar un buen almuerzo antes de la ceremonia, por muy nervioso que esté, y se asegura de que ambos estén vestidos con la antelación suficiente.

Deberes del padrino tras la ceremonia

Se encarga de reunir a los distintas personas que tienen que aparecer en las fotografías de la boda.

Si ejerce las funciones de maestro de ceremonias en la recepción, está a su cargo la duración de los discursos, las llamadas de atención y silencio, la presentación de los oradores y la respuesta al brindis de «las damas de honor»; también anuncia el comienzo de la ceremonia de corte de la tarta.

Se asegura de que los novios abandonen la recepción para cambiarse a la hora prevista y de que el coche los espere frente a la casa o el hotel para su partida.

Si el festejo se celebra en un hotel, se hace cargo de la ropa de boda del novio.

Damas de honor y pajes

La novia elige, tras consultar al novio, a las damas de honor y los pajes. Su número depende de la magnitud de la boda, siendo ocho más excesivo en todos los casos, excepto en las más importantes bodas.

Los grupos más usuales son una dama de honor principal de la edad de la novia con dos niños como ayudantes, dos damas de honor mayores sin niñas ayudantes, o un grupo de cuatro a seis niñas. Las damas de honor son siempre chicas solteras; la primera dama suele ser una hermana o amiga íntima de la novia; las damas niñas y los pajes son sobrinas, sobrinos, ahijados, o hijos de amigos de la novia o el novio.

Hace más bonito que todos los niños sean aproximadamente de la misma estatura; podrán ser de diferentes edades, pero las damas o los pajes que lleven la cola del vestido de la novia en la comitiva deberán tener más de cinco años.

La primera dama de honor

La primera dama de honor espera la llegada de la novia y vigila a los niños; ayuda a la novia a colocarse bien el velo y la cola del vestido. En las gradas del presbiterio, se hace cargo del ramillete de flores de la novia durante el servicio nupcial, devolviéndoselo después cuando va a desfilar hacia la salida.

Ujieres

Se necesitan tres o cuatro para repartir los programas de la ceremonia y acomodar en sus asientos a los invitados. (El padrino les da de antemano una idea de la disposición de la iglesia; también les indica la distribución de los asientos para las familias y les entrega los programas de la ceremonia.)

Asientos de los invitados

Los ujieres acomodan a los amigos de la novia en los bancos del lado izquierdo de la nave y a los amigos del novio en los del lado derecho. De igual manera, acompañan a los miembros de las familias a los lugares reservados para ellos en los bancos delanteros.

Toda dama que vaya sin compañía debe ser acompañada a su asiento por un ujier.

Una vez finalizada la ceremonia, los ujieres ayudan al padrino en la organización del traslado de los invitados desde la iglesia a la recepción.

REGALOS DE BODA

Los regalos de boda han constituido siempre un medio, dignificado por el tiempo, que amigos y parientes han utilizado para ayudar a la nueva pareja a instalar su casa, aunque también los novios intercambian obsequios entre sí y se ofrece algún regalo a las damas de honor por el novio y a los pajes por la novia. De mayor importancia es, por supuesto, el anillo de bodas, ya que su carácter de símbolo de una promesa aumenta considerablemente su valor como regalo.

Anillos de boda

El anillo de boda está hecho a base de oro o platino y toma la forma de un círculo, símbolo de eternidad. Se lleva en el cuarto dedo de la mano izquierda, o de la derecha según la costumbre del país. La costumbre de llevar el anillo de bodas permanentemente es de reciente origen, habiendo antiguamente novias que heredaban los anillos de sus madres o de sus suegras.

Regalos de la familia

El novio y la novia intercambian regalos. Los padres del novio hacen algún obsequio a la novia (joyas normalmente) y, de igual modo, los padres de ella regalan algo a su futuro yerno.

Obsequios para el séquito

El novio hace a cada una de las damas de honor un obsequio: normalmente suele ser un pequeño broche o brazalete, que ellas llevan durante la boda. La novia da un recuerdo de la ocasión a los pajes.

Los regalos de los invitados

Tan pronto como se anuncia el compromiso, los amigos y parientes piden a los novios que les den alguna idea acerca de los regalos.

La gente adopta diferentes actitudes ante esto. Algunas personas prefieren elegirlos por sí mismas sin consultar a nadie, otras preguntarán si a la pareja le gustaría un libro, o un objeto de cristal, o una lámpara, enviando lo primero que encuentran, sin tener en cuenta el gusto de los novios. Existen, desde luego, personas que se toman infinitas molestias para buscar el regalo perfecto —y lo encuentran— aunque no estén en mayoría en la lista de invitados de novia alguna. Muchos amigos pedirán una sugerencia concreta y esperarán recibirla; hacerlo así ahorra tiempo, facilita la búsqueda y permite a los novios obtener exactamente lo que desean.

Lista de la novia

La manera más cómoda que tiene la novia de conseguir esto último es utilizar el servicio que, a tal efecto, tienen establecido los almacenes en todo el país. El novio y la novia confeccionan una lista de sus necesidades a partir de los surtidos de algún almacén: porcelana, cristal, plata y ropa blanca constituyen los principales apartados. La lista queda en poder del almacén y es entregada a toda persona que, enviada allí por la novia, la solicite.

Puede incluirse en la lista cualquier número y tipo de objetos dentro de una gran variedad de presupuestos; de este modo, un amigo tiene la posibilidad de comprar un par de tazas y fuentes de un modelo concreto, mientras otro compra los platos que hacen juego. Se ultima la lista una semana antes, aproximadamente, de enviar las invitaciones de boda, manteniéndose hasta el mismo día, pues las compras se hacen a partir de ella. Muchas novias hacen dos o tres listas en distintos almacenes.

Quién envía los regalos

Es costumbre que los parientes, amigos íntimos y todos los que acepten la invitación a la boda envíen algún regalo; los conocidos que declinen la invitación no tienen necesidad de hacerlo.

Redacción de las tarjetas

Los regalos de boda suelen enviarse con una tarjeta desde la tienda en que se han adquirido. La redacción de esa tarjeta puede ser formal o informal. Podemos citar, como ejemplo: «Con los mejores deseos de...»; «Con todo cariño y los mejores deseos de felicidad de...»

Dónde enviar los regalos

Se envían al domicilio de la novia antes de que la ceremonia tenga lugar, y a la casa del matrimonio una vez celebrada aquélla. La tarjeta normalmente va dirigida a ambos.

Acuse de recibo y agradecimiento

Todos los regalos deben ser cuidadosamente identificados por la novia a medida que vayan llegando, debiéndose enviar un acuse de recibo dando las gracias lo antes posible, antes o después de la boda. (Véase «Cartas de agradecimiento», Cap. 8.)

Exhibición de los regalos

Antiguamente la exhibición de los regalos constituía una parte importante del festejo nupcial. Las madres de las novias enviaban una lista exhaustiva de los regalos, con los nombres de los donantes, a los periódicos locales para su publicación. Ya no se ven en la prensa tales listas, pero aún es posible ver, de vez en cuando, la exhibición de los regalos en las bodas que se hacen en el campo. Algunos precedentes ilustres no logran evitar el aura de ostentación que, inevitablemente, rodea a tales muestras.

LA CEREMONIA NUPCIAL

Es inevitable que los dos o tres días inmediatamente anteriores a la ceremonia sean de una actividad febril, por muy cuidadosamente que se hayan hecho los preparativos, y en las últimas horas, antes de que la novia salga hacia la iglesia, habrá que hacer todas esas cosas que han debido dejarse para el último momento. Por mucho que madrugue, la novia va a tener, indefectiblemente, prisa, si bien la presencia de una primera dama de honor imperturbable, una hermana o amiga, le ayudará a calmar su nerviosismo y a sentirse segura de que va a hacer su entrada en la iglesia, del brazo de su padrino, sin un minuto de retraso y con aspecto sereno y descansado.

Llegadas a la iglesia

Los ujieres llegan a la iglesia 40 minutos antes de la hora prevista para la ceremonia, llevando los programas que les ha facilitado el padrino.

Las campanas repican en llamada media hora antes de que comience la ceremonia, mientras que el organista toca su instrumento al tiempo que el novio y su madrina, y los invitados, van llegando.

En el ceremonial estilo inglés el novio y la madrina se trasladan a la sacristía, donde esperarán la señal de salir al altar.

El fotógrafo se une a los invitados en el atrio de la iglesia; los ujieres deben procurar que no se produzca demasiada aglomeración de gente en la puerta de la iglesia mientras los invitados se hacen fotografías o los viejos amigos se saludan entre sí.

Acomodo

Los ujieres conducen a los miembros de ambas familias a los asientos que tienen reservados en los bancos delanteros; la familia del novio a la derecha, con sus amistades situadas detrás, y la familia de la novia y sus amigos a la izquierda.

En asientos laterales inmediatos al altar se coloca a los testigos, a la izquierda los de la novia y a la derecha los del novio.

El acomodo de aquellos padres que se hayan divorciado y que se hayan vuelto a casar puede provocar ciertas dificultades, si las relaciones entre ellos son tirantes. Sin embargo, padres y padrastros no deberían permitir que las antiguas animosidades interfirieran el presente y estropearan la atmósfera de lo que, después de todo, es el día de los novios.

La madre de la novia es la última persona en sentarse; su llegada, cinco o diez minutos antes que la de la novia, es la señal que indica que la ceremonia está a punto de comenzar. Normalmente llega acompañada por un miembro de la familia, siendo conducidos ambos a sus puestos por el primer ujier.

El desfile

Las damas de honor y los pajes se reúnen en las proximidades de la entrada principal de la iglesia cinco minutos antes de la llegada de la novia, estando con ellos la primera dama, o una de las madres, o una niñera, a fin de mantenerlos en orden. Los pajes, o quienes vayan a llevar la cola, se sitúan en la posición más próxima al portal y forman, junto a las damas de honor, dos filas a cuyo través pasan la novia y el padrino.

Si el sacerdote y los miembros del coro van a formar parte de la comitiva, se reúnen en este lugar para preceder a la novia y al padrino a lo largo de la nave (si no desfila el coro, el sacerdote espera en las gradas del presbiterio, donde recibe a la novia).

La novia llega con su padre y posan para los fotógrafos en el atrio. La primera dama de honor o una amiga le ayudan a ajustarse el velo y a desplegar la cola del vestido. Se da la señal y el organista empieza a tocar la música de introducción, que suele ser de una cierta solemnidad; en algunas bodas se canta aquí un himno.

A partir de este momento existen dos modalidades, una,

La sencillez en los detalles y autenticidad, no exenta de distinción, contribuirá a afirmar el sentido espiritual de la ceremonia.

la más frecuente en España, en que el novio y madrina esperan a la novia y al padrino en la puerta de la iglesia. Al llegar ésta, inicia del brazo del padrino la marcha, precediéndole los pajes, siguiéndola el novio y la madrina, y a continuación las damas de honor.

Al llegar al altar, donde se han colocado cuatro reclinatorios y asientos, el novio toma a la novia y la sitúa a su izquierda, el padrino se coloca a la derecha del novio y la madrina a la izquierda de la novia.

En el ceremonial inglés, el novio y la madrina que han esperado en la sacristía, se sitúan en su puesto en el altar para recibir a la novia. El padre de la novia inicia la andadura con su hija del brazo derecho, avanzando lentamente por la nave y seguidos por los pajes y damas de honor de dos en dos. Padre e hija se detienen al llegar a la izquierda del novio y ella se suelta de su padre, a la vez que el novio la recibe y la coloca a su izquierda, mirando al altar.

En el altar

Se sitúan todos mirando al altar, en el mismo orden anteriormente descrito: padrino, novio, novia y madrina.

Los pajes o damas posan en el suelo la cola del vestido y la primera dama de honor se adelanta para ayudar a la novia a retirar el velo de su rostro y para recoger el ramo de flores, que conservará hasta el momento de la firma en el registro, cuando lo devuelve a la novia. (Si no hay primera dama, la novia se quita el velo y entrega el ramillete a su padre. Este lo entrega a su vez a su esposa, quien lo tiene en su poder hasta que lo devuelve en la sacristía.)

El servicio matrimonial da comienzo con la lectura por el sacerdote a la asamblea de fieles de un pasaje de introducción en torno al significado y fines del matrimonio cristiano.

«¿Tomas a esta mujer...?»

El sacerdote pregunta a los contrayentes si existe alguna razón por la que el matrimonio no deba llevarse a cabo y, una vez satisfecho a este respecto, procede con la ceremonia. Se vuelve en primer lugar al novio y le pregunta: «¿Tomas a esta mujer como legítima esposa…?»

Inquiere entonces a la novia acerca de sus intenciones respecto al novio.

Entrega de los anillos

A requerimiento del sacerdote, el padrino saca los anillos nupciales, el sacerdote los bendice y le da uno al novio, el cual lo coloca en el dedo anular de la mano izquierda de la novia, repitiendo sus promesas mientras lo hace; a continuación ella hace lo mismo colocándoselo a él en el mismo dedo de la mano derecha.

A continuación se hace la entrega de las arras (donde esto es costumbre): 13 monedas, a veces hechas especialmente, cuyo símbolo es el compartir los bienes.

La firma en el registro

El acto de la firma en el registro pone punto final a la ceremonia nupcial. El novio da su brazo izquierdo a la novia (por vez primera) y juntos se encaminan hacia la sacristía, seguidos por el padrino y la madrina y la madre de la novia con el padre del novio, siguiéndoles aquellos que hayan sido invitados a actuar de testigos y otros familiares.

Mientras tanto, la asamblea escucha algún himno o antífoma, lo que brinda el tiempo necesario para que, en la sacristía, los ánimos se distiendan y se intercambien saludos y felicitaciones.

La novia firma en el registro con su nombre de soltera.

El himno final

Una señal hecha desde la sacristía informa al organista de que el acto de la firma ha concluido, quien inicia los primeros compases de la música final, que suele ser de carácter jubiloso, como por ejemplo una marcha.

Los pajes y las damas se dividen en dos filas nada más ver salir de la sacristía a los novios. El novio ofrece su brazo izquierdo a la novia y comienzan a andar lentamente por la nave hacia la salida, sonriendo a los reunidos, y seguidos por los pajes y damas de honor, formados destrás de ellos, y por el padrino y la madrina o primera dama. Detrás, la madre de la novia es acompañada por el padre del novio.

El sacerdote y los miembros del coro no forman parte de esta comitiva.

Salida del templo

El fotógrafo espera a la pareja mientras ésta va acercándose al portal, y en el momento de salir del templo empiezan a repicar las campanas. El padrino los lleva al coche lo antes que puede, a fin de evitarles la avalancha de felicitaciones procedentes de la gente que sale de la iglesia, y parten hacia el festejo.

El padrino les sigue en otro coche con las damas de honor y los pajes.

No hay un orden establecido para la partida desde la iglesia de las distintas personas allí congregadas, aunque es costumbre que se permita salir primero a los miembros de las familias.

Iglesia Católica

El sacerdote puede recibir a la novia y a su padrino en el portal de la iglesia y conducirlos hasta el altar.

Actualmente existen dos rituales para el matrimonio de uso general en la Iglesia. El primero es el Ritual del matrimonio en el transcurso de la misa, durante el cual tanto los contrayentes (que, en términos generales, serán los dos católicos) como muchas de las personas reunidas reciben la comunión. El segundo es el ritual del matrimonio independiente de la misa, que se utiliza en los casos de «matrimonios mixtos» y siempre que se desee un servicio más breve.

El matrimonio durante la misa

El Ritual del matrimonio durante la misa se compone de un ritual de introducción, la Liturgia de la Palabra (usualmente el primero es una lectura del Antiguo Testamento o de las Epístolas y la segunda de los Evangelios) y el ritual matrimonial; a éste sigue inmediatamente la misa, que incluye la bendición nupcial, y el ritual de conclusión, que contiene la bendición y la despedida. Quienes desean recibir la comunión (que en la actualidad no se da a los no católicos) se dirigen en actitud recogida hasta el altar y, después, vuelven a sus asientos.

El matrimonio independientemente de la misa

Da comienzo con el ritual de introducción y la Liturgia de la Palabra (la primera lectura y el Evangelio). A esto siguen una homilía, el ritual matrimonial y la bendición nupcial. La conclusión de la ceremonia consiste en la acción de gracias, la bendición final y la despedida.

BODAS EN EL REGISTRO CIVIL

Hay mucha gente que prefiere casarse en el Registro Civil. La ceremonia es de lo más sencillo, consistiendo en un simple intercambio de votos ante testigos.

Testigos

La pareja debe encargarse de que estén presentes dos testigos para firmar en el registro; éstos pueden ser miembros de la familia o amigos.

Invitados

Algunas oficinas tienen cabida suficiente para que pueda haber algunos invitados además de los testigos, si bien los contrayentes deben puntualizar esto con el registrador en su primera visita, ya que las oficinas son muy distintas en amplitud entre sí. La ceremonia en sí es rápida, yendo probablemente acoplada entre otras dos. Las limitaciones de tiempo y espacio hacen que la participación de invitados resulte embarazosa y apresurada. El número máximo de éstos puede ser tal vez de unos seis u ocho, lo que hace posible que miembros de las dos familias estén presentes.

Fotografías

Los contrayentes deben hacer los arreglos necesarios para que haya un fotógrafo, si es que así lo desean. Debe obtenerse el permiso del registrador para tomar fotos después de la ceremonia.

La ceremonia

Se pide al novio, a la novia y a los dos testigos que lleguen cinco minutos antes de la hora convenida para el comienzo de la ceremonia.

Ambos contrayentes se colocan de pie frente al registrador e intercambian los siguientes votos: «Declaro solemnemente no conocer impedimento legal alguno por el que yo (aquí el nombre) no pueda unirme en matrimonio a (aquí el nombre).» Y luego se dicen mutuamente uno tras otro: «Pongo a estas personas aquí presentes como testigos de que yo (nombre) te tomo a ti (nombre) como legítimo esposo/*esposa.*»

Presentación del anillo

Es costumbre que en este momento el novio entregue a la novia un anillo, aunque éste no tenga significación legal alguna para la autoridad civil

Firma en el registro

Acto seguido, el novio, la novia y los testigos firman el registro matrimonial.

Celebración subsiguiente

A la boda en el Registro Civil puede seguir, si así se desea, una recepción similar en todo punto a la ofrecida después de una boda religiosa. (Véase más adelante.) Sin embargo, dado que la mayoría de los invitados no asiste a la ceremonia, es habitual que ésta se celebre, por cuestiones prácticas, unas horas antes del festejo. Esto es muy importante si el día elegido es sábado, ya que esos días la mayoría de los registros cierran a mediodía.

Muchas parejas que deciden casarse en la oficina del registro prefieren no organizar una recepción formal, sino ofrecer, en su lugar, un pequeño almuerzo a los participantes tras la ceremonia, o bien una fiesta a última hora de la tarde.

Costo

Muchas veces, los novios corren con los gastos de la boda en la oficina del registro.

El importe de la celebración, a veces un almuerzo para los participantes entre la ceremonia y la recepción, y la recepción misma, puede pagarlo el padre de la novia, aunque no sea así indefectiblemente, sobre todo en los casos en que la novia se casa por segunda vez.

LA RECEPCION

Después de una boda celebrada al estilo tradicional, los novios se dirigen a la mayor brevedad posible al escenario de la recepción. Desearán asearse un poco para posar ante el fotógrafo y esperar al padrino, las damas de honor, los pajes y ambos grupos de padres, todos los cuales aparecen, según es costumbre, en las fotografías de boda.

Se produce un pequeño lapso de tiempo entre su llegada y la aparición de los primeros invitados, por lo que es importante que haya alguien que indique a quienes vayan llegando la situación de los guardarropas para dejar sus abrigos y, después, les conduzca a algún lugar donde puedan esperar la llegada de los novios y de sus familias tras la sesión fotográfica.

La línea de recepción

Una vez tomadas las fotos, se forma la línea de recepción. La línea completa la forman: la madre de la novia, el padre de la novia, la madre del novio, el padre del novio, la novia y el novio.

Los invitados van formando una cola a medida que van llegando. El maestro de ceremonias (o el mayordomo, o quien esté encargado de esto) pregunta a cada invitado su nombre y lo anuncia con voz estentórea mientras se acerca a la línea de recepción. (Para las convenciones en cuanto al nombre que se anuncia, véase pág. 154.) Los invitados dan la mano a todos, acabando por la novia y el novio.

Si es necesario, el novio presenta brevemente a la novia, o viceversa, a los miembros de la familia o a los viejos amigos familiares. Sin embargo, los invitados no deben detenerse.

Una vez hayan saludado al último invitado, los novios se ponen en movimiento. Nadie debe monopolizarlos demasiado tiempo.

Línea de recepción informal

Mucha gente encuentra poco práctica la línea de recepción completa, a causa de los inevitables retrasos y molestias que ocasiona entre los invitados. Por este motivo, en muchas bodas tan sólo reciben los novios, mezclándose los padres entre los invitados desde el principio. No es necesario anunciar los nombres de los invitados a los novios, a menos que así lo deseeen.

Recepción por la madre de la novia

La línea de recepción es una innovación reciente. Antes de la Segunda Guerra Mundial, tan sólo la madre de la novia, en su calidad de anfitriona, recibía a los invitados en el vestíbulo o al final de las escaleras. El mayordomo anunciaba los invitados y luego éstos pasaban a saludar a los novios, que permanecían en la sala de estar o de recibir.

Comida y bebida

Detrás de los novios, a la entrada de la recepción, se sitúa un camarero a cargo de un surtido de bebidas, que sirve a los invitados, según sea su deseo, champaña, vino blanco, o un refresco.

Camareros y camareras ofrecen la comida llevándola de un lado a otro, y procuran que los vasos de los invitados estén siempre llenos. Ya que los anfitriones tan sólo tienen tiempo de hacer las más breves presentaciones, los invitados deben ellos mismos contactar entre sí, especialmente con quienes den la impresión de estar en soledad.

Discursos y brindis

Al cabo de una hora, el padrino conduce a los novios a las proximidades de la tarta nupcial, y el maestro de ceremonias (o el padrino) ruega silencio para los discursos.

Es esencial que las alocuciones sean lo más breves posibles, debiendo elegirse con cuidado la persona que ha de pronunciar el brindis por la salud y felicidad de los novios. Algunas veces, el padre de la novia reserva para sí esta tarea, aunque muy bien puede pedir que lo haga un amigo de la familia que haya conocido durante muchos años a la novia.

Respuesta del novio

El novio da las gracias a los padres de la novia por el festejo y por su hija y a los invitados por sus regalos. Propone entonces un brindis por las damas de honor, en cuyo nombre responde el padrino.

Telegramas

Todo este aluvión de alocuciones puede haber colmado la paciencia de los invitados; por tanto, la lectura de telegramas que a veces sigue en este instante es innecesaria e impopular.

Corte de la tarta

Los novios se acercan a la tarta nupcial. Mientras tanto, los invitados se habrán puesto a hablar nuevamente, por lo que el maestro de ceremonias (o el padrino) deben rogar silencio.

La novia la corta con un cuchillo o una espada, colocando el novio su mano sobre la de ella, a fin de ayudarle a conseguir que la hoja penetre en el pastel.

El servicio retira entonces la tarta y rápidamente la trocea en pedazos; camareros y camareras los distribuyen entre los invitados, ayudados por las damas de honor.

La partida

Un cuarto de hora después de cortada la tarda, el padrino, que está al tanto de la hora, insta a los novios a partir. Es grande la tentación de quedarse un rato más en la recepción charlando con los invitados, pero hay que rechazarla.

Los novios salen para cambiar sus ropas por las del viaje de novios, la novia acompañada por su primera dama. El padrino comprueba que el coche está esperando a la puerta, y va con el novio. Tan pronto como le es posible, saca sus equipajes y los coloca en el coche.

Partida de los novios

El maestro de ceremonias (o el padrino) anuncia a los invitados que los novios están a punto de partir, y los invitados se congregan en el vestíbulo. Se van entre cariñosas despedidas, muestras de agradecimiento y buenos deseos, y la novia, al salir, se vuelve y arroja su ramillete de flores en medio del grupo allí congregado.

Partida de los invitados

Los invitados se despiden de los anfitriones, recogen sus pertenencias y se van.

ANUNCIOS DE BODAS

Las bodas pueden anunciarse brevemente en la columna de anuncios personales de los periódicos.

Ejemplo

Williams: Johnson. El día 9 de octubre de 1980, en la iglesia de St. John, de Knebworth, John Robert Williams con Jane Mary Johnson.

En las páginas de la Sección de Sociedad de *The Times* y de *The Daily Telegraph* se reseñan las bodas con mayor detalle. El texto hay que enviarlo por carta al redactor jefe de la sección, corriendo con los gastos el padre de la novia.

Ejemplo

Mr. Robert Smith y Miss H. M. Jones. El sábado tuvo lugar en la iglesia de la Holy Trinity, en Amberley, el matrimonio entre Mr. Robert Smith, hijo menor del difunto Major R. E. Smith y de Mrs. R. E. Smith, con domicilio en el número 30 de Lennox Road, Londres SW1, y Miss Hazel Jones de The Cottage, Amberley. Ofició la ceremonia el Rev. Arthur Edwards. La novia, que fue entregada en matrimonio por su padre, lucía un vestido bordado de seda color marfil y un velo de encaje sujeto con una corona de flores. Llevaba un ramito de rosas blancas, stefanotis y lirios. La asistieron Mary Webb, Laura Richardson, Christopher Jones y Robert Ellis. El padrino fue Mr. John Russell. Se ofreció una recepción en el domicilio de la novia, y la luna de miel les llevará a Italia.

Bodas en el Registro Civil

Se hacen los anuncios en los periódicos de forma similar a cuando la boda es en la iglesia. Sin embargo, rara vez se cita el Registro Civil, diciendo el anuncio: «La boda tuvo lugar "en Londres" o "en Oxford", o "en Edimburgo", o "en Manchester"».

Periodistas y fotógrafos de prensa

Muchos periódicos de la zona envían un reportero y un fotógrafo a las bodas locales. Hay que mandar una nota al director con notable antelación a fin de informarle del acontecimiento. Si se trata de revistas, se envían las fotografías de la boda al director, junto con un detallado informe de la boda.

Aplazamientos de bodas

Puede ocurrir que haya que suspender la ceremonia matrimonial por causa de alguna enfermedad, o por el fallecimiento de alguno de los padres, o de una hermana o hermano. En caso de fallecimiento o de desgracia similar, debe enviarse una nota a todos los invitados, redactada en los siguientes términos:

Ejemplo

Con gran dolor, a causa del fallecimiento de Mrs. Richard Burnett, queda suspendido el matrimonio entre su hija Sarah y Mr. Peter Porchester, que iba a tener lugar el día 18 de mayo.

Tan pronto como se decida nueva fecha para la boda, deben enviarse invitaciones completamente nuevas.

Si las causas de la suspensión no son tan graves y da tiempo para fijar otra fecha antes de informar a los invitados de que la boda ha sido aplazada, se envía una nota impresa, con los nuevos detalles, a todas las personas de la lista.

Ejemplo

Mr. y Mrs. Robert Smith lamentan comunicar que, debido a la repentina enfermedad de su hijo, se ven obligados a trasladar la boda de su hija, prevista para el día 9 de mayo, al sábado 14 de julio a las 14,30 horas.

Cancelación de la boda

Si el novio y la novia anulan la boda, se envían, si hay tiempo, notas impresas.

Ejemplo

Mr. y Mrs. Robert Smith lamentan comunicar que el matrimonio entre su hija Mary y Mr. Charles Edwards, prevista para el sábado 14 de mayo, ya no tendrá lugar.

Quizá no haya tiempo para imprimir y enviar la nota a los invitados, en cuyo caso deben ser todos informados por teléfono o telegrama.

El anuncio de la cancelación de la boda en los periódicos no es una notificación adecuada si las invitaciones han sido ya enviadas a los invitados.

Regalos de boda

Todos los regalos de boda se devuelven por la novia o el novio lo antes posible tras la decisión de anular el compromiso. No hace falta explicar ningún detalle acerca de los motivos que llevaron a la cancelación.

SEGUNDAS NUPCIAS

Existen dos tipos de segundas nupcias: el nuevo matrimonio de un viudo o viuda y el nuevo matrimonio de una persona divorciada.

Los viudos pueden volver a casarse en una iglesia, pero el tema del nuevo matrimonio de un divorciado es más complejo. Quien esté en condiciones, puede hacerlo por medio de una ceremonia civil en la oficina del registro. (Véase pág. 68.)

Matrimonio de una viuda

Si se trata de una viuda joven, las invitaciones las envían los padres; si es huérfana, se envían en nombre de una hermana casada, una tía o una prima, especificándose el parentesco en la invitación del siguiente modo: «Sr. y Sr.ª de Robert Evans tienen el placer de rogar su asistencia al matrimonio de su sobrina...»

Una viuda puede, si así lo prefiere, enviar las invitaciones en su propio nombre.

La ceremonia en la iglesia

La ceremonia de la entrega es opcional para la viuda, pero aunque ésta no se incluya necesitará algún pariente o amigo varón que la acompañe a lo largo de la nave. No se forma comitiva, aunque puede ser asistida por una dama de honor, casada o soltera, que la espera en las gradas del presbiterio y se hace cargo de su ramo de flores.

El novio es asistido por un padrino.

La ropa

Ya no se llevan los colores «gris o suaves sombras malvas» que, en tiempos, se juzgaban apropiados para el matrimonio de una viuda. Hoy en día, un traje elegante, largo o corto, con sombrero se considera normalmente adecuado; el vestido blanco y el velo, las flores de azahar y las damas de honor son prerrogativas de las solteras, que no deben utilizarse aquí.

El novio lleva traje de etiqueta.

Anillo de boda

La viuda se quita el anillo de boda de su primer matrimonio poco antes de la ceremonia.

Recepción

Los invitados son recibidos por ambos novios.

El festejo se amolda al patrón de las recepciones de los primeros matrimonios, con discursos y tarta nupcial.

Costos

La viuda corre con los gastos de su segundo matrimonio, a no ser que sus padres o algún amigo se ofrezcan a hacerlo.

Matrimonio de un viudo

Existen menos requisitos para los matrimonios de viudos; él va en traje de etiqueta, y la novia, si se casa por primera vez, lleva vestido blanco y velo, es entregada por su padre y asistida por las damas de honor.

Matrimonio de un divorciado

Las distintas confesiones religiosas difieren en sus puntos de vista sobre el divorcio y el nuevo matrimonio:

Iglesia Católica

La Iglesia Católica afirma que el matrimonio es indisoluble. Si una persona ha contraído matrimonio válido a ojos de la Iglesia, no puede volver a casarse en una iglesia católica mientras su consorte siga vivo. Un nuevo matrimonio no es reconocido.

Esto es así, sin embargo, tan sólo en los casos de verdadero matrimonio según el concepto de la Iglesia. Las autoridades eclesiásticas pueden declarar nulo un matrimonio.

La vía normal para el acceso a los juzgados matrimoniales pasa a través del cura párroco, quien concertará una cita con un miembro del tribunal diocesano.

Si el matrimonio se declara nulo, el cónyuge que desea volver a casarse puede hacerlo utilizando la ceremonia nupcial completa, excepto la bendición nupcial (que sólo se recibe una vez en la vida).

Regalos

Los invitados envían regalos en los casos de segundas nupcias de igual modo que en los primeros matrimonios; los novios, si así lo desean, confeccionan una lista de boda. (Véase pág. 60.)

ANIVERSARIOS DE BODA

Muchos matrimonios celebran puntualmente sus aniversarios de boda a medida que van cumpliéndolos, festejando la ocasión con una cena o yendo a la ópera o al teatro; también es una oportunidad para intercambiar regalos.

Se trata de celebraciones íntimas, aunque padres y hermanos pueden acordarse y enviar, tal vez, unas flores con una tarjeta.

Aniversarios especiales

Existen cuatro aniversarios que sí son celebraciones familiares, y son, dándoles su nombre tradicional, los siguientes: bodas de plata, el vigesimoquinto aniversario; bodas de rubí, el cuadragésimo; bodas de oro, el quincuagésimo; y bodas de diamante, el sexagésimo aniversario.

Anuncios públicos

Está indicado anunciar el aniversario en la Sección de Sociedad de los periódicos.

Festejo

La elección del festejo adecuado con el que celebrar el acontecimiento depende de las circunstancias familiares y del estado de salud de la pareja. Normalmente son los hijos quienes se encargan de organizar dicho festejo: una cena, una fiesta con bebidas o una recepción a media tarde si los padres tienen muchos amigos. No obstante, muchas parejas prefieren organizar por sí mismas la conmemoración.

Se reúnen miembros de la familia y amigos, muchos de los cuales habrán asistido a la boda años atrás. Los brindis los hace uno de los hijos o el padrino, si es que está presente, y la pareja corta ceremonialmente una tarta nupcial.

Regalos

Se suelen ofrecer regalos, si bien se trata habitualmente de simples muestras de afecto antes que de complicadas piezas de plata u objetos preciosos, reminiscencias de pasadas celebraciones similares. Para evitar las situaciones embarazosas, se puede indicar en las invitaciones que no se esperan regalos, pidiéndose en cambio a los invitados que pongan su nombre, en el transcurso de la fiesta, en un libro especial para conmemorar la ocasión.

4. DIVORCIO

«El amor es incondicional, mientras dura.» Nada ha cambiado en la naturaleza humana desde que en 1822 hizo Stendhal esta aseveración, aunque la erosión del matrimonio como institución social perdurable ha venido produciéndose a un ritmo siempre creciente.

La ley refleja esta devaluación: en Gran Bretaña, por ejemplo, puede acabarse un matrimonio, siempre y cuando ambas partes estén de acuerdo, en seis u ocho semanas, plazo de tiempo que no guarda relación alguna con la valoración tradicional del matrimonio y de la vida familiar. El hecho de que el número de solicitudes de divorcio sea mayor que el de concesiones del mismo pone de manifiesto que las reconciliaciones existen. Pero demasiado a menudo el divorcio se presenta como una alternativa relativamente cómoda frente a las responsabilidades que entraña el matrimonio.

SEPARACION

A nadie le gusta admitir su propio fracaso en un asunto tan importante como el matrimonio, y es por esto por lo que siempre resulta penoso el anuncio de una separación. Sin embargo, la mayor parte de los amigos que están en contacto con una pareja que no es feliz serán conscientes de que la separación es algo posible, por lo que su concreción les causará menos sorpresa de la que se temía.

Anuncio de la separación

Una vez consumada la separación, debe comunicársele a los amigos, ya que la incertidumbre es la causa de todo tipo de especulaciones. Hay que decírselo a los amigos de manera informal, y la noticia de lo sucedido se extenderá pronto a un pequeño círculo social. Sin embargo, existen sin duda miembros de la familia a quienes se debe informar antes de que se enteren por medio de terceras personas, y también amigos que viven lejos y que no van a enterarse como por arte de magia. Todo lo que hace falta es una simple carta, siendo innecesaria una prolija explicación.

Antes que nada, deben evitarse las recriminaciones; la simpatía de amigos y conocidos desaparecerá pronto en el seno de una atmósfera de autojustificación y de acusaciones de crueldad, por no mencionar los posibles efectos que esto pueda tener sobre los niños a quienes pille en medio este fuego cruzado. El apoyo de la familia y de los amigos es vital en tan delicados momentos.

Niños

Muchos de los que, decididos en un principio a separarse, se reconcilian al cabo de un cierto período de tiempo, lo hacen porque anteponen el bienestar de los hijos a sus propias diferencias; esto es lo recomendable, y preferible por los niños. Pero las ventajas de una reconciliación son dudosas para todos los afectados si es que se mantienen las hostilidades. La decisión de reconcilicación debe ir acompañada de un firme propósito de hacer las paces, por muy difícil que esto resulte en la práctica.

Información a los niños

Si se decide una separación, y no se vislumbra la posibilidad de una reconciliación, y los niños están en edad de comprender, debe decírseles lo antes posible. Hay que hacerlo con ternura y evitando las acusaciones de uno contra otro. Por muy desagradable que sea la disputa entre marido y mujer, debe evitarse caer en la tentación de hacer tomar partido a los niños. Una atmósfera de incertidumbre e inseguridad afectará negativamente a la relación del niño con el mundo, sin necesidad de verse obligado, por añadidura, a participar en el derrumbamiento del carácter de uno de los padres a causa del otro.

Actitudes de familiares y amigos

Las actitudes de terceras partes dependen en gran medida del comportamiento de la pareja distanciada. La apetencia de ponerse a favor de uno u otro puede ser muy fuerte. La reacción inmediata de la mayoría de los amigos ante las noticias de la separación y subsiguiente divorcio será de pena, aunque puede fácilmente transformarse en condena de uno de los dos cónyuges si ambos se enzarzan abiertamente en mutuas acusaciones.

Afortunadamente, ha desaparecido hace ya mucho tiempo la antigua condena moral familiar, habiendo pasado los días en los que un divorcio hacía que dos familias se alejaran y que el círculo de amistades se desintegrara. Pero aún siguen emitiéndose juicios, por muy fuera de lugar que estén. Ningún extraño puede sondear en las intimidades de un matrimonio roto, estando rara vez a la luz las raíces de los problemas que lo hicieron naufragar. Los amigos tan sólo pueden ofrecer su simpatía y apoyo a uno de los miembros de la pareja, o a ambos, evitando la tentación de avivar nuevamente las hostilidades.

Invitaciones a parejas separadas

Después de la separación, los amigos han de actuar con discreción y juicio propio en el tema de las invitaciones a parejas separadas o divorciadas. En términos generales, es diplomático no invitarles a las mismas reuniones sociales, aunque esto pueda ser difícil de evitar en el seno de un reducido círculo de amistades.

Para algunas parejas no supone problema emocional alguno un encuentro posterior, mientras que otras pueden horrorizarse ante una perspectiva semejante, sobre todo en los tiempos inmediatos a la separación.

En caso de duda, es mejor no invitar a ninguno de los dos, o dar a uno u otro la oportunidad de rechazar la invitación, antes que encomendarse a la suerte.

Cualesquiera que sean las circunstancias, dos personas que no se lleven bien no tienen disculpa si hacen gala de su mutua hostilidad en público, cuando, por azar, se encuentran en alguna reunión social.

DINERO Y PROPIEDADES

En Gran Bretaña, por ejemplo, las leyes acerca del divorcio datan de 1969, cuando la Divorce Reform Act estableció como único fundamento de divorcio la ruptura irreparable del matrimonio. Esto se establece ante el tribunal mediante la aportación de pruebas de adulterio o de comportamiento cruel y el nuevo principio de separación: dos años si ambas partes están de acuerdo y cinco si uno de ellos se opone al divorcio.

Antes de otorgar el decreto, se dictan órdenes de mantenimiento y sustento para los hijos.

Se creía que mediante el acta de 1969 iban a desaparecer las alegaciones de maldad que una de las partes ejercía contra la otra, pero tal concepto sigue vigente. Las hostilidades se desbordan en una lucha por los bienes humanos y materiales del matrimonio.

Una pequeña parte de los divorcios se desarrolla en litigio y, con todo, las disputas más encarnizadas tienen lugar en torno a la custodia de los hijos, el acceso a ellos, su mantenimiento y la división de las propiedades familiares. Es una tragedia para todos los afectados, para los niños especialmente, pero que una pareja tras otra ponen inexorablemente en marcha cuando afrontan la cuesta abajo en su vida conyugal.

Separación de bienes

Las personas adoptan muy diferentes actitudes frente a las posesiones materiales; algunas se hacen tan sólo con lo mínimo imprescindible para mantener su tipo de vida, mientras que otras son adquisidores natos, estableciendo lazos emocionales con los objetos que pueden ser tan intensos como cualquiera de los que unen a las personas entre sí.

Los objetos materiales pueden hacerse preciosos mediante su asociación con personas o lugares, o por su valor económico, que proporciona la sensación adicional —también emotiva— de seguridad. Todas éstas son poderosas fuerzas que logran convertir la discusión acerca de la división de las propiedades en un potencial campo minado. El sentimiento de culpabilidad presente en muchos casos en una u otra de las partes hace mayor este peligro. Algunas personas podrían salir del matrimonio con una maleta de pertenencias en la mano, mientras que otras insistirán en la partición de todas y cada una de las cosas de la casa.

Puede ocurrir que una pareja sea afortunada y ambos se encuentren en perfecto acuerdo, pero hasta que el asunto no quede zanjado la fatalidad puede hacer surgir disputas a causa de los más insignificantes objetos caseros.

Esto es algo que pertenece a la jurisdicción de los tribunales, que deben tomar la decisión en nombre de las parejas que no sean capaces de ponerse de acuerdo. Una división de bienes amistosa es infinitamente preferible a una contienda legal.

Los regalos

Se considera correcto devolver los regalos que se hayan hecho uno a otro durante el matrimonio. La mujer normalmente se ofrece a devolver el anillo de boda, aunque rara vez él lo acepta; ella lo guarda, lo cede a una hija o lo vende.

La devolución de los regalos depende, más que de ninguna otra cosa, de la naturaleza del divorcio. Si se hace amistosamente, ambas partes pueden decidir conservar los obsequios que se hayan hecho uno a otro, a pesar de la práctica convencional. Algunas veces es posible llegar a un arreglo mediante la cesión a los hijos del matrimonio de algún objeto valioso, como un buen cuadro o un brazalete de diamantes.

Los regalos de boda

Los regalos de boda probablemente entren en el cupo de la separación de bienes, o bien pueden repartirse según su procedencia a partir de la lista de bodas: la mujer se quedará con los regalos hechos por su familia y amigos, y el marido con los hechos por la suya y sus amistades.

Bienes adquiridos antes y durante el matrimonio

Los bienes adquiridos antes del matrimonio quedan en poder de su primitivo dueño.

Si un hombre es un gran coleccionista de sellos de correos y su esposa lo es de miniaturas indias, lo correcto parece ser que cada cual conserve su propia colección, aunque ésta fuera haciéndose durante el matrimonio. Una única colección, que ambos hayan contribuido a crear, podrá probablemente dividirse.

No obstante, cuanto más tiempo haya durado el matrimonio, tanto más borrosas serán las líneas de separación de las respectivas pertenencias. Y cuanto menor sea la cantidad de dinero disponible para mantener dos casas en vez de una, tanto mayor será la probabilidad de que haya que vender cosas.

Mobiliario doméstico

El sentido común indica que si hay niños, lo sensato es que quien se encargue de su custodia conserve el mobiliario doméstico y los utensilios de cocina necesarios.

Recuerdos de familia

Hablando en términos generales, los bienes como muebles, joyas o recuerdos familiares heredados, quedan en poder del cónyuge de cuya familia proceden. Quedan incluidos en este concepto las joyas que, procedentes de la familia del novio, ha llevado la novia durante el matrimonio.

NUEVO MATRIMONIO DE UNO DE LOS CONSORTES

Si una de las partes decide volver a casarse, da muestras de cortesía y delicadeza si informa al otro con suficiente antelación. Esto es esencial en el caso de que haya niños, de forma que éstos no se vean situados frente a un repentino y tal vez alarmante hecho consumado. Hay que animarles a asistir a la boda y a sentirse, desde un principio, parte integrante de lo que para ellos va a ser una segunda familia.

5. FALLECIMIENTOS, FUNERALES Y CONMEMORACIONES

En la época victoriana, el duelo estaba rodeado de complejos y elaborados rituales. La altura de la banda que en torno al sombrero llevaban los hombres y el ancho del borde negro de las hojas de papel de carta eran indicadores de la situación precisa de luto en que uno se encontraba. Es discutible que esto contribuyera a hacer más llevadero el dolor. Tal vez todo lo que puede alegarse en favor de tales costumbres es que su complejidad conseguía que la gente se mantuviera ocupada cuando más necesidad de ello tenía, brindando una elaborada máscara tras la cual poder ocultar su aflicción.

Pero esta fachada, se que se había conservado con extravagantes cuidados hasta el estallido de la guerra de 1914, se vino abajo al prolongarse extraordinariamente la contienda y a medida que el número de muertos fue aumentando. No hubo entonces lugar para falsos duelos.

El ritual que hoy en día existe en torno a los fallecimientos y entierros queda restringido al de las confesiones religiosas, habiendo sido en gran parte simplificado en los últimos años. A pesar de que la intrincada malla de convencionalismos mediante la cual la familia y amigos presentaban antiguamente sus condolencias haya desaparecido, no hay motivo para no hacerlo por miedo a inmiscuirse en el dolor ajeno. Son momentos apropiados para que los amigos actúen, pues la comprensión y el cariño pueden aliviar en gran medida la aflicción; el tiempo solamente mitiga el dolor.

TRAS EL FALLECIMIENTO

Inmediatamente después del fallecimiento hay que ponerse en contacto con distintas personas: el médico de cabecera, el registrador de natalicios y defunciones, el juez forense, un representante de una funeraria local, el abogado de la familia y el eclesiástico apropiado.

Aspectos legales

En Inglaterra y Gales, por ejemplo, todo fallecimiento debe ser registrado por el registrador de natalicios y defunciones del distrito en el que aquél haya tenido lugar o en que se haya encontrado el cuerpo. Esto es válido igualmente para Escocia, con el dato adicional de que allí el óbito debe quedar registrado en la oficina del distrito en el que el fallecido vivía antes de su muerte. El registro no puede llevarse a cabo hasta que la causa de la muerte haya quedado esclarecida y un médico, o el juez forense, haya expedido un certificado de defunción. El doctor expedirá el certificado médico si ha estado atendiendo al fallecido durante los 14 días previos a la muerte o si ha examinado el cadáver inmediatamente después de ésta.

El juez forense

El juez forense es informado de un fallecimiento por el médico si existe alguna duda acerca de la causa de la muerte, por la policía si se ha producido violenta o repentinamente o por causas no naturales, por el hospital si el paciente muere en el transcurso de una operación, por el registrador si éste juzga insuficiente la información de que dispone para expedir el certificado, o por un particular a quien no parezcan claras las circunstancias que hayan rodeado a un óbito.

Registro del fallecimiento

El óbito debe registrarse cuanto antes, siendo los plazos que las leyes acuerdan variables según los países.

Comunicación a familiares y amigos

Hay algunos miembros de la familia, amigos íntimos, colegas o compañeros de trabajo a quienes hay que informar inmediatamente. El mejor vehículo es el teléfono, aunque en ciertos casos resulta más apropiada una breve carta. Se trata de una pesada tarea, aunque puede delegarse en otros miembros de la familia o en amigos íntimos. Es esencial asegurarse de que quienes conocieron al difunto reciban directamente la noticia de su fallecimiento, y no a través de terceras personas.

Respuesta

Todos aquellos que hayan sido informados por los deudos del finado, deben enviar sin dilación sus cartas de condolencia, especificando si tienen el propósito de asistir o no a las exequias. Quienes estén en situación de prestar alguna ayuda, de un modo u otro, deben comunicar su intención al respecto.

Ayudas

Es de inestimable valor tener una persona que se haga cargo de todos los preparativos del funeral. Esta tarea suele recaer sobre un hijo o hija, un hermano o hermana, o tal vez sobre el abogado familiar. Si no existe un candidato claro, debe ofrecerse sin tardanza para ello cualquier amigo que se sienta lo suficientemente unido a los deudos.

Anuncios públicos

Uno de los mejores medios de informar a los amigos y conocidos que no estén incluidos en el círculo más íntimo es la publicación de una esquela en los periódicos matutinos nacionales y en muchos periódicos locales. Puede concertarse su publicación por teléfono, pudiendo recibirse consejos para su redacción si se estima necesario. Esta debe realizarse con la mayor discreción, evitando caer en la ostentación con el abuso de títulos o excesivo tamaño de la esquela. Algunos periódicos acostumbran dedicar a todas las esquelas el mismo tamaño y similar texto con lo que se evita caer en los excesos arriba apuntados. Puede informarse de los detalles del funeral al mismo tiempo. Si no se ha decidido aún nada al respecto en el momento de la publicación del primer anuncio, puede insertarse otro unos días después.

Ejemplos

SMITH.—El 28 de julio de 1980, en Londres, Mary, de 84 años de edad, esposa del difunto George Smith y madre de Richard. El funeral se celebrará el día 1.º de agosto a las 14,30, en la iglesia de St. Peter, en Ripley, e irá seguido de incineración en privado. Sólo la familia enviará flores.

ROBERTS.—El 5 de mayo de 1980, apaciblemente en el hospital, Charles Edward Roberts de Gretton. Esposo muy querido de Pamela. El funeral se celebrará el miércoles 12 de mayo a las 15,00 horas en la iglesia parroquial de Stone. No habrá flores. Los donativos, si se desean enviar, diríjanse al National Trust, en el número 42 de Queen Anne's Gate, Londres SW1. Se anunciará más adelante un servicio conmemorativo.

Ropa de luto

La ropa es algo que depende enteramente de la opinión personal. En los funerales, normalmente, se llevan colores oscuros, aunque en modo alguno esto sea algo obligatorio; las joyas no deben ser ostentosas. No es correcto advertir que no deben llevarse ropas de luto; quizá las viudas deseen ir vestidas de negro o que otras personas se sientan más cómodas utilizando colores oscuros.

Ya no se usa el papel de carta especial para el luto.

Cartas de condolencia

Si no aparece indicación en sentido contrario en la esquela mortuoria del periódico (en cuyo caso tal petición debe respetarse escrupulosamente), deben escribirse y enviarse sin falta las cartas de condolencia. Las ideas que el contenido de éstas pueden inspirar servirán de consuelo en el angustioso día de las exequias y en los desolados días siguientes.

En el Cap. 8 se dan algunas sugerencias para la redacción de las cartas de condolencia.

Existe la convención de no considerar al fallecido como difunto hasta después de celebrarse las exequias. Por ejemplo, las cartas enviadas al hijo del fallecido Conde de Charmington deberán seguirse dirigiendo, hasta que no se celebre el funeral, al Vizconde Dalsany.

Contestación de las cartas de condolencia

Una vez celebrado el funeral, deben contestarse cuanto antes las cartas. Si una sola persona se encarga de ello, la tarea se hace ingente, pudiendo llevar meses realizarla. Pero ninguna otra cosa tiene un valor comparable al de una respuesta personal, no teniendo mayor importancia las demoras si así se entiende.

Probablemente lo más sencillo sea utilizar el mismo corto párrafo para contestar la mayoría de las cartas. No hay razón alguna para que otros miembros de la familia no colaboren en esta tarea. Si el difunto era un personaje público, el número de cartas puede llegar a ser enorme, con lo que, si el deudo más próximo es mayor de edad, probablemente resulte imposible contestar sin ayuda a todas las cartas.

Avisos en el ínterin

En las páginas de sociedad o en la sección de anuncios personales de los periódicos puede publicarse, mientras se contesta, un aviso.

Ejemplo

La Sr.ª de Robert Smith desea agradecer todas las cartas de condolencia y las flores enviadas con ocasión del fallecimiento de su esposo, capitán Robert Smith. Espera poder responder personalmente a todas ellas más adelante.

Aunque tales noticias se publicaban frecuentemente en el pasado, hoy en día no todo el mundo tiene el tiempo o la afición de examinar tan detenidamente el periódico. Para poder estar seguro de que todos reciben sus respuestas, se ha extendido la costumbre de contestar enviando notas de este tipo mediante cartas impresas o tarjetas. Pueden redactarse formalmente, en el estilo de los avisos en la prensa, o bien informalmente si así se prefiere.

Si las circunstancias son tales que se hace imposible contestar a todos los que han escrito —en el caso de un personaje público famoso, por ejemplo—, un anuncio de agradecimiento en la prensa es probablemente la mejor solución, aunque quizá sea una buena medida hacer imprimir una carta de agradecimiento y gratitud en la que se haya dejado el suficiente espacio libre para que, cuando se juzgue conveniente, algún miembro de la familia escriba unas palabras.

Envío de flores

Normalmente, el anuncio público de un funeral indica si se desea o no que se envíen flores, diciendo por ejemplo: «No habrá flores», o «No habrá flores por expreso deseo» (generalmente del difunto), o «Sólo habrá flores de la familia». Si va a haber flores, éstas se envían a la funeraria o al domicilio de los deudos principales la tarde anterior al día de las exequias. Conjuntamente se manda una tarjeta con el nombre del remitente de las flores en la que se escriben unas palabras.

Si el funeral va a tener lugar en algún sitio lejano, pueden enviarse las flores ordenándoselo por teléfono a alguna floristería local, que se encargará también de escribir la nota.

Flores para el funeral

Las flores se envían como tributo a los muertos, no como un gesto hacia los vivos, y de ahí que sean apropiadas las frases como «En afectuosa memoria» y no lo sean «Con la mayor simpatía». Las flores se envían a nombre del difunto, por ejemplo «Capitán Robert Smith» o «Mrs.

Walsh». Las tarjetas quedan en poder de la familia o, si las contestan, de la funeraria, para que puedan agradecer las flores. Las flores de la familia se colocan sobre el féretro.

Flores para los deudos

Los amigos íntimos pueden desear dar o enviar flores a los deudos e incluir una tarjeta de condolencia. Las apostillas respecto a las flores que aparecen en las esquelas de los periódicos se refieren tan sólo al funeral.

FUNERALES

Mucha gente hace expreso deseo en vida del lugar donde le gustaría ser enterrado. Las instrucciones pueden dejarse informalmente en una carta, o más formalmente mediante testamento, y aunque no existe la obligación legal de atenerse a ellos, deben respetarse tales deseos siempre que sea posible. Otras personas dejan al buen criterio de quienes les hayan sobrevivido la elección de una despedida adecuada. Ello dependerá de las convicciones religiosas del finado y de la elección que se haga entre cremación y entierro.

Quienes mantengan una relación estrecha con algún sacerdote, o sean miembros de alguna parroquia o de alguna organización religiosa concreta, deben informar inmediatamente a la persona indicada. Los que no estén seguros, o quienes no hayan decidido nada aún, pueden consultar las alternativas posibles con la funeraria.

Funerarias

Antiguamente, la elaboración de los ataúdes corría a cargo de algún constructor local, pero en la época victoriana aparecieron, ante la demanda existente de funerales más complicados, empresas especializadas que se encargaban de todos los detalles necesarios.

Servicios posibles

El funcionario de la funeraria escogida (la mayoría de las

cuales mantienen el servicio las 24 horas del día) se hará cargo del cadáver, dispondrá todo lo necesario para el servicio fúnebre y pagará a los empleados que intervengan. Ofrecerá más amplia gama de servicios situados más allá de lo que se entiende como «sencillo funeral básico», muchos de los cuales son opcionales.

Arreglos para el funeral

La funeraria ayudará a decidir cuál va a ser el lugar en que va a permanecer el cadáver hasta el momento del entierro. Antiguamente era costumbre que se introdujera al difunto en el ataúd y que éste permaneciera en el domicilio hasta el momento del funeral. Actualmente esta costumbre está mucho menos extendida que antes, aunque, si así se desea, la funeraria puede disponer todo lo que haga falta para ello. Si la familia es católica romana, el féretro se deja en una capilla o iglesia. En caso contrario, la funeraria se hará cargo del ataúd llevándolo a su sede.

Lugar de la sepultura

El lugar de la sepultura debe decidirse con la funeraria y con la persona que oficie en la ceremonia. No puede tomarse esta decisión hasta que el registrador o el juez forense no haya expedido un certificado para la libre disposición del cuerpo.

Tan pronto como estén concertados el lugar y la hora de las exequias, debe tomarse una decisión en lo referente a la participación de parientes y amigos, de modo que pueda publicarse el anuncio completo en los periódicos.

Hora de la ceremonia

Depende en gran medida del sacerdote y de la funeraria, que son los que verdaderamente la determinarán.

La ceremonia

Si el féretro está en el domicilio, los deudos de la familia se congregan allí para rezar unas oraciones antes de su traslado a la iglesia, en automóvil o a pie. El sacerdote espera la llegada del féretro en la puerta de la iglesia. El ataúd es transportado en un coche fúnebre conducido por empleados de la funeraria.

El resto de la gente espera en la iglesia, en donde se habrá dejado sitio suficiente para la familia en los bandos delanteros. Puede ser que haya un sacristán para ayudar a situar a los congregados. Si no fuera así, hay que nombrar a alguien para que se encargue de que los bancos estén ocupados convenientemente.

Las personas más allegadas al difunto hacen su entrada en la iglesia, bien antes de que el féretro sea traído por los portadores, bien después, elección que depende tanto de cuestiones de espacio como de sensibilidad. Si no hay ceremonia inicial en el domicilio y tampoco procesión, normalmente el féretro se coloca en su posición antes de que se reúnan los asistentes. En algunos casos, el féretro permanece toda la noche en la iglesia. Se coloca sobre un bastidor frente a las gradas del presbiterio.

Este proceder es variable según sea la parroquia, teniendo la mayoría de los sacerdotes formada una opinión concreta sobre estos puntos. En las Iglesias Mayores, católicas, se cubre el ataúd con un paño mortuorio de terciopelo; en ciertas ocasiones se despliega sobre él la bandera nacional.

Entierro

Si el entierro se celebra en el cementerio parroquial o en el civil inmediatamente después del servicio, a él asisten tan sólo los principales allegados. Antiguamente, las mujeres no asistían a la ceremonia junto a la sepultura, pero ya no se mantiene esta costumbre, realizándose en ocasiones allí mismo todo el servicio completo.

Incineración

Si al servicio religioso ha de seguir una incineración, los principales allegados salen hacia el crematorio nada más concluir aquél. Se forma una caravana de automóviles detrás del coche fúnebre. Sin embargo, hoy en día mucha

Robert Bishop

Aunque la rigidez de las normas se ha atenuado, una cena de invitados es exponente de la sensibilidad y conocimientos de la Señora de la casa.

gente prefiere que el servicio se desarrolle en la capilla del crematorio. (Véase más adelante «Cremación».)

Iglesia Católica

La misa de funeral por el difunto puede decirse cualquier día del año, excepto en las fiestas de precepto o en un domingo de Adviento, Cuaresma o tiempo de Pascua.

El sacerdote puede elegir las partes variables de la misa, las oraciones, las lecturas y el ofertorio de acuerdo con los familiares del difunto. Si a la misa de funeral va a seguir inmediatamente el entierro, se omite en ella el ritual de conclusión, diciéndose la encomendación final y la despedida bien en la iglesia, inmediatamente después de la comunión, bien junto a la sepultura.

Cremación

Nadie puede ser incinerado si no se conoce la causa exacta de su muerte, siendo los requisitos que es preciso cumplimentar antes de la cremación más numerosos que los necesarios para un entierro. En cada país donde se practica, existen disposiciones al respecto que será necesario conocer.

Trabas religiosas

La Iglesia Católica permite que se lleve a cabo la incineración con el apropiado ritual fúnebre, aunque no oculta sus preferencias por la costumbre de enterrar a los muertos en un sepulcro.

Las cenizas

Pueden esparcirse en algún lugar especial que haya sido elegido por el difunto o que esté asociado con él, o enterrarse en un cementerio parroquial o civil, arrojarse al mar o conservarse en una urna.

SERVICIOS CONMEMORATIVOS

Un servicio conmemorativo o misa de réquiem se ofrece como tributo a alguien que fue una figura destacada en la vida pública o social. Antiguamente la ceremonia fúnebre y el servicio conmemorativo se celebraban a menudo simultáneamente, el primero en el campo y el segundo en una ciudad cercana o en la capital. Actualmente es más habitual que entre ambos medie un intervalo de unas semanas.

Un servicio conmemorativo es un acontecimiento público en la medida en que el servicio funeral no lo es. Mucha gente prefiere conservar el carácter privado del funeral, y anuncian un servicio conmemorativo o una misa de réquiem para indicar esta preferencia. También puede haber razones prácticas para ello. El funeral puede celebrarse así en una pequeña iglesia de algún remoto pueblecito, lejos del centro de la vida profesional o social del difunto.

Preparativos

Las medidas a tomar para la celebración del servicio conmemorativo y para su anuncio deben hacerse con gran anticipación, para que quienes deseen asistir queden sobradamente avisados. Es aconsejable dedicar el máximo cuidado a la preparación de la ceremonia y a la elección del marco adecuado para ella.

Anuncio

Una vez concertados el día y la hora, se publica un anuncio en la prensa, tanto en las páginas de sociedad como en la sección dedicada a servicios conmemorativos.

Ejemplos

Un funeral en memoria de Mr. John Smith se celebrará en la catedral de Chichester el martes 30 de mayo a mediodía.

Un servicio de Acción de Gracias por el alma de Mrs. James Russell tendrá lugar el miércoles 14 de febrero, a las 11,30 horas, en la iglesia de la Holy Trinity, Brompton Road, en Londres.

Una misa de réquiem por Mrs. John Smith se celebrará el viernes 16 de mayo a las 11 de la mañana en la iglesia de St. James, Spanish Place, en Londres.

Iglesia Católica

En la Iglesia Católica se celebran misas conmemorativas de réquiem. Se pone mayor énfasis en las oraciones por el descanso del alma del difunto que en el acto de acción de gracias.

Después de la misa puede pronunciarse una alocución, aunque la homilía que sigue a la lectura del Evangelio será de índole religiosa.

Noticias en prensa

Si el servicio conmemorativo o la misa se ha celebrado por alguien de especial relevancia pública, los periódicos pueden publicar en sus páginas de sociedad una reseña del servicio y una lista de asistentes. Los periódicos enviarán sus propios periodistas para tomar nota de los nombres y la noticia aparecerá en la prensa de forma gratuita. Si no es así, la familia puede publicar estos anuncios pagando su importe, en cuyo caso habrá que dedicar una o dos personas a apuntar los nombres de los presentes en el momento de su entrada a la iglesia. También puede utilizarse con este fin un libro de visitas.

Atuendo

Los servicios conmemorativos o las misas de réquiem son acontecimientos formales. Antiguamente, los hombres llevaban traje de etiqueta: levita, pantalones oscuros y sombrero de copa de seda negra; esto rara vez se ve hoy en día. Una corbata negra es tal vez el único signo externo de luto. Las mujeres llevan traje oscuro y, las más de las veces, también sombrero. Las joyas no deben ser ostentosas.

6. LOS MODALES EN LA MESA

Compartir los alimentos ha sido siempre, por motivos fácilmente comprensibles, una manera esencial —que se remonta a tiempos en los que mucha gente sobrevivía tan sólo a base de pan— de expresar la amistad. La palabra compañero significa literalmente «compartidor de pan», y a lo largo de la historia pocas cosas han sido tan terriblemente juzgadas como volverse contra un compañero de mesa. Para los seres humanos, la mayor traición consiste en el agravio del huésped por su anfitrión, o del anfitrión por su huésped. El primero fue el auténtico crimen de Macbeth; la matanza de Glencoe pasó a la historia porque a ella se unía la segunda.

En los comienzos del siglo XIX, cuando el gastrónomo francés Brillat-Savarin afirmaba que «recibir a alguien como nuestro invitado equivale a responsabilizarse de su felicidad durante todo el tiempo que permanezca bajo nuestro techo», estaba expresando una regla que durante cientos de años había sido tenida por sagrada.

Tal regla, si bien aligerada de sus más rígidas implicaciones, sigue estando vigente hoy en día, y tanto si anfitrión e invitado comparten una espléndida comida gastronómicamente hablando, como si uno y otro se sonríen por encima de un simple puchero, la relación entre ambos es idéntica. El anfitrión honra a su invitado considerando sus necesidades antes que ninguna otra cosa. El invitado hace lo posible, con su conducta, para mostrarse merecedor de tal honor. En su más sencilla expresión, tal intercambio puede quedar resumido en las dos expresiones básicas, por excelencia, de la cortesía: «Por favor» y

«Gracias». En estas palabras está contenido el fundamento de la etiqueta en los comedores; sin embargo, a causa de las antiguas tradiciones, de las implicaciones de los inevitables lazos sociales y del hecho de que todo tipo de actividad precisa proceder con método, las cenas con invitados no son así de sencillas. No obstante, sí son probablemente más sencillas de lo que nunca antes han sido, habiéndose impuesto, en lo que se refiere a las normas, la funcionalidad sobre la ostentación.

Antecedentes

En el siglo XV, aunque los tenedores no figuraban entre los utensilios domésticos feudales y más de una persona comía del mismo plato (eran los co-mensales), existían rígidas normas jerárquicas para la distribución de los asientos, así como complicados rituales de traída de la comida a la mesa con una especial escolta mientras los presentes se ponían de pie y descubrían sus cabezas. A esto seguían unas abluciones simbólicas, una carta, el anuncio al señor de la ya obvia llegada de la comida y mutuos besos y reverencias, al cabo de todo lo cual la cena, con toda certeza, debía estar ya bien fría.

No tiene nada de extraño que el señor dejara en algún momento el salón para sus servidores y dispusiera una sala comedor para sí y para sus amistades, en la cual pudieran ponerse más cómodos, disfrutar de la comida y prescindir de todas las formalidades necesarias para impresionar a sus favoritos. Con el transcurso del tiempo fueron apareciendo instrumentos de mayor funcionalidad, como los tenedores, y después cuchillos, tenedores y cucharas especiales para las distintas comidas —con fuentes y platos adecuados que hacían juego con ellos—, así como nuevos alimentos y preparaciones. A fin de evitar las confusiones, y para que la gente supiera fácilmente a qué atenerse en medio de estas nuevas complicaciones en el comer y en el beber, se hizo necesario un conjunto de instrucciones que, para mayor seguridad, se extendió en un cierto momento hasta abarcar el vestido y los temas de conversación.

Había nacido la cena con invitados eduardina, máxima

cumbre de la elegancia, cuyos impecable servicio y refinada ostentación nunca, probablemente, han tenido parangón. Pero si se asistía a ellas con regularidad, las normas de jerarquía, el protocolo y su absoluta exquisited las convertían en algo completamente agotador; exactamente lo mismo que ocurrió con sus antecedentes feudales. Era inevitable que surgiera una reacción en contra, a lo que contribuyeron las dos guerras mundiales. El resultado de una buena comida, buenos vinos y de una placentera conversación con sus amigos sentado a la cabecera de la mesa de la cocina, aunque la falta de servidumbre sea, más que una consecuencia de la apetencia de informalidad, la causa de ésta. Sea como fuere, el hecho es que la cena con invitados, donde quiera que se realice, ha visto reducidos los convencionalismos que le acompañaban a unas pocas, sencillas y prácticas reglas. Las apariencias y la autosuficiencia no cuentan prácticamente para nada, habiendo gran flexibilidad en casi todas las ocasiones y para casi todas las cosas. La importancia radica en la buena comida, en los buenos vinos, en el ambiente distendido y en el buen humor. Pero incluso aunque las formas sean más tolerantes, sigue siendo necesario conocer las reglas básicas, puesto que tan sólo cuando la gente sabe qué es lo que se espera de ellos pueden las cosas ir saliendo bien y todo el mundo sentirse a gusto y «como en casa».

CENAS CON INVITADOS

Las cenas con invitados pueden, naturalmente, variar mucho según sea el grado de formalidad, el número de invitados, las maneras de servir y el tipo de platos. Puede haber anfitrión y anfitriona, o tan sólo uno de ellos, y la cena puede servirse en el comedor, en una mesa en la sala de estar o en la cocina. Pero tanto si es complicada como sencilla, la cena con invitados a la mesa es, probablemente, la más agradable de las distintas posibles diversiones caseras. Es algo que complace a todos los sentidos y con lo que, si se culmina con éxito, se logra causar esa brillante impresión, que es el auténtico objetivo de las reuniones sociales.

La hora

Normalmente, las cenas se sirven entre las nueve y las diez de la noche, aunque se ruega a los invitados que lleguen con más de media hora de antelación. En algunas invitaciones se especifica este punto comunicando tanto la hora de llegada como la hora en que la cena va a servirse. Usando esta fórmula no hay posibilidad de equivocaciones, pudiendo llegarse perfectamente a las nueve o bien diez minutos antes del servicio de la cena. Si los invitados son citados a una hora concreta, a las nueve o las diez, por ejemplo, saben que pueden permitirse unos quince o veinte minutos de demora. Aunque es incorrecto, desde luego, llegar antes de la hora fijada, lo es más aún llegar con retraso. No sólo es poco considerado hacer esperar a los demás, sino que estos retrasos, dado que las cenas deben estar cuidadosamente cronometradas, puede provocar problemas en la cocina. Si por alguna razón el retraso va a ser inevitable, debe avisarse por teléfono a la anfitriona, de modo que ésta pueda disponer lo necesario. A veces, en lugar de esperar, la mejor solución para todos es comenzar.

Número de asistentes

El número máximo de invitados depende, evidentemente, del tamaño de la mesa, aunque haya que tener en cuenta otras consideraciones. Si a la mesa se sientan más de cuatro o cinco personas, la conversación común se hace difícil, a no ser que la mesa sea redonda, siendo también importante, en este orden de cosas, que el número de invitados sea par, a fin de que todos puedan tener a alguien con quien charlar. Es útil también recordar el hecho de que con ocho o doce personas el anfitrión y la anfitriona no pueden ya sentarse en sus tradicionales puestos en ambos extremos de la mesa y, al mismo tiempo, dividir equitativamente por sexos a los invitados. Aunque esto quizá no importe mucho.

Invitaciones

Las invitaciones para una cena pueden cursarse mediante

notas escritas a mano, tarjetas impresas, o hacerse por teléfono. Si se hace esto último, es a menudo aconsejable enviar por correo una nota de recuerdo. (En el Cap. 8 se tratan las tarjetas de invitación y se incluyen algunos ejemplos de respuestas.) Normalmente, las invitaciones impresas son para cenas de una cierta formalidad, aunque si se requiere traje de etiqueta debe especificarse en la tarjeta. Si la invitación se hace por teléfono, es conveniente precisar el grado de formalidad de la reunión para que así los invitados puedan vestirse apropiadamente. En algunas casas en el campo, el traje de etiqueta sigue dándose por supuesto, si bien esto debe hacerse saber a cualquier invitado que nunca antes haya cenado allí.

Las invitaciones para cenar deben contestarse inmediatamente, no debiendo romperse si no por serios motivos los compromisos adquiridos. Aunque a los buenos amigos puede hacérseles saber poco antes de la fecha, en las cenas de una cierta magnitud debe invitarse a todos con una antelación de diez días a tres semanas. Cuanto más se anticipe el aviso mayor será la probabilidad de que todos puedan aceptar, sabiendo bien cualquier anfitrión cómo puede complicarse una bien proyectada cena si hay que cubrir huecos en el último momento. Si hay que invitar a alguien para cubrir alguna ausencia, es buena idea buscar esas personas entre los amigos íntimos y, tal vez, ser sincero en cuanto a los motivos de la invitación; así mismo, conviene tener la atención de invitar a cenar a estas personas en otra ocasión posterior.

El menú

La composición de una comida depende de diversos factores: las habilidades de los cocineros, la ayuda de que se pueda disponer, el presupuesto, el material de cocina que se tenga, la época del año y el grado de formalidad que se pretenda. Actualmente, incluso en las ocasiones de mayor rigor, se considera adecuado servir tres platos: una entrada, un plato principal y un postre, como un budín o queso y fruta. A menudo se sirven el budín y el queso y la fruta, siendo a veces reemplazados estos últimos por un entremés. Pero si se cuenta con un presupuesto muy reducido, es perfectamente correcto limitar el menú al plato principal, acompañándolo tal vez con una ensalada y, como final, el budín. (Véase también «Orden de los platos».)

Al planear el menú hay que seguir tres reglas básicas. En primer lugar, ha de estar equilibrado: una comida compuesta de mejillones, carne estofada y *mousse* de chocolate podría resultar excesivamente pesado. Un plato fuertemente sazonado debe compensarse con uno o dos que sean menos exigentes para el paladar y el estómago, mientras que los ligeros deben equilibrarse con otros más sustanciosos.

En segundo lugar, la comida debe ser variada. Un plato principal a base de pescado no debe ir precedido por otro a base de moluscos, y tampoco a una sopa acabada con nata debe seguir un pollo con salsa de crema.

En tercer lugar, no hay que intentar alcanzar cotas muy elevadas. Una comida complicada que va a requerir cuidados de último momento puede no plantear problemas a quien disponga de servicio doméstico competente, pero es muy recomendable que un anfitrión que carezca de tal ayuda piense en platos que sea posible, en su mayor parte, prepararlos con gran antelación. Hoy en día, uno de los mayores fallos de las cenas con invitados radica en la continua y prolongada ausencia de la anfitriona, ya que ha de prestar a la comida una atención prioritaria a la que puede ofrecer a sus invitados.

Dietas especiales

Al planear el menú es, obviamente, de gran importancia tener en cuenta los gustos y aversiones de los invitados, en la medida en que se conozcan. Algunos alimentos pueden verse afectados por ciertas prescripciones médicas o religiosas, y cada vez abundan más los vegetarianos. La presencia de un vegetariano entre los invitados no ha de traer consigo que el resto de los comensales sigan su misma dieta, sino tan sólo que a él también debe servírsele adecuadamente (a veces el pescado puede ser una solución válida).

Servicios de mesa

Los utensilios que se necesitan para una cena de invitados pueden clasificarse en cinco grupos: plata, porcelana, cristal, fuentes de servicio y utensilios de cocina.

Plata

En la plata (o metal, pues, desde luego, puede no tratarse de plata) deben incluirse los cuchillos y tenedores grandes, los tenedorcitos y cuchillos pequeños, y las cucharas para sopas, postres y café. (Véase la Fig. 1.) Deben todos hacer juego entre sí, con la posible excepción de los cuchillos, cuyo mango es a menudo de hueso. También es esencial disponer de un juego de cucharas para servir y de un cuchillo para trinchar.

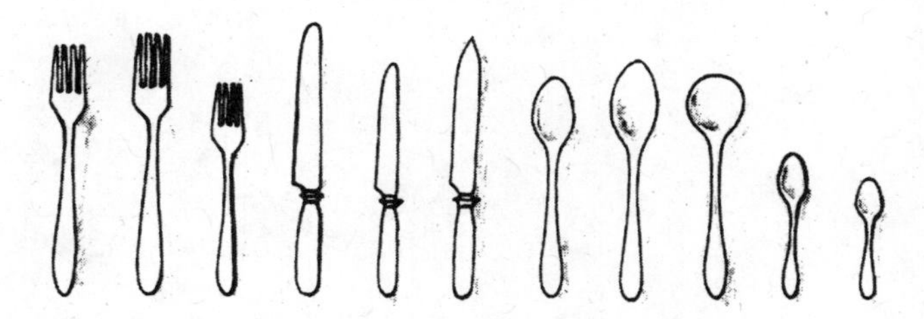

FIG. 1.—Tenedores para: 1) el primer plato o la repostería; 2) el plato principal; 3) pescado. Cuchillos para: 1) carne, 2) mantequilla, 3) pescado. También se pueden ver una cuchara para repostería, dos tipos de cuchara para sopa y otras para el té y el café.

Nuestros antepasados nos dan la impresión de haber creado una cuchara o un tenedor distintos para casi cualquier eventualidad, desde el pincho para conservas hasta el idóneo para extraer el relleno del pavo, y aunque instrumentos así sean tan inútiles hoy como entonces, quien pueda disponer de ellos será el que mejor preparado esté ante cualquier contingencia.

Porcelana

A excepción de los platos para el postre, toda la porcelana que se utilice en una cena formal con invitados debe ser del mismo juego. Si se trata de una cena más informal esto ya no es tan importante, aunque sí deben hacer juego entre sí los platos que se utilicen en los distintos momentos de la cena, por la sencilla razón de que hace más bonito. Serán necesarios platos pequeños, medianos y grandes, además de platos de sopa o tazones para el consomé, en caso de que vaya a servirse alguno de éstos. Para el queso (o la ensalada) es útil un cuarto plato de tamaño intermedio. En las Figs. 2a y 2b se muestra toda la gama de platos.

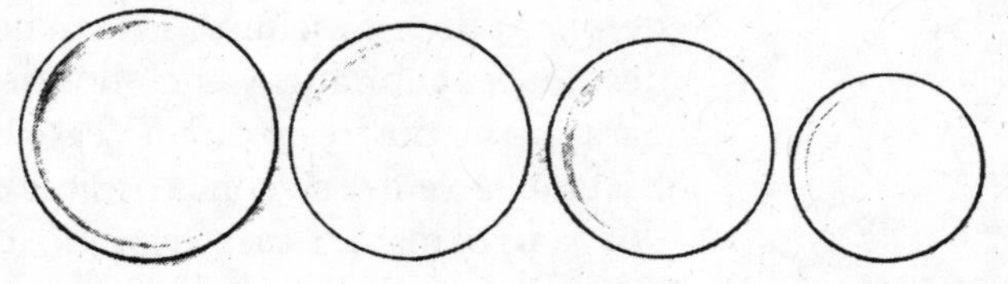

FIG. 2a.—Arriba: platos para cena, para repostería, de tamaño intermedio para quesos o ensaladas y plato para la mantequilla.

FIG. 2b.—Plato para sopa, cuenco para consomé y plato en media luna para ensaladas.

Un juego de café es también esencial: la cafetera, la jarra de la leche y el azucarero pueden ser de metal o cerámica; las tazas y los platitos deberán ser de pequeño tamaño (ver Fig. 3).

FIG. 3.—El juego de café puede ser de metal o de cerámica.

Fuentes de servir

La mayor parte de las fuentes de servir que se utilizan en las cenas con invitados pueden formar parte de la vajilla del anfitrión. Lo mínimo que necesita alguien que ofrezca cenas de vez en cuando son dos fuentes para verduras, varios platos planos de distinto tamaño, una salsera, uno o más cuencos grandes de vidrio para el budín y una tabla de madera para los quesos. También son importantes las bandejas, y representa una gran ventaja disponer de una ensaladera.

Cristal

Se necesita una copa distinta para cada tipo de vino que se sirva, mostrándose toda la gama en la Fig. 4. En ella se incluyen las copas para el agua y para el Oporto (esta última a veces se trae en el último instante). Más adelante se dan instrucciones para poner la mesa y servir los vinos.

A los postres, en muchas comidas formales se traen lavamanos de vidrio (véase pág. 112), o también al finalizar cada plato que haya podido comerse con los dedos, como los espárragos. Si la mesa no se ha cubierto con un mantel, debe colocarse uno individual bajo cada lavamanos.

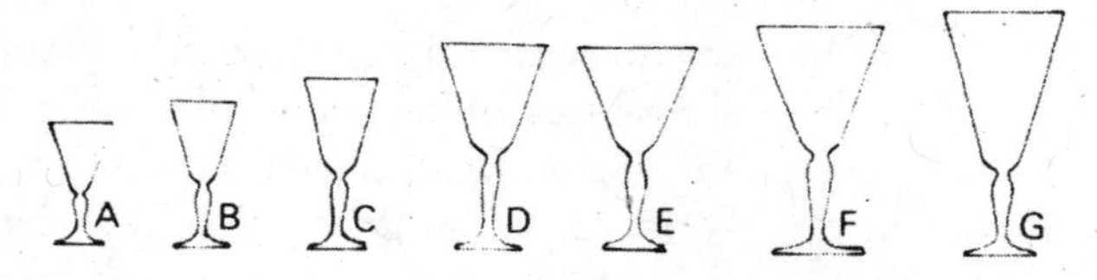

FIG. 4.—Copas utilizadas para: a) *licor;* b) *Oporto;* c) *jerez;* d) *vino blanco;* e) *vino tinto;* f) *agua;* g) *champaña.*

Utensilios de cocina

Todo el mundo tiene sus pucheros y cazuelas favoritos, importando bien poco su forma si no se utilizan a la vista de todos; pero en el caso de que cocina y comedor coincidan en una misma estancia, sí hay que considerar su aspecto, al igual que ocurre con los implementos de cocina que vayan a llevarse a la mesa, como cacerolas o fuentes para *soufflé*.

Poner la mesa

La mesa del comedor puede cubrirse con un mantel, aunque si tiene una hermosa superficie, es muchas veces preferible utilizar mantelitos individuales. En el primero de los casos, el mantel debe descolgar aproximadamente una longitud mitad de la que existe entre mesa y suelo y, por supuesto, estar inmaculadamente limpio. Tradicionalmente, el mantel usado en las cenas ha sido siempre blanco, práctica que aún hoy es muy común, aunque esto depende del gusto personal de la anfitriona, no habiendo nada que objetar a que ella elija, si tiene buen gusto para ello, su propia combinación de colores.

Plata

La colocación de la cubertería en cada servicio individual se rige por dos reglas básicas. La primera de ellas dice que los tenedores se colocan a la izquierda y los cuchillos y cucharas a la derecha. La segunda nos recuerda que en la cena se comienza utilizando los cubiertos situados más al exterior, avanzándose, plato tras plato, hacia los situados más al centro. La Fig. 5 ilustra distintas disposiciones para diferentes menús. La colocación que se muestra en la Fig. 5a es la adecuada para una comida compuesta por sopa, carne, budín y queso. A la derecha del comensal, de fuera a dentro, se sitúan el cuchillo para el pan, la cuchara para la sopa, el cuchillo para la carne y la cuchara para el budín. A la izquierda están los tenedores para la carne y el budín. Si se va a servir de postre un helado, que se come con una cucharita, se coloca ésta también a la derecha, dejando el exterior a los cuchillos. Si en el primer plato ha de utilizarse un tenedor, se suprime la cuchara de sopa, colocándose aquél a la iquierda, como en la Fig. 5b. Nótese que las puntas de los tenedores están dirigidas siempre hacia arriba y que el filo de los cuchillos se coloca hacia dentro.

FIG. 5a.—Servicio de mesa con copas para jerez, vino tinto y champaña.

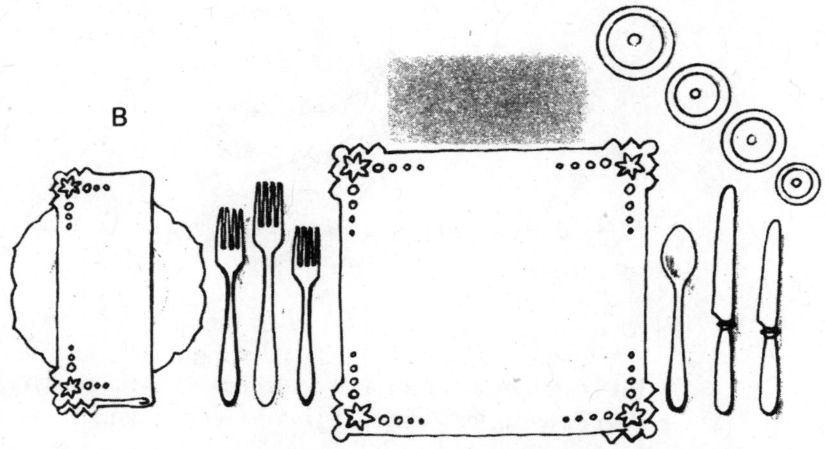

FIG. 5b.—Copas (de izquierda a derecha) para agua, vino blanco, vino tinto y Oporto.

FIG. 5c.—Servicio de mesa informal para sopa, plato principal y repostería.

Es perfectamente correcto, aunque ligeramente menos formal, colocar cuchara y tenedor en la parte superior del cubierto, tal y como se indica en la Fig. 5c. Con ello se consigue ahorrar espacio.

En las cenas formales, los cubiertos para el postre, cuando lo haya, se traen junto al plato a él destinado y con el lavamanos, si es que está previsto (Fig. 6).

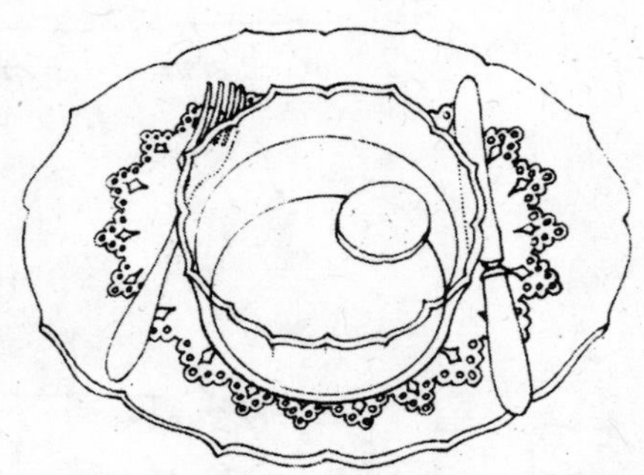

FIG. 6.—Lavamanos sobre tapete, y cuchillo y tenedor para postre.

Copas

En la inmensa mayoría de las cenas tan sólo se sirve un tipo de vino, colocándose la copa a él destinada sobre la línea que marca el cuchillo principal y próximo a su punta. Cuando van a servirse más de dos tipos de vino, es costumbre colocar las copas en el orden en que van a utilizarse de derecha a izquierda, o viceversa, o bien formando un triángulo.

Hay que hacer notar, sin embargo, que no existen ninguna regla rígida y sencilla que dictamine la posición en que hay que colocar las copas. Aquí incluimos dos ejemplos (Figs. 5a y 5b). También se indica el tipo de copas que se usa para cada clase de vino (véase Fig. 4). Merece la pena conocer la correspondencia que existe entre el tamaño de la copa y el tipo de vino; por ejemplo, las copas para el vino blanco suelen ser más pequeñas que las del tinto; las copas para los vinos del Rhin son más esbeltas.

Si va a servirse agua, también se pone un vaso para ella, así como una jarra llena en la mesa. Los vasos se llenan a petición del comensal. Si se va a ofrecer un Oporto, las copas en que va a beberse pueden colocarse al poner la mesa o en el momento en que aquél vaya a servirse. (Las instrucciones para el servicio de los vinos se dan más adelante.)

Platos

Normalmente se coloca a la izquierda de los tenedores un plato para la mantequilla, que en las cenas informales sirve igualmente para el queso, colocándolo frente a sí el comensal en el momento en que le es servido el queso.

Servilletas

Las servilletas pueden doblarse en forma de «mitra» o similar y colocarse en el centro del cubierto (véase Fig. 5c), o bien doblarse sencillamente en triángulo o rectángulo o dejándose encima del platito para la mantequilla (Figs. 5a y 5b). Las servilletas para una cena deben ser grandes: las de papel son perfectamente válidas para reuniones muy informales, y aunque su uso va a ser sin duda cada vez más frecuente, siempre que sea posible es mucho más adecuado utilizar servilletas de lino.

Velas

La luz de las velas resulta indispensable, tanto para crear un agradable ambiente como para que la mesa —y las personas sentadas en torno a ella— parezca más hermosa. La electricidad no proporciona una suavidad de luz que pueda compararse a la de las velas. La anfitriona decidirá si usa candelabros o palmatorias, aunque, como regla general, puede decirse que cuanto más cortas sean éstas más largas han de ser las velas.

Normalmente, en las cenas formales las velas suelen ser blancas, debiendo siempre haber la suficiente intensidad de luz, de velas sólo o de velas reforzadas con luz eléctrica, como para que la gente pueda ver lo que está haciendo. Una iluminación excesivamente suave puede resultar algo lúgubre.

Flores

Las flores que se colocan en la mesa deben abultar poco, puesto que un centro de mesa demasiado voluminoso podría dificultar el contacto visual entre unos y otros comensales.

Varios

Al poner la mesa, deben distribuirse estratégicamente por toda ella los saleros y pimenteros que se estimen necesarios. Idealmente, debería haber un juego por cada dos comensales, aunque esto sea de todo punto innecesario. Tradicionalmente no se utilizan en la mesa los molinillos de pimienta, si bien la mayor calidad de la pimienta recién molida ha hecho que esta regla sea abandonada por los aficionados a la buena cocina.

Si va a utilizarse mostaza, se coloca también desde un principio sobre la mesa en un platito o en un cacharro de plata; lo mismo se hace con la mantequilla. A veces se ponen también ceniceros.

Vinos y licores

Existen multitud de libros dedicados a los distintos tipos de vinos y a su servicio; pero, muy en resumen, pueden clasificarse de la siguiente manera. Por su color: blancos, rosados y tintos; por su carácter: ligeros y fuertes; secos, abocados o dulces; espumosos o sin gas. Ante tan gran cúmulo de posibilidades, el anfitrión o la anfitriona —los vinos son por costumbre un tema reservado a los hombres— puede pedir consejo a un buen comerciante en vinos, aunque como regla práctica podríamos decir que:

* El acompañamiento tradicional de la sopa es el Jerez.
* Los pescados y los mariscos deben acompañarse con vinos blancos secos.
* Las carnes rojas, sabrosas o muy sazonadas, y la caza se sirven con un vino tinto corpulento, típicamente un Borgoña.

* Otros tipos de carne roja combinan bien con tintos más ligeros, como los Burdeos.

* Las carnes blancas pueden acompañarse con vinos tintos ligeros, vinos blancos semisecos o con vinos rosados.

* Los quesos pueden tomarse con vinto tinto, siendo por supuesto los compañeros ideales de cualquier tipo de Oporto.

* El vino blanco dulce o el champaña se sirve con la repostería.

Véase también «Cómo servir el vino».

Temperatura

La temperatura en la que el vino alcanza la plenitud de su sabor varía según sea el tipo. Los vinos tintos normalmente se sirven a la temperatura ambiente del comedor, al igual que Oportos y Madeiras. (El Beuajolais se sirve a veces muy frío, igual que el Jerez muy seco.) El champaña debe beberse frío, aunque no helado, pudiendo decirse lo mismo para los vinos blancos y rosados. El vino puede enfriarse, naturalmente, mediante una cubeta con hielo, pero en ningún caso deben ponerse trocitos de hielo en las copas.

Decantación

Los vinos se vierten —utilizando un colador para vino— en una jarra si son de un tipo o edad tales que puedan haberse depositado sedimentos en el fondo de la botella. En la práctica, esto quiere decir que el Oporto selecto y los vinos tintos viejos siempre se decantan; que con otros vinos tintos depende de cada caso, y que los vinos blancos —y por supuesto también el champaña— se sirven de la botella. Cuando se decante el vino, debe verterse en el colador con lentitud, debiendo detenerse la operación cuando queden aún en la botella un par de dedos de vino.

Descorche

Los vinos tintos deben descorcharse antes de su consumo, permitiéndoseles reposar durante un cierto tiempo.

Cuanto más joven sea el vino, tanto más tiempo necesita airearse: un vino tinto joven debe abrirse varias horas antes de su consumo, mientras que a un vino más viejo le bastará una hora o menos.

Distribución de los asientos

Hubo un tiempo en que una anfitriona tenía que conocer a la perfección la muy exacta ciencia de acoplar los diferentes rangos de sus invitados a la cena en los distintos puestos de la mesa. Después de realizar múltiples investigaciones, debía disponer las cosas de tal modo que su marido tomara a la mujer de mayor rango y la sentara a su derecha; ella misma debía ser llevada a la mesa por el hombre de más alto rango y tenerlo sentado a su derecha; el siguiente hombre de importancia se sentaba a su izquierda; de manera que cualquier hombre que no acompañara a señora alguna en la entrada al comedor, lo hacía así a causa de su mayor juventud o por su rango inferior al de los demás, o por ambas cosas a la vez.

Actualmente, en los domicilios particulares las personas sencillamente «van» a la mesa, no obedeciéndose con tanto rigor los complicados convencionalismos jerárquicos para la distribución de los asientos. Dado que estas cenas son reuniones mundanas cuyo propósito esencial es constituir un éxito social, las anfitrionas que tienen esto en cuenta procuran disponer los asientos según criterios de camaradería y fácil conversación. Hoy en día se tiene más en cuenta a la hora de distribuir los puestos la personalidad de los invitados que su rango. Pero aquella anfitriona moderna que prefiera prescindir por completo de las cuestiones jerárquicas en aras de una mayor comunicación, deberá recordar el hecho de que una persona de edad puede sentirse ofendida a causa del tratamiento que recibe si no entiende bien sus motivos.

En algunas casas, aún hoy se mantienen en vigor las antiguas reglas, debiendo aplicarse en todos los casos en que haya un invitado de honor. De no haber un invitado cuyo rango u ocupación exija bien a las claras un tratamiento preferente, deben reservarse los puestos de privilegio para las personas de más edad.

Tarjetas indicadoras

La anfitriona tiene que decidir la distribución de los puestos con antelación y anotarlo en algún sitio. Si la fiesta va a ser formal o de una cierta magnitud, probablemente deberá utilizar unas tarjetas para indicar a los invitados sus puestos. Los nombres de los comensales deberán ir siempre escritos a mano, bastando con el nombre de pila si la reunión es pequeña o informal. En las cenas formales debe consignarse en las tarjetas el nombre completo: Srt.ª Margaret Dalloway, Sr.ª Richard Dalloway, Sr. Peter Waslh, Lady Bruton.

Antes de cenar

Si se cuenta con servidumbre, ésta se encargará de las prendas de abrigo de los invitados en la puerta de entrada; si no es así, la anfitriona deberá indicar dónde pueden dejarlas. Una vez hayan saludado los anfitriones al invitado, deben —normalmente lo hace él— ofrecerle alguna copa. Lo más usual es Jerez, siendo muchas veces la única bebida de que se dispone, aunque también puede tenerse whisky, ginebra u otras.

Si no existe alguna persona que ofrezca las copas, puede hacerlo llevándolas en una bandeja o preguntando a cada invitado qué le apetece. Si no hay servicio doméstico y llegan varios invitados al mismo tiempo, los anfitriones pueden rogar a los recién llegados que se sirvan ellos mismos de una bandeja, o también pedir a algún amigo íntimo que les eche una mano. Los invitados pueden comenzar a beber tan pronto les haya sido servida su copa. (Quienes lleguen tarde deben rehusar cuando se les ofrezca cortésmente alguna bebida.)

Una vez se les haya servido la copa, o antes, hay que presentar a cada invitado al resto de los presentes, lo que debe hacerse con todos según vayan llegando. Para más información sobre las presentaciones, véase Cap. 8.

Anuncio de la cena

El sirviente anuncia la cena diciendo sencillamente: «La

cena está servida», o, si se carece de ayuda, la anfitriona ruega a sus invitados que pasen a cenar, abriendo ella el camino. Cada uno conoce cuál es su puesto al leer su nombre en las tarjetas o al serle indicado por la anfitriona. (No hay ninguna razón por la que la anfitriona no pueda sacar en este momento la nota en la que apuntó la distribución de puestos, para así recordar mejor dónde va a sentar a los invitados.) La anfitriona debe sentarse lo antes posible, imitándola el resto de las mujeres. Los hombres las ayudarán retirando ligeramente sus sillas antes de sentarse ellos.

Servir la cena

Parte del secreto del éxito de una cena con invitados reside en conseguir que se desarrolle con fluidez, produciéndose sólo mínimas interrupciones en el flujo de la conversación; pero lograrlo resulta notablemente difícil cuando se carece de servidumbre. De algún modo hay que servir a todos la comida, retirar cada plato una vez terminado, poner los nuevos y escanciar el vino. Los pobres anfitriones sobre quienes recaiga esta tarea sentirán, las más de las veces, que constantemente dejan a medias los temas de conversación, que no ejercen ningún control sobre su fiesta y que están pasando la noche como meros esclavos, trayendo y llevando copas. En el fondo de su alma puede que encuentren algún consuelo en la idea de la justicia del cambio de papeles, con lo que, en un probable futuro, quienes ahora se hallan cómodamente sentados a la mesa tendrán que trabajar de firme para que ellos, a su vez, puedan estar sentados bebiendo, comiendo y charlando tranquilamente.

La verdad es que no es posible superar esta dificultad, si tenemos en cuenta que no hay nada que pueda compararse a una cena servida por profesionales y que permita a los anfitriones permanecer en compañía de todos los comensales como si sus responsabilidades fueran las mismas que las de sus invitados. Una solución es, desde luego, contratar temporalmente camareros para servir la mesa, o bien conseguir que venga alguien para atender tanto la cocina como el servicio (trabajo que es bastante popular entre la juventud). Pero son pocos quienes desean o pueden permitirse afrontar estos gastos cada vez que ofrecen una cena a sus amistades. La mejor solución, por tanto, sería encontrar la forma de organizar el servicio de la comida de tal suerte que resulte eficiente, disponiendo al mismo tiempo al alcance de la mano todo tipo de ayudas, además de, por supuesto, planear o proyectar un menú que pueda ser servido fácilmente y que necesite poca preparación de último momento. Pero cualquiera que sea el tipo de servicio, aún rigen ciertas normas para el caso.

Orden de los platos

Los platos se sirven en las comidas según el orden expresado a continuación, aunque muy rara vez se sirven todos ellos en la misma ocasión.

Sopa (u otro primer plato).
Pescado (rara vez se sirve en segundo lugar precediendo al plato principal).
Sorbete (en muy pocas ocasiones).
Carne y verduras (el plato principal).
Ensalada (a veces se sirve como plato aparte, a veces como acompañamiento del plato fuerte, y se prescinde de ella muy a menudo).
Repostería.
Entremeses (muy raras veces).
Quesos (acertadamente incluidos en los últimos tiempos en el menú de las cenas con invitados).
Frutas (postre).

Opciones

Una posible variación sobre lo antedicho se centra en el servicio del budín o repostería y el queso. A veces se invierte su orden. En Francia, el queso precede siempre a la repostería, prefiriendo muchas anfitrionas seguir el ejemplo francés si el queso va a tomarse acompañado por el vino tinto bebido con el plato principal, en vez de tomarlo con Oporto. Muy frecuentemente también se sirven al mismo tiempo quesos y frutas, lo que hace que el servicio resulte más sencillo.

Cómo servir

La comida se sirve siempre por la izquierda del comensal, y los platos se retiran normalmente por su derecha. No se retira ningún plato hasta que todos hayan terminado, en cuyo momento se hace y se distribuyen los nuevos. Cuando se retiran los platos, únicamente debe hacerse de dos en dos, llevando sólo un plato en cada mano.

Todo lo que se sirva en cuencos o tazones, como las sopas, deberá llevar además un plato o fuente debajo, retirándose, en su momento, todo de una vez mediante un solo movimiento.

Si se sirve ensalada con el plato principal, debe disponerse para ella un plato especial; a veces se utilizan a tal fin platos con forma de media luna, que se colocan desde un principio en la mesa al ponerse ésta. Si la ensalada se sirve después del plato fuerte, debería usarse, en rigor, un nuevo plato de tamaño mediano, aunque en realidad un número cada vez mayor de anfitrionas ruegan a sus invitados que utilicen para ella sus platos anteriores. (Algunas personas prefieren no servir ensalada en las cenas muy formales, ya que el vinagre utilizado en su aliño perjudica la apreciación del sabor de un buen vino tinto.)

En estricto sentido, también para los quesos habría que traer platos especiales, aunque la anfitriona que no disponga de sirvientes puede unificar el servicio de quesos y frutas y esperar que sus invitados utilicen para aquéllos el platito de la mantequilla.

Orden seguido para servir

Tradicionalmente se sirve en primer lugar a la señora que se sienta a la derecha del anfitrión, continuando luego hacia la izquierda rodeando la mesa según el sentido de las agujas del reloj, lo que trae consigo que el anfitrión sea servido en segundo lugar. Si la reunión es numerosa y hay dos personas para servir, una de ellas lo hace como queda dicho, sirviendo en último lugar al comensal situado a la derecha de la anfitriona. La otra comienza sirviendo a la anfitriona, prosigue con quien esté a la izquierda de ésta y continúa así hasta servir finalmente a la persona situada al lado del punto inicial de servicio del primer servidor (Fig. 7).

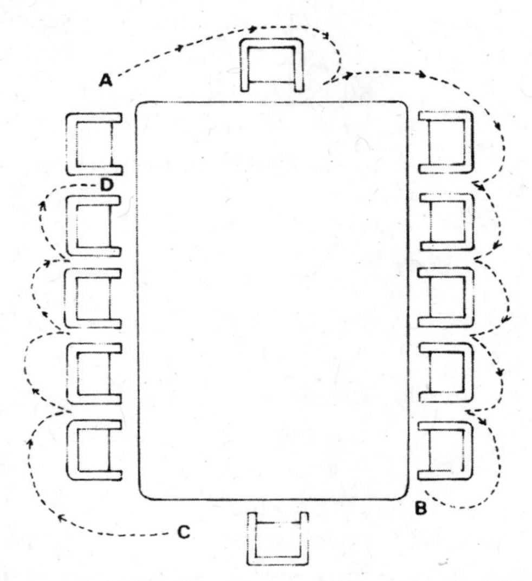

FIG. 7.—Desde A hasta B es un servicio y desde C hasta D otro.

Si la anfitriona está sola, puede asignar a alguien el papel de «anfitrión», de modo que el servicio pueda comenzarse por la mujer que esté a la derecha de éste; o también decidir realizar el segundo tipo de servicio descrito anteriormente, con lo que ella sería servida en primer lugar, siguiéndose después en torno a la mesa según el giro de las agujas del reloj. Igualmente podría comenzar ella con la persona sentada a su derecha.

Si sirven los dos anfitriones

Si ambos anfitriones sirven, cada uno con una fuente distinta, parece lógico comenzar por la mujer a la derecha del anfitrión, como siempre, sirviéndose ellos en sus propios platos cuando les toque el turno.

Si sirve la anfitriona

Si la anfitriona misma es quien sirve, a menudo la mejor solución es que los invitados vayan pasándose uno a otro los platos según vayan estando servidos. En este caso, el servicio debe hacerse de izquierda a derecha, en sentido contrario al de las agujas de reloj, de tal modo que a cada comensal le llegue su plato por la izquierda. Normalmente, la forma más sencilla de hacerlo es pasando la anfitriona cada plato al hombre situado a su derecha, que a su vez lo pasa, haciéndolo así llegar al otro extremo de la mesa. Pero si la anfitriona desea llevar ella misma el plato, debe hacerlo también en sentido contrario a las agujas del reloj.

Cómo servir el vino

El vino, al igual que la comida, va pasando de derecha a izquierda, aunque la copa debe llenarse por la derecha, al revés que el plato (de este modo es más fácil alcanzarlo). Las copas deben llenarse tan sólo hasta aproximadamente los dos tercios de su capacidad. En muchas de las cenas con invitados tan sólo se sirve un tipo de vino, siendo cuestión de opinión personal el que éste aparezca sobre la mesa desde un principio o sólo al servirse el plato principal. Si se trata de un vino bastante normal que no esté contraindicado para el primer plato, lo más habitual es servirlo durante toda la comida, aunque también es costumbre servir vino blanco si hubiese en el menú algún plato de pescado o mariscos.

El orden de servicio de los vinos quedó expuesto más arriba en «Vinos y licores». Si se cuenta con servidumbre, el vino se servirá cuando se solicite; si no la hay, a menudo es el anfitrión quien escancia el vino a todos (por lo menos la primera ronda), y si la anfitriona está sola, puede pedir a uno de los hombres que sirva el vino en su lugar. Tradicionalmente, las botellas o las jarras de vino nunca se han dejado sobre la mesa, y si se dispone de servidumbre tampoco hoy en día hay necesidad alguna de hacerlo así. Pero en las cenas en las que no se pueda disponer de esta ayuda suplementaria, la costumbre actual, perfectamente establecida, es, o bien dejar la botella sobre la mesa una vez el anfitrión haya escanciado por primera vez, o bien colocarla desde un principio en la mesa y rogar a los invitados que se sirvan ellos mismos y que se lo pasen. Cuando se acaba una botella, se retira evidentemente el casco vacío en el momento de traer otra llena, no debiendo dejarse sobre la mesa una botella a medio consumir de un tipo de vino si se cambia éste con la llegada de un nuevo plato (excepto si alguien lo pide así).

Limpieza de la mesa

Es costumbre retirar de la mesa todos los platos, las copas usadas, la sal y la pimienta, y toda la cubertería sin usar, antes de servir la repostería (o el queso). Esto debe hacerse sin falta en una cena formal; en las informales, queda a elección de la anfitriona si va o no a cumplir con la tradición. Incomprensiblemente, muchas de ellas consideran esto como una pérdida de tiempo.

Postre

En las cenas de gran formalidad se distribuyen lavamanos en el momento de los postres, así como cuchillos y tenedores para la fruta, que se colocan a cada lado del plato. Si la mesa carece de mantel, se coloca debajo de cada lavamanos un tapetito de lino o de encaje para que puedan así dejarse tranquilamente sobre la mesa (véase Fig. 6).

Cenas sin camarero

En las cenas con invitados en las que no haya servicio, debe improvisarse sobre las bases de las normas ya establecidas, lo que ha venido haciéndose el tiempo suficiente para que algunas de aquellas improvisaciones se hayan transformado, a su vez, en costumbres establecidas. La mayor parte de ellas funciona bastante correctamente, si bien hay una o dos que, a pesar de estar bien intencionadas, no contribuyen realmente al disfrute de los placeres de la mesa: el hábito de ir pasando los platos, apilándolos unos sobre otros, a la anfitriona, por ejemplo; se hace esto, por supuesto, con la intención de ahorrarle tiempo y trabajo, pero es algo poco agradable de contemplar y que causa trastornos.

Además de las modificaciones de la tradición ya mencionadas en este capítulo, hay también otras que contribuyen de igual modo a llevar a cabo con éxito una cena sin servicio. Por ejemplo, si el primer plato se toma frío, puede ponerse en la mesa antes de que se sienten los invitados, con lo que se ahorra un viaje. Si los platos van apilándose en un aparador, y se llevan a la cocina cuando resulte más conveniente, la anfitriona tendrá mayor oportunidad de seguir el hilo de las conversaciones que si se ausenta a menudo del comedor. Una simplificación obvia consiste en reducir el número de platos, aunque quizá las variaciones más útiles sean las que pueden introducirse en la forma de servir la comida. A continuación se citan tres métodos, debiendo cada anfitriona escoger el que mejor convenga a sus circunstancias.

Primer método

La anfitriona o el anfitrión, o ambos, pueden servir la comida. Esto presenta dos inconvenientes: alguno de los invitados puede sentirse algo incómodo al ser servido por sus anfitriones, y además este sistema obliga al anfitrión o a la anfitriona a estar levantados de sus asientos durante mucho tiempo.

Segundo método

El plato principal —y la vajilla— se coloca sobre un aparador y los invitados se sirven ellos mismos. Esta especie de buffet improvisado es de antigua tradición, y funciona bien siempre y cuando la comida esté ya dividida en porciones listas para el servicio y se disponga de los utensilios necesarios para mantener los platos y la comida a la temperatura adecuada, aunque significa que todo el mundo tiene que levantarse y volverse a sentar.

Tercer método

Otro método consiste en servir y distribuir la carne en platos —o mediante la fuente—, dejando al cuidado de los invitados el servicio de todo lo demás (o también incluso la carne). Se trata de una versión modificada de uno de los más antiguos sistemas de servicio de comida, que trae consigo menos lío y trajín que cualquiera de los otros métodos descritos.

Comportamiento en la mesa

Paradójicamente, en la mesa un invitado debe intentar, y conseguir, hacer olvidar a los demás que está comiendo. Come y bebe con tranquilidad y sin ruido, no habla, por supuesto, con la boca llena, procura no dar la impresión de estar hambriento y también no comer tan despacio que retrase la buena marcha de la comida. Más adelante se describen las técnicas modernas en el comer y el beber.

En caso de encontrarse ante un plato que no se sabe cómo comer, pueden adoptarse dos actitudes: mirar qué es lo que hacen los demás o confesar la propia ignorancia. Pocos pensarán mal de alguien que admita su inexperiencia; antes al contrario, es probable que le lluevan los consejos de todas partes.

Al ser servido

La comida se presenta por su izquierda al comensal. El invitado toma el (los) cubierto(s) de servicio —uno en cada mano si hay dos—, se sirve todo lo que le apetece y luego deposita nuevamente, uno junto a otro, los cubiertos de servicio en la fuente. Cuando es un sirviente quien trae la comida es correcto dar las «gracias» en el momento en que aquél la ofrece, pero no es necesario hacerlo cuando retira cualquier cosa. Lo mismo puede decirse si alguno de los anfitriones sirve, con el normal añadido de algún comentario sobre el tema de conversación del momento o algún elogio acerca del apetitoso aspecto de la comida, aunque entablar conversación con ellos cuando están intentando servir a todo el mundo puede, obviamente, resultar desconsiderado.

Si la fuente de servicio se va pasando entre los comensales, es frecuente que los hombres la ofrezcan primero a la mujer que se sienta a su derecha, sosteniéndola mientras ella se sirve. Si la fuente es pesada, la mujer puede rogar a un hombre que la sotenga, cosa que él debe aceptar (y también ella). Pero es perfectamente correcto que las cosas vayan simplemente pasando en torno a la mesa de comensal en comensal si pueden manejarse individualmente.

Ofrecimiento de ayuda

Aunque sea un gesto cortés ofrecer amablemente ayuda, especialmente a una anfitriona que da ella sola la cena, nunca hay que insistir con tal ofrecimiento. Si ciertos participantes en la reunión están sentándose y levantándose en el transcurso de la comida, la conversación se hará intermitente y sus compañeros de mesa se verán desprovistos de interlocutor —y tal vez puedan sentirse culpables por no estar ayudando ellos también—. Como regla general, es mucho mejor que los invitados permitan que les sirvan y se abstengan de tener gestos de galantería, a no ser que exista una razón para pensar que es verdaderamente necesario. El principal deber de los invitados es estar amables, simpáticos y atentos con sus compañeros de cena, y contribuir tanto como puedan a la conversación y al espíritu de confraternización. Se encuentran allí para divertirse, no para organizar una cadena de distribución, y es posible que para la anfitriona que tenga ya pensado un sistema para el servicio —como debe ser— resulten esas bienintencionadas ayudas más un estorbo que otra cosa.

Cuándo comenzar

Es correcto empezar a comer inmediatamente después de ser servido, incluso si otros aún no lo han sido. Es una costumbre establecida que tiene ventajas prácticas; en primer lugar la comida no tiende a enfriarse, y en segundo lugar se evita a la anfitriona la aburrida repetición de frases de ánimo, como «por favor, no esperéis...» o «comenzad, por favor...» —letanía familiar en muchas cenas con invitados. Esperar a que todo el mundo esté servido —aunque sea claramente una instintiva muestra de cortesía— no tiene ningún sentido en las cenas de hoy en día, pues no hay duda de que todo el mundo será servido.

Conversación

Véase también el Cap. 8. En cualquier caso de cena —ya

sea numerosa o íntima, formal, o informal–, todo el mundo tiene la obligación de hablar con las personas sentadas a su lado. Por muy cohibido que se sienta un comensal, siempre puede seguir la conversación que se desarrolla en torno a él, debiendo contribuir a ella cuando le sea posible. No es educado permanecer toda la cena sentado en un modesto silencio; un buen invitado debe siempre hacer notar su presencia.

Hay que dividir la conversación entre los comensales de ambos lados, ya que sería de pésimo efecto pasarse la mayor parte de la comida dando la espalda a uno de los compañeros de mesa.

Temas

Hace algún tiempo había cuatro temas de conversación considerados poco aconsejables en las reuniones mixtas entre gente educada: la servidumbre, las enfermedades, la religión y la política. En la mayoría de los círculos sociales existía un estricto tabú en torno al sexo. Mientras que se ha producido un claro descenso en el interés por hablar acerca de los problemas del servicio, los otros son, si exceptuamos las enfermedades, algunos de los más importantes temas de conversación que nunca han existido, siendo perfectamente correcto tocarlos hoy en día, ya que ninguno de los presentes se va a asustar de lo que se diga.

La anfitriona tiene siempre que mantenerse alerta ante las señales de peligro. Si uno de sus invitados es, digamos, un tanto mojigato, y la conversación se desliza del tema del cine en general hasta el de las películas pornográficas en particular, ella debe desviar la conversación. En caso de apuro puede utilizarse la siguiente fórmula: «Volviendo a lo que estabas diciendo hace un momento...», llevando así la charla al punto al que antes estaba y manteniéndola allí hasta que alguien intervenga. Aún más atenta debe estar ella si se discuten cuestiones religiosas. Si la conversación deriva hacia la religión que uno de los comensales practica –y el resto de los presentes ignora ese extremo–, lo más seguro es cambiar de tema en seguida. Por supuesto, ese invitado puede frustrar el intento mediante la exposición de sus propias convicciones, provocando el intercambio de puntos de vista; incluso en tal caso, la anfitriona debe estar dispuesta a intervenir si la discusión se hace puntillosa o hiriente.

La política constituye un tema algo menos delicado, aunque la anfitriona debe darse cuenta de que es algo que puede resultar tan fascinante para algunos como aburrido para otros. Ha de procurar que todo el mundo sentado a la mesa se divierta —y no sólo quienes entiendan de política—, siendo deber suyo conducir la conversación de modo que esto se cumpla.

Un tipo de conversación que nunca debe mantenerse es el que incluye murmuraciones malsanas, malintencionadas o injurias acerca de alguien que no esté presente. También es descortés que, si se forma un grupo de tres personas, dos de ellas se refieran largo rato a personas o lugares que el tercero desconoce.

Antes era costumbre que los invitados nunca expresaran su placer por la comida o bebida servidas durante la cena, pero tal reticencia está hoy en día totalmente pasada de moda. De hecho, un invitado que no encuentre algo agradable que comentar acerca de la cena o del ambiente sería actualmente considerado casi de mala educación.

Rehusar comida

A pesar de que en general es una descortesía rechazar algún plato, debe hacerse si existe una buena razón para ello; por ejemplo, si se es alérgico al tipo de alimento servido. Sin embargo, en ciertos casos resulta menos conflictivo aceptar una muy pequeña cantidad y, sencillamente, dejarla en el plato.

Rehusar el vino

El vino puede siempre rechazarse diciendo simplemente: «No, gracias», o tapando un instante con la mano la copa en que se pretendía escanciar. Si se desea beber agua y no hay a la vista jarra alguna, o no se tiene vaso para ella, es perfectamente correcto pedir lo que se desee.

Una cena buffet ofrece la ventaja de ser más abierta e informal. Permite un mayor número de invitados y la anfitriona se despreocupa en parte de servir, pues lo realizan los invitados directamente.

Repeticiones

Antes solía ser norma no preguntar si se deseaba repetir de algún plato durante las cenas con invitados. No obstante, esto ya no es así, dependiendo del tipo de comida y de la cantidad sobrante de ésta, y la gran mayoría de las anfitrionas brindan la posibilidad de repetir. Si a uno le ofrecen hacerlo, no hay por qué sentirse avergonzado de decir que sí; antes bien, el placer del invitado supone un cumplido para la anfitriona —sobre todo si también ella ha cocinado—. Pero cada cual puede hacer lo que desee.

Incidentes

En caso de incidentes, la regla a seguir es «no interrumpir la fiesta». Por ejemplo, si un comensal vierte el contenido de la salsera, debe disculparse, pero no es preciso que haga en voz alta continua expresión de remordimiento. Y la anfitriona, si no hay servidumbre, debe solucionar el desaguisado tan rápida y diestramente como le sea posible. En una casa sin servidumbre el invitado debe, desde luego, ofrecerse para ayudar a arreglar los desperfectos. Pero si la anfitriona declina su ofrecimiento no debe insistirse. En todos los casos de incidentes debe prevalecer el sentido común sobre la cortesía, siendo el Dr. Johnson quien mejor expresó esto cuando, al tomar una cucharada de sopa hirviendo y escupirla inmediatamente, dijo: «¡Ahora sólo un tonto la tomaría!»

Fumar

Es muy descortés fumar en la mesa a no ser que, de alguna manera, los anfitriones den un primer paso en tal sentido, ofreciendo cigarrillos o encendiendo el suyo. No debe fumarse hasta que se haya terminado de comer.

Después de cenar

Una vez concluida la cena, la anfitriona se pondrá en pie y sugerirá a sus invitados seguirla y pasar a la sala de estar —o a otros asientos más cómodos si comedor y sala de estar son una misma estancia—; o bien rogar que la sigan tan sólo las señoras, dejando a los caballeros dedicados a los cigarros. Si ocurre esto último, los hombres deben ponerse en pie cuando las señoras se retiren, debiendo abrir la puerta de salida el que más cerca esté de ella.

Salida de las señoras

De un tiempo a esta parte, la antigua costumbre de la separación de los sexos se ha desprestigiado bastante, aunque antes de que pase al olvido merece una cierta reconsideración, ya que existen distintos factores que la hacen recomendable. En primer lugar, las mujeres necesitan salir para arreglarse, siendo éste un excelente momento para hacerlo; en segundo lugar, les brinda la oportunidad de contactar entre ellas con mayor confianza de lo que puede hacerse en un salón en el que ambos sexos deben mezclarse. Parece que las objeciones se centrarían en el supuesto de que los hombres se están quitando de encima a las mujeres, pero es ésta una actitud ilógica y las señoras no tienen por qué sentirse discriminadas tan sólo porque ellos se queden reunidos en el comedor.

Si la anfitriona decide separar así a sus invitados después de la cena, es de muy poca educación no secundarla de buen grado. También es descortés que cualquiera de los dos grupos permanezca más de unos 20 minutos fuera de la sala de estar.

El café

Aunque lo más habitual sea levantarse de la mesa para tomar el café (y los licores), mucha gente prefiere hacerlo en la mesa.

Al servir el café se lleva la bandeja a la sala de estar o a la mesa del comedor, según se prefiera. Si se sirve el café en la mesa, antes de hacerlo se retira todo tipo de restos de la comida.

En una cena con suficiente número de sirvientes, es uno de ellos quien ofrece el café sucesivamente a todos los invitados, sirviéndose en la taza y dejando que cada cual tome el azúcar y la leche que desee de la bandeja. Una alternativa de mayor sencillez es que aquél deje la bandeja junto a la anfitriona y salga; en este caso, la anfitriona misma sirve el café. (El servicio correcto del café difiere del servicio del té en que en el primero es más bien el invitado y no la anfitriona quien se sirve la leche y el azúcar.)

Licores

Inmediatamente después de servido el café se ofrecen el brandy y los licores (si los hay). Si el café se toma en el salón, pueden prepararse de antemano las botellas y las copas en una mesita auxiliar; si los invitados van a permanecer sentados en la mesa del comedor, habrá que llevar allí en una bandeja las botellas y las copas. Si se carece de ayuda doméstica, normalmente es el anfitrión quien se ocupa de los licores. Cuando todos los invitados tienen ya su café, el anfitrión pregunta a cada uno de ellos qué bebida prefieren entre las que hay y se la sirve en una copa. Entre los licores más afamados pueden citarse el Cointreau, el Drambuie, el Chartreuse y el Grand Marnier.

Si se permanece en la mesa

Si a causa de la falta de espacio, o porque así apetece, no se va a abandonar la mesa del comedor después de tomado el café, los invitados deben sentirse libres para ponerse en pie, cambiar de lugar su silla o permutar entre sí los puestos, siempre y cuando no se moleste a nadie con ello. La manera más fácil de hacerlo es iniciando anfitrión y anfitriona tal permuta.

Partida

Normalmente la gente suele partir de las cenas entre las once y las doce de la noche, aunque desde luego hay muchas excepciones a este horario. Todo el que se quede más tiempo debe calibrar el cansancio de los anfitriones, debiendo marcharse en caso de duda excepto si le ruegan lo contrario.

Los anfitriones deben acompañar siempre hasta la puerta principal a los invitados que se vayan, quienes naturalmente agradecerán su hospitalidad antes de marcharse.

Agradecimientos

Además de dar las gracias a los anfitriones al término de la velada, debe escribírseles una carta de agradecimiento, a ser posible al día siguiente —aunque es aceptable una demora de hasta una semana—. En ella debe expresarse nuevamente el reconocimiento por la hospitalidad recibida y, muy importante, mencionarse uno o dos detalles de la fiesta que se hayan encontrado particularmente agradables. Tradicionalmente, este tipo de cartas se envían tan sólo a la anfitriona, pero si se es buen amigo de ambos anfitriones, y sobre todo si los dos han ayudado a servir la mesa, es lógico que la carta se dirija a ambos. En el Cap. 8 se dan instrucciones para la redacción de notas de agradecimiento.

Si la anfitriona es una amiga íntima, lo normal es telefonear al día siguiente en vez de escribir una carta. Esto brinda a la anfitriona la oportunidad de mantener un cambio de impresiones acerca de la fiesta y hacer un balance con la ayuda de otro par de ojos y oídos.

No es necesario que marido y mujer envíen notas de agradecimiento: normalmente es la mujer quien lo hace en nombre de los dos. Sin embargo, merece la pena hacer notar que si la anfitriona recibe una carta de agradecimiento de ambos cónyuges, es probable que la recuerde con una especial muestra de cortesía.

COMER Y BEBER

En una cena con invitados, la comida y los vinos, por muy importantes que sean, son tan sólo algo secundario. La actividad esencial es, desde luego, la conversación, y el objetivo de la combinación de todos esos factores es causar una grata impresión. Por tanto, los buenos modales en la mesa sirven para distraer la atención del acto de comer y beber, manteniendo así el adecuado orden de prioridades en la velada.

Uso del cuchillo

Al utilizar el cuchillo, tómelo de manera que el otro extremo del mango quede oculto por la palma de la mano. El dedo pulgar queda extendido sobre una de las caras del mango y el dedo índice presiona hacia abajo el dorso del cuchillo, pero este dedo no llega nunca a tocar la hoja. Los otros tres dedos rodean al mango para sujetarlo bien, tal y como se muestra en la Fig. 8.

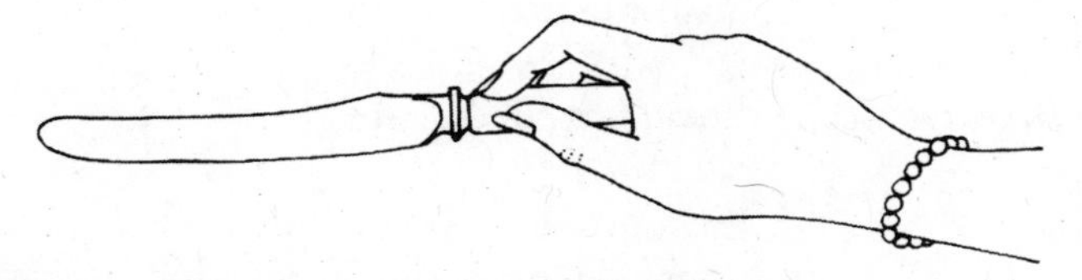

FIG. 8.—*Forma correcta de asir el cuchillo.*

Uso del tenedor

Cuando se utiliza el tenedor sin el cuchillo debe manejarse con las puntas hacia arriba, como en la Fig. 9. Sujete siempre el tenedor por la zona del mango más próxima al extremo que pueda; no lo agarre por abajo. El tenedor debe descansar sobre el dedo medio, que a su vez se apoya en los otros dos.

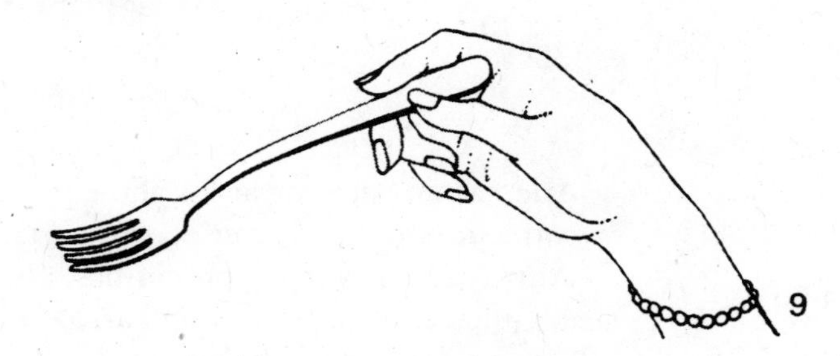

Los zurdos se encuentran a sus anchas con los tenedores. Dado que estos instrumentos fueron los últimos inventos que se incorporaron a la mesa del comedor, el único sitio libre en que pudo colocárseles fue a la izquierda del plato, con lo que a los zurdos les basta con tomarlos y empezar a comer, mientras que los diestros deben realizar su incómoda transferencia a la mano derecha. Por este motivo, no es correcto utilizar por sí solo el tenedor una vez se haya puesto el cuchillo (o la cucharilla del postre) también en movimiento. Habría que realizar demasiados movimientos y cambios de mano.

El tenedor en solitario se usa en las cenas o platos en los que no hace falta utilizar un cuchillo o una cucharilla de postre. Nos referimos, por ejemplo, a ciertos entrantes, pastelerías, y también a aquellos platos principales en los que no se necesite cortar nada y que puedan tomarse simplemente picando.

Utilización conjunta de cuchillo y tenedor

En este caso, el cuchillo se utiliza tal y como se dijo antes, mientras que el tenedor se maneja como el cuchillo (Fig. 10). Las púas del tenedor se tienen hacia abajo. Normalmente se usan juntos cuchillo y tenedor en el plato principal, aunque si no hay nada que cortar puede usarse el tenedor solo, como ya quedó dicho. Ambos métodos son correctos. En otros platos y preparaciones en los que es necesario cortar, como en algunos melones o entremeses, también se emplean cuchillo y tenedor.

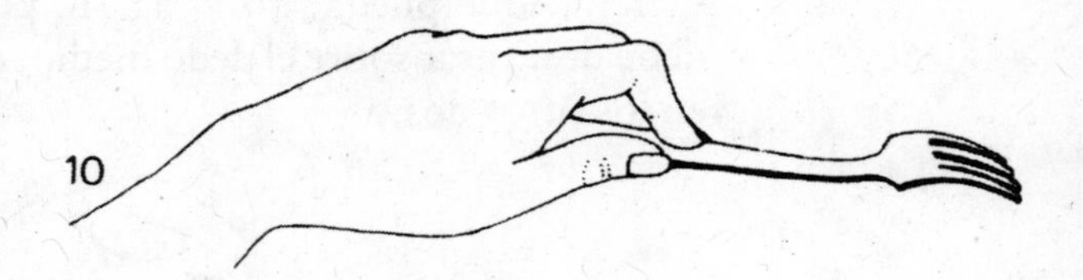

Además de para cortar los alimentos (los pedazos se van comiendo a medida que se van cortando), el cuchillo se utiliza para llevar la comida hasta el tenedor (Fig. 11). Algunos alimentos, como el arroz o los guisantes (cuyo caso se describirá con mayor detalle más adelante) pueden, o bien apilarse en el reverso del tenedor, o bien darse la vuelta a éste momentáneamente y, usándolo como cuchara, recoger en él los alimentos empujándolos con el cuchillo (Fig. 12). Si se hace esto último, debe colocarse la

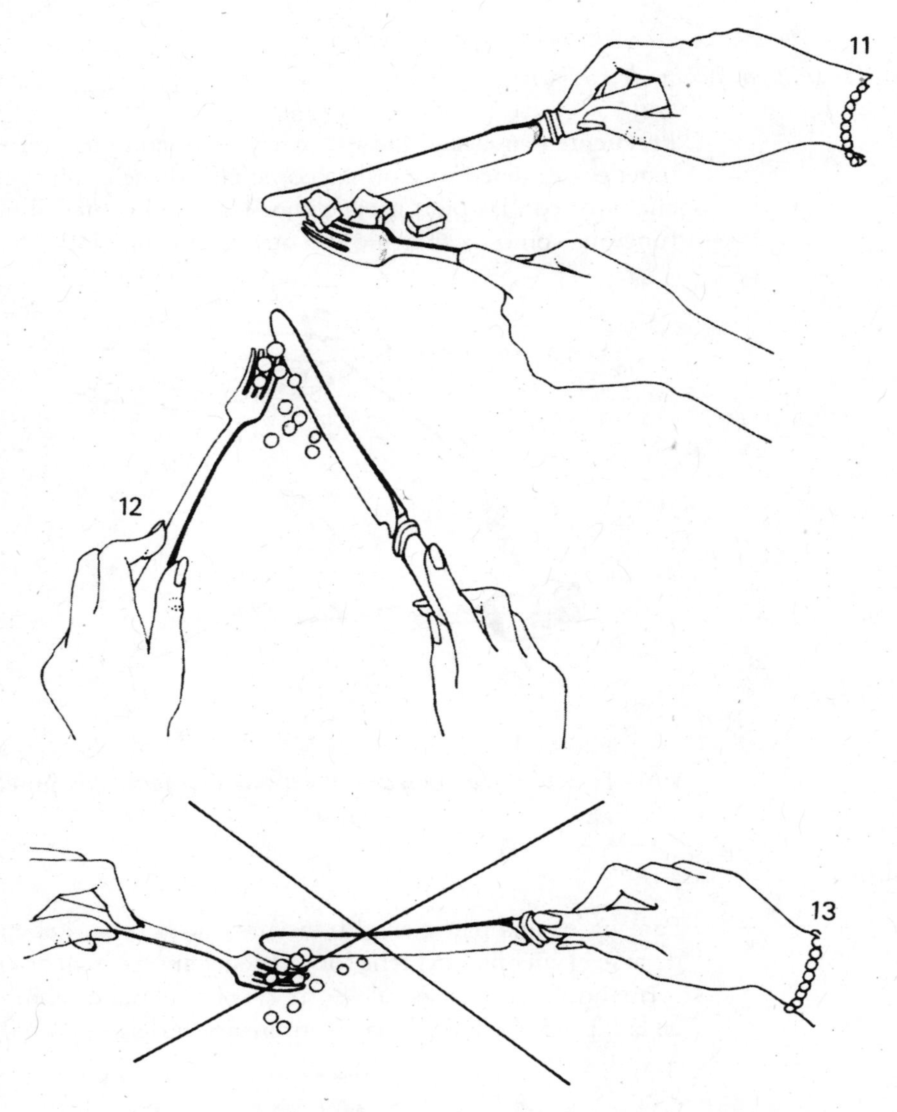

comida con el cuchillo por la parte de dentro del tenedor y no por la de fuera (Fig. 13), pues de lo contrario podría darse a los vecinos de mesa con los codos.

Uso de la cuchara

La cuchara se coge con la mano derecha exactamente igual que el tenedor. Recuerde que ésta debe sostenerse por el extremo del mango y no por su base.

Utilización conjunta de cuchara y tenedor

Frecuentemente hay que tomar el budín con cuchara y tenedor. El tenedor se utiliza como cuando se usa con el cuchillo: con las púas hacia abajo. Uno de los utensilios funciona como receptáculo y el otro como guía (Fig. 14).

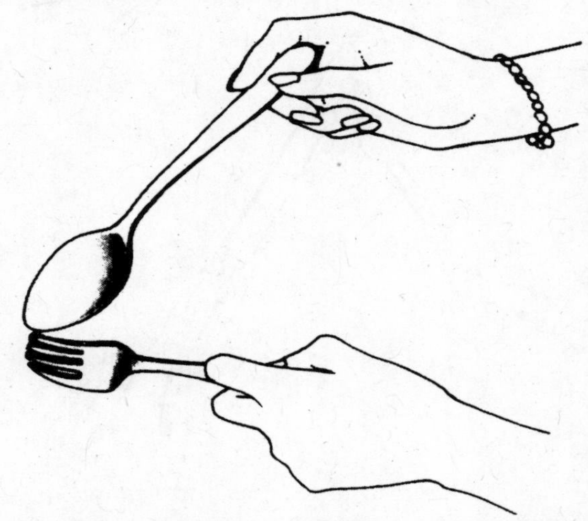

FIG. 14.—Uso del tenedor y la cuchara para comer el budín.

Pausas

Para hacer una pausa en el transcurso de la cena, deben dejarse el cuchillo y el tenedor (o la cuchara y el tenedor) formando un cierto ángulo entre sí sobre el plato, como en la Fig. 15. Cuando se haya terminado, se dejan cuchillo

FIG. 15.—El ángulo que forman el cuchillo y el tenedor indica que el comensal no ha terminado aún el plato.

y tenedor (o cuchara y tenedor) uno junto a otro (Fig. 16). Nótese que las puntas del tenedor están hacia arriba.

FIG. 16.—Posición del cuchillo y del tenedor cuando el comensal ha terminado.

TECNICAS ESPECIALES

Se han desarrollado algunas técnicas concretas para comer los alimentos que a continuación mencionamos. En ciertos casos pueden existir varios métodos. Incluimos las variantes más importantes.

Alcachofas

Las alcachofas enteras pueden servirse calientes con mantequilla derretida o con otra salsa caliente, o frías con un aderezo de vinagreta o con una salsa fría.

Con los dedos, vaya arrancando las hojas una por una, introduzca su extremo carnoso en la salsa y, mediante un movimiento sin brusquedad, tome raspándola entre los dientes la parte de la hoja mojada en la salsa. Los restos no consumidos de cada hoja se van dejando a un lado del plato.

A medida que van estando más próximas al corazón de la alcachofa, las hojas van haciéndose más delgadas y menos carnosas. Si se arrancan, segregan una substancia licorosa que puede rasparse con el tenedor. Bajo estas hojas se encuentra el mejor bocado del vegetal, el corazón de la alcachofa. Se come con cuchillo y tenedor.

Espárragos

Los espárragos, como las alcachofas, pueden servirse calientes o fríos con salsas de acompañamiento. Tome con los dedos un tallo por su base, sumerja la cabeza en la salsa y muérdala. Continúe comiéndolo en esta forma. Si la base del espárrago está demasiado dura para comerla, déjela a un lado del plato.

Queso

Cuando vaya a comer queso, corte cada vez un pequeño pedazo. Normalmente suele ponerse éste sobre un trocito de pan o de galleta, sobre la que puede haberse extendido un poco de mantequilla, y se come con los dedos. A ciertas personas les gusta comer la corteza de los quesos de pasta blanda, como el Camembert, aunque esto es cuestión de gusto personal.

Cuando vaya a servirse a partir de un trozo grande en forma de V o sector circular, haga el corte a lo largo de uno de los brazos de la V y no separando la punta de ésta.

El queso Stilton se sirve frecuentemente a partir de uno de forma redonda, pudiéndose utilizar una cuchara para recoger el centro desmigajado.

Mazorcas de maíz

Se comen utilizando los dedos. (Algunas veces se le colocan dos pequeños asideros en cada extremo.) Tome la mazorca por sus asideros o cogiéndola por ambos extremos y vaya arrancando los granos de maíz con los dientes. Esta operación puede resultar dificultosa a personas con problemas en la dentadura, y como también es algo engorrosa, la mazorca de maíz suele reservarse para las reuniones familiares.

Pescado

Las opiniones están divididas en cuanto a si es mejor hacer filetes con el pescado antes de servirlo o irlo cortando poco a poco a medida que se vaya comiendo. En el primer caso la comida se hace más cómoda, aunque se considera que de algún modo lo último es algo más correcto, a pesar de que se origina el problema de qué hacer con los restos. Una anfitriona muy previsora dispondría unos platitos auxiliares para este menester. Si se introduce alguna espina en la boca, sáquela con los dedos lo más disimuladamente que pueda y deposítela a un lado del plato.

Fruta

La mejor indicación de que se dispone para tener una idea del grado de formalidad que la ocasión requiere radica en la cubertería que se haya dispuesto. Si se han colocado para la fruta cuchillo y tenedor, deben usarse ambos.

Peras y manzanas

La manera más elegante de comer cualquiera de estas dos frutas es trocearlas en cuartos, pelar cada uno de ellos y comerlos con el cuchillo y el tenedor. Esta es una forma muy práctica de tomar las peras, ya que el jugo que se desprende de ellas hace que sean bastante pringosas; pero la mayoría de la gente come hoy en día los trozos ya pelados de peras o manzanas con las manos. Si a usted le gusta la piel, no hay ninguna razón por la que no pueda comerla.

Naranjas

Las naranjas son bastante difíciles de comer con pulcritud, y más vale que prescinda de tomarlas en una cena formal a menos que domine ya la técnica. Consiste ésta en pelarla con un cuchillo, separar la parte blanca de la piel adherida a la pulpa y comer ésta con tenedor. Otra posibilidad, menos formal y más popular, consiste en pelar la fruta con el cuchillo, dividirla en gajos y tomar cada uno de éstos con los dedos.

Frutas con huesos y pepitas

Las frutas frescas, como las cerezas y las uvas, se comen con los dedos; para desembarazarse de los huesos o de las pepitas, acerque la mano a la boca, deje caer en ella el hueso y depositelo en el borde del plato.

Si le sirven un budín de frutas y éstas contienen pepitas o huesos, acerque la cuchara a la boca y póngalos tranquilamente en ella, dejándolos nuevamente al borde del plato. En caso de frutas con huesos grandes, como los melocotones, separe el hueso de la pulpa al cortar la fruta en cuartos.

Carnes

Cuando se come carne, tan sólo es necesario utilizar el cuchillo cuando hay necesidad de cortar algo, aunque también es de gran ayuda para empujar. Las chuletas, los asados y los filetes, por ejemplo, se comen con cuchillo y tenedor, mientras que para el pastel de pescado o la vaca a lo «stroganoff» sólo es necesario utilizar el tenedor.

Mejillones

A veces los mejillones se sirven con sus conchas, como pasa en el plato «moules à la marinière». Normalmente, se van cogiendo uno a uno y se van extrayendo los moluscos con el tenedor. Un método francés también válido consiste en reemplazar el tenedor por la concha ya vacía de uno de los mejillones usándola como una especie de cuchara con la que sacar cada molusco de su concha.

Ostras

Si se la sirven con la mitad de la concha, sujétela bien con una mano sobre el plato y utilice un tenedor para despegarla. Tras ingerirla se puede tomar la comida vacía y tomar el jugo.

Pasta

No es muy probable que la pasta figure en el menú de una cena formal con invitados, ya que es un plato casero y que además puede manchar bastante; pero sí es posible que figure en una cena informal. Si le ponen delante un plato con un montón de tallarines, introduzca el tenedor en él, levántelo e intente separar unas cuantas cintas. Apriete luego las púas del tenedor contra el borde del plato y, con cuidado, vaya girándolo de forma que las cintas se enrollen. El resultado ideal sería un manojo compacto, del que cuelguen pocos y cortos extremos.

Algunas personas se sirven de una cuchara en la que apoyan el tenedor mientras le dan vueltas para agrupar los tallarines, aunque este modo de proceder pone de manifiesto la inexperiencia de quien está tomando los espaguetis.

Paté

El paté se sirve acompañado de pan tostado y mantequilla. Corte un trocito de tostada con el cuchillo de la mantequilla, extienda ésta sobre él y ponga un poco de paté encima. Actúe siempre de esta manera, preparando cada bocado cuando vaya a comerlo.

Guisantes

Puede muy bien decirse que es posible distinguir a una princesa tanto por la forma de comer los guisantes como por la forma que tiene de dormir sobre ellos. Realmente no es nada fácil comer guisantes. Hacia 1830, se comían con cuchara; nunca se ha hecho con el cuchillo, a pesar de lo que a alguna gente le gusta creer. Hay dos maneras de comportarse cuando se comen los guisantes con cuchillo y tenedor: una de ellas consiste en pinchar un par de ellos con el tenedor, si se puede, y amontonar unos cuantos más con el cuchillo sobre el dorso del tenedor, aunque no sea esto algo muy digno de verse. La técnica que se recomienda consiste en girar el tenedor poniéndolo hacia arriba (sin cambiarlo de mano) y, sencillamente, amontonar sobre él los guisantes, empujándolos un poco con el cuchillo si es preciso (véase Fig. 12). Acto seguido, se vuelve el tenedor a su posición original, con las púas hacia abajo, y se continúa la comida.

Repostería

Actualmente es práctica habitual tomar el budín bien con

tenedor, bien con cuchara y tenedor (si resultara difícil trocearlo en pedazos del tamaño adecuado para ser ingeridos). Los helados y los sorbetes son dos excepciones a esta regla, tomándose siempre con cuchara.

Bollería

Los bollos se trocean con los dedos, no se cortan por la mitad con un cuchillo. Separe una pequeña porción, úntela con mantequilla si le apetece y cómala.

Ensaladas

Si es preciso, las ensaladas pueden tomarse con cuchillo y tenedor.

Caracoles

Los caracoles, o *escargôts*, rara vez se toman en los domicilios particulares, aunque sí aparecen con frecuencia en las cartas de los restaurantes. Se sirven con un par de pinzas especiales y con un tenedor de púas en horquilla. Se sujeta la concha con las pinzas, utilizando la mano derecha, y se extrae el caracol con el tenedor. Si hay pan en la mesa, es perfectamente correcto, y delicioso, mojar con él el resto de la salsa de ajo que haya quedado después de acabar los caracoles.

Sopas

La sopa se toma por un lado de la cuchara, nunca por su extremo. Introduzca de lado en la sopa la cuchara por el borde del plato que tenga más próximo, y sáquela por el extremo opuesto después de cruzar el plato. De este modo, si la cuchara gotea algo, el líquido caerá sobre el plato y no sobre usted. Cuando el plato esté casi vacío, inclínelo ligeramente hacia fuera y tome lo que haya quedado.

Si la sopa se sirve en platos grandes soperos, la cuchara se deja en éstos cuando se ha terminado; si se sirve en tazones de consomé, se deja sobre el plato que hay bajo ellos.

Lavamanos

Pueden sacarse acompañando a cualquier tipo de plato que se coma con los dedos. En las cenas de gran formalidad, los lavamanos se traen encima de los platos para el postre: cada comensal levanta el suyo –y también los mantelitos, si los hay– y lo coloca a su izquierda, a la altura del tenedor. Sumerja la punta de los dedos en el agua y séquelos luego suavemente con la servilleta que tiene sobre las rodillas.

Servilletas

Nada más sentarse, desdoble la servilleta y extiéndala sobre sus rodillas. Utilícela con moderación, frotando levemente los dedos y tocando apenas los labios con ella. En el momento de levantarse y dejar la mesa, ponga encima la servilleta sin intentar doblarla.

El trinchado

El trinchado puede hacerse tanto en la cocina como en el comedor. En cualquier caso es necesaria una notable habilidad, adquirida a base de mucha práctica en la intimidad, antes de trinchar en público cualquier tipo de ave o pieza de carne. En las Figs. 17 a 22 se indican los métodos básicos de trinchado de los diferentes tipos de carne; es necesario previamente disponer de un cuchillo bien afilado, de un tenedor con un asa de seguridad, y mucho sitio.

Vino

Véase también «Vinos y licores» y «Servicio del vino y el Oporto». Si se cambia de vino con cada nuevo plato, procure terminar el que le hayan servido antes de comenzar con el siguiente plato y el vino que le acompañe. Por supuesto, esto quizá le resulte imposible, pero no siga bebiendo del primer vino una vez haya empezado a comer el segundo plato.

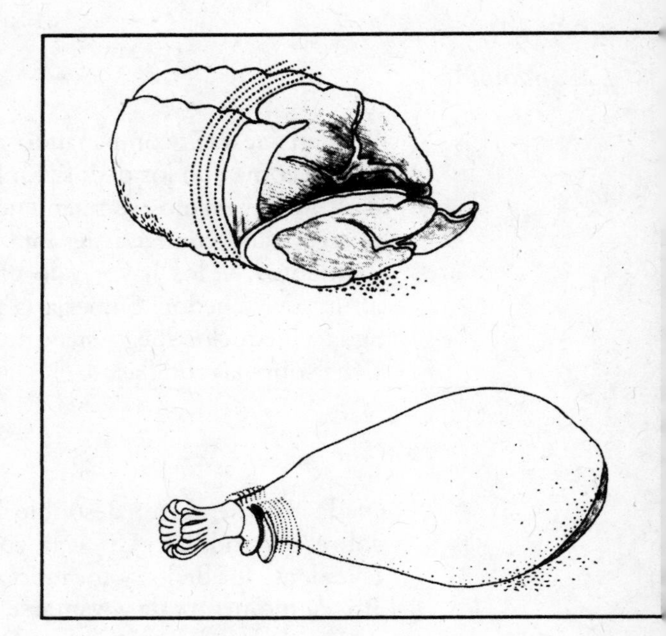

FIG. 17.—Trinchado de un redondo de vaca.

FIG. 18.—El jamón se va trinchando alternando los lados.

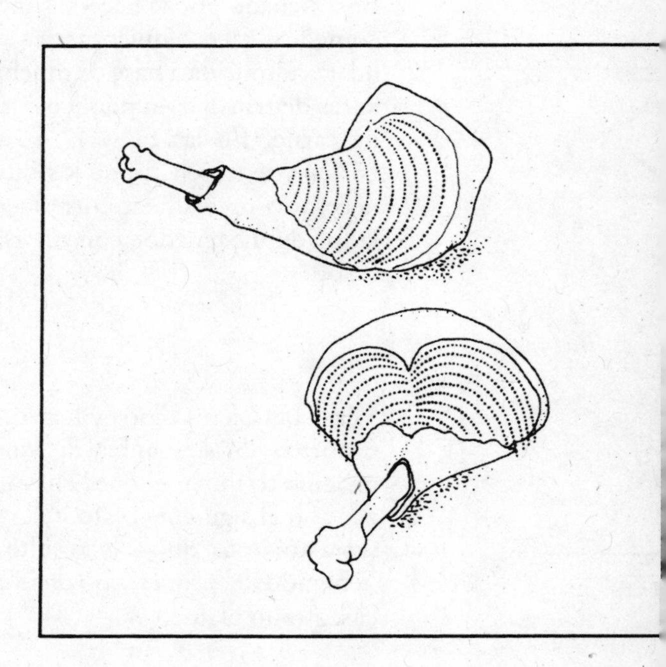

FIG. 19.—Trinchado de una pata de cerdo.

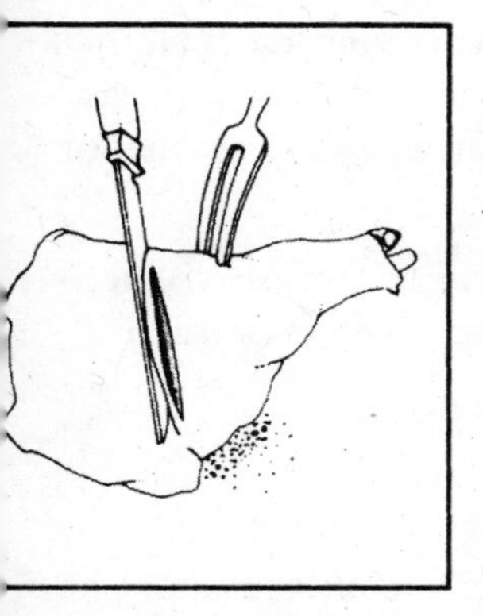
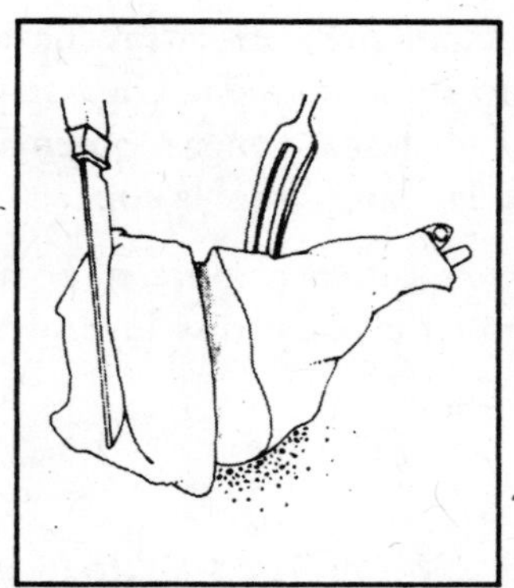
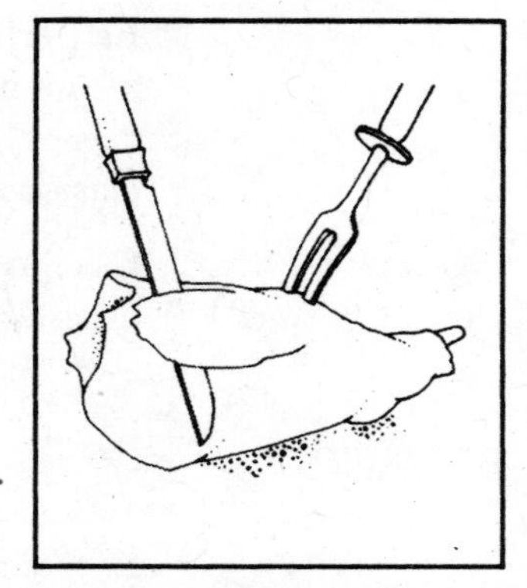

'G. 20.—Pierna de cordero: dé un par de cortes, trinche a ambos lados del centro; déle la vuelta y trinche horizontalmente.

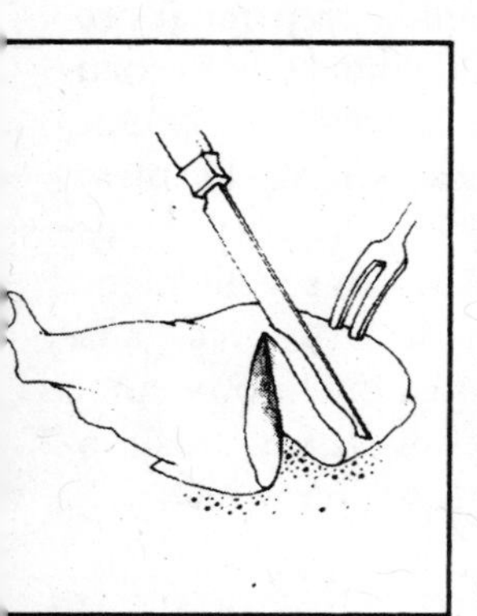
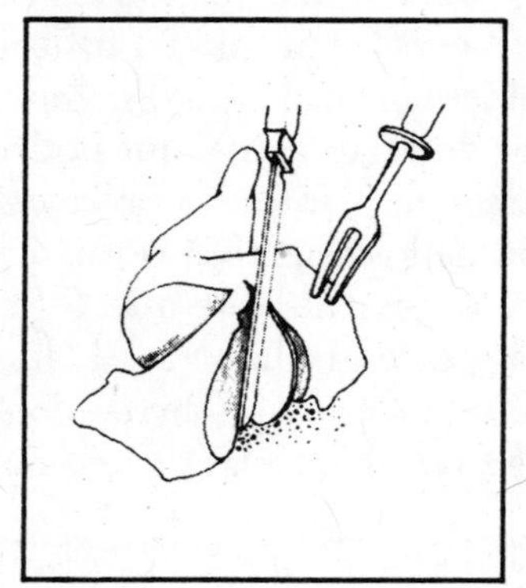
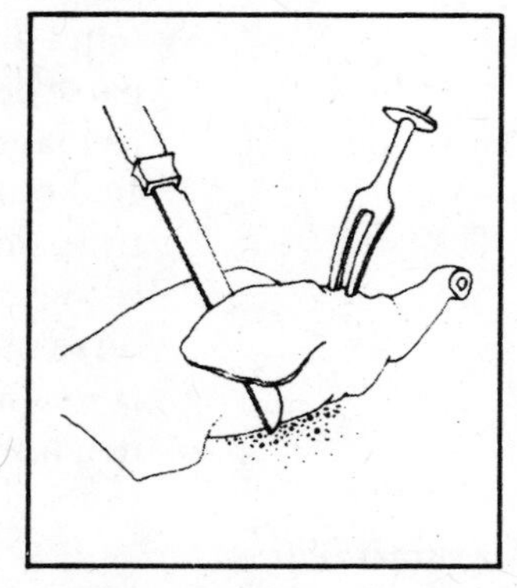

'G. 21.—Paletilla de cordero: corte en gruesas lonchas de uno de los lados del centro, lonchas finas del otro; déle la vuelta y corte.

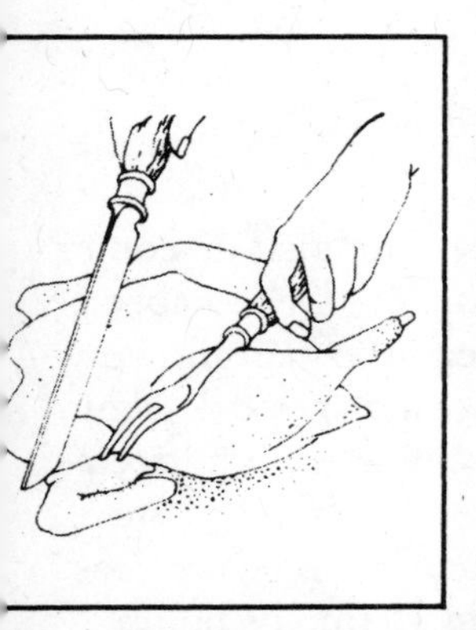
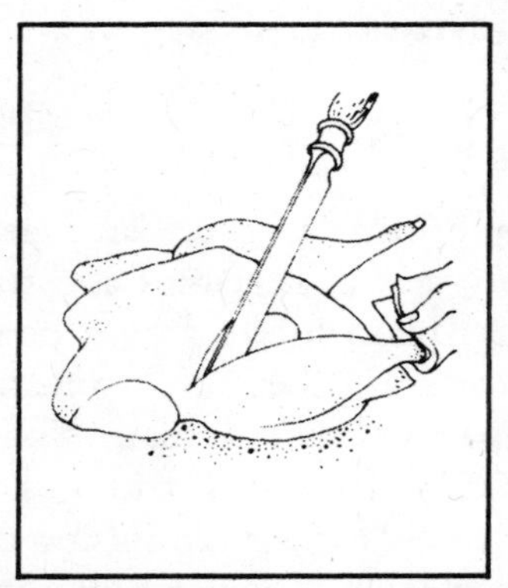
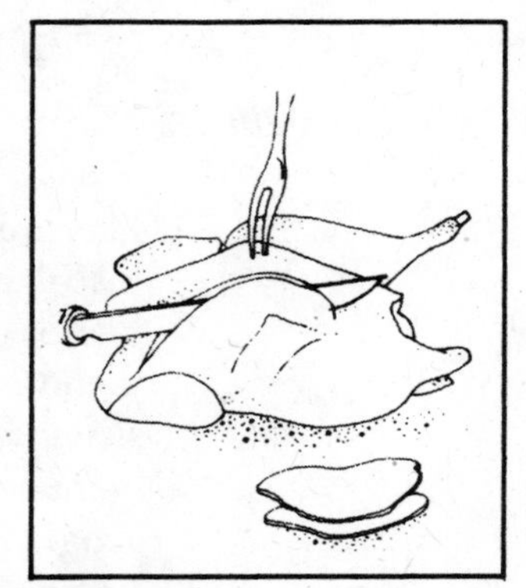

'G. 22.—Pollo: corte por la articulación de las alas y las patas; separe los muslos, trinche la pechuga.

Es perfectamente correcto rechazar el vino en cualquier momento de la comida. Diga sencillamente: «No, gracias» y, si lo desea, ponga momentáneamente, para mayor claridad, la mano sobre la copa.

El vino se saborea siempre en pequeños sorbos, volviéndose a poner la copa en su lugar después de cada trago.

BUFFETS

La palabra *buffet*, que significa realmente aparador, ha llegado a ser sinónimo de disposición de una comida en régimen de autoservicio. Una cena tipo buffet, en la que se despliega de una sola vez toda la comida preparada, presenta diferentes ventajas. La anfitriona puede despreocuparse del servicio de los platos, y además recibir a un número mayor de personas del que podría acomodar a la mesa. Los buffets no plantean problemas de jerarquía y de distribución de los asientos (los invitados van sencillamente escogiendo aquellos que más les apetecen). Puede añadirse más gente casi hasta en el último momento, y como la magnitud de este tipo de reuniones es clásica, no suponen ningún problema las cancelaciones de última hora.

Invitaciones

Normalmente se utilizan las tarjetas impresas del tipo «En casa», en las que se añaden las palabras «Cena en buffet». Véase «Invitaciones», Cap. 8.

Comida y bebida

Hay que brindar a los presentes la posibilidad de comer los platos más importantes con tenedor. Debe haber al menos un plato fuerte a base de carne o pescado, pudiendo servirse caliente si la anfitriona dispone de algún sistema para calentar los platos. Sin embargo, es perfectamente admisible el buffet frío. Las ensaladas tienen buena acogida en estos casos; lo mismo ocurre con los quesos. Es habitual tener al menos preparado un tipo de budín.

Es normal servir diferentes tipos de bebidas antes de

comenzar con el vino para la cena, aunque a veces el vino que va a tomarse durante la misma se ofrece también antes de ésta; en los almuerzos o cenas en buffets muy informales puede ofrecerse como opción cerveza.

Poner la mesa

La forma de la mesa indicará cuál va a ser la colocación de las fuentes. A ciertas mesas de buffet la gente sólo puede acercarse por uno de sus lados —porque la comida está sirviéndose desde el otro o porque está apoyada contra una pared—. Con otro tipo de mesas es posible la circulación alrededor; y algunos buffets se disponen de tal modo que puedan formarse dos colas para servirse. Es éste un sistema muy recomendable en los casos de reuniones muy numerosas.

Puesto que en los buffets se elimina el plato de entrada, tan sólo se necesitan platos de dos tamaños. Estos se tienen apilados y se dejan la cubertería y las servilletas en un sitio al alcance de la mano.

La mesa se cubre con un mantel que a menudo llega casi hasta el suelo, y que se recoge un poco, sujetándose en las esquinas a fin de prevenir cualquier accidente.

Servicio

Los invitados se sirven a sí mismos desplazándose a lo largo de la mesa, o bien se les sirve desde el otro lado. Es perfectamente correcto volver a la mesa para servirse por segunda vez. El budín se trae casi siempre al final y la vajilla que vaya a usarse para el plato principal se apila en el sitio que decida la anfitriona, o bien va siendo traída por el personal de servicio.

Dónde comer

Mucha gente tiene la costumbre de comer de pie, formando grupitos en las proximidades de la mesa del buffet. A menudo esto trae consigo que a otras personas les resulte difícil servirse, y en todo caso requiere una gran habilidad, ya que es casi imposible sostener un plato en la mano, la copa de vino en la otra y comer al mismo tiempo. Para evitar estas dificultades, la anfitriona deber sacar tantas sillas como pueda, e invitar a los comensales a volver a la sala de estar. Quienes sean lo bastante ágiles para ello, pueden sentarse en el suelo. Algunas anfitrionas distribuyen cojines aquí y allá —también taburetes—, y si hay sitio suficiente no es raro que los invitados utilicen mesitas de juego, que es la mejor solución de todas.

ALMUERZOS

Como ocurre con tantos otros tipos de diversiones diurnas, la celebración de almuerzos con invitados en las casas particulares ya no es, con toda certeza, tan frecuente como lo fue en otros tiempos. Muy pocas veces puede contarse con los hombres —a no ser los fines de semana—, y las mujeres tienen también demasiado a menudo obligaciones domésticas o profesionales que les impiden dedicar dos o más horas a una comida. A pesar de todo, cuando es factible hacerlo, se trata de una forma especialmente agradable de pasar el rato y es una muy buena manera de obsequiar a unos cuantos amigos del mismo sexo.

La hora

Los almuerzos se sirven entre la una y la una y media de la tarde, y como el intervalo de tiempo que media entre la llegada de los invitados y el inicio de la comida es breve —de 15 a 30 minutos—, es de la mayor importancia llegar con puntualidad. Además, como regla general, los invitados no deben permanecer con sus anfitriones mucho más allá de las dos y media de la tarde.

Invitaciones

Las invitaciones para los almuerzos privados suelen hacerse por teléfono. Lo correcto es hacerlo de una semana a quince días antes de la fecha.

El menú

Los menús de los almuerzos son más sencillos que los de las cenas, no habiendo tanta obligación de servir un cierto número de platos; el número máximo sería tres, mientras que es aceptable que se sirvan sólo dos, seguidos de fruta o chocolate. Antiguamente no se servía sopa en el almuerzo, aunque ahora ya no se sigue esta costumbre, puesto que actualmente pueden prepararse magníficas sopas con toda rapidez utilizando las batidoras.

Bebidas

Normalmente se ofrece alguna copa antes del almuerzo y café después. Para acompañar la comida basta con servir un solo tipo de vino, aunque si la anfitriona lo decide puede, por supuesto, servir más de uno.

Servicio

En los almuerzos vale todo lo dicho para las cenas, con la salvedad de que el servicio ha de ser particularmente eficaz y rápido.

Agradecimientos

Después de asistir a un almuerzo formal, los invitados deben escribir a la anfitriona agradeciéndole sus atenciones, aunque si se trata de una reunión entre amigos no es necesario hacerlo, bastando frecuentemente con una llamada telefónica.

7. FIESTAS

Las fiestas que tratamos en este capítulo pueden clasificarse en cuatro grandes grupos: fiestas con bebidas (dar una copa), bailes, fiestas a media tarde –como meriendas, tés o las fiestas al aire libre– y las reuniones infantiles. (Para lo referente a cenas y almuerzos, véase el Cap. 6, «Los modales en la mesa».)

A mucha gente le asusta la idea de dar una fiesta, ya que no puede dudarse de que se asume una gran responsabilidad –en muchos sentidos parecida a la de preparar una representación teatral–, e incluso la más avezada anfitriona tendrá el alma pendiente de un hilo en los primeros momentos. ¿Se sentirán a gusto los invitados unos con otros –pensará–, o va a estar frío el ambiente, con sólo gestos de distante cortesía? ¿Habrá suficiente gente para que se anime el ambiente? ¿Llegará a estar convencida de que su fiesta va a fracasar: ¿por qué diablos tendría ella que hacerse cargo de todo, y no otras?

Pero si se ha preparado todo con cuidado, y saltan a la vista los esfuerzos realizados en cuanto a la preparación de la comida, la calidad de las bebidas, en detalles externos como la decoración floral, y todo cuanto se haya dispuesto para atender bien a los invitados, se recobra rápidamente la confianza perdida. El nivel de ruido se elevará enseguida desde uno parecido al del susurro que se oye en un funeral hasta algo similar a un rugido amortiguado. Este sonido –indefinible e inconfundible– es el mejor augurio inmediato del éxito de la fiesta: significa que la reunión no es ya simplemente un montón de individuos; se ha transformado en un grupo social, con lo que la anfitriona puede ya olvidar sus más graves temores: cualquier cosa que ocurra después, sucederá al menos en una fiesta digna de tal nombre.

FIESTAS CON BEBIDAS

Para dar una copa pueden escogerse dos momentos diferentes: antes de la hora de cenar —los cócteles— o después —fiestas después de la cena—. En estas últimas puede haber baile, a veces también algo para cenar a última hora, y también ser ocasiones de bastante formalidad.

Cócteles

A pesar de que los cócteles (una mezcla de bebidas alcohólicas y de otros ingredientes) ya no se toman con frecuencia en la actualidad, han dado su nombre al tipo de fiestas que suelen comenzar de seis a seis y media, y que duran unas dos horas. A los invitados puede ofrecérseles sólo jerez, sólo champaña, vinos blanco y tinto, una copa de vino, o bien distintos tipos de bebidas alcohólicas y aperitivos. Se debe tener también al menos una bebida no alcohólica. La comida es sencilla, presentándose de tal forma que pueda cogerse fácilmente con los dedos. Un rasgo característico de los cócteles es que normalmente terminan a una hora límite prefijada. Esto se comunica en las tarjetas de invitación, con lo que los invitados que se queden bastante tiempo más saben que están infringiendo las normas. Los invitados a los cócteles son muy variables, pudiendo ir desde una docena de personas hasta más de un centenar.

Fiestas después de cenar

Este tipo de fiestas da comienzo pasadas las nueve de la noche, y no suele haber hora fija para su término. En las invitaciones no se utilizan las palabras copas o bebidas, a pesar de que hablando se diga «tomar una copa»: se escribe simplemente «Fiesta», usándose habitualmente tarjetas impresas del tipo «En casa». Si va a haber baile, a veces se especifica este particular en la invitación. Puesto que se supone que los invitados han cenado ya, se necesita servir tan sólo muy poco de comer; aunque si la fiesta va a ser de cierta magnitud o formalidad puede prepararse una especie de cena de última hora.

La música grabada suele emplearse frecuentemente en estas fiestas, por lo que a menudo se reserva el suficiente sitio libre para bailar. Si va a acudir mucha gente —y si se quiere dar bastante importancia al baile—, puede alquilarse alguna discoteca.

Las bebidas susceptibles de ofrecerse son las mismas que se citaron para los cócteles, exceptuando el jerez, que no se sirve en estos casos.

Elección del tipo de fiesta

Existen muchas maneras de ofrecer una copa: puede decirse que hay un tipo de fiesta adecuado para cada casa y para cada disponibilidad económica. La ocasión puede ser tan sencilla o compleja como lo desee el organizador, brindando una amplia posibilidad de elección a aquellas anfitrionas a quienes asuste ligeramente las múltiples responsabilidades que conlleva dar una cena con invitados a la mesa. Se trata de dos tipos de diversión totalmente distintos en cuanto a propósito y estilo. En las cenas, el esfuerzo común de anfitriones e invitados se centra en un reducido número de personas durante un lapso de tiempo relativamente largo; a su término —si la cena ha constituido un éxito—, todo el mundo debe experimentar la sensación de haber logrado profundizar en el conocimiento y apreciación del resto de los comensales. En todas las fiestas con bebidas, excepto en las más reducidas, el propósito no es tanto la profundización en las relaciones ya existentes como la adquisición de otras nuevas o la renovación de los contactos con personas a quienes es agradable ver de cuando en cuando. En otras palabras, dar una copa es una práctica a manera de lubrificar los engranajes sociales de una comunidad.

Otra de sus funciones es proporcionar una muy digna manera de contactar con personas del sexo opuesto. El alto grado de movilidad que estas fiestas permite hace que se conviertan en inmejorables campos de acción para los emparejamientos, por lo que, si es ése uno de los fines de la reunión, habrá que pensar sin duda en disponer todo lo necesario para el baile e invitar a un considerable número de personas solteras. Si por el contrario la razón de la fiesta es volver a recibir a algunos viejos amigos que han regresado, se invitará a aquellas personas que los conocieron, y el objetivo a conseguir será una buena comunicación. Sería buena idea en estos casos decidir la celebración de un cóctel con un número reducido o moderado de invitados, tras el cual los invitados de honor y unas pocas personas más podrían reunirse con los anfitriones para cenar.

Muchas anfitrionas piensan que las fiestas con bebidas son una excelente y fácil forma de corresponder a la hospitalidad recibida. Sin embargo, como regla general puede decirse que invitar a alguien a tomar unas copas no es el modo más adecuado a corresponder a otras invitaciones de más alta categoría. Si le han invitado a cenar en casa de alguien, debe usted invitar a esas personas a cenar en la suya; es decir, si desea mantener con ellos una relación de amistad. En cambio, si lo que desea es simplemente agradecer su hospitalidad, pero no profundizar en la relación, quizá lo más indicado entonces sea invitarles a tomar una copa.

Las fiestas con bebidas suelen constituir también una buena ocasión para contactar con gente que no sea lo suficientemente conocida. Puede ocurrir que la anfitriona tenga sus dudas acerca de la conveniencia de invitar a cenar a alguien a quien apenas conozca, y tal vez con toda razón. Permanecer juntos durante cuatro horas seguidas supone una prueba —aunque sea agradable— para cualquier relación de amistad, y muy bien puede ocurrir que esa relación en concreto no esté aún lo suficientemente madura como para soportarlo. En una fiesta con bebidas, sin embargo, no se da tal dificultad. Los recién conocidos —aunque tal vez se sorprendan— se sentirán antes complacidos que preocupados al recibir la invitación, y para la anfitriona supondrá un alivio saber que alrededor de ellos va a haber un montón de gente que van a ayudarla a conseguir que se diviertan. Si ocurre que surge la simpatía mutua que hace posible una amistad, sin duda debe corresponderse a la invitación; se ha conseguido romper el hielo. Pero si las cosas no salen todo lo bien que se esperaba en un principio, nadie tendrá por qué recordar la velada con sonrojo.

Advertencias

Tan importante como estar bien seguro de cuál va a ser el propósito de la fiesta es recordar que, paradójicamente, muchos de los factores que contribuyen a su éxito pueden también impedirlo. En un salón excesivamente lleno de gente la conversación se hace difícil y a muchas personas, especialmente las de más edad, no les agrada permanecer de pie varias horas seguidas. El invitar a gente que no conozca a nadie equivale a hacerles pasar un mal rato, ya que a la anfitriona no le va a ser posible atenderlos como es debido. El estilo de la fiesta deberá adecuarse al tipo de invitados, pues mientras que una chica de dieciocho años puede sentirse muy a gusto dentro de una «lata de sardinas» si se ve rodeada de jóvenes atentos, los deseos y necesidades de su abuela serán probablemente muy distintos. Sin embargo, no hay motivo por el que ambas invitadas no puedan sentirse perfectamente a sus anchas en la misma fiesta si la anfitriona es previsora.

Preparativos

Tal vez los mayores enemigos de este tipo de fiestas sean el exceso de ruido y la falta de ventilación. Tan sólo la experiencia permite juzgar cuál es el número adecuado de personas que pueden congregarse en un determinado salón. Si es posible, no obstante, prevea el uso —no la saturación— de todas las habitaciones adyacentes a la sala principal en que va a tener lugar la fiesta. Esta medida hará que la densidad de ocupación se regule por sí misma: quienes gusten de las aglomeraciones permanecerán junto al grupo central, mientras que otros pueden salir, si lo prefieren, en busca de más amplitud y aire que respirar.

Otra ventaja adicional es la mayor facilidad de creación de un buen ambiente: en una fiesta, esto siempre lleva un cierto tiempo, pero puede lograrse antes si la reunión comienza en una habitación que no sea muy grande. Si se utiliza más de una estancia, puede uno aprovecharse de aquel hecho y, además, dar posibilidad a la fiesta de ir creciendo al máximo.

Servicio

Siempre puede contratarse la ayuda de algunos profesionales, y en este sentido es de inestimable valor la presencia de un buen barman, aunque es perfectamente posible dar una fiesta mediana sin contar con esa ayuda. Si la fiesta va a estar muy concurrida —o si la organiza una sola persona—, es recomendable tener algún tipo de ayuda, pues si no hay alguien encargado de las bebidas el organizador va a tener que pasarse la mayor parte del tiempo sirviendo las copas, con lo que no habrá nadie que pueda abrir la puerta, presentar a la gente, solucionar los problemas y, en general, llevar la fiesta. Una solución es pedir a uno o dos amigos que ayuden a hacer todas estas cosas. La mayor parte de la gente estará encantada de poder colaborar, y sus servicios resultarán inestimables. Además, su presencia significará también un apoyo moral para la anfitriona que se encuentra sola.

Bebidas

Ya nos hemos referido a los distintos tipos de bebidas que son apropiados, pero sean cuales fueren las escogidas es de vital importancia que haya suficiente cantidad de todas ellas. Es preferible encargar más botellas de las que se piensa van a consumirse, lo que puede hacerse a muchos establecimientos especializados con la posibilidad de devolver lo que no se haya consumido. En muchos sitios alquilan también los vasos y demás utensilios que se precisen.

En el momento de calcular la cantidad de bebida necesaria, es útil recordar que de una botella de jerez salen 12 copas, de una boyella de whisky unas 20, y de una botella normal (70 cl.) de vino 6. Con las botellas de vino de un litro pueden servirse 9 vasos.

Si tan sólo va a servirse un tipo de bebida alcohólica —por ejemplo jerez—, es a la vez correcto y práctico llenar de antemano un cierto número de copas y ofrecerlas pasándolas en una bandeja. Si la posibilidad de elección va a ser mucho más amplia, las bebidas se sirven con mayor eficacia desde una barra. (En las fiestas muy concurridas puede disponerse de más de una barra, pudiendo haber también camareros que vayan ofreciendo las copas.) Para la barra basta contar con una mesa corriente cubierta con un fieltro y un grueso mantel de lino, aunque, cualquiera que sea su naturaleza, deberá situarse en un lugar al que pueda acceder el mayor número posible de personas. También hay que proveer amplio espacio detrás de ella para la anfitriona o para el encargado de las bebidas.

En todas las fiestas bien organizadas deben tenerse preparadas algunas bebidas no alcohólicas: zumos de frutas, gaseosas o aguas minerales. En cualquier caso, muchas de ellas van a utilizarse en combinación con las bebidas alcohólicas, por lo que siempre deben estar presentes en un amplio surtido. También será necesaria una notable cantidad de cubitos de hielo y de agua para los que quieran añadirlos a sus bebidas.

Comida

Incluso en los más reducidos cócteles, sería tan mezquino como imprudente no ofrecer a los invitados algo para picar. No sólo existe la posibilidad de que tengan hambre, sino que, de no hacerse así, estarían imprudentemente bebiendo con el estómago vacío. Por todas estas razones, debe proporcionarse algo para comer desde un principio.

En las fiestas que se celebran después de cenar no es absolutamente esencial servir algo de comer, aunque es mucho mejor hacerlo. Sin embargo, la comida no debe aparecer sino hasta bien entrada la noche, puesto que los invitados presumiblemente habrán terminado hace poco tiempo de cenar y no les apetecerá más comida en ese momento. (Para el servicio de las cenas a última hora, véase «Buffets», Cap. 6.)

La comida debe ser fácil de comer y tener un aspecto lo

más apetecible que se pueda. Son aconsejables para los cócteles, entre otras cosas, todo tipo de frutos secos y galletitas saladas, patatas fritas, conservas en lata (aceitunas, cebollas, pepinillos), canapés, emparedados (cortados en cuartos), rebozados en queso o salchichas calientes, todo lo cual puede cogerse con los dedos o con palillos.

Los frutos secos y las galletitas deben ponerse en cuencos, que se distribuirán estratégicamente por todo el salón. También se puede ir pasando las cosas de comer en bandejas, o bien dejarse en una mesa de buffet, de la que los mismos invitados pueden tomar lo que deseen. Idealmente, la mesa debe instalarse en una habitación distinta a la principal, siendo innecesario disponer vajilla o cubertería.

Asientos

Se pueden retirar las sillas y dejar más sitio para que los invitados puedan estar de pie, aunque conviene que comodidad y espacio guarden la debida proporción, debiendo preverse la posibilidad de que alguien desee sentarse. Si alguno de los invitados se sienta solo igual da la impresión de ser poco sociable, y si se sienta junto a una o dos personas puede temer que les parezca algo brusco si se levanta de nuevo. Por tanto, deben disponerse suficientes asientos como para acomodar un número bastante amplio de personas, con lo que todo resultará menos problemático. Si va a haber una mesa para el buffet, es buena idea colocar algunas sillas a su alrededor.

Guardarropas

Lo que debe hacerse es separar las pertenencias de ambos sexos: los hombres dejan sus cosas en el recibidor o en una habitación de la planta baja y las mujeres las suyas en un dormitorio.

Cigarrillos

Debe ofrecerse cigarrillos a los invitados. Pueden dejarse en sus cajetillas o colocarse en algunos recipientes adecuados (servirán muy bien al efecto las copas para el vino).

Ceniceros

Los ceniceros deben ser grandes y hondos, y colocarse por doquier. La colocación de una capa de arena en el fondo de un cenicero profundo evitará que las colillas sigan quemándose y reducirá su olor.

Vecinos

Las fiestas inevitablemente provocan un cierto alboroto. En consecuencia, es cortés avisar a los vecinos de que va a celebrarse una (en especial si se vive en un piso).

Invitaciones

Normalmente, las invitaciones se cursan utilizando tarjetas impresas del tipo «En casa», o por teléfono. Si se emplean invitaciones impresas expresamente para la ocasión, quiere decirse que la fiesta va a ser de gran magnitud, o relativamente formal, o ambas cosas. En el Cap. 8 se tratan las tarjetas de invitación y se dan ejemplos de respuestas.

Para reuniones pequeñas de, digamos, unos 15 invitados, basta con hacer la invitación por teléfono. En este caso no suele mencionarse la palabra «cóctel» cuando se invita a alguien; en vez de ello, suele decirse algo parecido a: «Van a venir algunos amigos a tomar una copa el viernes, ¿podríais vosotros...?»

Excepto en los casos de fiestas muy pequeñas, deben enviarse las invitaciones unas tres semanas antes de la fecha y, por supuesto, los invitados responder en seguida.

A ninguna anfitriona le hace gracia andar a la caza de invitados de relleno en el último momento. Por eso, si usted quiere dar una fiesta para 40 personas, invite a unas 50. Si ocurre que, milagrosamente, se presentan todos, no pasará nada, ya que es preferible que una fiesta esté un poco excesivamente concurrida a que la gente escasee.

Procedimiento

La puntualidad importa bastante menos para el desarrollo de las fiestas que en las cenas o almuerzos con invitados. Pero, de otro lado, es incómodo para la anfitriona que mucha gente llegue tarde, ya que así se tardará en crear un buen ambiente. La anfitriona, si es prudente, se asegurará de contar con la puntual presencia de unos cuantos buenos amigos para que la ayuden a conseguir que las cosas funcionen. Si la fiesta va a estar muy concurrida, es buena idea pedir a unos pocos amigos que ayuden a hacer las presentaciones.

Si hay servidumbre, ésta se hará cargo de los abrigos en la puerta de entrada, si no, uno de los dos anfitriones indicará a cada invitado dónde puede dejar sus prendas y luego, una vez lo haya hecho, lo conducirá al salón y se encargará de que tenga algo que beber y alguien con quien hablar.

Deberes de la anfitriona

Nunca le será posible, excepto si la fiesta es muy reducida, presentar entre sí a todos los invitados, aunque deberá prestar especial atención en el transcurso de la fiesta a aquellos que, por razón de su edad, profesión, o carácter, puedan sentirse más fuera de lugar. Y, por supuesto, tiene que hacer lo posible para evitar que cualquier invitado acabe por estar solo en algún rincón. (En el Cap. 8 se describe el modo de hacer las presentaciones.)

La anfitriona debe estar al tanto de la situación en que se hallan los invitados, el surtido de bebidas y las disponibilidades de comida. Deberá situarse en un punto próximo a la entrada en los comienzos de la fiesta, si ésta va a ser grande, debiendo sin falta volver a ese lugar a su término, de tal modo que los invitados puedan localizarla y darle las gracias. Si son dos los anfitriones, esta regla es válida para ambos.

La anfitriona debe también procurar cruzar unas cuantas palabras durante la velada con todos los invitados. No es de buena educación, por supuesto, olvidarse de los más para mantener una extensa conversación con los menos: puede decirse que la anfitriona está de servicio, y así debe permanecer durante la mayor parte del tiempo, anteponiendo las necesidades de los invitados a las suyas propias, y obteniendo su placer a partir de ellos.

Deberes de los invitados

El invitado ideal es el que circula de un lado a otro libremente y es perfectamente capaz de cuidar de sí mismo. El principal deber de un invitado, al menos en los momentos iniciales de una fiesta, es el de la movilidad. Si tiene la seguridad suficiente para autopresentarse a otras personas, debe hacerlo así. Si la anfitriona le dice que quiere presentarle a alguien, debe prestarse a ello de buen grado, y cuando esté hablando con algún otro invitado, brindar a su interlocutor la posibilidad de separarse de él si esa persona lo desea. Al mismo tiempo, no debe dar la impresión de estar impaciente por hacer él mismo algo parecido. El invitado que, en el transcurso de la conversación, se dedique a escudriñar por encima del hombro de su interlocutor al resto de la gente allí reunida, está portándose incorrectamente. En realidad, es como si dijera: «Usted me basta de momento, pero en cuanto vea a alguien de mayor importancia —o más interesante o atractivo— le dejaré.»

Si alguna mujer se queda con su copa vacía, es un detalle de galantería el que un hombre se ofrezca para llenarla. Si no están en el seno de algún grupo y no hay camareros, él debe sugerir que vayan juntos al bar o ingeniárselas de alguna manera a fin de que ella no se quede sola.

A medida que va pasando el tiempo van haciéndose menos necesarios los desplazamientos, aunque un buen invitado seguirá prestando atención a los planes generales de la anfitriona.

Partida

En los cócteles, los invitados deben abandonar la reunión a la hora que se especificaba en la invitación. Si ésta fue

En las fiestas de reducido número de personas, la anfitriona habrá seleccionado a los invitados que piensa tienen interés en conocerse y ella hará las presentaciones.

hecha verbalmente —sin que se fijara por tanto la hora de finalización—, debe entenderse que la fiesta va a durar dos horas. Si alguno de los invitados se queda más tiempo, y da la casualidad de que la anfitriona tiene un compromiso para cenar, no es incorrecto que dé a conocer esta circunstancia; de hecho, no le queda otra salida. Podría decir, por ejemplo, en tono amistoso: «Yo también salgo contigo, pues tengo que estar en...»

La hora de finalizar una fiesta celebrada después de cenar la fija el sentido común. Si la reunión se celebra un día de diario, es conveniente salir entre las once y las doce de la noche; en los fines de semana puede hacerse notablemente más tarde. A menos de ser uno de los amigos íntimos de la anfitriona, los invitados deben evitar quedarse entre el pequeño grupo que permanece aún cómodamente sentado cuando ya la fiesta se encuentra en sus momentos finales.

En todo tipo de fiestas, excepto en las más concurridas, es de buena educación agradecer a la anfitriona, antes de partir, sus atenciones. Si se tiene que salir pronto, esto debe hacerse discretamente, a fin de evitar que otros invitados crean que es hora de ir marchándose.

Agradecimientos

No es absolutamente necesario escribir una carta de agradecimiento a la anfitriona tras asistir a un cóctel o a una cena informal después de cenar, aunque tales detalles siempre se agradecen. Si la anfitriona es una buena amiga, una llamada telefónica a la mañana siguiente servirá para felicitarla por el éxito obtenido, tanto como para tranquilizarla, si es que lo necesita. Es también una ocasión para mantener una agradable charla en la que habrá un montón de cosas que comentar.

Problemas y contratiempos

En casi todas las fiestas surge algún problema en un momento u otro, y la mejor actitud a adoptar es mantenerse tranquilos y utilizar el sentido común. También es probable que sea necesario sonreír con resignación ante el contratiempo.

«¿Puedo llevar a un amigo?»

Se dan pocas fiestas en las que por lo menos uno de los invitados no le haga esta pregunta a la anfitriona. No es incorrecto formularla y, teóricamente, se tiene perfecto derecho a negarse. Sin embargo, en la práctica, a muchas anfitrionas les resulta incómodo decir «no», por lo que los invitados sólo deben solicitar esa invitación de más cuando crean razonablemente que no va a haber ningún inconveniente. Como usualmente a las anfitrionas les gusta ver en su fiesta tantos hombres como sea posible, casi siempre son bien recibidos los nuevos invitados varones. Pero si un hombre quiere llevar a una mujer, debe pensarlo cuidadosamente antes de formular la petición; puede haber sido invitado precisamente a causa de su condición de soltero, por lo que a la anfitriona quizá no le haga gracia ver trastocados sus planes. Por la misma razón, una mujer debe pensárselo dos veces antes de preguntar si puede ir acompañada de una amiga, pues probablemente la anfitriona cuente ya con todas las mujeres solteras que tenía previsto invitar.

Si existe la más mínima posibilidad de que la anfitriona pueda oponerse a la presencia de ese nuevo invitado por motivos personales, debe olvidarse completamente la idea.

No es de buena educación –ni siquiera en las fiestas más informales o más concurridas– llevar a algún amigo o amigos sin consultarlo previamente a la anfitriona.

Quedar atrapado por alguien

Es éste el incidente que con más frecuencia ocurre en las fiestas. Si el invitado se halla en el seno de un grupo, es relativamente fácil dirigirlo hacia el bar. Nadie tiene por qué sentirse agraviado si alguien tiene algún descuido en tales circunstancias: incluso los invitados provistos de la mejor intención pueden despistarse en un día así. Las parejas que queden bloqueadas lo tienen mucho más difícil: uno de los dos, o incluso ambos, puede estar deseando separarse de esa gente, pero aun así permanecer abandonados en su isla desierta en la inútil espera de algún socorro. Si uno de los dos ve a alguien que conoce, una manera de solventar el problema es sugerir a ambos que vayan a saludar a esa persona. Si la pareja es lo suficientemente atrevida, pueden ponerse de acuerdo y decidir acercarse a cualquier otro grupo próximo y presentarse a sí mismos.

Derramamiento de bebida o comida

Si ocurre algún accidente serio con una fuente o con los vasos, súmese discretamente al remedio que los anfitriones pongan. Ofrézcase también a limpiar lo que sea, incluso a pesar de saber que su oferta va a ser probablemente rechazada. La anfitriona previsora tendrá siempre preparados detrás del bar utensilios de limpieza para utilizarlos en caso de emergencia; también pueden ser de utilidad unos cuantos periódicos para poder envolver con ellos los fragmentos de las copas que puedan romperse. (A propósito, se dice que la sal sirve para evitar las manchas de vino en las alfombras.)

Borracheras

Los estados de embriaguez que lleven a un comportamiento incorrecto pueden constituir un problema en las fiestas, sobre todo si se prolongan durante bastante tiempo. La mejor solución es, desde luego, la prevención: no invitar, en la medida de lo posible, a aquellos de quienes se sepa notoriamente que no son capaces de comportarse como es debido cuando beben.

Si algún invitado se porta incorrectamente y está convirtiéndose en un metomentodo, tal vez quienes den la fiesta podrían cortarle el suministro de alcohol y no perderle de vista. Una táctica adicional —esencial para las anfitrionas que lo hagan todo solas— es procurarse la ayuda de algún invitado que conozca bien al sujeto en cuestión. A esta persona se le ruega que vigile al que ha bebido demasiado, que lo vuelva al estado de sobriedad, si ello es posible, y que intente moderar sus peores excesos. Quien así ayude debe también ser, por supuesto, un buen amigo del organizador de la fiesta, ya que hacer de sabueso vigilante no resultar ser una tarea muy divertida. La anfitriona debe cuidarse especialmente de agradecerle su ayuda antes de que se vaya, y sería un detalle de cortesía para con él invitarle a otra reunión carente de estos problemas en un futuro próximo.

Drogas

El uso en común de drogas como la marihuana, el hashish, la cocaína o la heroína es ilegal, con lo que los anfitriones que las ofrezcan pueden estar poniendo a sus invitados en una embarazosa situación. Lo mismo puede decirse de quienes lleven este tipo de drogas a una fiesta. Ciertas personas, como por ejemplo los políticos o los funcionarios públicos, pueden ver peligrar su situación si se sabe que estuvieron presentes en una fiesta en la que se consumieron sin duda drogas. A otra mucha gente simplemente le ofende ver a su alrededor cualquier tipo de consumo de drogas.

BAILES Y GUATEQUES

Cualquier reunión en la que el hecho de mayor importancia sea bailar es, hablando con propiedad, un «baile», incluso en el caso en que tan sólo hay un tocadiscos y un poco de sitio reservado para bailar. Pero aunque estas situaciones sean similares en muchos aspectos a los pequeños e improvisados bailes que tenían lugar en los salones de estar en el siglo XVIII, no sería del todo correcto llamarlas hoy bailes, ya que esta palabra ha adquirido connotaciones que hacen que su uso quede reservado para designar a las ocasiones de mayor complejidad, siendo ya casi sinónimo de «baile de gala», y el otro tipo de diversión, a menudo improvisado y muy informal, puede llamarse «guateque». Aquí trataremos las ocasiones que revisten una mayor importancia, mientras que a las otras nos hemos referido ya citándolas como parte de las fiestas con bebidas que se dan después de cenar.

Los grandes bailes constituyen uno de los más generosos y caros tipos de diversión que pueden ofrecerse, y es por este motivo, sin duda, por el que raramente se celebran hoy en día. Tal vez las ocasiones en las que más frecuentemente se dan los bailes privados sean las «puestas de largo» de las hijas. De cuando en cuando también se organizan bailes para celebrar el vigesimoprimer cumpleaños de los hombres u otros acontecimientos personales, como por ejemplo los aniversarios.

Los bailes requieren los servicios de distintos grupos de profesionales, y las listas de invitados se llenan con centenares de nombres. El rasgo que más distingue a un baile parece ser su tamaño: se estima que 600 invitados es un número mínimo para darlo en condiciones.

Una tercera forma de baile que va haciéndose cada vez más popular como obra benéfica —y también para celebrar en privado— es la cena con baile. En estos casos puede bailarse entre plato y plato, o cuando se ha terminado de cenar. (Si la cena no va a tomarse sentados a la mesa, sería más adecuado llamarla «cena y baile».)

Preparativos de un baile

Es necesario enviar las invitaciones para los bailes con mucha mayor antelación que en los casos de las demás fiestas nocturnas, y hay que iniciar todo tipo de contactos con los servicios profesionales previstos aun antes. Esto es especialmente necesario si se planea dar el baile en los días cumbre de la temporada social: la anfitriona debe contratar a los músicos y el local el año anterior.

Invitaciones

Las invitaciones se imprimen especialmente para la ocasión, figurando en el ángulo superior izquierdo el nombre del invitado. (En el Cap. 8 damos ejemplos de tarjetas de invitación y de respuestas.) Las tarjetas deben enviarse al menos un mes antes de la fiesta, aunque si el baile va a celebrarse en verano, deben cursarse dos, o incluso más, meses antes.

El lugar

En el baile se realizan tres actividades distintas –comer, beber y bailar–, debiendo reservarse una zona diferente para cada una de ellas. Además, los invitados necesitan tener algunos sitios donde poder sentarse, debe haber algún lugar en el que puedan dejar sus prendas de abrigo y tienen que estar previstas las zonas de aparcamiento de los vehículos. Hay que organizar el escenario del baile de tal modo que los invitados no se encuentren nada más llegar en medio de la fiesta. Idealmente, la primera zona en la que deberían entrar después de los saludos de bienvenida debería ser la reservada para las bebidas. Aquí las cosas se desarrollan de forma similar a lo que ocurre en los cócteles: los invitados pueden tomar una copa, charlar, saludar a los antiguos amigos y presentarse unos a otros a los nuevos conocidos.

Suministros

Si la fiesta va a tener lugar en el salón de baile de un gran hotel, el mismo establecimiento facilitará todos los suministros necesarios. La anfitriona o el organizador deben consultar con el director del hotel o con el encargado de la sección de banquetes para hablar de los costos y para decidir cuáles van a ser la comida y las bebidas, que deben estar de acuerdo con la ocasión. También el hotel puede encargarse de las flores, o hacerlo alguna floristería que sea del agrado de la anfitriona. (No hay que subestimar la importancia de los arreglos florales en ocasiones como éstas.) La música debe siempre organizarse como cosa aparte, siendo de crucial importancia su calidad y estilo.

Algunas cosas pueden encargarse independientemente de los proveedores principales, siendo en este sentido la organización de un acontecimiento así igual a la de los bailes que se dan en los domicilios particulares. La anfitriona tendrá que contratar, bien a un proveedor, bien a un organizador profesional. Si se decide por el primero, tendrá que realizar por sí misma una gran parte del trabajo: no sólo hay que organizar lo referente a la orquesta y las flores, sino que —según sea el local y los suministros encargados— quizá tenga que alquilar y preparar una carpa, mesas y sillas, vasos, mantelerías, porcelana, cubertería y percheros, así como atender a la confección de la lista de invitados. En tales circunstancias se requieren dosis formidables de coordinación y atención a todos los detalles, no siendo ésta una tarea que pueda emprenderse a la ligera. Ser productor, director, decorador y actor principal del acto es algo que intimida a cualquiera y para lo que es necesario poseer un amplio abanico de cualidades, entre las cuales son de esencial importancia unos nervios de acero y una considerable energía.

Comida y bebida

En el baile que se dio en 1783 en Carlton House, se sirvió a los 600 invitados una cena a la una y media de la madrugada que estuvo compuesta por ocho platos. Hoy en día basta con servir un desayuno en buffet. Suele ponerse en cualquier momento a partir de la medianoche, y en él se incluyen platos típicos de desayuno, como los huevos revueltos, *kedgeree* *, café y bollos, así como fresas (en temporada) u otras frutas.

Es buena idea tener además en la zona del bar cosas de comer típicas de los cócteles. En los bailes, los invitados a menudo están demasiado eufóricos o entretenidos para molestarse en comer formalmente; pero la presencia de unas salchichas calientes o de cualquier otro tipo de bocados consistentes ayudará a contrarrestar los efectos de las bebidas ingeridas a lo largo de la velada.

En las cenas con baile, los invitados se sentarán, por supuesto, a la mesa y cenarán del modo habitual. (Véase Cap. 6.)

Antes, en los bailes la bebida tradicional era el champaña; hoy, sin embargo, se sirve también a menudo vino blanco, poniéndose en ocasiones a disposición de los asistentes un bien surtido bar.

* Plato especial elaborado a base de pescado, huevos y arroz.

Personal y servicio

El desayuno puede servirse de dos maneras; las bebidas de varias. El desayuno puede, bien presentarse como buffet, con camareros que sirven a los invitados, bien organizarse en sistema de restaurante: los invitados, sentados a la mesa, piden lo que desean y esperan que se lo traigan. El segundo método es, obviamente, el más complicado y costoso de los dos.

Si en la zona del bar se sirven cosas calientes de comer, será necesario que haya camareros que vayan ofreciéndolas.

En los bailes privados, la primera copa de la noche se ofrece normalmente en bandejas. Las siguientes se toman de las que van ofreciendo los camareros, o en el bar, o —en ocasiones— de un surtido que se ha colocado ya sobre las mesas de los invitados.

Este último sistema permite reducir notablemente el personal de servicio.

Además del personal que se encarga del servicio de comidas y bebidas, es esencial contar con alguien que atienda la entrada principal, y también es importante la presencia de un anunciador de las llegadas. (Incluso tratándose de amigos íntimos, la anfitriona puede sufrir una laguna mental y no recordar la identidad de su invitado.) También es necesario que haya gente atendiendo en el estacionamiento de vehículos, en el guardarropa, y en la misma sala de baile, donde habrá que llevar a cabo constantemente pequeñas operaciones de limpieza, como por ejemplo limpiar los ceniceros. Quienes se encarguen del guardarropa deberán disponer de cierta cantidad de fichas e imperdibles.

Música

La anfitriona debe contratar a los mejores músicos que pueda conseguir, debiendo ser la música de un tipo que pueda gustar a cualquier invitado, tenga la edad que tenga. Los profesionales que van a colaborar en la fiesta normalmente están en condiciones de sugerir a la anfitriona nombres de grupos y orquestas, y lo mismo podrán hacer probablemente sus amigos.

Los modernos grupos musicales para los bailes se componen de un mínimo de cuatro instrumentistas (piano, bajo, guitarra y batería), necesitándose para la fiesta dos de ellos, o bien un grupo y una discoteca. Esto es así a causa de que estas orquestas trabajan por turnos, tocando una de ellas mientras los componentes del otro grupo descansan y beben algo. También puede aceptarse tener tan sólo una discoteca.

Si se contrata a unos cuantos músicos, hay que cuidar también de ellos: la anfitriona debe asegurarse de que tengan a su disposición bebida y comida en cantidad y calidad adecuadas; debe también ofrecerles una habitación confortable en la que puedan prepararse y estar cómodos, así como todo el café que deseen, un fácil acceso a algún cuarto de aseo, y encargar a alguien de que tengan todo lo que les haga falta.

Desarrollo del baile

A su llegada, se indica a los invitados dónde pueden dejar sus prendas de abrigo. En los bailes privados, el anfitrión y la anfitriona y el invitado de honor, si lo hay, saludan a continuación a los recién llegados. Después, los invitados quedan a su aire en la zona del bar, donde pueden encontrarse con otros amigos, moviéndose libremente por allí antes de dirigirse hacia la pista de baile. Por lo general, ésta debe estar rodeada de mesas y sillas, pudiendo los invitados sentarse en las que más les gusten.

Anuncio de invitados

Para ser anunciadas en un baile, las mujeres dan su nombre completo: Srt.ª Mary Smith, Sr.ª de John Jones. A marido y mujer se les anuncia conjuntamente: Sr. y Sr.ª Jones. Si llega una pareja que no es matrimonio, también se les anuncia a la vez, si bien dando el nombre de ella en primer lugar: Srt.ª Mary Smith y Sr. David Jackson.

Deberes de los hombres

En los bailes privados, los hombres pueden bailar con quien deseen; pero, al mismo tiempo, no deben monopolizar la compañía de cualquiera de las invitadas durante toda la velada. Sin embargo, sí pueden hacerlo si en la invitación se indicaba que podían traer su propia pareja, o si asisten en calidad de acompañantes de alguna de las invitadas. En tal caso, su principal deber es conseguir que su pareja pase una noche agradable.

Si el baile lo da una joven, solía ser obligado que todos los invitados varones la sacaran a bailar al menos una vez, e hicieran lo mismo con su madre. Además, un buen invitado no debía dejar de bailar con las chicas que estuvieron sentadas a su derecha o izquierda en la cena, así como con la anfitriona. Hoy en día se piensa que estas normas están pasadas de moda, aunque todas ellas tengan su razón de ser en las más básicas reglas de cortesía. (Es particularmente triste para la joven que da el baile verse casi privada de compañía masculina en su propia fiesta.) Por consiguiente, un invitado bien educado seguirá respetando los antiguos convencionalismos.

Partida

Al abandonar un baile en privado, los invitados deben procurar localizar a su anfitriona para despedirse de ella; sin embargo, esto no siempre será posible. Si se van temprano, no deben insistir demasiado en su búsqueda.

Agradecimientos

Los invitados deben escribir a su anfitriona una carta de agradecimiento. También deben escribir y dar las gracias a la anfitriona que les haya ofrecido la cena antes del baile.

TES

Salvo una o dos notables excepciones, hoy en día rara vez se celebra alguna fiesta durante el día. A no ser que tengan lugar durante los fines de semana, pocos serán los hombres —si es que hay alguno— que puedan asistir. También son muchas las mujeres que trabajan durante toda la jornada, y cuando no es así, sus tareas domésticas les dejan poco tiempo libre. Pero a pesar de todo aún existe, aunque en forma distinta, ciertos tipos de diversiones diurnas; entre éstas, quienes más se resisten a desaparecer son los tés: no ya los grandes y tradicionales tés británicos de pasados tiempos, sino sencillamente las reuniones de amigos en las que se come y bebe algo y se charla.

Las actuales reuniones para tomar el té entre tres o cuatro amigos tienen una fundamental característica en común con sus equivalentes de los tiempos eduardinos: en ambos casos el propósito esencial es crear un agradable ambiente que propicie la conversación; los actos de servir, beber o comer deben interrumpir lo menos posible el desarrollo de la conversación, y todos los preparativos deben hacerse teniendo esto bien en cuenta.

Comida y bebida

Naturalmente se bebe té: hecho en una tetera previamente calentada y utilizando agua que acaba de hervir. Tradicionalmente se considera que el té de la China es superior al de la India. El té hindú se acompaña con leche fría y azúcar blanca en terrones. Idealmente, el té chino se bebe solo, aunque esto depende del gusto personal. Puede acompañarse el té chino con una rodaja de limón; si se hace así, no se añade al mismo tiempo leche.

Las cosas de comer que se sirvan han de ser ligeras, estar esmeradamente elaboradas y, sobre todo, ser fáciles de comer. El relleno de los emparedados no debe gotear o rezumar, ni los pasteles ser excesivamente gruesos, desmigajarse demasiado o estar muy blandos y húmedos. Entre las cosas de comer que tradicionalmente se sirven en los tés figuran las tartas calientes —si se celebran en tiempo frío—, rebanadas de pan con mantequilla, emparedados de pepinillos, bizcochos abiertos en dos y untados de mantequilla, pastelillos, tartas de frutas, y cualquier otro tipo de tartas grandes previamente cortadas en pedazos antes de servirlas. Las anfitrionas modernas pueden introducir las variaciones que deseen ofreciendo sus cosas preferidas, aunque siempre deben de tener en cuenta que la comida hay que presentarla en pedazos pequeños y de fácil manejo. Si dispone del tiempo y la habilidad necesarios para confeccionar ella misma algo en la cocina, debe procurar servir al menos una pieza de repostería hecha en casa; una tarta casera es señal de que la anfitriona ha puesto un especial interés para conseguir agradar a sus invitados.

Preparación

Una merienda-té vespertina es, desde luego, una cosa distinta al té familiar que los miembros de la familia toman sentados en la mesa del comedor. Los invitados que vienen a tomar el té pueden sentarse en torno a la chimenea, junto a la ventana del salón o en el jardín. Lo ideal es poder contar con dos mesas: una se coloca al lado de la anfitriona con la bandeja del té, y la otra con las cosas de comer al alcance de todos los invitados; éstos deben tener cerca algún lugar en el que poder depositar sus tazas y platos; si va a venir bastante gente, una solución puede ser la colocación de mesitas entre cada dos asientos.

En la bandeja del té la anfitriona necesita como mínimo contar con una tetera, un colador de té con un cuenco, la jarra de la leche, el azucarero y otra jarra para el agua caliente. Cada invitado tendrá a su disposición una taza con su platito (y la cucharilla), y un plato con un cuchillo. No se ponen tenedores; si es demasiado difícil comer una tarta con los dedos tan sólo, no debe servirse.

Antes se juzgaba innecesaria la presencia de servilletas en la mesa del té, pero actualmente hay muchas anfitrionas que sí las ponen. Si se utilizan servilletas, deben ser de pequeño tamaño: las de papel valen perfectamente.

Al principio, las tazas para el té se colocan en la bandeja que tiene junto a sí la anfitriona. Los platos y los cuchillos se dejan sobre la mesa en la que está la comida, al lado de ésta.

Cómo servir

Una vez han llegado todos los invitados, la anfitriona normalmente se ausenta unos breves instantes para hacer el té personalmente. (Las tazas y los platos deben encontrarse ya en la sala de estar.) Al volver, se asegura de que todos tienen ya sus platos y cuchillos, y comienza a servir el té. Mientras lo sirve en su taza a cada invitado, le pregunta si prefiere leche o azúcar, o ambas cosas, poniéndolos ella misma de acuerdo a la respuesta obtenida. (Siempre se vierte en la taza antes el té que las otras cosas.) Acto seguido ofrece la taza y el plato al invitado.

Los invitados se sirven ellos mismos las cosas de comer, empezando por el plato caliente (si lo hay) y siguiendo con los emparedados y los pasteles, por este orden. La anfitriona debe estar siempre al tanto del estado en que se encuentran las tazas de sus invitados, ofreciéndoles más té cuando advierta que alguna taza está vacía.

Para comer cualquier cosa, la invitada sostiene su plato con una mano mientras que con la otra coge lo que en él haya puesto. De igual modo, al beber, toma el plato con una mano y la taza con la otra. Dicho sea de paso, el dedo meñique no debe curvarse.

Partida

Los invitados deben procurar no prolongar en exceso su visita: basta con permanecer más o menos una hora. No es preciso escribir o telefonear a la anfitriona para volver a darle las gracias.

REUNIONES INFANTILES

Antes o después, casi todos los padres tienen que dar fiestas para sus niños. El motivo es casi siempre la celebración de un cumpleaños; dato que en realidad contribuye al mejor desarrollo de la reunión, ya que proporciona ciertos puntos fijos sobre los que puede apoyarse toda la organización de la fiesta.

En esencia, una fiesta para un niño que esté en edad de acudir a la escuela primaria es una merienda-té a la que se añade un programa estructurado de diversiones. Estas diversiones dependen del bolsillo de los padres y de los gustos de los niños, pero es crucial que haya previsto algún tipo de actividad para cada minuto.

Lista de invitados

El niño ayudará a confeccionar la lista de invitados. Pueden ser éstos de un solo sexo o de ambos; en cualquier caso, sus edades deben diferir poco entre sí. No se mezclan los niños de seis años con los de diez.

Si un niño quiere invitar a todos sus compañeros de clase del colegio, intente asegurarse de que no va a quedar alguno de ellos excluido. Si voluntariamente no invita a alguno de ellos, pregúntele por qué. A no ser que exista un motivo muy serio —tanto en opinión de él como en la suya—, explíquele lo mal que se siente el excluido, e insista en que ese niño debe también ser invitado.

Evidentemente, un niño debe corresponder a las invitaciones que le hayan hecho sus amigos a las fiestas que dieron en el pasado, incluso si esos niños no le gustan.

El tamaño definitivo de la lista de invitados dependerá del espacio con que se pueda contar y del número de adultos que vaya a haber para echar una mano. Por muy pequeña que sea la reunión, será necesaria la ayuda de al menos una persona. Si van a asistir más de 15 niños, prevea la asistencia de un adulto más por cada 10 niños.

Invitaciones

Hay que escribirlas —lo ideal sería que lo hiciera el propio niño— y enviarlas por correo a las casas de los invitados dos o tres semanas antes de la fecha. Una formalidad de este tipo se hace necesaria para que así los padres del invitado sepan con exactitud dónde y cuándo va a tener lugar la fiesta. Deben ser especificados también los motivos de la misma, así como la hora que está previsto va a terminar.

Horario

Las reuniones infantiles dan comienzo a eso de las tres y se prolongan hasta más o menos las seis de la tarde, aunque este horario suele variar según las costumbres de cada región o país.

Las fiestas para niños muy pequeños deben terminar antes. La comida y la bebida se sirven bastante temprano, a las cuatro o un poco después. La mayor parte de los juegos que requieran una gran actividad se llevan a cabo antes del té, y los más tranquilos se hacen después. Si se contratan los servicios de algún profesional para entretener a los niños, su actuación debe ser la última actividad importante de la fiesta. La última actividad de todas debe tener un carácter tranquilo. Esto ayudará a los padres a recoger a sus niños sin demasiadas dificultades.

Regalos

Si su niño va a asistir a una fiesta de cumpleaños debe llevar algún regalo, no demasiado caro para no eclipsar en exceso los previsibles obsequios del resto de los invitados.

También es habitual dar a los asistentes a todo tipo de fiestas algún regalo que pueden luego llevarse a casa. Esto tiene por objeto evitar que quienes no hayan ganado algún premio en los juegos celebrados se vayan con las manos vacías. Tanto los premios como los regalos de despedida se hacen a partir del surtido de dulces, globos, lapiceros de colores y cosas así, que la madre previsora prepara antes de la fiesta.

Comida y bebida

A los niños muy pequeños les gustan las típicas fiestas con emparedados, mermeladas, tartas y helados. A partir de los seis años de edad su gusto comienza a tender hacia las cosas saladas. (Sus favoritas son sin duda las salchichas y toda la gama de patatas fritas y similares.) A los niños también les gusta aquella comida que les haga parecer atractivamente «mayores».

La tarta con velas constituye un rasgo capital de las fiestas de cumpleaños. La ceremonia de encendido y posterior apagado, mediante un soplo, de las velas tiene lugar cuando ya casi está terminando el té; el encendido debe hacerlo un adulto.

En todas las fiestas hay que contar con gran cantidad de refrescos.

El banquete se coloca sobre una mesa grande, alrededor de la cual se sientan los niños. Si se ponen tarjetas con los nombres en cada uno de los asientos, se evitarán las riñas y los alborotos en el momento de ir a sentarse. Si se rompiera algo, no sólo resultaría caro sino también peligroso, por lo que deben utilizarse platos y vasos de plástico o papel. También debe haber al alcance de la mano grandes cantidades de servilletas de papel, además de otros utensilios de limpieza más eficaces en previsión de incidentes.

Llegada de los invitados

El niño debe saludar a cada uno de los invitados al llegar, ayudándole a quitarse su abrigo y agradeciéndole su regalo cuando se lo dé. La anfitriona adulta debe estar presente en todas las ocasiones para ayudarle y para introducir al recién llegado en las actividades que se están realizando.

Los padres que lleven a sus niños, cuando vean que su hijo está ya integrado en el ambiente, deben marcharse. A la anfitriona no le gustará contar con la imprevista presencia de otros adultos, y la mayoría de los niños detesta tener demasiado cerca a sus padres inmiscuyéndose en sus asuntos.

La única excepción a esta regla se da en las fiestas para niños muy pequeños; en estos casos se invita también a las madres.

Partida

La falta de puntualidad de los padres está a la orden del día cuando se encargan de recoger a sus niños de una fiesta. Si llegan muy pronto, la ya muy ajetreada anfitriona se verá en la obligación de entretenerlos; si llegan tarde, quienes den la fiesta tendrán que vérselas con otro tipo de problemas. Los padres que recojan a sus hijos deben comprobar que éstos salen de la reunión con todos las cosas que llevaron a ella.

Antes de marcharse, el niño debe dar las gracias tanto al amigo que le invitó como a la anfitriona adulta. Si parece no recordar esto, sus padres deben hacérselo notar tranquilamente. Por el mismo motivo, debe usted recordar a su propio hijo que tiene que dar las gracias a sus anfitriones cuando vaya a una fiesta.

8. INVITACIONES, CARTAS Y CONVERSACION

El ritmo de la vida ha cambiado mucho en los últimos años, y a menudo tenemos la impresión de que el tiempo se nos pasa a velocidad de vértigo. Inevitablemente, nuestro comportamiento social también se ha alterado. El uso cada vez mayor del teléfono, la informalidad de los servicios postales y la virtual desaparición del telegrama como medio de comunicación social ha transfigurado muchas de nuestras costumbres sociales, y lo que una vez fue la «forma correcta» a menudo parece hoy día algo arcaico. Sin embargo, se mantiene un cierto número de tradiciones clásicas, que conviven con modas recientemente establecidas, ya que su encanto y gentileza provienen de la consideración y del afecto, y las modas no pueden cambiarlas.

El tema de este capítulo es, parafraseando su título, la comunicación oral y escrita hoy en día: las convenciones existentes en cuanto al cursado y agradecimiento de las invitaciones, cómo y cuándo presentar a los invitados, y las cuestiones esenciales referentes a la redacción de las cartas. Dedicamos una sección a la conversación (especialmente en las fiestas), en la que hacemos unas cuantas sugerencias acerca de cómo estimularla, cuándo provocarla, cuándo hay que tener tacto y cómo apaciguarla. No se trata de proporcionar líneas de conducta a las anfitrionas con experiencia o a quienes sean invitados con frecuencia; son más bien sugerencias para los jóvenes, consejos para tranquilizar a los novatos y unas cuantas palabras de ánimo para los tímidos.

PRESENTACIONES

El primer deber de una anfitriona es presentar a sus invitados. Hay personas tímidas y hurañas que pueden sentirse a veces en las fiestas perdidas y solitarias por no conocer a ninguna de las que con ellos están y no ser lo suficientemente intrépidas como para autopresentarse.

Convenciones en cuanto a prioridad

Las convenciones existentes para las presentaciones son clásicas. Los hombres se presentan a las mujeres: «Sr. Newby; Srt.ª Dalsanie.» Al presentar a dos personas del mismo sexo, se presenta el más joven al mayor: «Sr. Newby, el Embajador de Bélgica», o bien «Sr.ª Newby, Lady St Edmunds.» La pronunciación es muy importante. No hable nunca entre dientes, vocalice claro y alto. Resulta embarazoso para los invitados tener que volverse uno a otro para decir: «Me temo que no oí bien su nombre.»

Si usted se da cuenta de que ha olvidado momentáneamente los nombres de sus amigos, puede volverse a ellos con una sonrisa suplicante y decir: «Estoy segura de que ustedes dos se conocen» a lo que una mujer discreta responderá: «Desde luego, soy Lily St Edmunds»; y el hombre continuará: «Soy Humphrey Esmond, ¿qué tal estás?», con lo que se habrá solucionado con gracia el incidente.

Títulos

La cuestión de presentar o no a sus invitados mediante sus títulos depende en gran medida del grado de formalidad de la ocasión. Si duda, hágalo así. Las familias de abolengo están orgullosas de sus nombres históricos —y a menudo, los nobles lo están aún más de sus títulos—. Utilizar los nombres de pila podría considerarse un delito de lesa majestad. Esto es particularmente cierto cuando en la fiesta coinciden personas de muy diferentes edades. Al venerable Duque de Sunborough no le gustaría ser presentado a alguien de menor rango como «Henry Sunborough». Si la fiesta es informal y la mayoría de los asistentes son amigos o van probablemente a serlo, entonces sí es correcto hacer las presentaciones usando el nombre de pila y los apellidos.

Matrimonios

Debe presentarse a las parejas casadas individualmente, incluso cuando están uno junto al otro; por ejemplo: «Henry Newby; Hermione Newby.» Las personas son individuos y la identidad de una mujer no es absorbida por la de su marido por el hecho de estar casada.

Mujeres con profesión

Hay mujeres que estudiaron alguna carrera antes de contraer matrimonio, por lo que muchas de ellas prefieren ser presentadas mediante su nombre profesional, por el que son más conocidas. Otras se sienten profundamente ofendidas si no se les presenta por su nombre de casada cuando la reunión no es profesional, sino social. Si está en duda, telefonee y pregunte con anterioridad.

Presentaciones de niños

Las primeras presentaciones deben ser formales: «Esta es mi hija Rose, Sr.ª Esmond.» «Esta es una amiga de Rose, Caroline Hurst, que está ahora con nosotros, Sr.ª Esmond.» Tanto en el caso de que los padres del niño sean buenos amigos suyos, como en el caso de que a usted le gusten los niños, es usted quien debe darles el permiso para que se dirijan a usted mediante su nombre de pila.

Presentaciones casuales

Si usted se encuentra por casualidad con algún amigo —en la calle, o en el entreacto de una representación teatral, por ejemplo—, y está usted acompañado por otro amigo, es de buena educación presentar a ambos. Si no se hace, se está haciendo gala de falta de consideración y cortesía. (Véase también «Encuentros inesperados», Cap. 11.)

Las presentaciones en las cenas con invitados

Es a veces buena idea, al realizar las invitaciones para una cena, hacer saber a los invitados quiénes van a ser el resto de los comensales, sobre todo si la fiesta se celebra en honor de alguien especial, por ejemplo un visitante extranjero. Si hay algún invitado principal, debe comunicársele también la composición de la reunión. Será de gran utilidad añadir un pequeño comentario a los nombres del resto de los invitados; por ejemplo: «Henry Newby, que es un apasionado de la arquitectura victoriana»; «Sarah Pagley, que trabaja en el Ministerio…, etc.»

Si no le ha sido posible previamente hacer saber a sus amistades nada acerca del resto de los invitados, debe usted informarles de la composición del grupo en el momento de su llegada y antes de hacerles pasar al salón para presentarles a todos.

La anfitriona que dé una cena para unos 30 ó 40 invitados debe recibir y saludar a cada uno de ellos a su llegada y acompañarlos por todo el salón para presentarlos como es debido a todos los demás. Aunque hacerlo así pueda parecer una ardua tarea, es realmente la forma correcta de comportarse y contribuirá enormemente al éxito de la fiesta.

Las presentaciones en los cócteles y recepciones

Si la fiesta es pequeña, la anfitriona presentará, desde luego, entre sí a todos y cada uno de los invitados. Aunque la reunión sea numerosa, la anfitriona debe intentar presentar a cada recién llegado a los otros invitados, haciendo algún cortés comentario a guisa de introducción. (Cuando presente a alguien, no debe hacer una biografía condensada de cada persona, como por ejemplo «Rose es novelista, y Michael es abogado». Tal vez Michael nunca haya oído hablar de los libros de Rose y puede que tampoco esté precisamente deseando hablar del agotador día que pasó en los Tribunales.)

En los cócteles grandes los invitados pueden sentirse fácilmente perdidos, por lo que será como una bendición para la anfitriona si usted le ayuda presentando a la gente a las almas descarriadas. Si alguien da la impresión de estar solo, es perfectamente permisible acercarse y autopresentarse..., y agregar alguna otra táctica inocua para romper el hielo que sea totalmente impersonal.

Las grandes recepciones pueden ser difíciles ocasiones sociales en las que la anfitriona no va a poder atender debidamente a los invitados; ella permanece en la entrada saludando a la gente que va llegando y rara vez tiene oportunidad de mezclarse con la multitud. Es fácil quedarse aislado, especialmente si sólo se conoce a unas pocas personas de las allí reunidas. Los comentarios que antes hicimos sobre armarse de valor y presentarse a sí mismos pueden aplicarse a estos casos.

CONVERSACION

La conversación es un arte, y como todas las artes, se va haciendo mejor a medida que se va practicando y adquiriendo experiencia. La experiencia es muy importante, ya que el principal obstáculo para mantener una buena conversación es la timidez, pudiendo incluso las personas más inteligentes quedar bloqueadas en el momento de conocer a gente nueva. Las cartas pueden tacharse y volverse a escribir hasta conseguir que sean perfectas; la conversación tiene que ser espontánea, y en ella los errores no pueden borrarse. Como decía Carlos II, el máximo arte de un buen conversador es conseguir que las personas se sientan a gusto. La conversación raramente puede florecer en una atmósfera ampulosa. Sólo después de haber aprendido el arte de la fácil conversación puede venir la buena conversación. Nada hay comparable con una buena charla para hacer deliciosa una fiesta. Algunas personas son grandes conversadores, mientras que otras saben escuchar; pero los buenos oyentes son aquellos que saben inspirar a los que hablan.

Se decía de Oscar Wilde que era capaz de dirigirse a la persona más apagada de cualquier fiesta y, en pocos minutos, hacerla chispear. Esta genial capacidad es algo verdaderamente excepcional, pero cualquiera de nosotros es capaz de crear un ambiente agradable y acogedor que contribuirá a disipar las mutuas desconfianzas: la timidez no sólo congela las lenguas de la gente, sino también sus mentes. Una calurosa bienvenida reconforta a quien sea apocado, pues no siempre son suficientes sólo las palabras; a los actores de la Comédie Française se les solía dar este consejo: «Primero el gesto y la mirada, luego la palabra», lo cual puede materializarse en un apretón de manos, una sonrisa y un comentario amable. Puede dar gran confianza a un recién llegado el saludarle diciendo: «Me apetecía verte desde hace mucho tiempo; tenemos una gran amiga común, Caroline Parr, que me ha hablado tando de ti...» Un vecino nuevo puede quedar encantado si oye: «Estoy muy contento de que hayas venido a vivir a Munstead Parva. Siempre fuimos de la opinión de que tu casa es la más bonita del pueblo.» Las lisonjas sencillas van siempre directas al corazón.

Este capítulo está dedicado a la conversación entre aquellas personas que se saludan probablemente por primera vez, sin que ninguna de ellas conozca gran cosa, si es que sabe algo, acerca de la otra. (Existen en la vida, por supuesto, otros muchos momentos que uno desearía tener a mano un manual en el que se indicara cómo hablar y contestar: al conocer a los futuros suegros, a los amigos de nuestros hijos; pero en esos casos al menos se cuenta con la gran ventaja de conocer algo acerca de sus vidas o de sus intereses, con lo que se tiene una base sobre la que elaborar la charla.) Ofrecemos aquí unas cuantas sugerencias para poder moverse con soltura en el terreno de la conversación —o para poder cortarla, según las exigencias del momento—. Se sugieren distintos tipos de inicio de una conversación, y se dan ejemplos de comentarios que se debe procurar no hacer, ya que si se es excesivamente inquisitivo puede provocarse aún más el retraimiento de las personas tímidas.

La conversación puede compararse con un baile, y tanto si se trata de un *pas de deux* como si es una danza en grupo, todos tienen que sentir la apetencia de participar, y todos tienen que divertirse.

La conversación en las cenas con invitados

Véase también «Los modales en la mesa», Cap. 6.

Una buena conversación en las cenas con invitados puede llegar a ser el tipo de charla más satisfactoria. Pueden tocarse todos los temas, tanto con seriedad y en profundidad, como con una divertida frivolidad; pero, en cualquier caso, la conversación ha de ser fluida, discurriendo sin obstáculos como un río por su cauce.

Si se ha escogido con acierto a los invitados, la conversación se desarrollará con naturalidad, aunque conviene recordar que las cenas son como pequeños juegos en los que se presentan situaciones imprevistas, pudiendo los actores muy bien decir mal su papel.

Conversación general

La conversación general que sostiene un grupo es la más divertida de todas. Es posible mantenerla hasta con seis personas, o hasta con ocho si la mesa es redonda. La conversación general es la norma en Francia, y lo ha sido desde hace mucho tiempo. Elinor Gyn, al redactar los recuerdos de una joven debutante inglesa que visitaba Francia en 1900, escribió: «Todos ellos son muy ingeniosos, pero no se considera correcto hablar sólo con el vecino de mesa, en conversación *a deux*. Todo debe hacerse en común, por lo que es constante la agudización de las ocurrencias, y se tiene que levantar bastante la voz, ya que en caso contrario, al estar todo el mundo hablando al mismo tiempo, nadie podría hacerse oír.»

En las cenas francesas, lo normal es que se comenten *les actualités* —las últimas noticias, las cuestiones políticas, o los chismes del momento—; pero en Gran Bretaña usualmente hay que dirigir la conversación, y una anfitriona inteligente y experta sabe muy bien cómo orquestarla. Ella puede, inclinándose hacia delante, preguntar al invitado que se sienta frente a ella al otro extremo de la mesa su opinión acerca de cualquier tema, e invitar a otro de los presentes a hacer algún comentario. Procurará que todos sus invitados contribuyan de forma positiva al desarrollo de la conversación.

Conversación de a dos

Es ésta una costumbre muy extendida en Gran Bretaña. Desde luego, es la única posible en las fiestas grandes. También la propicia el tipo de mesas de comedor que se prefiere utilizar en Inglaterra para las cenas, en forma de óvalo alargado. Por tanto, cada invitado o invitada sabe que tendrá que pasar la velada dando conversación a sus vecinos de uno u otro lado. Es un desafío, y puede asustar un poco (la anfitriona, prudentemente, procurará que, si es posible, alguno de los vecinos sea ya conocido, para así hacer más fáciles los momentos iniciales.)

A veces los vecinos de mesa conversan con fluidez y simpatía, pero si no ocurre así, debe uno procurar hacer que la charla sea cómoda y agradable, tocando los temas sobre los que él o ella puedan hablar con interés y agrado.

Tácticas útiles para los comienzos

Tenemos que averiguar qué cosas interesan a nuestro vecino, lo que debe hacerse con el menor número posible de hábiles preguntas.

Un comensal invitado con experiencia pregunta siempre a su vecino: «¿Cuál podría ser la mejor cosa que le ha ocurrido hoy?» Esta cuestión puede ser de gran utilidad, si esa persona en efecto ha tenido un buen día.

Recomendamos a quien sea tímido que, antes de dirigirse a la fiesta, haga un repaso mental de los posibles temas iniciales de conversación (que, por supuesto, se desviaría luego hacia las cosas que interesan a los otros invitados presentes).

Lo mejor es comenzar hablando de temas tópicos o neutros.

Ejemplos

«¡Qué diciembre más frío estamos pasando! Si no estuviera usted aquí, ¿en qué otra parte del mundo le gustaría estar en estos momentos?»

«He oído que va usted a Grecia a pasar tres semanas, ¿qué libros piensa llevarse en la maleta?»

«¡Qué flores tan hermosas tiene siempre Anne! (La anfitriona.) ¿Le gusta a usted la jardinería?»

«Si usted fuera la Reina, ¿qué ópera/ballet/obra de teatro hubiera elegido para representar en su Gala?»

«¿Le interesa a usted Winbledon? ¿Ha ido a ver los partidos?» (El tipo de deporte debe cambiarse según sea el momento de la temporada, ¡si está lo suficientemente enterado!)

«¿Ha tenido usted oportunidad de ir a ver la exposición de Tutankhamon?» (O cualquier otra exposición del momento.)

«¡Qué excelente clarete! ¿Es usted entendido en vinos?»

Estas preguntas habrán dado ya oportunidad a su vecino para hacer saber si está interesado en los viajes, el arte, la literatura, el deporte, la música, la jardinería, la gastronomía... Esperemos que haya respondido favorablemente al señuelo.

No es muy prudente discutir de política con un desconocido, pues puede ser de arraigadas convicciones bastante distintas de las suyas.

En general, a la gente le gusta más hablar de sus aficiones que de su trabajo. Su vecino tal vez sea un notable pianista aficionado o un campeón jugando al croquet. Puede cultivar rosas raras o coleccionar cualquier tipo de objetos, desde sellos de correos hasta viejos discos de gramófono. Si sus intereses personales no le resultan a usted excesivamente ajenos, podrá sostener una agradable e instructiva conversación.

Tácticas iniciales poco recomendables

Procure no hacer a la gente preguntas que puedan referirse a la organización del Estado o a peticiones de visados.

A uno se le cae el alma a los pies cuando le preguntan:

«¿Dónde vive usted?»

«¿A qué se dedica usted?»

«¿Tiene usted niños?»

«¿Ha salido usted al extranjero este año?»

Intención de la respuesta

Si le hacen a usted preguntas parecidas a las de arriba, podrá adivinar por el tono de voz de su vecino de mesa si está realmente interesado en saber si usted vive en Perth o en Pimlico, si es usted botánico o banquero, o si ha visto o no alguna vez el Mediterráneo. Si cree que esa persona sí está interesada, respóndale. Si no lo está, es que carece de recursos de conversación y ha caído en la utilización de frases hechas. La salida típica en estos casos es responder con un monosílabo y devolverle la misma pregunta:

«Sí, vivo muy cerca de aquí. ¿Y usted?»

«Soy abogado y estaba intentando adivinar su profesión. Dígamela usted.»

«No (refiriéndose a los niños), pero hábleme de los suyos.»

«Varias veces (en vacaciones). ¿Tiene ya algún plan para un viaje en el verano?»

De esta manera, devolviendo la pelota a su interlocutor, él hablará de sí mismo y de sus aficiones e intereses (la arquitectura doméstica en Islington, su trabajo en un Banco comercial, o el tipo de vacaciones que prefiere: gastronómicas, deportivas, para conocer sitios nuevos). Al menos, dispondrá usted ahora de algunos datos sobre los que basar el diálogo.

Conversación a tres

A menudo, en las cenas con bastante gente, una tercera persona se agrega a la conversación mantenida por otras dos, a causa de que lo que llega a sus oídos le suena interesante. En estos casos otra persona puede quedar abandonada, sin nadie con quien hablar. Trate siempre, si puede, de incluirla en la conversación. Inclínese hacia ella y diga: «Estamos hablando de la nueva serie de televisión que se llama Lily Langtry (o lo que sea). ¿La estás siguiendo tú?»

Invitados especiales y problemas particulares

Incluimos aquí unas cuantas palabras de consejo para enfrentarse con un cierto número de problemas imprevistos que de cuando en cuando se presentan en la mesa (y en otros sitios también). Gran parte de las situaciones potencialmente embarazosas pueden solventarse con gracia si se está preparado de antemano.

El famoso

A usted pueden invitarle a una cena en la que el invitado de honor sea un personaje célebre, un político importante tal vez, o una conocida actriz, o un prestigioso escritor. No deje de hablar con esa persona, a causa de su desconfianza, de los éxitos que haya obtenido; a la mayor parte de la gente famosa le encanta que los demás se interesen por sus actividades (y también muchos de ellos son humildes, y se sienten realmente complacidos si se les felicita). A esas personas les gusta dirigirse a un auditorio entendido, y el que escucha es igualmente afortunado, ya que tiene la oportunidad de estar con una personalidad célebre, que incluso tal vez pasará a la historia.

La mayoría de las anfitrionas harán saber de antemano a sus invitados la presencia en la cena de algún personaje famoso, para que así puedan preparar algo en casa el encuentro.

La prima donna

Es una regla de oro no invitar nunca a más de una de ellas en la misma ocasión; a las primas donnas les gusta dominar la mesa y no sería extraño que se sintieran molestas si alguna otra está presente. Podrían muy bien quedarse en silencio, o intentar desmerecer a su rival, ya que están acostumbradas a ser mimadas en sociedad. Hubo un tiempo en que se consideraba fascinante que algún famoso orador pronunciase un monólogo durante la cena. Tal vez seamos ahora un poco más insensibles, pero actualmente se prefiere sostener una conversación más general que asistir a una actuación preparada.

Los discutidores

Las riñas son imperdonables en las cenas con invitados. Puede haber discusiones acaloradas, de acuerdo, en las que se sostienen con vehemencia ciertos puntos de vista, y defender o atacar las distintas opiniones, pero siempre debe hacerse con respeto hacia las ideas de los demás, y sin animadversión. Cuando surge una reyerta, es necesario tener mucho tacto. A veces es mejor simular estar poco al corriente de la cuestión, y decir con una sonrisa: «Me gustaría entenderlo mejor. ¿Me podría explicar X, Y o Z?» Incluso a pesar de que la explicación pueda resultar algo aburrida, hacerlo así permitirá que la discusión baje de tono, con lo que será más factible desviarla hacia cualquier otro punto —y se habrá conseguido apaciguar al litigante, al haber solicitado una muestra de sus conocimientos una persona que hace gala de un amable e inteligente interés.

Los «pesados»

La regla general es no invitar nunca a un «pesado», aunque puede ocurrir a veces que el novio de alguna amiga o la esposa de otro amigo, pese a su buena voluntad, extienda un manto de aburrimiento sobre todos los comensales.

Las personas latosas pueden ser de dos tipos: los que no tienen ningún tipo de conversación y los que hablan demasiado. Los del primer grupo se hacen patentes cuando a uno le formulan preguntas de la clase que anteriormente desaconsejamos: «¿Cómo están sus niños«» o «¿Ha salido fuera este verano?» A los pesados incluidos en la segunda categoría les encanta contar anécdotas, que a menudo alargan en demasía o que ya habían contado antes más de una vez. Si se les considera como algo a lo que puede prestarse poca atención, pueden resultar hasta de utilidad si la anfitriona sienta a su lado uno de ellos; mientras escucha su prolongado recital, puede dedicarse a observar al resto de la mesa, a comprobar si los demás invitados se encuentran a gusto, y a recordar mentalmente que dentro de diez minutos tiene que sacar del horno la *tarte tatin*. En este sentido, los pesados pueden sentar como un calmante.

Si realmente uno no puede aguantar volver a oír la misma historia por tercera o cuarta vez, la mejor solución es decir: «Oh, Henry, me encanta esa anécdota tuya, siempre me río cada vez que la recuerdo desde que me la contaste aquella vez que cenamos juntos.»

Los metepatas

Es inevitable que la gente meta la pata alguna vez cuando está rodeada de desconocidos. Lo importante es procurar que por este motivo no se produzca una visible grieta en el amigable ambiente de la velada.

Las peores planchas son las que se sufren al tocar temas de índole personal, desde luego. Uno de los invitados puede referirse con menosprecio, de una manera inconsciente, al hermano, al mejor amigo o al cónyuge anterior de alguna persona. En esos casos, lo mejor es que el interesado diga cuanto antes: «Peter Porter es mi hermano» o «Helen Buxton es una de mis más antiguas amigas», antes de que otro de los invitados pueda empeorar la situación con el original añadido de que su hermano es un pesado o de que su mejor amiga es una chismosa cruel. Defiéndalos diciendo: «Ya sé que Peter es un poco callado, pero sus opiniones son siempre de lo más sólido» o «Mucha gente encuentra a Helen muy divertida, y sus gracias carecen siempre de malicia».

A veces no puede hacerse nada tras ciertas meteduras de pata. Si antes de pasar a cenar, usted comenta: «Las rosas son mis flores favoritas y las que menos me gustan son los crisantemos», y a continuación advierte que el comedor está decorado precisamente con esas flores que detesta, la cosa debe rectificarse cuanto antes, a no ser que la anfitriona tenga el buen humor de tomárselo a broma.

La utilización de un gran hotel o un club para una fiesta importante, descarga a los anfitriones de las preocupaciones de suministros, ambientación, etc.

El vendedor de chismes

Hay ciertas personas que siempre buscan ser el foco de atención, por lo que referirse a ellas es habitualmente poco criticable; es más: seguramente les divertiría saber que se está hablando de ellas. En los demás casos deben evitarse los cotilleos, «charlas frívolas, habladurías, parloteos», según dice el diccionario. Los peligros del chismorreo son: 1) los chismes a menudo son inexactos y se extienden con rapidez; 2) el mundo es tan pequeño que es casi inevitable que en alguno de esos chismes quede incluido algún conocido de los presentes; 3) como forma de conversación, es totalmente superficial. En ningún caso hay excusa admisible para las murmuraciones malintencionadas. «La verdad anda a paso de tortuga, el rumor corre como la liebre», escribió con sabiduría Ouida.

Cuando reina el silencio

A veces puede ocurrir que, simultáneamente, todas las conversaciones que se desarrollaban en ese momento se interrumpan, y se extienda un absoluto silencio sobre toda la habitación. En esas situaciones, uno se queda como mudo y como si todas las ideas hubieran volado de la cabeza. Sin embargo, alguien tiene que iniciar de nuevo una conversación, y lo más rápidamente que sea posible. Intente pensar en cualquier cosa, aunque carezca de importancia, y hable acerca de ella a cualquiera que esté al otro lado de la mesa o de la habitación, no a quien tenga a su lado. Su respuesta, que todos oirán, servirá para romper el bloqueo de la conversación.

La conversación en los cócteles pequeños

Puede tratarse de una fiesta con unos 30 invitados o quizá con tan sólo 8 ó 10. Estas fiestas las controla la anfitriona, que habrá invitado a personas de las que piense que están interesadas en verse, y es ella quien hace todas las presentaciones. Ya dijimos antes, en este mismo capítulo (véase «Presentaciones»), que a una presentación no debe seguir una biografía, sino que la anfitriona debe abrir la conversación mediante una referencia a cualquier cosa que interese a ambos invitados, tras lo cual, y basándose en ella, éstos podrán luego continuar el diálogo.

La conversación en las fiestas grandes

Son ocasiones en las que hay que comportarse como una mariposa que va de flor en flor. Cuando la fiesta es grande, se puede ir y venir de un amigo a otro, intercambiando bromas. A veces basta con un saludo y una sonrisa, y otras ha de sostenerse una breve charla sobre un único tema, tras lo cual puede uno despedirse. Las reuniones sociales muy numerosas proporcionan la excelente oportunidad de encontrarse con amigos a los que puede no haberse visto desde hace mucho tiempo. Este tipo de fiestas son como un torbellino social: si uno se encuentra excesivamente monopolizado por una persona, preséntele a alguien y sepárese de ella.

Las fiestas que se celebran después de cenar pueden ser muy agradables si se preparan bien. No existen las prisas que puede haber en los cócteles que se dan por la tarde, cuando uno tiene que marcharse pronto para acudir a otro compromiso. Por tanto, la conversación puede ser tranquila y despreocupada. Por supuesto, la anfitriona presentará a todos los invitados y procurará que se muevan de un lado a otro.

TARJETAS DE INVITACION

Una atareada anfitriona se dará pronto cuenta de que lo único que necesita tener para hacer llegar a sus amigos sus invitaciones para cualquier fiesta —excepto en los casos que más adelante expondremos— son las tarjetas impresas del tipo «En casa» (véase el ejemplo).

Por tradición, las tarjetas para citar «En casa» miden 10 × 17 centímetros, y cuanto más fuerte sea el papel mejor impresión causará la tarjeta. Este tipo de tarjetas es del uso exclusivo de las anfitrionas; la mujer, por tradición, es la señora del castillo que es su hogar.

Ejemplo:

Mr and Mrs Peter Stewart

Mrs John Fitzherbert

En casa

Lunes, 1º de Junio

R.S.V.P.
11, Hyde Park Gardens,
London, W.2.

6.30-8.30pm

Si marido y mujer son los anfitriones

Aunque normalmente es la esposa quien hace de anfitriona, a veces marido y mujer quieren dar juntos una fiesta.

En tal caso la invitación debe estar redactada del modo siguiente:

Invitación conjunta

Miss Mary Eliot

Sir Derek and Lady Stewart

tienen el placer de rogar su asistencia

a la cena que para celebrar sus

Bodas de Oro

tendrá lugar el 18 de diciembre

en el Hotel Claridge (entrada por el salón de baile)

R.S.V.P.
Elm Cottage,
Beaulieu,
Hampshire.

Hora, 7,30

Si el anfitrión es un soltero o varios amigos

Si la fiesta la da un hombre soltero, o un grupo de amigos, no es apropiado utilizar las tarjetas que citan «En casa», debiendo redactarse la invitación de la siguiente forma: «El Sr. John Esmond y el Sr. Oliver Newby tienen el placer de rogar la asistencia de...» o «esperan contar con el placer de tu presencia». El nombre de la persona a cuya dirección deben enviarse las contestaciones se imprime en la tarjeta de invitación en primer lugar.

Nobleza y Excelentísimos señores

Cuando un noble (él o ella) cursa una invitación formal no utiliza normalmente el artículo (él o la); así, en la tarjeta podrá leerse «Condesa de Charmington» o «Vizcondesa Dalsany», y en las invitaciones informales pondrá simplemente «Lady Charmington» o «Lady Dalsany». El nombre del destinatario se escribe en el mismo estilo que el de los remitentes, o sea, que en una invitación informal de la Condesa Charmington a los Vizcondes Dalsany deberá ponerse «Lord y Lady Dalsany».

En el caso de los Ilustrísimos o Excelentísimos señores, en la invitación deberá decir sencillamente: «Sr. Michael Wade», excepto en las ocasiones de máxima formalidad, como cuando va a estar presente la familia real, en cuyo caso sí deberá ponerse: «Excmo. Sr. Michael Wade.»

Al enviar las invitaciones

Cuando se cursa una invitación a un matrimonio, la costumbre es escribir en el sobre en que se envía sólo el nombre de la esposa, aunque en el ángulo superior izquierdo de la tarjeta deben escribirse los nombres de ambos, por ejemplo «Sr. y Sr.ª James Evans». Para las personas solteras debe escribirse el nombre tanto en el sobre como en la tarjeta: «Srt.ª Anne Aubyn.» Pero si la invitación va a mandarse a unos buenos amigos, a menudo no hace falta poner sus prefijos en la misma tarjeta.

Títulos

Cuando se envía una invitación a personas que tienen título, la inscripción del sobre y la tarjeta pueden ser diferentes; por ejemplo, el sobre puede ir dirigido a «La Marquesa de Belchamber», pero los nombres que se escriben en la tarjeta pueden ser aquellos bajo los cuales fueron presentados. La regla es que si se trata de duques o duquesas, se ponga el título completo tanto en el sobre como en su interior, y que en los casos de demás nobles de inferior rango en la tarjeta diga sencillamente «Lord y Lady». (Véase también «Nobleza y Excmos. señores», en la pág. anterior.)

Al final del capítulo exponemos con detalle las formas correctas de poner las direcciones en las cartas.

Prefijos, condecoraciones y graduaciones

Al escribir los nombres en las tarjetas de invitación, no se ponen en ellas prefijos del tipo de «El Rt. Hon.» o «Su Excelencia», ni tampoco iniciales después del nombre que indiquen rangos o medallas.

Sí es costumbre que en el sobre se pongan todo tipo de prefijos e iniciales o abreviaturas que indiquen rango o condecoraciones; por ejemplo, «El Rt. Hon. Sir Arthur Peabody, Bt., O.M., P.C.».

Invitaciones para cenar

Véase también «Los modales en la Mesa», Cap. 6.

Lo más aconsejable es utilizar el teléfono, pero cuando el invitado ha aceptado ya, es buena idea enviar una tarjeta del tipo «En casa», en la que se indique la hora de la cena y si hay que llevar traje de etiqueta. En las tarjetas hay que tachar el R.S.V.P. y sustituirlo por un «Como recordato-

Tarjeta tipo «En casa» usada como recordatorio

Mr and Mrs Clive Adams
Mrs John Fitzherbert
En casa
Juaves 4 de Junio
~~R.S.V.P.~~ [illegible] Hyde Park Gardens London W.2
Cena de 8 a 8,30

rio» o un «P.M.» (Pour Memoire). Lo mismo puede decirse si se trata de invitaciones para almorzar.

Invitaciones para bailes

Aunque la anfitriona no ofrezca el baile en su propio domicilio sino en un hotel, puede considerarse que está «En casa» y utilizar estas tarjetas (véase el ejemplo al otro lado de la página), aunque es más habitual emplear la fórmula «Tiene el placer de rogar su asistencia».

Invitaciones para fiestas con bebidas

Para fiestas en hoteles pueden usarse las fórmulas «En casa» o «Tienen el placer de»

Mr Alastair Topping

Lady Daulton
Mrs Alexander Charnot
en casa
en honor de Miss Celia Daulton
y Miss Caroline Charnot
Jueves 12 de mayo
en el Carlton Tower

R.S.V.P.
Bentham Manor,
Faringdon, Berkshire

Cóctel
de 6,30 a 8,30

Si hay un motivo especial para la fiesta debe hacerse saber

Miss Virginia Jones

Mrs John Fitzherbert
En casa
Viernes, 12 de Mayo
con motivo de la publicación
de "Las verdades en el Hogar"

R.S.V.P.
10, Hyde Park Gardens.
London, W.2

6.30pm

La hora de la reunión debe estar claramente especificada en la invitación. Si la fiesta tiene una razón de ser especial, como por ejemplo de algún amigo del extranjero, la publicación de un libro, o cualquier otro motivo particular, debe igualmente advertirse en la tarjeta (véase ejemplo).

Invitaciones a una mujer soltera y a un acompañante

A veces, al preparar una fiesta grande, la anfitriona tiene la consideración de suponer que a alguna de las invitadas femeninas puede apetecerle venir acompañada. En ese caso debe mandar la invitación para «Srt.ª Lily Esmond y acompañante». Al contestar, la invitada debe comunicar, si le es posible, el nombre de su acompañante, para que así la anfitriona pueda saber quién va a asistir a su fiesta; por ejemplo se diría: «La Srt.ª Lily Esmond y el Sr. Henry Thackeray tienen el gran placer de aceptar...»

Invitaciones para las bodas

Ejemplo

Mr and Mrs John Allen

Mr. and Mrs. Bertram Scott Grantley

tienen el placer de rogar su asistencia

a la boda de su hija

Virginia Elizabeth

con

Mr. Roger Clifford Richmond

en la iglesia de St. Margaret, Westminster

el sábado 7 de Agosto

a las 2 de la tarde

y después en

Grosvenor House

R.S.V.P.
Dolphin Cottage
St. George's Drive
Plymouth

Véase también «Bodas», Cap. 3.

Las invitaciones para las bodas son diferentes a todas las demás. Se imprimen en unas hojas alargadas y dobladas de papel, parecidas a las del antiguo papel de cartas, que miden 28,5 × 18,5 cm.

Su redacción habitual se indica en la página anterior.

Circunstancias especiales

Pueden introducirse variaciones en la redacción expuesta arriba según sean las circunstancias familiares. Puede ocurrir que la novia sea huérfana y que sus tíos hagan las veces de anfitriones en la boda, con lo que la redacción sería: «El Sr. y la Sr.ª de Thomas Eccleston tienen el placer de rogar su asistencia a la boda de su sobrina Amanda con el Sr. Charles Brook.» Por tradición, no se da el apellido de Amanda, aunque se llame Amanda Howard, y sea la hija de la hermana de la Sr.ª Eccleston. Pero la novia quizá esté interesada en añadir su apellido, pues puede ocurrir que algunos amigos no conozcan el nombre de sus parientes o del nuevo marido de su madre.

A veces los padres divorciados se reúnen otra vez para dar conjuntamente la boda de su hija: «El Sr. Nicholas Guthrie y la Sr.ª de Lawrence Palmer tienen el placer de rogar su asistencia a la boda de su hija Virginia.»

Si sólo vive uno de los padres, él o ella dará la boda en solitario. «La Sr.ª de John Dickinson tiene el placer de rogar su asistencia a la boda de su hija Sarah.» Si el padre o la madre viudos se han casado de nuevo, la redacción sería: «El Sr. y la Sr.ª de Duncan Cassidy tienen el placer de rogar su asistencia a la boda de su hija Sarah».» (Como ya dijimos, Sarah puede desear añadir su apellido para evitar confusiones.)

Una nueva variante en los casos en que la pareja no es ya tan joven es que los novios cursen la invitación en su propio nombre: «Srt.ª Margaret Emerson y el Sr. Harold Patten tienen el placer de rogar su asistencia a su boda, que se celebrará el lunes 26 de junio en el Brompton Oratory.»

Si la novia es viuda, se hará constar su nombre en la invitación como «Jacqueline, viuda del Sr. Claude Amory».

Invitaciones sólo para la recepción

Si la ceremonia va a celebrarse en la oficina del Registro civil o en una iglesia muy pequeña, se cursan invitaciones sólo para la recepción que sigue a la ceremonia. Si el tamaño del templo hace imposible la asistencia de otros invitados que no sean los familiares o amigos más íntimos, debe agregarse a la invitación para la recepción una nota privada en la que se explique que a causa de la falta de espacio en la iglesia no ha sido posible invitar a todos a asistir a la ceremonia.

Segundas nupcias

Casi todo dependerá de la edad de la pareja, de si están divorciados o son viudos y del tipo de recepción que deseen ofrecer. Pueden dar una recepción tradicional, o quizá prefieran celebrar una fiesta por la noche. (Para más detalles, véase «Segundas nupcias» en el Cap. 3.)

Servicio de bendición

Cuando uno de los contrayentes es viudo, o lo son los dos, la fórmula que se emplea para un segundo matrimonio es la misma que para el primero. Sin embargo, si alguno de ellos está divorciado, en la iglesia se celebrará un servicio de bendición tras la ceremonia civil.

La pareja misma puede ser quien haga las invitaciones: «La Sr.ª Jacqueline Amory y el Sr. Timothy James esperan contar con el placer de su presencia en el servicio de bendición que seguirá a su matrimonio.»

Bodas canceladas o retrasadas

Véanse las págs. 80-81.

Contestación a las invitaciones

Responda siempre de inmediato. Incluso en los casos en que la invitación fue recibida mucho tiempo antes de la fecha (como puede ocurrir con los bailes), la anfitriona querrá conocer el número de invitados lo antes posible, pues tiene que realizar complicados preparativos, organizar cenas con invitados, o incluso tal vez fiestas en casa, con motivo del baile.

Contestaciones formales

Las invitaciones para bodas o bailes deben contestarse siempre formalmente en tercera persona (véase la página siguiente) y utilizando papel de escribir con membrete.

Si a usted le envían una invitación formal para una cena o un almuerzo sin que previamente se lo hayan comunicado por teléfono, debe emplear también la tercera persona en su respuesta: «La Sr.ª Hermione Esmond agradece a Sus Excelencias el Embajador de Ruritania y la Sr.ª de Bechevet su amable invitación a la cena que se celebrará el martes 28 de mayo, y tiene el gran placer de aceptar.»

Si va a haber más de un anfitrión, deben mencionarse todos sus nombres al contestar a la invitación, poniéndose igualmente en el sobre de la carta de respuesta, que se enviará a la dirección que se indicaba en la tarjeta.

Respuestas informales

En los casos de las fiestas con bebidas no es necesaria tanta formalidad. A veces, al lado del R.S.V.P. figura un número de teléfono. En caso contrario, conteste en tercera persona a la dirección que se indique.

Cuando es un antiguo amigo quien da la fiesta y escribe su nombre de pila en el ángulo superior izquierdo de la invitación, queda mejor una respuesta informal: «Querido Hugh, te agradezco la invitación para la fiesta del martes día 26. Me encantará ir y estoy ya esperando con impaciencia la llegada de la fecha.»

Un comentario simpático hace a menudo que resulte menor la desilusión que produce una negativa:

«Querida Anne, es una lástima, pero no me es posible disponer las cosas de tal modo que podamos vernos el día 12, ya que tendré que estar fuera en esas fechas, aunque espero que tu exposición constituya un gran éxito. Puedes estar segura de que me acercaré a hacerte una visita dentro de unos días.»

En caso de rehusar alguna invitación, debe, por supuesto, exponerse el motivo; por ejemplo un compromiso anterior, o un viaje fuera de la ciudad.

Alardear de ser invitado

Aunque esto se haga a menudo, no puede considerarse tal costumbre como una digna práctica social. Quizá resulte doloroso para ciertas personas averiguar que no han sido invitadas a la fiesta que dan unos amigos comunes, y también resulta un tanto exhibicionista hacer gala de la propia popularidad en sociedad. Si bien las tarjetas de invitación son necesarias como recordatorio, es mucho más prudente guardarlas en el escritorio de la habitación.

CORRESPONDENCIA ESCRITA

El mayor cambio que se ha experimentado en la comunicación social ha sido el declive sufrido por la palabra escrita. El uso de cartas es cada vez menor a causa de la gran proliferación de los servicios telefónicos y de la implantación de las llamadas directas a cualquier parte del mundo. Por si fuera poco, los servicios postales ya no son todo lo eficaces que sería de desear y las cartas pueden tardar muchos días en llegar a su destino. En el año 1870, Joseph Bowes podía escribir desde Darlington a la hora del té a su esposa, que vivía en París, en la seguridad de que la carta estaría a la mañana siguiente en la bandeja del desayuno de su mujer (lamentablemente, estos lujos pertenecen a otra época). Sin embargo, uno de los mayores placeres de esta vida es recibir una hermosa carta. La palabra escrita es más elocuente que la hablada, y una carta es una más duradera expresión de gratitud, simpatía o amistad que cualquier conversación. Afortunadamente, aún quedan muchas ocasiones en las que no existe cosa alguna que pueda sustituir a una carta.

30 HOYLAKE GARDENS
MITCHAM · SURREY
CR4 1ET
01-764 3038

Dr and Mrs Thomas Baker thank
Mr and Mrs Grantley for their kind
invitation to the wedding of their
daughter Elizabeth on Wednesday,
26th June and have great pleasure
in accepting.

9 TRAFALGAR TERRACE
BRIGHTON, SUSSEX
BN1 4EG
0273 687974

Mr and Mrs William Morris thank
Mr and Mrs Grantley for their kind
invitation to the wedding of their
daughter Elizabeth on Wednesday,
26th June but regret they are
unable to accept because of a previous
engagement.

Utensilios para escribir y su utilización

Trataremos ahora brevemente del material que es necesario tener en un escritorio. La mayor parte de él dependerá, claro está, de las necesidades y del gusto de cada cual. Es sorprendente la cantidad y variedad de utensilios que necesita una persona que sostenga una nutrida correspondencia.

Papel de escribir

Una de las grandes satisfacciones que se tienen al escribir una carta es poder hacerlo sobre una fresca y nueva hoja de papel que uno mismo ha elegido y, tal vez, diseñado. Las posibilidades de elección del papel son muy amplias. En lo referente al color, tienen gran aceptación el blanco, el marfil, el gris y los distintos tonos de azul pálido. Depende totalmente del gusto personal. También se están poniendo de moda las hojas de papel con los bordes coloreados, que pueden resultar realmente atractivas.

El papel de carta se confecciona en una gran variedad de tamaños y grosores. No hay reglas a este respecto; puede elegir lo que más convenga a su forma de escribir. Las personas que escriben con frecuencia suelen tener a su disposición dos tipos de tamaño de papel: uno más grande para las cartas largas y otro menor para las notas.

Es aceptable escribir en las dos caras de papel de carta, y cuando se necesite emplear una segunda hoja, debe ser ésta de continuación, o sea, sin membrete.

Membretes

Los encabezamientos del papel de carta pueden hacerse con letras romanas, y se colocan tradicionalmente en el centro o a la derecha de la hoja. Quienes tengan derecho a usarlo, hacen imprimir a veces su blasón o escudo en la parte superior del papel. (También pueden grabarse aquéllos en la solapa posterior del sobre.)

En los últimos años, dos innovaciones han venido del otro lado del Atlántico. La primera de ellas —que ya mencio-

FOURWINDS,
56 HORSHAM ROAD,
BEXLEYHEATH, KENT.
CRAYFORD 522778.

43 STAFFORD COURT
KENSINGTON HIGH STREET
LONDON, W8 7DN
01 - 937 2951

namos— la constituye el uso de papel con los bordes en color; la segunda es la impresión del propio nombre encima de la dirección postal en la parte superior de la hoja. Esta última parece ser una buena idea para su uso por profesionales, o por quienes casi lo sean, ya que hoy en día hay mucha gente que lleva sus asuntos, aunque no sean de gran relevancia, desde su propio domicilio.

Sobres

Correos recomienda que el remitente ponga su dirección en la solapa posterior del sobre, lo que es evidentemente de utilidad en caso de que la carta se extravíe; de este modo puede ser devuelta intacta, sin que uno tenga que pasar por la embarazosa situación de que una carta personal haya sido abierta en la oficina de correos.

Pluma y tinta

Por supuesto que lo mejor es utilizar una pluma estilográfica, aunque en muchos casos, por razones de utilidad y economía, las plumas han cedido su lugar a los prácticos bolígrafos. En papel blanco, o de color gris o marfil, queda mejor la tinta negra; en papel azul es mejor utilizar tinta azul.

Tarjetas de correspondencia

Hay mucha gente que utiliza tarjetas en blanco con sólo su nombre, dirección y teléfono impresos en la parte supe-

Ejemplo

De LADY EGLANTINE 16 Lancaster Gardens London, S.W.1. 01 - 772 43 95

rior (véase el ejemplo). El uso de la palabra «De» es opcional. Las tarjetas de correspondencia están por su reverso totalmente en blanco, y deben enviarse en el interior de un sobre.

Este tipo de tarjetas son de gran utilidad, especialmente para todo lo relacionado con los asuntos comerciales: para pedir un nuevo envío de botellas de vino al bodeguero, o para mandar un cheque en pago de unas entradas de teatro.

Tarjetas postales

Las primeras tarjetas postales basadas en fotografías se imprimieron en la última década del siglo pasado (en aquellos tiempos servían tanto como recuerdos de viaje como para los coleccionistas, que las conservaban en álbumes especiales). El uso de las tarjetas postales se ha extendido notablemente. A ello han contribuido en gran medida los museos, que tienen en la venta de postales una de sus más saneadas fuentes de ingresos. Ahora que todo tipo de hermosas obras de arte se reproducen en las postales, es un delicado gesto enviarlas a quienes sepan apreciar su belleza.

Tradicionalmente, en las tarjetas postales y en las tarjetas fotográficas, al no ir dentro de sobres, no se pone una fórmula de apertura como «Querida Mary...», sino que se escribe en ellas directamente lo que se quiere contar. Hubo una época en que se consideraba correcto firmar las postales con sólo las iniciales, aunque actualmente casi todo el mundo utiliza el nombre de pila.

Las tarjetas postales pueden ciertamente utilizarse para agradecer a una anfitriona, en caso de que sea buena amiga, su invitación para una cena o un cóctel; si a uno le invitan por primera vez a un sitio, enviar una postal causaría una impresión de excesiva despreocupación, por lo que es más correcto escribir a mano una carta de agradecimiento.

Tarjetas de visita

Tal vez hoy en día no sean muchas las mujeres que hagan uso de las tarjetas de visita impresas, pues han pasado ya los tiempos en que solían dejarse en las casas que se visitaban para dar fe de que se había estado realmente allí. Sin embargo, pueden utilizarse en multitud de ocasiones: por ejemplo, para enviar un ramo de flores.

Las tarjetas de visita para hombres o mujeres son, por tradición, de distinto tamaño; las mujeres pueden hacerlas del tamaño 8 × 5 cm. Por supuesto, deben estar impresas, y en ellas el texto que se desee poner puede escribirse normalmente a mano o con letras romanas. Antes no se solía considerar apropiado que una mujer hiciera constar su número de teléfono en ellas, aunque actualmente dado que son muchas las mujeres que trabajan fuera de casa, como las periodistas por cuenta propia o las cocineras de gran categoría, sí es correcto incluir el número de teléfono en casos como ésos.
El tamaño de tarjeta típico para hombre es de 10 × 6 cm.

Tarjeta de visita de hombre

Sir Iain Moncreiffe of that Ilk.

Easter Moncreiffe.
Perthshire

White's.

Tarjeta de visita de mujer

MISS DOROTHY MAYNARD,

ROCKHILL.
HORSHAM.

Cartas mecanografiadas

A la mayoría de la gente le sigue pareciendo poco correcto enviar cartas escritas a máquina. (La cosa es distinta si se trata de cartas comerciales, claro está.) Enviar una carta que ha sido escrita personalmente a mano es como hacer un obsequio en el que se hace expresión de muchos rasgos del carácter del remitente —el delicado encaje de la escritura de alguna mujer o el firme o seguro trazo de algún hombre inteligente—; la caligrafía de las personas revela tanto, si no más acerca de ellas, como la misma voz. Una carta mecanografiada da la impresión de ser algo impersonal —y también de estar hecha bastante a la ligera—, aunque existen ciertos casos en los que sí es permisible enviar cartas escritas a máquina: el primero de ellos es cuando el destinatario tiene una mala vista, el segundo si ocurre que la propia escritura es virtualmente ilegible. Si su caligrafía es como un jeroglífico, es aceptable que mecanografíe usted sus cartas personales, aunque desde luego debe explicar en ellas el motivo de hacerlo así, bien al principio, bien en una nota aparte al final.

Comienzo de cartas

Cuando una joven se dirige a una persona que conoce tan sólo superficialmente, es siempre correcto que inicie formalmente su carta con un «Estimada Sr.ª Esmond», y que firme «Afectuosamente suya». Es la otra persona quien debe conceder, si lo desea, «Querida Mary, por favor llámame Cecilia», y firmar con más informalidad. La apertura clásica de una carta es «Estimado X», y el empleo de «Mi querido X» se reserva para las cartas a los amigos o para cuando se desea estrechar los lazos de amistad. Merece la pena recordar cuando se escribe a los Estados Unidos que allí el uso de la expresión «Mi querido» se considera un tanto arrogante, por lo que es mejor no emplearla. (En cuanto al comienzo de las cartas dirigidas a profesionales o a personas con título —nobles o consejeros privados—, véase al final del capítulo.)

Terminaciones de cartas

Existe una amplia gama de formas de terminar las cartas, desde la más extrema formalidad hasta el tono de mayor amistad. «Suyo atentamente» es correcto y habitual. «Le saluda atentamente» es un tanto frío y distante. «Siempre suyo» es más cálido. «Suyo, como siempre» o «Suyo afectísimo», si bien están algo pasados de moda, tienen un cierto encanto. Tendemos a ser una raza tímida poco habladora, por lo que en las cartas podemos expresar un grado de amistad que no solemos permitirnos mostrar en la conversación.

Cartas comerciales

Cuando se escribe una carta de carácter particular, por ejemplo al Banco, a una tienda o a algún funcionario público, es correcto utilizar la fórmula «Le saluda atentamente».

Cartas del Cuerpo Diplomático o de la Realeza

Véase Cap. 10.

Cartas de agradecimiento

Damos a continuación unas cuantas instrucciones para la redacción de las cartas de agradecimiento de obsequios, de invitaciones a fiestas y a otros eventos sociales. Tanto si se trata de agradecer a alguien un regalo de boda como de agradecer una invitación al teatro, intente siempre que su misiva sea imaginativa, describiendo el placer que le supuso la velada; una redacción estereotipada es escasamente mejor que una nota ya impresa. Una carta bien redactada causará a su amigo tanto placer como en usted produjo su amable invitación.

Cartas de agradecimiento por regalos

Probablemente no sea posible dar mejores consejos que los que el novelista Scott Fitzgerald dio a su hija Scottie mediante una carta cuando ésta contaba diecinueve años y estaba en un colegio mayor.

Diciembre de 1940

«Queridísima Scottie:

Te habrá llegado ya, espero, un pequeño abrigo. Se trata de una prenda casi nueva de Sheilah que ella quería enviarte. Me pareció que era muy bonito —podrá incrementar tu bastante raquítico guardarropa—. El padre de Frances Kroll es peletero y lo arregló *¡totalmente gratis!*

Por eso debes escribir cuanto antes, *por favor,* las siguientes cartas:

1) A Sheilah, sin dar excesiva importancia a la contribución de Mr. Kroll.

2) A Frances, alabando su estilo.

3) A mí mismo —en este orden de cosas—, de tal suerte que pueda enseñarle la carta a Sheilah, quien con toda seguridad me preguntará si te gustó el abrigo.

Me harás las cosas más fáciles si escribes rápidamente estas cartas. El que hace un regalo no obtiene una gran satisfacción si recibe una carta de agradecimiento con tres semanas de retraso, ni siquiera en el caso de que ésta rebose de encendidos elogios —habrás así privado de un placer a alguien que intentó proporcionártelo a ti. (Eclesiastes Fitzgerald).

Con el mayor de los cariños.
Papá.»

Al escribir las tres cartas que su padre le sugirió, Scottie habrá conseguido complacer a su padre, dar las gracias a Mr. Kroll y proporcionar una gran satisfacción a Sheilah. Esperemos que a Scottie le gustara el abrigo; si hubiese querido complacer realmente a Sheilah —que en aquella época era la amante de Scott Fitzgerald y que cuidó de él en el curso de su enfermedad final unos meses después—, le habría dicho cuándo iba a ponerse el abrigo, mencionando tal vez una ocasión concreta, como por ejemplo un baile académico.

La carta de agradecimiento ideal debería: *a)* describir el placer causado por el regalo; *b)* agradecer al remitente su generosidad, y *c)* describir el regalo. Hay que recordar que puede haberse enviado el obsequio directamente desde algún comercio, pudiendo éste haber mandado como regalo dos en vez de media docena de copas de vino, y el remitente puede sentirse profundamente contrariado si no se arregla el incidente.

Por tanto, haga el elogio de las cualidades del obsequio: por ejemplo, si es una bufanda, hable de la belleza de su colorido; o si son flores, de la exquisitez de su perfume. Haga saber al remitente el uso que va a dar a su regalo, diciendo por ejemplo: «Tus preciosas flores han inundado de colorido la sala de estar» o «Voy a llevarme el libro al campo el próximo fin de semana, y ya estoy deseando leerlo».

Cartas después de las fiestas

La intención de la anfitriona es que sus invitados se diviertan en la fiesta, por lo que para ella constituirá un placer saber hasta qué punto lo ha conseguido. Cualquier anfitriona experimentará la sensación de que la fiesta aún continúa cuando reciba las cartas de sus amigos en las que le cuenten lo bien que lo han pasado.

Idealmente, hay que enviar de inmediato las cartas de agradecimiento. La sentencia latina *Bis dat qui cito dat* («Quien da primero da dos veces») es absolutamente cierta, por lo que una carta que se envía con retraso producirá la impresión de ser algo de mucha menos importancia. Lo mejor es que la carta se escriba dos o tres días después de la fiesta. No obstante, si realmente se está muy ocupado, es preferible enviar una adecuada carta unos cuantos días más tarde que escribir inmediatamente una nota impersonal.

No proporcionamos ningún ejemplo de carta porque cada fiesta es una ocasión única. Se necesitan dos ingredientes: el primero se hacer saber a la anfitriona lo mucho que uno se divirtió en su fiesta; el segundo, y más importante, explicar por qué, ya que se trata de un detalle que se tiene con ella por las atenciones que por su parte se han recibido.

Cenas con invitados

La anfitriona habrá escogido cuidadosamente a sus invitados, esperando que a cada uno le agrade la compañía de los demás; habrá tal vez dirigido la conversación con el propósito de hacerla interesante y divertida, y se habrá tomado, probablemente, grandes molestias para confeccionar el menú. En la carta hay que mencionar todas estas cosas, llamando la atención acerca de algunos invitados en concreto o sobre la agradable conversación en general. Antiguamente se consideraba muy incorrecta cualquier alusión a la comida; por ejemplo, en Inglaterra, esto era parcialmente debido al hecho de que la mayor parte de la comida era muy poco brillante, estando los típicos menús compuestos por una monótona sucesión de platos ya sabidos de antemano: consomé, lenguado, cordero, caza y un escasamente imaginativo budín, rematado todo ello por algún postre o un entremés salado. Actualmente, la composición del menú es más un reto a la imaginación que un encargo a un cocinero, sobre todo en los casos en que la misma anfitriona es responsable de gran parte de la cocina, por lo que siempre le resultará muy agradable oír que todo estuvo delicioso.

Fiestas en casa

Una antigua costumbre, actualmente en desuso, hacía que se considerara de mala educación cualquier comentario acerca de la decoración de una casa. A una joven, que tenía unos padres muy chapados a la antigua, le invitaron una vez a pasar un fin de semana en una de las más hermosas mansiones de Inglaterra. Cuando a su regreso le preguntaron acerca de la famosa colección de pinturas que en ella se guardaba, contestó: «No las miré. Mi padre me ha dicho que nunca preste atención a cómo son las casas de los demás.» Las típicas casas inglesas del campo han ido creciendo de forma incoherente, añadiendo cada nueva generación alguna maravilla o alguna cosa detestable, que se mezclaban sin criterio. En la actualidad, todos estamos más preparados para distinguir las obras de arte, de cuyo disfrute cada vez más gente es capaz, y a todo el mundo le gusta ser felicitado por el buen gusto que ha demostrado poseer al poner su casa.

Cartas de condolencia

Véase también «Funerales y servicios conmemorativos», Cap. 5.

En el transcurso de la vida, suele ocurrir a la mayoría de las personas que la muerte golpee varias veces a sus seres más queridos, sintiéndose en tan tristes ocasiones particularmente solos y abandonados. No existe mayor consuelo para quienes se encuentran en este estado de aflicción que saber que cuentan con la condolencia y el afecto de sus amigos. Muchos viudos o viudas que disfrutaron de largos y felices matrimonios afirman que su dolor se hizo más llevadero gracias a las cartas que les enviaron sus amigos.

Lamentablemente, alguna vez tendrá usted que escribir una carta de condolencia con motivo del fallecimiento de algún amigo, o del padre, el hermano, la hermana o el hijo de algún otro.

Ejemplo

Como perfecto ejemplo de carta de pésame, transcribimos aquí la que Henry James escribió a Sir Leslie Stephen (el padre de Virginia Woolf) con motivo de la muerte de su esposa.

Londres, 6 de mayo de 1895

«Mi querido Stephen:

Siento que soy incapaz de hablarte de una pena como la tuya..., y sin embargo no puedo evitar el tenderte la mano. Pienso en ti compartiendo indescriptiblemente tus sentimientos, y sólo encuentro alivio para tan agudo dolor de condolencia cuando intento recordar la perfecta felicidad que tomaste y que diste. Rezo para que tengas momentos en los que en ti penetre la consciencia de esa felicidad como algo que aún posees. En este horrible mundo no hay otra felicidad que la que un día tuvimos...; la de ahora mismo está siempre a merced de las garras del destino. Pienso, ante la pérdida de una amiga tan hermosa, noble y generosa, en el admirable cuadro de la perfecta unión contigo, y en que para ella, en todo caso, la vida, a pesar de las penas y sacrificios que conlleva, no pasó sin otorgarle una felicidad larga y profunda..., la mejor que en ella es posible. No deja ella otra imagen que no sea la de la más profunda dedicación al cariño y a la lealtad..., la belleza y el bien que sembró y la ternura que a cambio obtuvo. Tal huella aparece ante mí como algo inextinguible. Pero ¿por qué me atrevo yo a hablarte de todas estas cosas a ti, mi querido Stephen? Tan sólo porque deseo que en ellas escuches el sonido de la voz y sientas el calor de la mano de tu afectuoso y viejo amigo

Henry James.»

La gran calidad de esta extraordinaria carta es resultado de la inmediata expresión —verdaderamente urgente— que Henry James hizo para consolar a su amigo de sus sentimientos de condolencia. La segunda impresión, que quedará para siempre y que consolará al lector una vez superada la desolación del primer dolor, es la descripción que Henry James hace de la perfección y felicidad del matrimonio y de la capacidad que tuvieron para crear una inolvidable dicha que perdurará siempre en el recuerdo de sus amigos. Ni la misma muerte podría eclipsar la alegría de su mutuo amor y el espíritu que proporcionó a sus muchos amigos. Se trata de una carta tanto de alabanza como de condolencia.

Extraños y conocidos

La carta que hemos transcrito estaba dirigida a un muy antiguo y querido amigo. Frecuentemente nos enteramos del fallecimiento de alguien a quien no conocíamos bien, pero cuya compañía supuso para nosotros un gran placer, o que en algún momento tal vez nos dio pruebas de gran afecto. Siempre resulta de ayuda para la familia enviar unas líneas en las que se narren algunos preciosos recuerdos. Naturalmente, si no se es un antiguo amigo del fallecido es conveniente escribir quizá una semana o dos después del óbito; los primeros días del duelo quedan reservados para la familia y los amigos íntimos.

Contestación a las cartas de condolencia

Véase «Funerales y servicios conmemorativos», Cap. 5.

EL TELEFONO

El teléfono es un arma de dos filos. Siendo una necesidad social puede convertirse también en un medio de inmiscuirse en la intimidad de la gente, por lo que debe utilizarse con moderación y prudencia. Las cartas pueden abrirse en los momentos de ocio, pero al teléfono hay que responder de inmediato, por lo que quien llame deberá pensar que tal vez su amigo esté ocupado escribiendo un artículo, cocinando un *soufflé* o atendiendo a otras personas.

Telefonee en los momentos que sepa son apropiados y, aunque esto dependerá de los hábitos de sus conocidos, puede decirse, como regla general, que antes de las diez de la mañana y entre las seis y las siete y media de la tarde son horas adecuadas para poder encontrar a la gente en casa. Cuando haga llamadas al extranjero, tenga muy en cuenta la diferencia de horario. A uno le pueden despertar los americanos en plena noche (allí van con de 5 a 8 horas de retraso), o en lo que podría parecer la madrugada por los amigos franceses (una hora de adelanto).

Algunas personas utilizan el teléfono para dar casi un telegrama verbal: «Hola Annie, soy Sarah. ¿Podéis cenar con nosotros el 16 de julio? Estupendo, de ocho a ocho y media. Me apetece mucho que nos veamos. Adiós.»

Pueden alegarse muchas cosas en favor de tan lacónico estilo. Sin embargo, si usted quiere utilizar el teléfono para charlar, es siempre aconsejable que pregunte a la otra persona si tiene tiempo suficiente. ¡Qué gran invento sería un teléfono que dispusiera de unas luces de colores!: una roja que se encendiese cuando la llamada fuera importante, y otra verde tal vez para los chismes ociosos, que podría en tal caso ignorarse por quien estuviera ocupado.

Si telefonea al trabajo a un amigo o amiga, pregúntele siempre si el momento es adecuado. Hable brevemente y nunca charle.

Al contestar al teléfono

Responda diciendo: «Diga». No conteste dando su número de teléfono, pues esta costumbre queda reservada únicamente para llamadas comerciales. (Véase Cap. 12.)

Despedidas

Puede ocurrir que su interlocutor continúe charlando mucho tiempo después de haber quedado ya aclarado el motivo de la llamada. Podemos sugerir las siguientes diplomáticas formas de despedirse: «Me alegro mucho de haber podido hablar contigo, pero no quiero retenerte más; ya sé lo muy ocupada que estás.»

Si se ha concertado alguna cita para verse en un próximo futuro, puede muy bien decirse: «Ha sido realmente agradable hablar contigo y me apetece mucho que nos veamos el viernes que viene.»

«Me gustaría poder seguir hablando un rato más, pero tengo que salir corriendo ahora, pues debo estar en la peluquería/dentista a las cuatro.»

Sólo en último caso debe decirse: «¡Vaya por Dios!, tengo que dejarte, están llamando a la puerta.»

Agradecimientos por teléfono

El teléfono sólo debe usarse para agradecer a los amigos algún regalo o una invitación a una fiesta. A veces es muy divertido comentar una fiesta al día siguiente, para lo que, huelga decirlo, deberá usted preguntar a su amiga si dispone de tiempo suficiente para ponerse a charlar.

Contestadores automáticos

Estos aparatos pueden hacer que el que llame se sienta un tanto incómodo, ya que está hablando en vacío. No obstante, es necesario que aprendamos a usarlos, ya que cada vez abundan más. Son evidentemente de gran utilidad para aquellas personas que trabajan en casa y que no tienen a nadie para tomar los recados; para el pintor que no quiere abandonar el caballete para contestar al teléfono; para el escritor que ha ido en busca de documentación a la biblioteca, o para quien simplemente haya salido a comprar algo. El primer mensaje que la gente suele dictar a las grabadoras resulta a menudo excesivamente lento y prolijo. Aunque hasta ahora no son muchas las personas que poseen estos contestadores automáticos, todos estamos familiarizados con ellos. Procure que sus instrucciones sean lo más breves posibles.

Ejemplo

«Soy el contestador automático de Henry Porter. Tras oír la señal, haga el favor de dejar su nombre, su número de teléfono y cualquier otro mensaje que desee comunicar; le telefonearé en cuanto pueda.»

Al dejar un recado

Al concluir estas palabras, quizá escuche un sonido poco atractivo, que tal vez sea un agudo pitido o un zumbido grave, y ya la máquina está en condiciones de grabar durante el tiempo que usted desee la comunicación. Por supuesto, ésta debe ser breve y precisa. No se quede colgado con el teléfono por timidez o por aburrimiento; tenga consideración con sus amigos y piense que va a escuchar la grabación.

TELEGRAMAS

En los últimos años ha habido notables variaciones en cuanto a la rapidez, la fiabilidad y el costo de los servicios telegráficos. Ya no son tan de fiar, y muchas de sus antiguas funciones han quedado absorbidas por el teléfono. Además, frecuentemente los telegramas sirven para dar malas noticias. Tal vez lo que ocurra es que se asocien a los tiempos de guerra, en los que el Ministerio de la Guerra anunciaba a las familias mediante telegramas la muerte, heridas, desaparición o captura por el enemigo de los soldados.

No envíe un telegrama con motivo de algún compromiso social, excepto como último recurso; por ejemplo, si usted va a pasar unos días al campo con unos amigos puede hacerlo si el teléfono de ellos está estropeado y quiere comunicarles la hora de llegada de su tren.

Las noticias malas o tristes deben hacerse saber por carta o por teléfono. No envíe nunca un telegrama de condolencia.

Felicitaciones

Hay ciertas ocasiones en las que es correcto el envío de telegramas de felicitación, por ejemplo en las bodas, o en los momentos en que se obtienen distinciones como títulos académicos o un premio literario.

9. VISITAS Y HUESPEDES

En teoría, una visita de cualquier duración debería ser una ocasión para relajarse y congeniar, y, de hecho, entre buenos amigos eso se produce casi siempre. Pero si las personas no se conocen mucho son probables las tensiones, lo que casi nunca se debe al mal comportamiento de alguien. Más fácil es que unos y otros estén haciendo enormes esfuerzos para agradar y para seguir los deseos de los demás, sin saber del todo cuáles son estos deseos. Por supuesto, cada huésped y cada anfitrión ha de decidir cuál es la posición que le corresponde, aunque el anfitrión puede tomar la iniciativa y acomodar a los huéspedes y —si la ocasión lo requiere— dar una idea de los planes para el día.

HACER UNA VISITA

La antigua tradición de hacer una visita desapareció hace ya bastante tiempo, y la práctica actual más parecida, «dejarse caer por casa», es una costumbre que provoca serios trastornos en los hogares modernos (ver «Visitas inesperadas» más adelante). Por tanto, la mayor parte de las visitas se deben a invitaciones previas, y éstas tienden a producirse con el objeto de realizar una actividad central determinada: habitualmente beber o comer. «Venid a vernos» es una frase que, al concretarse la hora y el día, se convierte en «Venid a tomar una copa», o «Cenad con nosotros», o bien «Venid a pasar el fin de semana». La mayor parte de estas situaciones han sido ya descritas anteriormente, cuando hablamos de «Modales en la mesa», «Fiestas», etc. (hablaremos de los «Huéspedes» más adelante). De hecho, casi la única ocasión en que uno es invitado a algo que no puede considerarse «fiesta» (o cena) es cuando se va a tomar una copa, y en dicho caso la duración apropiada de la visita es de 45 minutos a una hora. Después de ese tiempo no es de extrañar que hasta los anfitriones más atentos se olviden de rellenar los vasos vacíos.

Visitas inesperadas

No hay que sorprenderse si ante estas visitas se producen sentimientos encontrados, y es labor del visitante el actuar con vista y darse cuenta de si ha elegido un mal momento, y si es así, irse lo antes posible. Es mejor tener el detalle de telefonear antes, cuando esto sea posible, ya que así se da a los amigos toda clase de posibilidades: pueden decir que están a punto de salir, deliberar entre ellos sobre invitarle a cenar, apagar la televisión que juran no mirar nunca, o hacer cualquiera de las mil cosas posibles para mantener la intimidad o la dignidad.

Si por cualquier circunstancia hace una visita no anunciada que resultara ser innoportuna y no le reciben rindiéndole los máximos honores, no sería adecuado comportarse como si hubieran celebrado con júbilo su llegada.

Al recibir a gente no invitada

Si alguien nos visita en un momento realmente inoportuno es perfectamente correcto decirle, tan amablemente como nos sea posible, que en ese momento no le podemos invitar a pasar, porque vamos a salir en ese instante, o porque estamos metiendo a los niños en la cama, etc., y tratar de fijar otro momento para ello. Pero lo más frecuente es que a los visitantes no invitados sí se les pida que pasen, en cuyo caso es preciso ofrecerles algo para beber. A usted tocará decidir qué bebida y en qué cantidad les sirve.

A veces, los amigos o vecinos que se dejan caer son muy bien venidos, aunque sólo por un tiempo limitado, por lo que si se pasan del mismo puede hacerse necesario dejar que la conversación languidezca y no seguir rellenando tazas o vasos. Si no notan la insinuación, habrá que decir alegremente algo así como «Bueno, me ha encantado poder veros, pero me temo que tengo que terminar...» Puede ser aconsejable decir esta frase de despedida levantándose, aunque un visitante perspicaz se pondrá de pie de un salto y empezará a despedirse antes que usted termine de decir: «Bueno, me ha encantado...» Estas situaciones, inevitablemente embarazosas, pueden evitarse de antamano si cuando se invita a pasar a los amigos se les aclara que se tiene cita con el dentista a las cuatro, o lo que sea.

VISITAS A LOS ANCIANOS Y ENFERMOS

Hay dos tipos de visita que requieren una atención especial, y son las visitas a las personas hospitalizadas, y las visitas a quienes, aun estando en casa, son muy ancianos o están inválidos.

Visitas al hospital

Muchos hospitales todavía tienen horario de visitas fijo, por lo que es necesario atenerse a él –por descontado no es preciso permanecer allí todo el tiempo que dura la visita–. Mientras que una visita demasiado corta puede hacer al enfermo sentirse como una obligación que se quita uno de en medio a toda velocidad, una visita demasiado larga podría agotar al paciente, y como muchas personas en tales ocasiones quieren estar a la altura de las circunstancias, no sentirán los efectos sino hasta después de marcharse el visitante. Como en todos los demás casos se debe manejar la situación con vista. Lo mejor es no llegar con ideas preconcebidas, sino ir viendo cómo van las cosas.

Si el hospital permite las visitas a cualquier hora y usted llega en el momento en que sirven las comidas o cuando se le está aplicando tratamiento al paciente, le pedirán que espere fuera de la habitación. Las horas más convenientes siguen siendo las elegidas por los hospitales con horario restringido, es decir, después de comer y a la caída de la tarde. Cualquier persona que vaya a hacer más de una visita, obviamente puede ponerse de acuerdo con el paciente para las siguientes, ya que éste estará al corriente de la rutina del hospital.

Qué llevar

Las flores y las frutas constituyen dos opciones válidas. Si la permanencia en el hospital va a ser larga, llevar una pequeña pero resistente planta de maceta es buena idea (pero compruebe antes que se trata de una planta que aguanta y crece en una habitación caliente de hospital, pues una planta a la que se le caen las hojas o que se muere no es un complemento muy oportuno para una cabecera). La literatura debe ser ligera y breve: periódicos, revistas, historias cortas, o una antología de artículos de humor.

Conversación

Es ésta una ocasión en la que es perfectamente válido hablar de la intervención quirúrgica. Los visitantes realmente hipersensibles pueden solicitar que les ahorren los detalles, pero aquellos que sean capaces de aguantar la historia deben escuchar atentamente. Después de todo, se trata del gran acontecimiento del momento.

Para el paciente, el mundo exterior resulta tremendamente remoto, incluso si permanece en el hospital tan sólo unos días, y a menudo lo más entretenido y tranquilizador que puede hacer el visitante es contar pequeñas anécdotas del mundo que ambos comparten fuera del hospital. Los dolores, las penas, ansiedades y tribulaciones del visitante son tema tabú, por descontado, a no ser que formen parte de una historia graciosa.

Visitas a ancianos o inválidos

Probablemente, la cosa más importante que hay que recordar cuando se visita a personas ancianas o inválidas, o ambas cosas, y que sin embargo es lo más difícil, es que no son, en esencia, diferentes de nosotros y que no necesitan ni les gusta que les abrumen con excesivos cuidados.

A los niños o adolescentes se les debe enseñar cómo saludar a los invitados y participar en la conversación de modo discreto, de forma que no acaparen la atención de los mayores en exceso.

Puede ser necesario hablar más alto o más claramente que de costumbre, pero eso no implica que el tema de conversación sea más banal de lo que sería con cualquier otra persona, a no ser que se dé el caso de que la persona esté senil. Si fuera preciso ayudar, o nos lo pidieran, es agradable hacerlo; pero si quien recibe la visita realmente desea ser hospitalario con nosotros, entonces debemos aceptar sus ofrecimientos.

HUESPEDES

Pasar unos días con la familia o con buenos amigos rara vez suscita problemas de vestimenta o comportamiento; sin embargo, la primera visita que se hace a unas personas que no son amigos íntimos, y que tal vez den fiestas y reuniones bastante formales, puede ser intimidante. Por tanto, también quizá resulte intimidante para una anfitriona agasajar a personas que están acostumbradas a un estilo de vida formal. (Excepto en hogares en que viven sólo varones, la labor de llevar la fiesta recae sobre la anfitriona.)

La invitación

Tanto si es telefónica como si se envía por correo, la invitación debe contener el máximo posible de información. Lo más importante es aclarar la hora de llegada: la anfitriona debe sugerir un tren adecuado y ofrecerse a ir a la estación para recibirle, o bien dar la hora de una comida. Por ejemplo, en una invitación de viernes a domingo, se puede mencionar a qué hora se sirve la cena el viernes para que el invitado pueda poner los medios para llegar alrededor de una hora antes, y así tener tiempo para saludar, deshacer las maletas y tal vez cambiarse antes de cenar.

En la invitación debe quedar claro también cuándo termina la visita, ya sea mencionando un tren conveniente, ya sea con palabras como «Esperamos que podáis quedaros a tomar el té el domingo.» Esto quiere decir lo que dice, pero además quiere decir: «Por favor, marchaos un poco después.»

Por último, hay que dar al invitado una idea de qué ropa llevar. Si la familia se viste para cenar, es preciso indicarlo, y también citar cualquier actividad especial que esté en el programa y para la que se necesite atuendo o equipo especial, como paseos a pie o a caballo, tenis, caza o un cóctel.

Si la invitación no aclara nada

Si la anfitriona no ha aclarado las horas de llegada y despedida, es perfectamente aceptable preguntarle a qué hora sería conveniente llegar. Pero no diga «¿Vamos el viernes o el sábado?», porque ante esto se hace difícil responder «el sábado».

La hora normal para despedirse tras una visita de fin de semana es entre las cuatro y las cinco de la tarde del domingo, es decir, después de la comida y/o antes o después de merendar.

Equipaje

Esto hay que meditarlo bastante, ya que llevar un equipaje muy voluminoso para una visita de fin de semana puede parecer un tanto ridículo. También obligará a los demás a ayudarle a llevarlo. Por otra parte, pedir prestado un jersey o unas botas de goma al anfitrión resultará más irritante todavía. Cuando haya dudas es mejor consultar con la anfitriona por adelantado.

Si va a alojarse en una gran mansión, con todo tipo de personal de servicio, conviene tener presente al hacer las maletas que tal vez sean deshechas por otra persona.

La buena anfitriona

Una buena anfitriona se asegura de que la habitación del invitado esté en condiciones antes de su llegada: toallas limpias y perchas son imprescindibles sin duda, habiendo un tipo de detalles que proporcionan un placer especial, como son uno o dos libros de cabecera, seleccionados adecuadamente, o un jarroncito con flores del jardín.

La anfitriona debe dejar claro cuál es el ritmo u horario del día para que los invitados se puedan acomodar a él. La mayor parte de los invitados que chocan con algunas familias sólo lo hacen porque se espera de ellos que se atengan a normas de las que no saben nada, y que cumplan leyes no escritas y que sólo descubren tras haberlas quebrantado. La anfitriona debe, por ejemplo, aclarar a qué hora se sirve el desayuno, y no decir amablemente «Bajad a desayunar cuando queráis», y luego recibir con una mirada helada y con el desayuno recogido al que se levanta a las once.

Si hay escasez de cuartos de baño —y normalmente la hay—, la anfitriona debe indicar a los huéspedes a qué hora están disponibles por la mañana, a la caída de la tarde —si las personas se cambian para cenar—, y a última hora de la noche.

Si los invitados han de entretenerse solos, deben saber qué opciones tienen, y una anfitriona consciente les indicará libros, les mostrará el jardín, las hamacas, y cualquier otra comodidad o entretenimiento que haya en la casa. También de qué disponen en el vecindario: tiendas, lugares de interés, paisaje local, etc. Guías y mapas de la comarca son tremendamente útiles para tener a mano. La anfitriona también tiene que dar a conocer a los invitados cuándo deben interrumpir sus actividades para las comidas o cualquier acto preparado.

El buen invitado

Un buen invitado se amolda a los preparativos de la anfitriona de buena gana, y preferiblemente, con evidente placer. Es de importancia vital ser capaz de entender el auténtico significado de las palabras «Estás en tu casa» en los labios de una determinada anfitriona, ya que rara vez quieren decir eso. Normalmente implican: «Por favor, amóldate a la familia y cuídate un poco a ti mismo.» El huésped excesivamente amable, que coge un resfriado por no pedir una manta más, o que rechaza el queso en la cena porque alguien le retiró el plato equivocadamente, no le está haciendo la vida más fácil a nadie.

Hogares sin servicio

En las casas que no tienen servicio doméstico, los huéspedes ocasionan un cierto trabajo extra, por lo que es preciso que éste sepa exactamente cuáles son los deseos de la anfitriona sobre ayudar a la hora de cocinar o fregar la vajilla. El invitado debe ofrecerse al menos, aunque a veces lo mejor es colarse inadvertidamente en la cocina y hacer alguna pequeña tarea, como fregar el servicio de té o preparar las patatas de la cena. Hay que decir que la responsabilidad de ayudar recae sobre las invitadas, por muy injusto que sea esto, y el invitado que ofrezca su ayuda o realice discretamente alguna tarea, como fregar la loza o recoger la mesa, merece elogios especiales de su anfitriona.

Todos los huéspedes que están en casas sin servicio doméstico deben, por descontado, hacerse la cama por la mañana, y arreglar su habitación.

Hogares con servicio doméstico

Dado que cada vez son más escasos estos hogares, el servicio doméstico puede resultar mucho más intimidante si uno no lo espera.

El mayordomo, si lo hubiera, es el encargado: él abrirá la puerta, dispondrá que el equipaje se lleve a las habitaciones, que los coches queden aparcados, etc. También anuncia las comidas y sirve las bebidas.

En una casa con servicio doméstico completo, las maletas son normalmente abiertas y vaciadas por una criada o criado, y hechas de nuevo por ellos al final de la visita. La criada se acercará a la invitada que se esté cambiando para cenar y le preguntará si necesita algo. La criada abrochará los vestidos con cremallera atrás o los collares con cierres complicados (y si se le pide que lo haga, puede volver al final de la velada para ayudar de nuevo a la portadora). Se le puede pedir información sobre datos prácticos —la ubicación del cuarto de baño, por ejemplo—; pero no se le debe pedir que haga recados, y nunca, bajo ninguna circunstancia, pedirle información personal sobre miembros de la familia.

Propinas

Todos los miembros del servicio doméstico que han sido de alguna ayuda deben recibir una propina: el mayordomo (si lo hay); el chófer si le recoge o le lleva a la estación; los ayudas de cámara (o criadas), y el cocinero.

Las propinas para los ayudas de cámara o criadas se pueden dejar en la habitación, pero es más cortés darles a todos las propinas personalmente, dándoles además las gracias al mismo tiempo por su ayuda. Para hacer esto, tal vez sea necesario dirigirse a la cocina o al garaje, pero vale la pena hacer el esfuerzo con cortesía especial.

Si no está seguro del importe de las propinas, pida consejo a su anfitriona, antes que correr el riesgo de dejar demasiado o demasiado poco.

Dar las gracias

Un huésped siempre debe escribir una carta de agradecimiento. (Para los detalles acerca de la redacción de las cartas de agradecimiento, véase el Cap. 8.) Los invitados deben firmar en el libro de visitas antes de partir, en caso de existir éste.

LLEVAR REGALOS

Véase también el apartado «Visitas al hospital», en la pág. 223.

Cuando uno va a pasar unos días a una gran mansión no es correcto llevar regalo alguno. A casi cualquier otro sitio es agradable llevar uno, pero no indispensable, y el tipo de regalo depende mucho de las circunstancias. Por ejemplo, si se trata de reunirse con amigos íntimos en su chalet para el fin de semana, algo de comida o bebida serán bien recibidos, y una llamada corta por teléfono servirá para dilucidar qué sería útil. Pero si está usted con personas a las que no conoce bien, el llevar algo personal o típico de su región es interesante: algún libro del que ha hablado antes, un esqueje de alguna planta rara que usted cultiva, o algún producto local delicado que no se encuentra en todas partes. A veces es mejor enviar estos regalos después de la visita, cuando ha tenido ya la oportunidad de conocer y determinar los gustos o intereses de sus anfitriones.

Visitantes

Algunas veces, las personas que van a cenar o a tomar unas copas llevan algún regalo. Aunque es un gesto de consideración, los que lo hacen deben tener en cuenta que la anfitriona estará muy ocupada y no podrá colocar adecuadamente las flores, o examinar un libro de «mesitas para el café». Del mismo modo, el vino que se va a servir en la comida estará ya descorchado, así que es demasiado tarde para probar ese Borgoña californiano asombrosamente bueno que usted ha descubierto. La mayor parte de las personas agradecerán esto y lo guardarán para beber posteriormente, pero hay algunas que sienten que les hacen un menosprecio a la capacidad o generosidad de su bodega, y por esta razón no es prudente llevar bebidas a las casas de personas que no son bien conocidas.

PROBLEMAS ESPECIALES

Visitar a personas que uno no conoce bien es, en muchos sentidos, como viajar a un país extranjero: implica aceptar las costumbres de los demás y su modo de hacer las cosas, y adaptarse a ellas de la manera más agradable posible. A menudo, como en las visitas al extranjero, se necesita un cierto grado de diplomacia. Aquí presentamos tres casos.

Niños y animales

Ambos tienen en común dos cosas por lo menos: la primera es que rara vez se comportan bien si hay visita, o en casa ajena, y la segunda es que los demás difícilmente les quieren tanto como sus padres o dueños y, por tanto, sus «gracias» les resultan, más que graciosas, irritantes.

Hijos de los anfitriones

A los invitados que les gustan los niños realmente, o por lo menos los niños que van a ver, no se les plantea problema alguno; pero aquellos a quienes no les gustan deben hacer el esfuerzo de interesarse, preguntar por su progreso y desarrollo, examinar sus juguetes nuevos, etc.

En cuanto a la cortesía para con los niños, hay reglas:

No recordar a un niño algo estúpido lo que hizo cuando era mucho más pequeño, especialmente delante de sus hermanos.

No ofender a un niño de más de seis años en su dignidad hablándole sólo de temas infantiles, pues él puede estar tan interesado en el viaje que usted hizo a Marrakesh como lo están sus padres.

No interrogue a un niño tímido para sacarle una respuesta; inclúyale en la conversación general y piense que ya hablará cuando quiera (y cuando lo haga, responda normalmente y no diga: «¿Así que tienes lengua?»)

Nunca corrija a un niño en su propia casa, a no ser que esté interfiriendo directamente en sus pertenencias o molestándole personalmente.

En su propia casa, usted le puede pedir que no toque ciertas cosas, que no salte sobre los muebles, etc. Pídaselo amablemente primero (puede que en su casa le dejen hacer esas cosas). Si continúa, puede ponerse severo, pero no olvide que si usted le gusta al niño es mucho menos probable que dañe sus pertenencias o que moleste a su periquito.

No espere que un niño se siente, callado, y sin molestar en la conversación en una casa extraña, a no ser que le haya provisto de algo para hacer o para mirar.

Algo que es importante recordar sobre los niños, en especial a quienes no estén acostumbrados a ellos, es que un niño callado está escuchando muy atentamente. Cualquiera que sea indiscreto delante de ellos debe estar dispuesto a encajar las consecuencias de oírlo repetido en el momento más inoportuno.

Hijos de los invitados

Véase también «Presentaciones de», Cap. 8.

A los niños se les debe enseñar cómo dar la bienvenida a un invitado de modo correcto, cómo entrar en la conversación cuando tengan la edad suficiente, y a emplear la mayor parte del tiempo de la visita entreteniéndose entre ellos en otra parte (lo cual suelen preferir en la mayor parte de los casos).

La habitación del invitado debe quedar fuera de sus dominios en todo momento, a no ser que el huésped le invite al niño a entrar. Del mismo modo que los huéspedes no deben hacer comentarios personales sobre los niños, los niños deben ser educados de forma que nunca hagan comentarios personales sobre los invitados.

La anfitriona debe procurar estar al tanto de si un invitado se está divirtiendo realmente al jugar con los niños, o si está esperando ser rescatado. En casa de otros el esfuerzo

es mayor, especialmente si los niños son pequeños y los anfitriones no tienen niños propios. Siempre es mejor preguntar si se puede mover una pastorcilla de porcelana a un estante más alto, que oírla hacerse añicos un poco más tarde.

Lo ideal sería que el niño no tocara nada o se involucrara con nada a no ser que se le autorizara. Debe traer algunos juguetes y libros (no pinturas) para entretenerse con ellos.

Un padre nunca debería hacer comentarios despreciativos sobre un hijo delante de extraños; esto no es sólo desleal, sino que además hace prácticamente imposible que el niño se comporte bien.

Animales de los anfitriones

Un invitado que realmente le tiene alergia o fobia a determinado animal debería aclarárselo a la anfitriona antes de

llegar, o inmediatamente después de su llegada si la presencia de dicho animal le era desconocida. En este caso es labor de la anfitriona mantenerlos separados. El invitado al que simplemente no le gustan los animales debe soportarlos lo mejor posible.

Animales de los invitados

Debemos educar a nuestros animales para que no confraternicen con invitados que claramente no están enamorados de ellos. No se debe permitir a ningún perro ponerse a dos patas, o sentarse en el regazo de un invitado a ningún gato, a no ser que el invitado mismo les anime a hacerlo. Los animales que hacen numeritos especiales son un poco como las cajas de diapositivas de las vacaciones: a algunos invitados les fascina verlas y a la mayor parte de ellos no.

Nadie debería llevar un animal cuando va a hacer una visita sin antes pedir permiso, y la petición debe ser formulada de tal modo que le resulte fácil a la anfitriona decir que prefiere que se quede en casa.

Dormitorios

Los días en que se llevaba una política clara en que a las parejas casadas se les ponía en un mismo dormitorio y a las parejas no casadas no, han pasado. Una anfitriona que sepa que una pareja no casada viven juntos debe elegir si les va a alojar en el mismo dormitorio o no. Es cortés ponerlos juntos, pero si ella siente reparos fuertes en contra, tiene el derecho a hacer las reglas en su propia casa. Si ella decide no alojarlos juntos, está expresando su desaprobación personal, a no ser que exista otra razón y se diga claramente. Por ejemplo, entre los invitados del fin de semana puede hallarse un familiar anciano, que se escandalizaría y disgustaría por dicha disposición; resulta entonces razonable separar a la pareja en este caso; dando en privado las oportunas explicaciones.

10. ACONTECIMIENTOS REALES, DIPLOMATICOS Y FORMALES

ACONTECIMIENTOS REALES Y DE ESTADO

Es en los acontecimientos reales y de Estado cuando se utilizan los niveles de comportamiento más formales hoy en día, aunque incluso en estas ocasiones se ha producido, en años recientes, un relajamiento general en el protocolo, que implica que las cosas no son ya tan rígidas e inflexibles como solía ser. Esto hace que las cosas sean, por una parte, más fáciles y, por otra, más difíciles. Más fáciles, porque no es preciso recordar tantas líneas de comportamiento rígidamente definidas, y más difícil porque ahora hay muchas más «áreas indeterminadas» regidas sólo por la cortesía normal y el sentido común. Por ejemplo, en una época determinada la regla para conversar con la Realeza era «nunca hablar hasta que te hablen, no sacar un nuevo tema de conversación, y no hacer preguntas». Hoy en día, aunque sigue siendo verdad que la Realeza da comienzo a la conversación al principio, es completamente válido —en especial en ocasiones como una comida informal en Palacio— para un invitado sacar un tema de conversación o hacer una pregunta, lo cual implica que es tarea del invitado también evitar temas de conversación polémicos y preguntas impertinentes. Sin embargo, aún hay algunas directrices que trazar, y se puede dar información práctica sobre esto.

Probablemente de la información general, el dato más útil es que cualquier acontecimiento de Estado o Real se organiza minuciosamente desde Palacio, y cualquier persona que esté invitada a dicho acontecimiento es guiada a cada paso del camino, primero por la información contenida en la invitación, y luego por miembros y empleados de la Casa Real, de tal modo que realmente no hay ocasión para perderse o cometer una equivocación. (Después de todo, el objetivo de la hospitalidad es que los invitados pasen un rato agradable y se sientan relajados y a sus anchas: ¡y la Realeza sabe cómo hacerlo!) Si a pesar de esto uno se enfrenta con problemas concretos, se puede obtener más información o consejos de las personas encargadas, en cada país, de todo lo referente a cómo comportarse en cada caso concreto y las normas a seguir, o de los empleados de otros miembros de la Familia Real, cada uno de los cuales tiene su propia oficina.

Encuentros con la Realeza

Es normal que los hombres hagan una reverencia con la cabeza y que las mujeres inclinen el cuerpo y doblen la rodilla tanto al ser presentados como cuando se despiden. Si la Realeza extiende su mano, debe tomarse ligera y brevemente, y al mismo tiempo inclinarse hacia delante echando el peso sobre el pie adelantado, o bien hacer una reverencia con la cabeza, desde el cuello (no desde la cintura). Si una mujer lo desea, puede actuar del mismo modo que un hombre; lo que importa es el reconocimiento, no la forma exacta que adopte.

Forma de tratamiento

Por ejemplo en la Corte inglesa, a la que nos referimos siempre en este capítulo, uno debe dirigirse a la Reina y a la Reina Madre con «Su Majestad» la primera vez y con «Ma'am» (pronunciado como «am» y no como «aam») en sucesivas veces. El príncipe Carlos, como príncipe heredero, recibe el tratamiento primario de «Su Alteza Real», y en sucesivas ocasiones el de «Sir». Los otros miembros de la Familia Real reciben también el tratamiento inicial de «Su Alteza Real», y más adelante el de «Sir» o «Ma'am».

La esposa de un Príncipe Real obtiene el tratamiento de su marido, y uno debe dirigirse a ella con «Su Alteza Real» y luego con «Ma'am». Sin embargo, el marido de una princesa real no adquiere el tratamiento de su esposa y no debe ser reverenciado, y tampoco uno debe dirigirse a él con «Sir», a no ser que su antigüedad sea tal que uno se dirigiría a él con «Sir» de todos modos.

Véase también «Formas correctas de tratamiento», Cap. 8.

Forma de citarlos en la conversación

Cuando se saluda a un miembro de la Familia Real en su presencia, o en la de otra Realeza, son correctas las siguientes descripciones: Su Majestad o La Reina, Su Majestad o Reina Isabel, La Reina Madre; Su Alteza Real, seguido en su caso por el título correspondiente (el Duque de Edimburgo o El Príncipe de Gales). El artículo «El» o «La» antes de «Príncipe» o «Princesa» sólo se usa para los hijos del soberano, como en el caso de «Su Alteza Real, La Princesa Ana», y no al decir «Su Alteza Real, Príncipe Miguel de Kent».

Usted y su

Es correcto sustituir «usted» por «Su Majestad/Su Alteza Real» y «su» por «de Su Majestad/de Su Alteza Real». Por ejemplo, «Espero que Su Majestad haya tenido un viaje agradable», o «¿Puedo confirmar las disposiciones con el Secretario Privado de Su Alteza Real?» Sin embargo, aunque se debe mantener la fórmula en un discurso oficial, no es necesario sobrecargar una conversación informal con demasiadas referencias formales.

Presentaciones

Hay que usar siempre el nombre de la persona que va a ser presentada, nunca el nombre real. Por ejemplo, «Su Alteza Real, ¿puedo presentarle a Mr. John Smith?»

Realeza extranjera

En estos casos es válido lo anteriormente dicho, añadiendo que uno debe dirigirse por primera vez a un Emperador o Emperatriz con «Su Majestad Imperial» (refiriéndose a ellos como «Su Majestad Imperial»), y uno se dirige a un príncipe o princesa reinante con «Su Serenísima Alteza», refiriéndose uno a ellos de igual modo. A menudo las invitaciones a acontecimientos en los que la Realeza va a estar presente indican así mismo la forma correcta de tratamiento:

Una cena en honor de
Su Alteza Serenísima
La Princesa Grace de Mónaco

Recibiendo a la Realeza

Aquí se aplican las reglas normales de los buenos modales y la etiqueta, aunque quizá de un modo más estricto que el habitual. Las siguientes son las áreas donde el protocolo exige un tratamiento ligeramente diferente.

La invitación

A no ser que sea usted amigo íntimo del huésped real (en cuyo caso no le será precisa esta sección), la invitación debe dirigirse a un miembro del Servicio de la Casa Real, como la Camarera Mayor o el Secretario Privado (a quienes se puede llamar por teléfono o escribir una carta dirigida a su puesto oficial y no a su nombre). Este intermediario indicará si el invitado real desea y puede aceptar la invitación, y también contestará, si es necesario, preguntas entre las que figuran si es o no adecuada la lista de invitados, el menú y la forma de vestir. (Es concebible que un miembro de la Realeza invitado a cenar prefiera un modo de vestir informal si tiene que llegar directamente de otro compromiso.) Si a estas alturas se acepta la invitación, ésta debe ser confirmada por escrito por el miembro de la Casa Real que esté llevando el asunto. No es correcto enviar una invitación impresa a la realeza, a no ser que se incluya junto con una carta de comunicación, simplemente por el interés de verla o guardarla. (Por ejemplo, una invitación de boda.)

Programa

La Reina, o cualquier otro miembro directo de la Familia

Real, va siempre acompañada por un oficial de policía, el cual toma sus propias decisiones sobre si esperar fuera o dentro de la casa. Las damas de la realeza sólo van acompañadas por una camarera en acontecimientos formales (en cuyo casa la camarera es una invitada). El invitado real recibe siempre el puesto y trato de invitado de honor; el criterio por el que se consideraba al monarca reinante como dueño del lugar durante toda la visita corresponde a tiempos pasados.

Despedida

Nadie debe marcharse de un acontecimiento en que está presente la Realeza antes que el o los invitados reales. (A pesar de lo cual se hacen excepciones en las fiestas de jardín o los banquetes de estado. Véase más adelante.)

Actividades oficiales y de caridad

Se debe seguir un procedimiento similar cuando se invita a un miembro de la Familia Real a que asista a un baile de caridad, a una cena benéfica, o a inaugurar un nuevo edificio, a descubrir una placa, a poner una primera piedra o presenciar un estreno de cine. Vale la pena recordar que las agendas reales se llenan con rapidez, yendo normalmente con meses de adelanto, por lo que es muy prudente hacer el contacto inicial lo antes posible.

La invitación

Por ejemplo en el Reino Unido, lo ideal es presentar la invitación a través del Lord Lieutenant del Condado (máxima autoridad ejecutiva y judicial del Condado) si nos encontráramos fuera de Londres, o por medio del Secretario Privado (al cual es mejor dirigirse de oficio y no por nombre). Debe establecer el contacto la persona de mayor rango de las involucradas en los acontecimientos. Lo normal es hacer averiguaciones informales primero sobre las posibilidades que hay de que determinado miembro de la Familia Real considere favorablemente la invitación, y si éste es el caso, continuar con una carta formal de invitación, dirigida al Lord Lieutenant o al Secretario

Privado, especificando el carácter del acontecimiento, el lugar, la fecha y la hora.

Si la invitación es rechazada, uno está en su perfecto derecho de invitar a otro miembro de la Familia Real en su lugar (aunque es evidente que no sería correcto invitar a la Reina o a la Reina Madre, si un miembro más joven de la familia ha rechazado la invitación). No es correcto invitar a más de un miembro de la Familia Real (exceptuando consortes) a un mismo acontecimiento, excepto en circunstancias muy especiales.

Programa

Si la invitación es aceptada, entonces el Secretario Privado, u otros miembros del Servicio Real, en colaboración con el organizador del acontecimiento, determinarán todos y cada uno de los detalles del programa, desde la llegada hasta la despedida del invitado real. El programa será escrito entonces y habrá que ceñirse a él, incluso en detalles como quién ha de estar presente, cómo y cuándo. Un miembro del Servicio Real tal vez haga un viaje de reconocimiento al lugar de los hechos, para no dejar nada al azar. El organizador verá que tiene rápidamente a su disposición tanto consejos como información (incluso sobre el tamaño más adecuado que ha de tener el ramo de flores de bienvenida, si es preciso).

Invitaciones por parte de la Realeza

Las invitaciones hechas por la Reina y la Reina Madre son órdenes reales y deben ser contestadas como tales, presentándose primero los debidos respetos al miembro del servicio real que envió la invitación, y luego usando las palabras «Tengo el honor de obedecer la orden de Su Majestad de...», en vez del habitual «Tengo el placer de aceptar la amable invitación de...». Si es inevitable rechazar una invitación de este tipo, se debe dar la razón, que por supuesto debería ser de peso: como una enfermedad, un compromiso de negocios pendiente desde hace tiempo y que, de no llevarse adelante, repercutiría desfavorablemente sobre el trabajo futuro, o un compromiso como una gira de conferencias o charlas, que no puede posponerse sin dejar abandonadas a otras personas.

Respuesta a una invitación real

Mr and Mrs Anthony Lawrence present their compliments to the Master of the Household and have the honour to obey Her Majesty's command to luncheon on July 8th at 12.30 o'clock.

Las invitaciones de otros miembros de la Familia Real no son órdenes, pudiendo responderse del modo ordinario, si exceptuamos el detalle de que las respuestas han de ser dirigidas al miembro del Servicio de la Casa Real que emitió las invitaciones.

Para detalles de las respuestas, véase el Cap. 8.

Las invitaciones más frecuentes hechas por la Reina son para los acontecimientos siguientes: fiestas de jardín, investiduras, la fiesta bienal para los ganadores del Premio de la Reina por Industria, y para comidas informales en el Palacio de Buckingham.

Fiestas de jardín

Una invitación a una fiesta de jardín en el Palacio de Buckingham procede del Lord Chamberlain (oficial jefe del Servicio de la Casa Real). Además de la información habitual de fecha, hora y lugar, lleva un mapa e instrucciones específicas de estacionamiento. Junto con la invitación se adjunta una tarjeta de admisión, debiendo cualquier persona que no pueda asistir devolver dicha tarjeta junto con una carta de explicación. No es necesario enviar una carta de aceptación, pero sí es importante acordarse de llevar la tarjeta de admisión, que hay que mostrar al estacionar y también al entrar en el recinto de Palacio.

Cómo vestir

La mayor parte de las mujeres llevan vestidos de tarde y sombrero, o bien traje nacional. Los hombres llevan frac, trajes clásicos, traje nacional, uniforme de servicio, o traje oficial (por ejemplo, los sacerdotes utilizan la sotana). Las medallas se llevan en los uniformes, pero se desaconseja el uso de sus colgantes oficiales a los alcaldes y alcaldesas. Nadie puede llevar cámara fotográfica.

Programa

Las verjas se abren a las tres y cuarto de la tarde. A las cuatro, la Reina, el Príncipe Felipe y la Reina Madre, junto con cualquier otro miembro de la Familia Real que esté en la recepción ese día, salen andando del palacio y caminan entre los invitados, los cuales forman avenidas a su paso. En estos momentos se hacen algunas presentaciones. Más tarde, todos los miembros de la Familia Real se mezclan con los invitados, los cuales forman avenidas para permitirles pasar. Servicio de la Casa: una camarera, un secretario privado o palafrenero. Alrededor de las cinco, la Familia Real se retira al pabellón real para tomar el té. A los invitados se les sirve en otros pabellones.

Presentaciones

Si algún miembro de la Familia Real desease conocerle, el primer contacto lo realizaría un miembro del servicio de la Casa, preguntándole a usted su nombre (que debe darse completo con graduación y título) y tal vez algunos datos personales. Estos datos deben ser breves (tal vez su ocupación o el hecho de haber publicado recientemente algún libro o haber escalado alguna montaña). Si ya ha estado usted con ese determinado miembro de la Familia Real, debe aclarárselo al miembro del servicio que se dirige a usted, dándole detalles sobre cuándo y dónde fue. Entonces, él o ella le conducirán hasta donde se encuentra el miembro de la Familia Real, y allí le presentará formalmente. (Véase «Encuentros con la Realeza».)

Despedida

A las seis de la tarde se toca el Himno Nacional y se da por finalizada la fiesta oficialmente. La Familia Real se va, sin ceremonia alguna, y se produce un movimiento general hacia las salidas. Es perfectamente válido abandonar la fiesta de jardín antes que la Familia Real, pero la fiesta es corta y rara vez alguna persona lo hace.

Agradecimientos

No es necesario escribir una carta de agradecimiento después de una fiesta de jardín —a pesar de que a muchas personas les gusta hacerlo y todas estas cartas son mostradas a la Reina—. La costumbre de firmar el libro de visitas de Palacio en vez de escribir una carta de agradecimiento está prácticamente en desuso hoy en día. Ahora es correcto tanto firmar como no firmar.

Comidas en Palacio

Desde hace muchos años, la Reina y el Príncipe Felipe han recibido a ciertos miembros del público, de diferentes profesiones, ramas del comercio y ocupaciones, durante comidas informales en el Palacio de Buckingham. A estas comidas asisten ocho invitados y dos miembros de una Casa Real. A las personas se las invita como individuos, y esta invitación no es extensible a los maridos o a las esposas de aquéllos.

La invitación

En primer lugar, el futuro invitado recibe una llamada telefónica del jefe de servicio de la Casa Real para saber si la fecha es la adecuada. (La invitación, cuando se produzca, será una orden real; por tanto, Palacio evita poner en un aprieto a las personas, ordenando que se presenten un día en el cual obedecer causaría serias dificultades). A la llamada de teléfono inicial sigue una tarjeta de invitación formal, dando información precisa sobre la hora de llegada, dónde aparcar, cómo entrar en Palacio, etc. La invitación se debe aceptar por escrito (ver «Invitaciones por parte de la Realeza», pág. 240), y es preciso llevar la tarjeta para enseñársela al policía que hay en la verja de Palacio y al miembro del servicio de la Casa que recibe a los invitados en la puerta principal del mismo.

Desarrollo

Cuando ya se han llevado los abrigos –mientras tanto uno tiene la posibilidad de lavarse y cepillarse–, un miembro del servicio de la Casa conduce a los invitados a una de las salas de la planta baja. Estos son presentados unos a otros y se les ofrece una copa. Momentos antes de la una de la tarde se pide a los invitados que se alineen. La Reina y el Príncipe entran en la habitación y cada invitado es presentado por turno (ver «Encuentros con la Realeza» pág. 236). Después de las presentaciones, todos permanecen allí charlando durante diez minutos, y entonces la Reina y el Príncipe encabezan la marcha hacia el comedor.

Miembros del servicio de la Casa indican a los invitados sus asientos. Cuando se ha sentado la Reina, todos se sientan. Los criados sirven una comida de tres platos, seguida de queso y fruta. La comida es siempre sencilla, ni demasiado abundante ni demasiado pesada. Se ofrece vino, y también se dispone de agua y bebidas no alcohólicas. Como se trata de una comida informal, no hay brindis.

Después de la comida, la Reina y el Príncipe encabezan la marcha de vuelta a la sala donde todos permanecen de pie tomando café y licores, y la Reina y el Príncipe pasean entre ellos de nuevo. Ahora los miembros del servicio de la Casa se aseguran de que los invitados que aún no han podido hablar con sus anfitriones, si queda alguno por hacerlo, tengan su oportunidad.

La despedida

Sobre las dos y media de la tarde, la Reina y el Príncipe dicen adiós y se van. La fiesta ha terminado, y miembros del servicio de la Casa despiden a los invitados.

Agradecimiento

Es normal escribir una carta de agradecimiento al jefe del servicio de la Casa, rogándole que sea tan amable de transmitir las gracias a la Reina. Sin embargo, quien desee especialmente dar las gracias a la Reina misma, debe comenzar su carta por «Madam, con mi humilde deber», y finalizarla con «Tengo el honor de ser el humilde y obediente súbdito y servidor de Su Majestad».

Actos de Estado

Ahora que ya no se producen presentaciones formales en la corte, en forma de *levées* (asambleas presididas por el monarca), los dos actos de Estado más frecuentes a los que asiste el público son los banquetes de Estado y la Apertura Estatal del Parlamento.

Banquetes de Estado

Los banquetes de Estado son acontecimientos formales y multitudinarios, con 170 invitados. Tienen lugar casi siempre en el Palacio de Buckingham, aunque a veces se da alguno en el Castillo de Windsor, y se dan en honor de Jefes de Estado que están de visita.

Invitación

Es formulada por el Lord Steward de la Casa, por orden de la Reina. Es una orden real, y uno debe responder a ella como tal (ver «Invitaciones de la Realeza»). Como todas las invitaciones reales, ésta lleva datos sobre la hora, cómo vestir, y dónde y cómo llegar. Se incluye además una tarjeta de presentación. A la llegada se facilita un plano de distribución de los asientos en la cena. Se deben llevar dos tarjetas: la de invitación para enseñarla al llegar y la de presentación para mostrarla antes de ser anunciado. El plano de los puestos es para orientarse luego.

Qué vestir

La indumentaria es muy formal. Los hombres llevan corbata blanca o traje nacional. Las condecoraciones se llevan puestas. Las mujeres llevan traje largo —con guantes largos blancos si el vestido carece de mangas— o traje nacional. Es ésta una ocasión idónea para lucir las joyas, quien las posea.

Desarrollo

Hay criados para conducir a los invitados desde la puerta principal a, casi siempre, la Sala verde, donde reciben la bienvenida del Lord Chamberlain y de la «Mistress of the Robes» (señora del Guardarropas). A continuación se les conduce a reunirse a la galería de cuadros, donde se sirven bebidas. Hay miembros del servicio de la Casa siempre cerca, para atender y orientar a todos los invitados. (Se distingue a las camareras porque llevan una discreta placa y a los miembros varones del servicio de la Casa por las casacas que lucen, con cuellos de terciopelo y botones dorados.)

Los invitados son conducidos gradualmente hacia la Sala blanca, donde la Reina y el Príncipe están esperando. El Lord Steward de la Casa está listo para recibir cada tarjeta de presentación y presentar a su portador.

Una vez han sido presentados, los invitados pasan al Salón de baile, donde, con la ayuda de los planos de distribución de los asientos y/o de los miembros de Servicio de la Casa, encuentran su sitio y permanecen de pie tras sus sillas. Cuando todos están en sus puestos, la Reina y el cortejo Real entran al comedor. Sólo cuando éstos están ya sentados pueden hacerlo los demás invitados.

Los criados sirven una cena de cuatro platos (normalmente sopa, pescado, carne y budín), seguida de fruta, en platos de oro, al son de una pequeña orquesta de cuerda que toca en el estrado del trovador. Debido a la mezcla de nacionalidades y religiones que se presenta tan a menudo, cada una con su estilo de comida diferente, el menú suele ser bastante simple, para que nadie tenga dificultades. El vino, aunque se sirve cuanto se desee, no es obligatorio, ni siquiera para los brindis, y se cuenta con las suficientes bebidas no alcohólicas y agua.

Al final de la comida se ruega silencio, y la Reina se levanta y pronuncia un discurso de bienvenida al Jefe de Estado visitante. Luego propone un brindis por su huésped de honor. Todos se levantan, hacen el brindis y se sientan de nuevo. El Jefe de Estado visitante se levanta, responde con otro discurso, y propone el brindis de lealtad: «La Reina.» Todos se levantan de las mesas, tocando música de gaita. Cuando se van los gaiteros, todos se levantan y permanecen de pie mientras la Reina y el cortejo Real abandonan el salón de baile. Cuando éstos se han marchado, todos los demás les siguen. Entonces se sirve café y licores en las diferentes salas.

La despedida

Al final de la tarde se toca el Himno Nacional y la Reina se va junto con su cortejo. Esta es la señal para que todos los demás se marchen. Hablando estrictamente, nadie debe irse de un banquete de Estado antes que la Reina, pero en circunstancias excepcionales (mala salud, un último tren que hay que coger) es correcto acercarse a un miembro del servicio de la Casa y explicarle cuáles son las circunstancias. Siempre se obtiene permiso para marcharse.

Agradecimiento

La carta de agradecimiento se escribe al Lord Steward de la Casa, pidiéndole que sea tan amable de «transmitir las gracias a Su Majestad, la Reina».

ACONTECIMIENTOS DIPLOMATICOS

La etiqueta es menos formal de lo que fue en otros tiempos, pero aún hay ciertas reglas y convenciones que describimos a continuación. Tal vez la diferencia más importante entre un acontecimiento social diplomático y otro acontecimiento social más ordinario sea que no es prudente iniciar una conversación sobre un tema religioso o político, debido a la mezcla de nacionalidades con diferentes costumbres que suele darse en cualquier acto diplomático.

Precedencia

El orden de precedencia debe ser mantenido estrictamente, ya que los embajadores y altos comisarios son representantes de sus jefes de Estado, y un error inocente podría ser tomado como un insulto al país al que pertenecen. El orden de preferencia de los embajadores extranjeros en Londres y el de los altos comisarios para los países de la Commonwealth, acreditados en la Corte de St. James, queda determinado por la fecha en que tomaron posesión de su cargo en Londres, de tal modo que el que lleva más tiempo en su puesto es el decano, y el que ha llegado más recientemente es el más joven, independientemente del tamaño o prestigio de su país.

Normas de tratamiento

En un acontecimiento formal, uno se dirige a un embajador o alto comisario con «Su Excelencia» en primer lugar, y después con «Sir/Madam», o por su nombre. En un acontecimiento social, la forma correcta de dirigirse es «Embajador» o «Alto Comisario», o por el nombre.

Conversación

Uno se refiere correctamente a un embajador extranjero mediante el tratamiento «Su excelencia el embajador de Francia», o «Su excelencia el embajador francés». También uno se refiere a un alto comisario de la Commonwealth como «Su excelencia el alto comisario de Canadá», o bien «Su excelencia el alto comisario canadiense».

Esposas

La esposa de un embajador o alto comisario no tiene título específico (a no ser que lo posea por derecho propio). El vocablo «embajadora» puede usarse, pero sólo para la esposa del embajador, nunca para referirse a un embajador mujer.

Correspondencia

En las cartas, «Su excelencia» siempre precede a cualquier título (real, militar, etc.), el cual precede a su vez al nombre. Las cartas formales deberían comenzar con «Su excelencia», y las cartas sociales con «Querido embajador/Alto comisario». Una carta formal a un embajador debería terminar con «Tengo el honor de ser, con la máxima consideración posible, el seguro servidor de su excelencia». Una carta formal a un alto comisario debería terminar con «Tengo el honor de ser el seguro servidor de su excelencia». Una carta social a un embajador debería finalizar con «Créame, mi querido embajador, suyo (muy) sinceramente». Una carta social a un alto comisario debería finalizar con «Créame, suyo (muy) sinceramente». «Su excelencia» debe aparecer una vez en el párrafo inicial y otra vez en el párrafo final de la carta.

Informaciones adicionales

Si necesita más información sobre algún detalle concreto (como qué ropa llevar a un acontecimiento determinado, o qué comida servir a determinado embajador extranjero), entonces diríjase a la embajada en cuestión. Las más grandes tienen una oficina de protocolo, en la que siempre se puede encontrar a alguien que domine bien el idioma de su país. Todos los embajadores tienen secretarios privados por los cuales uno puede preguntar, citando su cargo mejor que su nombre, y que están deseoso de ayudar.

Recepciones

Se puede enviar una invitación impresa directamente a un embajador o alto comisario, en la forma acostumbrada (ver «Forma de dirigirse»). Aunque no es imprescindible, a veces es prudente telefonear al secretario privado anteriormente para concretar una fecha adecuada, y después enviar la tarjeta de invitación.

Desarrollo

En cuanto a la precedencia y la forma de tratamiento,

véase lo anterior. Cuando se va a recibir la visita de un extranjero, si se tienen dudas, es cortés hacer indagaciones respecto de la comida y bebida más adecuadas. (Las tres cosas más problemáticas son el alcohol, la carne vacuna y la de cerdo, aunque no son las únicas.)

Tarjetas

La costumbre de dejar una tarjeta de visita al embajador de un país extranjero, después de haberse reunido con él, se está perdiendo. Todavía es correcto, aunque no es ya obligatorio.

Invitaciones de una embajada

Uno podría ser invitado por una embajada extranjera para comer o cenar, aunque, estadísticamente, lo más probable es que la invitación sea para una recepción. Una recepción es una gran reunión multinacional que a veces tiene lugar en la embajada misma y otras veces en una amplio hotel. En ella se sirven bebidas y canapés, y se pueden tratar algunos asuntos diplomáticos en medio de la conversación social. El motivo de la recepción figura en la invitación: podría ser en honor del embajador entrante o saliente, en honor de algún miembro de la realeza visitante o de altos dignatarios, o para celebrar el día nacional del país en cuestión. Las listas de invitados a la celebración del día nacional, en algunos casos, se componen exclusivamente de ciudadanos de dicho país. Aquellas celebraciones en las que haya invitados del país anfitrión y de otros países suelen tener lugar a la hora de comer, y cada persona es invitada por el cargo que desempeña. Los maridos o las esposas no están incluidos en la invitación, ni la mujer del embajador, ya que se trata de acontecimientos oficiales más que fiestas. Las recepciones por la tarde, por otro lado, son consideradas fiestas, por lo que se puede llevar al marido o a la esposa.

La invitación

La invitación contendrá información sobre la hora, el lugar, la ropa (probablemente), y el motivo del acontecimiento. Las respuestas deben ir escritas en tercera persona y dirigidas a quien mandó la invitación. Si figura un número de teléfono en ella, es correcto usarlo mejor que escribir una carta formal.

Cómo vestir

Suele venir indicado en la invitación, siendo las convenciones aproximadamente las mismas que para las otras fiestas, exceptuando que es prudente para las mujeres europeas «vestir con recato» (evitando los vestidos sin mangas o con escotes muy pronunciados), para no ofender a invitados o anfitriones musulmanes.

La indicación «Vestido informal» en la invitación a una embajada suele querer decir traje clásico para el hombre, o su equivalente, y un vestido de día o su equivalente para la mujer. «Vestido formal» podría significar smoking o frac. «Se llevarán condecoraciones» significa normalmente que ha de llevarse frac, aunque a veces se refiere al smoking. Si tiene alguna duda, pregunte.

Comida y bebida

La comida que se sirve en un almuezo o cena de embajada suele ser la del país en que se encuentre ésta. Rara vez se sirve una comida del país en cuestión, pero si lo hacen, uno tiene derecho a preguntar qué es y cómo está preparado (mientras las preguntas se hagan con interés más que con ansiedad). En las reuniones de embajada suele haber bebidas, alcohólicas o no; incluso los países musulmanes tienden a servir alcohol a aquellos que lo desean.

Comportamiento general

Como los distintos países tienen diferente manera de comportarse, es posible que un comentario considerado como una alabanza por un europeo no sea un comentario afortunado para el visitante que viene de un país árabe. Si uno no está al corriente de las costumbres del país en cuestión, es prudente intentar charlar en la fiesta con algún invitado más acostumbrado para preguntarle si hay algún cepo que evitar. (A la gente le encanta sacar a relucir sus conocimientos, y para los que están nerviosos o son tímidos, éste es un tema de conversación útil. Si descubre demasiado tarde que un comentario inocente era inadecuado, lo mejor que puede hacer es esperar que haya sido interpretado correctamente, y no intentar deshacer el malentendido.

Agradecimiento

La carta de agradecimiento debe ser escrita a la persona que formuló la invitación. La costumbre de firmar en el libro de visitas de la embajada en lugar de escribir una carta de agradecimiento es válida también.

OTROS ACONTECIMIENTOS FORMALES

Entre otras cenas formales y banquetes que son diferentes de los normales se encuentran las cenas municipales (como banquetes del Alcalde de la Capital) y las cenas dadas por las compañías de abastecimientos de comidas y ropas de la ciudad, las de los colegios de letrados, las de las universidades y las que dan las fuerzas armadas. Todas suelen tener sus propias peculiaridades, y su forma tradicional de desarrollarse. Como todas son diferentes entre sí y por grupos, no tenemos espacio para describir exhaustivamente cada una de ellas. Incluimos a continuación algunos consejos generales sobre mesas presidenciales, cuencos de rosas, oporto, brindis, la ceremonia de la copa de amor, rapé y fumar.

Mesas presidenciales

En los banquetes de Estado y municipales, y también en los banquetes y cenas universitarios y legales, suele haber una mesa presidencial a la que van a sentarse los ocupantes cuando el resto de los invitados ya se encuentra en sus asientos. A veces se aplaude cuando dichos ocupantes van a sentarse a la mesa y cuando se levantan al final de la comida, y a veces no. Esto puede variar, así que es prudente no ser el primero en aplaudir a no ser que uno tenga la seguridad de acertar.

El cuenco de rosas

En las cenas municipales y en las de las compañías de abastecimientos, y en otras también, la gente suele ir pasándose unos a otros alrededor de la mesa uno o más cuencos de rosas. Se trata de grandes cuencos comunes para lavarse los dedos —hechos de cristal o de plata, o incluso dorados— llenos de agua de rosas, y que a veces tienen también pétalos de rosa flotando. Uno puede enjuagarse los dedos en ellos, y luego secárselos con la servilleta; también es correcto mojar una esquina de la servilleta en el agua de rosas y mojarse las sienes.

El oporto

El oporto se sirve al final de la comida. La botella se suele poner encima de la mesa para que los invitados se sirvan ellos mismos y la pasen. Tradicionalmente, el oporto se pasa por la izquierda, y nunca se bebe antes del brindis de lealtad (si lo hay), el cual suele hacerse generalmente con este vino. No hay obligación de consumir oporto (los brindis pueden hacerse con agua, sin que ello tenga un carácter ofensivo), pero si usted deja pasar el oporto, porque piensa que no quiere tomar, y luego cambia de opinión, puede pasar su vaso por la izquierda, siguiendo a la botella, y el invitado que la tenga en esos momentos debe llenarle el vaso.

Los brindis

Los brindis se hacen al final de las cenas formales y de los banquetes. Son enormemente variados: a veces hay un preámbulo corto antes del brindis, a veces un discurso entero, y a veces nada en absoluto. Nunca sea el primero en levantarse cuando se está haciendo un brindis, porque algunos se beben sentados.

EMERGENCIAS

Este apartado no va dirigido a quienes tengan las suficientes confianza y seguridad, sino a aquellas personas que, deseando comportarse correctamente, estén nerviosas por tener que asistir a grandes cenas formales y sean perseguidas por preocupaciones constantes, y que suelen deberse a cinco causas concretas: comida (¿qué pasa si soy alérgico a ella?), bebida (¿qué hago si no bebo?), atragantarse en la mesa (¿qué hago?), dejar la mesa a media comida (¿qué pasa si me veo obligado a hacerlo?) y abandonar el acontecimiento demasiado pronto (¿qué pasa si el último tren parte antes que la Reina?).

Comida

Nunca es necesario comer algo que va a producir en nosotros una violenta reacción de alergia, ni es necesario o deseable el explicarlo describiendo los síntomas. Normalmente en los banquetes formales, y desde luego en el Palacio de Buckingham, la comida es servida por camareros o criados, de tal modo que resulta fácil aceptar todo menos esa peligrosa verdura, o lo que sea. Si la comida problemática es lo único que se está sirviendo en esos momentos —por ejemplo, el primer plato es la crema de salmón que produce alergia, y rechazarla implicaría estar sentado delante de un plato vacío—, es mejor tomar una pequeña porción y jugar con ella mientras los demás comen. Nadie se dará cuenta de que no lo terminó y nadie hará ningún comentario.

Bebida

Siempre es aceptable rechazar una bebida alcohólica, o aceptar la primera y rechazar las siguientes. Siempre hay disponible agua y bebidas no alcohólicas, y no es ofensivo para nadie el brindar con agua.

Atragantarse

Si esto sucede, la única esperanza es enterrar la cabeza en la servilleta, y pasar el mal trago lo más discretamente que se pueda. Si se atraganta un vecino, déjele un vaso de agua al alcance de la mano (llamando a un camarero o criado discretamente si fuese necesario) y luego continúe con la conversación y no mire. Evite golpear su espalda dramáticamente, excepto en el (extremadamente raro) caso de que alguien no pueda respirar.

Peter Barkworth, en su reciente libro *About Acting* («De la actuación») da un consejo práctico dirigido a los actores y actrices que tienen que comer o beber en el escenario: inhalar aire antes de meterse la comida o bebida en la boca. Esto quiere decir que exhalas mientras comes, por lo que es más difícil inhalar un miga de pan o respirar un trago de vino.

Levantarse de la mesa durante la comida

Lo mejor es evitarlo, si es posible; pero si se tiene que hacer, hay que hacerlo. Lo más importante es salir y volver causando las menores molestias posibles.

Irse demasiado pronto

Si sabe que esto será necesario de antemano, hable con quien formuló la invitación, o con su representante, explicando el motivo. Si se da usted cuenta del problema cuando, por ejemplo, está tomando el café y los licores en un banquete de Estado, busque a algún anfitrión suplente y explíquele el problema. Seguro que alguien le despedirá discretamente.

En los acontecimientos reales o de Estado, es cuando se utilizan los comportamientos más formales actualmente en vigor.

Foto DALDA

Mesa para la cena en la Embajada de España en Portugal. La magnificencia del servicio es característico de este tipo de actos. La comida suele seleccionarse entre las del país en que radica la Embajada.

11. ACONTECIMIENTOS PUBLICOS

ACONTECIMIENTOS DE CADA DIA

Muchos de los convencionalismos y la cortesía tradicional que solían ser practicados por aquellos que «tenían mundo» han caído en desuso o han sido modificados. Por supuesto, ahora tenemos menos tiempo para las formalidades, aunque esto a veces quiera decir en realidad que tenemos menos tiempo para la consideración de los demás. Esto es una pena, ya que hasta en las situaciones más prosaicas —hacer cola para un autobús, tal vez— las cortesías más elementales nos permiten suavizar y prevenir las tensiones.

Haciendo cola

Hoy se hacen colas para todo: autobuses, taxis, restaurantes llenos, teatros, cines, y para ser atendidos en las tiendas. El que va llegando se pone al final de la cola y espera su turno. Pocos sucesos cotidianos originan mayor irritación que contemplar cómo un grupo de turistas extranjeros, que no conocen el modo de actuar, entran en un autobús a base de empujones dejando atrás en la acera a una cola que lleva largo tiempo esperando bajo la lluvia.

Escaleras y pasillos mecánicos

Si desea permanecer parado en unas escaleras mecánicas y ser transportado sitúese a la derecha. Si prefiere caminar, suba por la izquierda. En un pasillo mecánico (donde más frecuentemente se encuentran es en los aeropuertos),

realmente se supone que se debe seguir andando, pero si por la edad o por inseguridad es más adecuado permanecer quieto de pie, hágalo a la derecha.

Aceras

Por tradición, el hombre camina por el lado de fuera de la calle si está acompañando a una mujer (para protegerla de salpicaduras y merodeadores), y aunque esta costumbre está cayendo en desuso (por falta de salpicaduras y merodeadores), si el hombre es lo suficientemente cortés como para practicarla, la mujer debe ser lo bastante amable como para permitirlo.

Es desconsiderado andar en grupos de amigos a lo ancho de la acera bloqueando el camino a los demás.

Cruces de peatones

En un paso de cebra, según la ley, un coche debe parar para dejar cruzar a los peatones, pero es inconsciente y peligroso lanzarse a un paso de peatones repentinamente, obligando a los coches a frenar con brusquedad.

Conducción

El Código de circulación contiene las leyes del tráfico, pero hay unos detalles corteses básicos que a menudo se olvidan. El conductor que prefiera ir despacio debe facilitar a los demás su adelantamiento. Prácticamente, un conductor no pierde ningún tiempo por reducir su velocidad para que se incorpore al tráfico un coche desde un camino lateral, o desde un garaje. Nadie debería meterse de frente en un espacio para aparcar, si ve que otro coche se está colocando para meterse en ese sitio marcha atrás. Nadie debería pitar en un embotellamiento: los coches se moverían si pudiesen, y el pitar sólo sirve para alterar los nervios.

Taxis

Véase más atrás «Haciendo cola». Todavía es costumbre que los hombres abran la puerta del taxi, ayuden a la mujer a entrar, hablen con el taxista a través de la ventanilla lateral, y luego entren ellos. El hombre debe salir antes y ayudar a la mujer a hacerlo.

Coches

En rigor, el hombre debe abrirle la puerta a la mujer, ayudarle a entrar, cerrar su puerta y luego dar la vuelta al coche subiendo al lado del conductor. Al llegar, debe salir, dar la vuelta al coche, abrir la portezuela trasera y ayudarla a salir. Pero esto no es siempre práctico, pues quizá conduzca la mujer, o puede ser independiente y estar acostumbrada a abrirse las puertas ella misma, o quizá ambos tengan prisa. Aunque no se practique esta cortesía, debemos revivirla en aquellas ocasiones en que la mujer realmente necesita un poco de ayuda: porque lleve puesto un vestido largo, o lleve muchos paquetes, o lleve un bebé.

Autobuses

Véase más atrás «Haciendo cola». Al subir a un autobús, o al subir al segundo piso en un autobús de dos pisos, la mujer va delante; al bajar al piso inferior, o al bajarse del autobús, va delante el hombre (para sujetarla si se cae en ambos casos).

Reprender al conductor cuando el autobús llega tarde es descortés y carece de sentido. No es su culpa, no puede hacer nada para remediarlo, y la suya sería la centésima queja que oye ese día.

Puertas y asientos

La cortesía ha obligado desde hace mucho tiempo al hombre a ceder el paso a una mujer, y a los jóvenes a hacer lo mismo a las personas mayores. Ya no es práctico mantener esta regla al subir y bajar de trenes abarrotados y con cambio de línea, o en supermercados abarrotados donde cualquiera que sujete una puerta a alguien puede quedar atrapado en esa situación durante un rato mientras docenas de personas pasan. Sin embargo, en situaciones menos multitudinarias sigue siendo correcto que, quienes vayan delante, abran las puertas a quienes tengan derecho a ello. En cualquier caso, es imperdonable cruzar una puerta de vaivén y dejar que ésta vuelva sola hacia las caras de los que van detrás: hay que sujetarla hasta que el siguiente esté en condiciones de hacerlo. Una mujer puede suponer que el hombre que va con ella le cederá el paso, y si lo hace varias veces seguidas, no necesita darle las gracias en cada ocasión; pero siempre debemos dar las gracias a cualquier extraño, y especialmente a un niño, si nos abre una puerta.

De modo similar, la cortesía obligaba al hombre a ceder su asiento a la mujer en cualquier transporte público, y lo mismo un joven a alguien de más edad. La entrada de las mujeres en el mundo del trabajo ha cambiado la regla, por lo menos en las grandes ciudades, y hoy en día no hay un motivo real por el que un trabajador deba ceder su asiento a una trabajadora. Sin embargo, sigue siendo correcto que un hombre o una mujer cedan su asiento a una persona anciana o impedida, o a una mujer embarazada, o a cualquiera, hombre o mujer, que lleve un bebé o niño pequeño en brazos. Cuando alguien ofrece un asiento, éste debe ser aceptado dándole las gracias, pues rechazarlo podría hacer sentirse ridículo a cualquiera, especialmente a un niño.

Conducta

Una de las características de un país civilizado es el derecho de cada uno a estar en privado, incluso en público, y por eso cualquier tipo de conducta alborotadora se halla en contra de los buenos modales: hablar demasiado alto, gritar en la calle, gesticular excesivamente, silbar, cantar, llevar un transistor funcionando, discutir.

Altercados

A veces sucede entre el público que las diferencias de opinión, o bien un sentimiento de frustración o indignación, dan paso a una conducta excitada o descortés. Una persona que no es atendida en una tienda pide a voces ver al dueño, o un conductor que tiene prisa le pita varias veces al conductor inepto que le bloquea el camino. La víctima de estas broncas debe intentar olvidar el asunto, si le es posible. Si es preciso dar una respuesta a la situación, entonces debe hablarse clara y firmente con voz tranquila y desapasionada. Un caballero muy bajito asegura que en estas ocasiones intenta seriamente imitar a John Wayne cuando está siendo desafiado por algún aldeano al que sabe que puede matar.

Encuentros inesperados

Puede suceder que, yendo por la calle con un amigo o conocido, nos encontremos con otro. Si uno se limita a saludar al segundo amigo, y continúa andando, no hay necesidad de hacer la presentación, pero si uno se queda un rato charlando y el amigo sigue a nuestro lago, hay que hacer las presentaciones. Si usted acompaña a alguien que se encuentra con un amigo, y se para a charlar, resulta diplomático alejarse un poco, tal vez a mirar en algún escaparate cercano. Esto permite a la persona con la que se está elegir entre no molestarse en hacer las presentaciones o llamarle para presentarle. (Véase también «Presentaciones, Cap. 8.)

En el restaurante

Si, al llegar a un restaurante, usted reconoce a unos amigos en una mesa, es aceptable ir a saludarles. Si desea hacerlo en solitario, asegúrese de que su acompañante quede bien instalado en la mesa, y luego salúdeles muy brevemente. Si es usted mujer, es amable decir a los hombres de la otra mesa que no se levanten. Si sus amigos le piden que se reúna con ellos, debe sopesar si realmente lo desean o no, y además considerar los deseos de su(s) acompañante(s) antes de aceptar. Usted tiene derecho a no reunirse con ellos si no lo desea. Si unos amigos se acercan a su mesa, los hombres deben levantarse si hay mujeres entre ellos, a no ser que les pidan que no lo hagan, no existiendo la menor obligación de pedirles que se sienten con usted.

Estrellas del teatro, cine y TV

Debemos permitir que los famosos vayan a cenar o al teatro en paz, sin asediarles pidiéndoles autógrafos. Si están actuando en un teatro, entonces el lugar lógico para encontrarlos es la puerta del escenario, donde estarán «de servicio». En caso contrario, el cazador de autógrafos deberá escribirles por correo, dirigiéndose al teatro, casa cinematográfica, o a sus agentes. Aunque también hay que decir que a los famosos les gusta que les reconozcan, por lo que suele entristecerles pensar que nadie sabe quiénes son. Por tanto, resulta aceptable mirarles, e incluso sonreír si se cruzan las miradas, pero uno no debe interrumpirles.

RESTAURANTES

Las fórmulas para pedir la comida y las de comportamiento general son más o menos las mismas en cualquier restaurante, sin importar demasiado lo elegante o sencillo que sea. Sin embargo, sí hay diferencias en cuanto al tipo de ropa que se espera lleve el cliente, y a veces también hay diferencias en el grado de formalidad existente entre camareros y clientes.

Cómo vestir

Cada vez es más difícil tomar esta decisión debido al relajamiento de los convencionalismos, pero todavía es aconsejable que los hombres lleven corbata y traje oscuro si van a un restaurante del que no conocen el estilo. En las mujeres resultan aceptables hoy en día los pantalones casi siempre, pero dado que aún existen excepciones, la mejor regla si hay duda, es no usarlos, o bien telefonear al restaurante y preguntar. Para acudir a los restaurantes menos caros, los «bistros», o los restaurantes de barrio, hay pocas reglas, los clientes se visten más o menos como quieren. Para el almuerzo en cualquier restaurante es más aceptable una forma relajada de vestir que para la cena, aunque, incluso en verano, los «shorts» y los vestidos playeros son poco recomendables.

La anfitriona

Las sugerencias siguientes son igualmente válidas para anfitriones o anfitrionas, a no ser que se especifique lo contrario. Para más comentarios, véase «Los modales en los negocios».

Al llegar

No es correcto que el anfitrión llegue después que los invitados, aunque esto sea inevitable a veces. Si el anfitrión tarda, entonces el invitado puede solicitar que le lleven a la mesa, si está reservada, o bien esperar en el bar o en el área de recepción, si la hubiera.

Si todos llegan juntos, el anfitrión debe procurar ir al frente del grupo para ser él quien le diga al «maître» o jefe de camareros: «He reservado una mesa a nombre de...» Si el «maître» encabeza la comitiva hacia la mesa, la regla es «las señoras, primero». Si por el contrario, la mesa no ha sido reservada, y ningún empleado del restaurante se les acerca para conducirles, entonces el anfitrión debe adelantarse y responsabilizarse de encontrar una mesa.

Llegadas por separado

El anfitrión debe aclarar que espera a uno o más invitados, mientras le conducen a su mesa. Los invitados, al llegar, deben dar al que les recibe el nombre de la persona con la que van a reunirse. Un anfitrión nervioso que haya invitado a varias personas verá que llegar pronto le brinda dos ventajas por lo menos: una consiste en poder examinar el menú y la lista de vinos para tomar algunas decisiones y así prestar toda su atención a los invitados cuando lleguen; la otra es que tiene tiempo para discutir la manera de pagar la cuenta. Por ejemplo, tanto el anfitrión que piense que un invitado dominante va a insistir en pagar, como la anfitriona que piense que a un invitado varón le va a resultar embarazoso verla pagar a ella, pueden pedir consejo al «maître» o al propietario, quienes le podrán sugerir un modo de pago por adelantado, o la firma de la cuenta y su posterior envío a casa o a la oficina.

El anfitrión se debe levantar cuando se acerca(n) el/los invitado(s) y, si hay más de uno, debe indicarles dónde sentarse. Si se trata de una anfitriona, sólo tiene que levantarse si saluda a otra mujer mucho mayor que ella, o a un hombre de mucho mayor rango (o a alguien de la realeza, por ejemplo).

El menú

Probablemente será extenso y estará escrito en francés. Encontraremos pocos restaurantes en los que figure debajo de cada plato una descripción del mismo en otro idioma. A menudo se divide en dos partes: una que ofrece «Table d'hôte», que es el menú del día, y otra «A la carte», que significa que se elige cada plato de una lista dada. «A la carte», o a la carta, suele resultar más caro, a no ser que uno se limite a dos platos, lo cual es bastante normal.

Bajo el encabezamiento podemos encontrarnos con los siguientes apartados: *Hors d'oeuvre,* que es el primer plato; *Potages,* sopas; *Coquillages,* mariscos de concha como mejillones, ostras y similares. (Cualquiera de los anteriores se puede pedir de primer plato.) La *Entrée* siempre se toma como plato principal, y se puede elegir entre los *Rôtis* (al horno) y *Grillades* (a la parrilla). *Légumes* son las verduras; *Poissons* alude a los pescados. Los pasteles, si los hay, estarían en el apartado *desserts* o *Entremeses,* aunque a menudo están expuestos en un carrito que se lleva a la mesa: uno puede señalar y hacer preguntas. Los *Fromages* (quesos) se consideran habitualmente como alternativa a la repostería.

La elección de la comida

No es recomendable que nadie escoja el plato más caro de la carta, a no ser que el anfitrión insista bastante en ello. Siempre es aceptable preguntar cómo está cocinado algún plato, o pedir consejo para la elección de la guarnición de verduras (un buen camarero normalmente dará consejo a un invitado que tarde demasiado en la elección de las verduras). Si se produce la situación límite en la que el invitado queda tan confundido por el menú que es incapaz de hacer elección alguna, es aceptable preguntarle al anfitrión qué recomienda, suponiendo que eligió el restaurante porque conoce su comida y le gusta.

Elección del vino

Esta es enteramente responsabilidad del anfitrión, que suele pedirlo a un camarero de vinos. El anfitrión no debe involucrar al invitado en la elección, aparte de asegurarse de que bebe vino, y tal vez, si prefiere blanco o tinto —aunque esto último debería corresponder con la comida—, porque éste no sabrá si decidirse por el vino de la casa o por algún vino de reserva embotellado. Una excepción a esta regla sería el caso en el que el anfitrión sabe que se halla en compañía de un invitado con un conocimiento especial de los vinos: entonces es un halago pedir consejo a dicho invitado. Sin embargo, queda de cuenta del anfitrión hacer una indicación acerca del precio, tal vez diciendo: «Había pensando en un "Beaune", pero preferiría seguir su consejo.» Si uno está en duda, siempre es aceptable pedir el vino de la casa, especificando si blanco o tinto. Para más información sobre qué vino elegir para acompañar a determinadas comidas, véase «Los modales en la mesa».

La petición

Lo normal es pedir una entrada y el plato principal al mismo tiempo y luego pedir la repostería o el queso cuando se hayan llevado el plato principal. El café y los licores (si los hay) se piden al finalizar el queso o el pastel. Como ya se ha dicho, no hay necesidad de pedir tres platos, y muchas personas prefieren un primero y uno principal solo, mientras que otras prefieren plato principal y budín.

En rigor, todas las peticiones se deberían hacer al anfitrión, quien a su vez las repetiría al camarero, ya que es el anfitrión quien da la comida y el camarero sólo la trae a la mesa. En la práctica, lo que pasa es que el plato se pide a través del anfitrión, y los detalles se discuten con el camarero directamente. (Por ejemplo, el invitado le diría al anfitrión: «Me gustaría un bistec, por favor»; ante lo cual, el anfitrión le diría al camarero: «Un bistec y para mí una trucha»; después de lo cual el camarero probablemente le dirá directamente al invitado: «¿Cómo te gustaría el bistec?» En este caso resultaría pedante decirle al anfitrión: «Dile que lo prefiero poco hecho», y sería más natural hacerle la petición directamente al camarero. Si, por otra parte, el camarero dirige todas sus preguntas al anfitrión, entonces el invitado debe dirigir a éste sus respuestas.)

Es importante estar al corriente del grado de formalidad que hay en el restaurante. Si es muy relajado, entonces podremos involucrar al camarero más directamente con nuestra reunión, ya seamos varones o mujeres; aunque no es obligatorio que lo hagamos. Pero sea cual sea el ambiente existente, debemos dirigirnos al camarero amablemente, y no tratarle como si fuese sólo un robot útil.

Degustar y beber vino

El camarero escanciará una pequeña cantidad de vino en la copa del anfitrión, para que la pruebe y compruebe si está en buen estado. Si es así, como suele ocurrir, el anfitrión da su aprobación y el camarero llena entonces el vaso del invitado, llenando el del anfitrión en último lugar. Si no está bien, el anfitrión debe tener el suficiente valor como para devolverlo. (Los *buffs* del vino no lo prueban, simplemente lo huelen delicadamente. También tienden a rechazar el ofrecimiento de probar el vino de la casa, diciendo: «Estoy seguro de que está bien», y le indican al camarero que siga escanciando.) En los restaurantes elegantes, el camarero tendrá la vista puesta en los vasos y los rellenará cuando sea necesario, pero también es perfectamente válido que lo haga el anfitrión, si el camarero es lento. Aquellos que no deseen más vino de momento, pueden decirlo o cubrir el vaso con la mano.

Llamar al camarero

Un buen camarero mantiene la vista puesta en sus mesas y no es difícil atraer su atención —normalmente, el echarse hacia atrás en el asiento, y echar una mirada alrededor es suficiente, junto con una mirada en el momento que él está observando—. Es injusto y además carente de sentido intentar que nos atienda cuando está cocinando *crêpes suzette* en otra mesa. El gritar, golpear la mesa o hacer chasquidos con los dedos no es agradable para los camareros, los otros clientes y los azorados invitados, pero decir «camarero» cuando esté suficientemente cerca, o levantar una mano para conseguir su atención, es correcto y puede ser necesario.

Problemas

Si se trae algún plato equivocado, o está mal cocinado, o bastante crudo cuando se pidió muy hecho —lo cual puede deberse a que hay chefs que creen que la carne debe ser poco hecha y no son capaces de dejarla muy hecha—, es responsabilidad del anfitrión llamar al camarero y describir el problema. La mejor táctica consiste en explicar cuál es el problema, amable, sencilla y claramente, y después continuar hablando con los invitados, ya que esto no le permite al camarero tener la oportunidad de comenzar discusiones o explicaciones. De hecho, la mayor parte de los camareros se limitarán a llevarse el plato y volver con una versión mejorada del mismo. Es cortés que el anfitrión les pregunte a los invitados si está bien la comida, y si así no fuera, el invitado debe decirlo, especialmente si se trata de poner en duda la frescura del marisco, por ejemplo. Un invitado que se coma noblemente una ostra sospechosa, por no molestar, puede que no sobreviva para escribir su carta de agradecimiento.

Fumar

A menudo, ésta es una costumbre antisocial, especialmente en un restaurante pequeño. Puede que ustedes se hallen en la fase de café y copa, pero sus vecinos de mesa tal vez estén comenzando la comida. Si tiene que fumar, asegúrese que el humo no llegue a otras mesas. Es correcto preguntar a sus compañeros de mesa si les molesta que fume. Sin embargo, resulta difícil no dar permiso. Si está usted compartiendo una mesa y los otros se hallan en la mitad de la comida, es desconsiderado incluso pedir permiso para fumar.

Pagar la cuenta

Lo normal es pedir la cuenta, que la traigan a la mesa, comprobarla y pagarla allí en el acto, en efectivo o con talón o tarjeta de crédito. No es equivocado preguntar si está incluido el servicio, o pedir una aclaración si uno piensa que le están cobrando de más, mientras esto último se haga cortés y discretamente (así evitamos molestar al invitado y también nos curamos en salud por si la cuenta está bien después de todo).

Si tenemos alguna razón para creer que a un invitado le resultará embarazoso vernos pagar, o que se va a sentir en la obligación de pagar, entonces lo mejor es haber acordado con el restaurante hacerlo por adelantado (ver «Llegadas por separado») o excusarse tras tomar el café y pagar discretamente en el rincón del «maître».

Propinas

Lo normal es dejar una cantidad equivalente al 10 ó 15 por 100 de la cuenta –se puede aumentar un poco si el servicio ha sido excepcional–. Si el servicio está incluido en la misma, sólo es preciso dejar propina si uno ha sido tratado de modo especial. Si se paga en efectivo y se pone en el plato la cantidad exacta de la cuenta más la propina, puede decirle al camarero según éste lo recoge: «Está bien así», con lo cual indica que no espera cambio alguno. Si usted desea cambio porque sólo tiene billetes grandes, permita que le acerquen el plato con la vuelta, recoja lo que corresponda, deje la propina en el plato y no piense más en ello. Si paga con un cheque, añada la propina al importe total.

Taxis

Casi cualquier restaurante le conseguirá un taxi si usted lo desea. Pídalo al pagar la cuenta y luego permanezca sentado en su mesa hasta que alguien vaya a decirle que el coche ha llegado.

BARES DE COCTEL Y «PUBS»

En un cóctel-bar, el cliente elige mesa y se sienta; un camarero se acerca, toma nota y lleva la bebida a la mesa. El camarero espera una propina del 10 al 15 por 100 del precio de la consumición —aunque si está tomando varias consumiciones, no es necesario irlas pagando una a una; la cuenta completa se paga al final—. Rara vez surgen conversaciones de mesa a mesa, a no ser que los clientes se conozcan ya. Los *pubs* son diferentes.

«Pubs»

(Literalmente, la palabra *pub* quiere decir casa pública, aunque no lo son, porque el propietario se reserva el derecho de admisión.) Todavía hay muchos *pubs* divididos en tres zonas: bar público, salón y bar privado, y diseñado de tal modo que la barra cruza las separaciones y es única para los tres, y así un solo camarero puede atender las tres secciones. Tradicionalmente, el bar público ofrecía cerveza, dardos, y era para hombres exclusivamente; el salón era para un copeo más elegante, muchas veces mixto, y el bar privado para ser contratado. Todavía es cierto que en los *pubs* que mantienen estas tres divisiones, el bar público suele carecer de alfombras y suelen estar los juegos en él; el salón suele ser más cómodo, con alfombras y más asientos, y el bar privado es pequeño, con mesas y a veces reservados para dos. Las consumiciones suelen ser un poco más caras en el salón y en el bar privado.

En un *pub*, el cliente se acerca a la barra y pide una consumición, y luego la toma allí mismo o se la lleva a su mesa. La persona que está detrás de la barra sirviendo no recibe propina alguna; pero si él o ella son simpáticos y nos prestan ayuda, les podemos invitar a tomar una copa. Ante esto hay dos respuestas igualmente válidas: una es cobrar la copa, servirla y tomarla en nuestra presencia, y la otra es cobrar una copa «para tomar luego» y quedarse el dinero.

Sociabilidad

Los *pubs* son lugares muy sociables y muchas veces se dan conversaciones entre extraños. En general, los que se encuentran de pie en la barra están más abiertos a conversar que los que se hallan en las mesas, los cuales pueden desear estar en privado. El cliente que acepta una copa de un extraño debe charlar con él hasta que se acabe la copa por lo menos. Aunque es totalmente correcto sentarse en una mesa ya ocupada por otros cuando el *pub* está abarrotado, es cortés preguntar si no les importa antes de sentarse.

Cualquiera que derrame la copa de un extraño, por muy accidentalmente que sea, debe pagarle otra, incluso si el vaso aún contiene la mayor parte de la consumición.

Invitar a rondas

Si un grupo de personas se están turnando a pagar rondas, es incalificable que uno de ellos se abstenga. Si se acaban las rondas antes de que le toque pagar, debe asegurarse de hacerlo la próxima vez que se reúnan. Cualquiera que se vaya a ir antes, debe intentar pagar una de las primeras rondas. Si es otro el que está invitando, es correcto pedir que te excluyan «esta ronda».

El abstemio

Un abstemio se encuentra rara vez en un *pub*, pero puede haber sido llevado por algún bebedor. Es de muy mala educación forzar a un abstemio a tomar una copa, o a cualquiera a beber demasiado. En cuanto al abstemio, es importante que lo rechace con firmeza y no como si no le importara que le convencieran. Cualquier persona que recibe una copa que no desea, a pesar de haberla rechazado clara y firmemente, tiene todo el derecho a hacer caso omiso de ella.

ESPECTACULOS PUBLICOS

En cualquier espectáculo público, los buenos modales consisten en no molestar a los demás espectadores y, por descontado, a los que actúan. Traducido a hechos, esto quiere decir llegar a la hora, estar sentado e instalado en el momento de alzarse el telón, y no hablar o desenvolver caramelos o bombones ruidosamente durante la representación. También es de buena educación recordar que la mayor parte del auditorio es visible desde el escenario, por lo que los bostezos no disimulados o el mirar continuamente al reloj pueden desanimar mucho a cualquier actor que lo vea.

El teatro

Se pueden comprar las entradas personalmente en taquilla, o reservarlas por teléfono y pagarlas por correo (adjuntando sobre y sello). Algunos teatros pueden incluirle a usted en su lista de correos para enviarle información acerca de los próximos estrenos y de las fechas de reserva. También podemos comprar las entradas en una oficina de reventa, pero como éstas las compran por bloques, tendremos una elección más variada de asientos si vamos a la taquilla directamente. Por el contrario, si hay muchas reservas hechas ya para un espectáculo, puede ser que haya más posibilidad de conseguir entradas en una oficina de reventa.

Qué asientos elegir

La mayor parte de los teatros tienen butacas de patio (en la planta baja, es más caro en las filas delanteras y más barato en las de atrás); anfiteatro (en el primer piso, y como las butacas de patio, más caro delante y más barato detrás); palcos (en la misma planta que el anfiteatro, caros pero con asientos para cuatro o seis personas). Son acogedores y ligeramente exclusivos, aunque a menudo ofrecen una visión descentrada del espectáculo). Dependiendo de su tamaño, los teatros difieren un poco en la parte superior al anfiteatro. Casi todos ellos tienen una planta encima del anfiteatro, cuyas entradas son más baratas, y a la que se accede frecuentemente por una puerta lateral, y no por la principal. Los teatros más grandes tienen una planta más, por encima de esta última, llamada paraíso o gallinero. Sus asientos son los más baratos y menos cómodos, y no siempre es posible reservarlos (uno quizá tenga que conseguir las entradas la misma noche), accediéndose a los asientos siempre por una puerta lateral y muchas escaleras.

Cómo vestir

Ir a un teatro no es ya el acontecimiento elegante que solía ser. En general, cuanto más caras son las localidades más elegante va vestido el público. Una cantidad cada día mayor de aficionados al teatro se presentan con lo que lleva puesto en esos momentos.

Ocupar el asiento

Al ir a ocupar nuestra localidad, accedamos a la fila tan discretamente como nos sea posible, por el método que cause menor inconveniente a las personas que ya están sentadas.

Descansos

Como los descansos suelen durar sólo entre 10 y 15 minutos, y los teatros suelen estar muy llenos, es prudente pedir y pagar las consumiciones del descanso en el bar antes de que empiece la función. En todos los teatros le dirán dónde encontrará sus bebidas ya servidas (en qué mesa o mostrador); algunos escriben el nombre en un papel y lo ponen sobre los vasos; otros dan una ficha con una letra impresa y luego se pueden hallar las consumiciones en el apartado correspondiente a esa letra que hay en un estante alargado y marcado con letras.

Opera o ballet

Los buenos modales en la ópera y en el ballet son similares a los del teatro. Hay diferencias en dos cosas: la llegada y el aplauso.

La llegada

A los que lleguen tarde se les pedirá que esperen al momento adecuado para ocupar sus localidades. En la ópera, esto puede querer decir que tendremos que esperar al primer descanso, y a menudo podemos ver la actuación por circuito cerrado de televisión mientras tanto.

Aplaudir

Además de aplaudir al final de cada acto y al final de la obra, existe la costumbre de hacerlo al final de un aria bien cantada, de un solo en ballet, o de una danza especial. En la Opera no se debe aplaudir hasta que se apague el sonido de la última nota. Si el aria o la actuación son excepcionalmente buenas, a veces se mezclan unos gritos de «bravo» con los aplausos. Las ovaciones de pie al final de una ópera son bastante frecuentes en Europa y América. Esta forma de distinción es muy agradecida por los artistas.

12. LOS MODALES EN LOS NEGOCIOS

MODALES EN LOS NEGOCIOS Y MODALES SOCIALES

Los modales en los negocios tienen las mismas motivaciones que los modales sociales, aunque existan muchas ocasiones en que se diferencian. Además, surgen circunstancias en el contexto de los negocios que nunca surgirían en el contexto social.

Hablando en un sentido estricto, los modales en los negocios y las formas sociales no deberían diferenciarse tanto como lo hacen. No es cierto que no sea necesario ser cortés con un subordinado; tampoco es cierto que los modales secos e intimidatorios sean los más apropiados —ni siquiera útiles— en los contactos comerciales. Hay que tratar a las personas con cortesía, prescindiendo del ambiente que nos rodee. Dicho esto es práctico reconocer que existen ciertas diferencias. En una oficina con mucho trabajo en que una persona tenga que dar instrucciones regularmente a otra, las palabras «Por favor» y «Gracias» pueden hacer perder tiempo y ser superfluas. (De la misma forma que un cirujano no suele decir a su enfermera: «Por favor, ¿podría pasarme el escalpelo? Muchas gracias.»

Las mujeres

La influencia de las mujeres en los negocios y la vida profesional ha provocado algunos cambios en dos normas de comportamiento. Un hombre, que en el contexto social se levantaría siempre cuando una mujer entra en una habitación, abriéndole la puerta cuando salga, no se estará levantando y sentando normalmente, si está en su despacho, cada vez que su secretaria entre y salga. Las mujeres que trabajan prefieren ser tratadas con igual cortesía que sus colegas masculinos. Después de una reunión de ocho hombres y una mujer —esta diferencia numérica no es nada infrecuente—, sería absurdo que todos los hombres esperaran en la puerta para que la mujer pasara primero —aunque en un contexto social sí deberían hacerlo.

Jerarquía

Las circunstancias de los negocios que se diferencian de las circunstancias sociales están principalmente relacionadas con la jerarquía, las relaciones y las reuniones. En los negocios, como en el ejército, la jerarquía viene dada por el rango dentro de la compañía y no por el estatus social. (El príncipe Andrew llamaría a su comandante «señor» en lugar de ser al contrario.) No existe ninguna relación social que pueda equipararse a la existente entre secretaria y jefe, proveedor y cliente, superior y subordinado; ningún acontecimiento social tiene paralelo con una reunión del consejo o una entrevista entre un ejecutivo y un representante de una empresa cliente.

Grado de formalidad

Una de las similitudes entre las situaciones de los negocios y las situaciones sociales, por otra parte, es la forma en que se daría el grado de formalidad. Cuando se entra en un mundo con el que no se está familiarizado, es necesario observar la forma de vestir y la manera de actuar de los que están en él; se espera que los nuevos empleados se adapten a las «costumbres locales». Por ejemplo, en el mundo del arte y de los medios de comunicación, la forma de vestir y de actuar es tradicionalmente informal, mientras que el mundo de la banca y de la administración pública tiende a ser conservador en la forma de vestir y estrictamente formal en el comportamiento. Pero incluso dentro de esta clasificación general, las empresas se diferencian unas de otras; habrá que modificar y adaptar las normas generales que se dan a continuación según los casos.

FORMA DE PROCEDER

Este título general se refiere a las formas en que deben comportarse las personas en los negocios o de situaciones profesionales respecto a su forma de vestir, dar y recibir órdenes, existencia de mujeres en los negocios, contactos extranjeros y relaciones profesionales. Las normas sociales básicas sirven también para estos casos: hay que comportarse de manera relajada y natural siempre que sea posible e improvisar ante situaciones difíciles. Sin embargo, esto no es posible si el individuo es adusto o propenso a las discusiones y si no es posible improvisar. Es necesario decir que los atributos de una persona dedicada a los negocios que tenga buenos modales deben partir de su consciencia de las necesidades y personalidad de los demás, de un deseo de cumplir las instrucciones de arriba y de una simpatía por las quejas o desacuerdos de los subordinados. Si un determinado servicio forma parte del puesto de trabajo, habrá que cumplirlo de buena gana (servir con una sonrisa siempre ha sido una consigna útil). Si el servicio es molesto (por ejemplo, una secretaria puede sentirse ofendida si tiene que dejar su trabajo para hacer el té para el visitante de su jefe), seguramente se podrá encontrar un momento para exponer el problema e iniciar una discusión sobre las posibilidades de alterar la situación. Si la situación no puede modificarse, habrá que seguir prestando el servicio sin poner de manifiesto la molestia que supone.

Los superiores no deberán pedir servicios que no formen parte del puesto de trabajo. Por ejemplo, no hay que esperar que un subordinado al que se le dé bien el arreglo de coches pase parte de su tiempo libre debajo de la cubierta del motor del Rolls del director gerente.

Forma de vestir

Cómo vestir en la oficina es un tema que suscita problemas a más de una persona cuando comienza en un nuevo trabajo, sobre todo si resulta difícil poner en práctica el mejor consejo que existe a este respecto: vestir como vistan los otros. Las costumbres varían tanto según las oficinas que no es posible generalizar; sin embargo, existen algunas reglas invariables. Tanto el hombre vestido con traje como el que lleve vaqueros y una camiseta pueden estar correctamente vestidos para sus respectivas oficinas. Lo mejor es estar alerta durante la entrevista, observando lo que llevan otros individuos del mismo sexo, edad y estatus, y utilizando estos indicios como guía general. Pero esto no soluciona el problema de qué tipo de ropa usar para la entrevista. En este caso, es mejor errar por exceso de formalidad que por defecto. Realmente, es posible que un candidato que esté vestido de manera demasiado informal pierda el puesto ante otro candidato cuya vestimenta sea más correcta si la cualificación de ambos es similar. Un candidato vestido elegantemente tiene menos posibilidades de ser rechazado. En caso de duda, los hombres deberán llevar un traje negro y una corbata lisa, y las mujeres algo elegante pero muy sencillo, con un mínimo de joyas. El sombrero es innecesario y los guantes sólo son precisos en invierno.

Reglas generales en cuanto a la forma de vestir

Existen todavía algunas reglas. Cuando los hombres se quitan la chaqueta en la oficina deben quitarse también el chaleco si lo llevan puesto. Los hombres que utilicen tirantes deberán tener puesta la chaqueta o quitarse los tirantes completamente –esto es, no dejar que cuelguen en torno a las caderas–. Cuando se suban las mangas, no habrá que subirlas por encima del codo. No es agradable a los ojos de los colegas llevar una corbata con diseños fuertes sobre una camisa con diseños también fuertes.

Las mujeres que deseen ser tomadas en serio en un contexto empresarial no deben llevar grandes escotes, blusas transparentes, faldas muy cortas o con aberturas, ni joyas muy aparatosas. Existen todavía algunas oficinas que prohíben a las mujeres llevar pantalones; en caso de duda, es preferible preguntarlo.

Desde luego, hay excepciones. Es de esperar que una mujer que trabaje en el sector de la moda vista exactamente como hemos dicho antes. Es posible encontrar algunos ejemplos de hombres de negocios con mucho éxito que se quitan la chaqueta, enseñando camisas y corbatas de fuertes diseños, tirantes colgando y puños de las camisas recogidos hasta las axilas; en estos casos, seguramente su triunfo habrá sido posible más bien a pesar de estos atributos que gracias a ellos.

Para una información más correcta sobre la forma de vestir, véase Cap. 16.

Dar y recibir órdenes

El dar y el recibir órdenes es algo que está tan claramente formalizado en una oficina como en un gallinero, ya que en las oficinas con jerarquías rígidas es posible provocar grandes agravios al reclamar privilegios reservados para los que tienen un estatus más alto. Al dar y recibir órdenes, el tratamiento hacia los superiores, subordinados e iguales no debería diferenciarse tanto como es habitual.

Iguales

En teoría, las relaciones más sencillas de mantener serían las que tienen lugar entre individuos de igual jerarquía; sin embargo, pueden generarse algunas tensiones si una parte tiene una personalidad más fuerte y asume instintivamente el papel dominante. Esto se pone de manifiesto sobre todo cuando dos individuos de la misma jerarquía deciden en qué despacho se celebrará una determinada reunión. En este caso, el procedimiento correcto es que la persona que inicie la reunión vaya a la oficina del otro —no es correcto «convocar» a una persona de la misma categoría a nuestro despacho a menos que haya una visita de interés para él. En este caso, si la situación es formal, hay que levantarse cuando el colega entre en el despacho, seguir las instrucciones e indicar una silla antes de sentarse de nuevo, dejando claro para el visitante que usted y su colega son, por lo menos, de la misma categoría. No es correcto entrar en el despacho de alguien, sentarse y esperar una total atención. Si existe un sistema de intercomunicación, una norma de cortesía consiste en llamar primero y preguntar si es conveniente la visita; si no, preguntar si él/ella puede dedicarnos su tiempo antes de entrar.

Superiores

Lo normal es que haya que acatar lo que digan los superiores; esto no significa que no se pueda disentir, siempre que se haga cortésmente. Nunca hay que dar una opinión contraria en presencia de visitantes o clientes. Presentar todas aquellas quejas que sean lógicas al superior y preguntar si se puede hacer algo; gruñir y fruncir el ceño en privado raramente resulta productivo. Con mucha frecuencia, un ejecutivo ocupado no se dará cuenta de que está sobrecargando de trabajo al subordinado si no se le indica.

Subordinados

Aparte de la diferencia evidente entre quien da y quien recibe instrucciones, a los subordinados no hay que tratarlos de manera muy diferente a los superiores o iguales. Todo el mundo tiene derecho a ser tratado cortésmente y con consideración. El superior debe recordar que el subordinado tiene una vida privada fuera de la oficina y que no hay que improvisar una reunión a la hora de la comida o al final de la jornada laboral sin comprobar primero si es conveniente.

Clientes

La posición temporal del cliente que visita la oficina dentro de la jerarquía interna de ésta depende de si ofrece o recibe un servicio. Aun así, no debe modificarse el grado de cortesía, sólo el grado de formalidad —el cual depende en gran medida de la edad y posición del cliente.

Críticas

La práctica general moderna aconseja que nunca hay que criticar a otros, porque esto es contraproducente y produce cólera y resentimiento en lugar de mejores resultados. Sin embargo, si resulta inevitable, es esencial que se haga en privado, y nunca frente a otros empleados de cualquier posición, y por supuesto nunca frente a un cliente, aun cuando el cliente haya presentado una queja. Contrariamente a la creencia popular, el cliente no tiene derecho a dictar los procedimientos de la oficina. El ejecutivo que se enfrente a una situación así deberá ser cortés, apologético y firme en asegurar de que se tratará el asunto y arreglar las cosas cuando se haya ido el cliente.

Nombres de pila

En una relación formal empresa-cliente no será apropiado utilizar los nombres de pila. La ligera distancia que se crea tratando a las personas de una manera formal puede resultar realmente eficaz —no hay que decir, por ejemplo, «lo siento, George, muchacho, pero no lo tengo todavía, ya sabes lo que pasa»—. Pero si los nombres de pila parecen apropiados, corresponde a la persona de mayor categoría decidirlo, diciendo por ejemplo: «Por favor, llámeme Mary. ¿Puedo llamarle John?», o encabezando una carta con el nombre de pila y comentando en la primera línea: «Espero que no le importe, pero...» Las personas que decidan adoptar este procedimiento deben recordar que hay que firmar la carta con su nombre de pila, aunque esté escrito a máquina el nombre completo.

En el primer contacto con alguien, mediante carta o teléfono, raramente resulta correcto utilizar el nombre de pila. Por tanto, la persona que haga el contacto dará su nombre y apellidos, por ejemplo: «¿Señor Lamb? Soy Sarah Bell»; al escribir se firmará con el nombre completo, poniendo entre paréntesis Sr. o Sr.ª como parte del nombre mecanografiado por debajo de la firma.

La utilización de nombres de pila debe ser siempre en los dos sentidos, excepto cuando exista una importante diferencia de edad. Es arrogante que un superior desee ser tratado formalmente mientras que tutea y utiliza los nombres de pila de sus subordinados. Por ejemplo, un hombre que desee que su secretaria le llame «Sr. Dunn», debe dirigirse a ella como «Srt.ª Smith», a menos que ella le pida concretamente que la llame «Mary».

Secretaria compartida

Compartir una secretaria puede ser fuente de grandes problemas si quienes la comparten buscan aumentar su posición compitiendo entre ellos para ver quién puede hacer que la secretaria haga primero el trabajo. La primera persona que sufre esta situación es la secretaria.

Es esencial que las personas que comparten una secretaria lleguen a un acuerdo razonable sobre la división del tiempo. Será la otra persona quien diga a la secretaria que debe dejar su trabajo para otro momento. Es totalmente incorrecto que ambas partes insistan diciéndole que su trabajo es más importante. De manera similar, si se desea utilizar la secretaria de otro, hay que preguntar primero a su jefe directo. Esto no sólo constituye una cortesía para el jefe, sino también para la secretaria, evitando que ésta asuma la responsabilidad de una decisión difícil.

Entrevistas

Los anuncios siempre dejan bien claro si hay que telefonear o escribir. Si hay que escribir, debe enviarse toda la información específica que pida. La carta debe ser directa y sencilla, debiendo estar claramente redactada y, si es posible, mecanografiada.

Si el puesto de trabajo al que se opta requiere el conocimiento de mecanografía, es esencial que la solicitud esté escrita a máquina. Un breve párrafo introductorio servirá para indicar que se escribe en respuesta al puesto de trabajo anunciado en un determinado periódico de tal fecha. El párrafo principal debe mencionar cualesquiera puestos de trabajo desempeñados o cualificaciones que se posean (en este párrafo se le explica al empresario por qué debe considerar esa oferta). Si se envían hojas adjuntas, deben indicarse en un breve párrafo final, por ejemplo si se envía currículum vitae. Habrá que terminar con estas líneas: «Espero recibir sus noticias si considera que mis condiciones son apropiadas.»

El currículum vitae

Si el empresario pide un «currículum vitae, habrá que enviar una lista completa de los estudios realizados (desde el nivel de la escuela secundaria hasta la formación universitaria), con sus respectivas calificaciones, y de todos los puestos de trabajo que se han desempeñado hasta el momento actual. Si la persona que cursa la solicitud tiene un historial extenso, bastará con indicar dos o tres puestos de trabajo con detalles: responsabilidades, posición en la compañía y cosas de este tipo.

Ropa

Véase «Forma de vestir» en pág. 277.

La entrevista

Es de esperar que surjan cuestiones relativas a los puestos de trabajo, responsabilidades y cualificaciones anteriores; la razón para dejar el trabajo actual; la razón para optar al puesto ofrecido; estado general de salud; deseo de adoptar nuevas responsabilidades y, posiblemente, cómo organizaría el trabajo si fuera admitido.

El empresario debe proporcionar una idea clara de lo que supone el puesto de trabajo; de dónde (en qué oficina) se desempeñaría el trabajo; el horario; las vacaciones; el salario, y si éste es negociable o no; la posibilidad de ascensos o promoción; detalles tales como bonos de comidas, planes de pensión, préstamos exentos de intereses, etc. Si el trabajo supone un traslado de domicilio, deberá quedar claro si la empresa ayudará o no a los gastos y en qué medida. A continuación, deberá ofrecerse a contestar preguntas sobre los temas mencionados. (Si existe un gran interés por el puesto de trabajo, las preguntas sobre la empresa deberán ser muy sopesadas, porque si no es así la sinceridad será puesta en tela de juicio.)

Referencias

Si los empresarios anteriores le han proporcionado cartas de referencia, podrá presentarlas si así se lo piden; si no, podrá proporcionar el nombre y dirección de los empresarios anteriores. Si, como a veces ocurre, el empresario pide el nombre de alguien que pueda dar referencias sobre su personalidad y se decide a ofrecer el nombre del médico o sacerdote de la familia, o de un amigo de la familia que tenga una de estas profesiones, lo correcto es preguntar a esta persona si se puede utilizar su nombre como referencia.

Seguimiento

No es usual tomar contacto con un empresario después de la entrevista para preguntar si se ha conseguido el puesto de trabajo. Por tanto, una vez el empresario haya hecho una selección e informado al candidato elegido, deberá informar a todos los demás candidatos, aunque sean muchos, diciéndoles que el puesto ha sido cubierto; además, deberá hacerlo lo más pronto posible. Hacer que los candidatos rechazados lleguen a sus propias conclusiones después de semanas de espera es una práctica grosera y desconsiderada.

Carta o contrato

Deberá enviarse al candidato elegido una carta o contrato de empleo que establezca las condiciones, salario, plazo de preaviso para dejar el puesto por ambas partes, vacaciones y otras condiciones. Este texto debe leerse cuidadosamente, porque, una vez firmado, compromete legalmente a ambas partes.

La mujer en los negocios

Incluso en nuestros días, tan sólo se acepta de verdad que una mujer desempeñe un papel distinto al de secretaria cuando lo hace en ciertas áreas de los negocios, específicamente en las orientadas hacia la mujer, como la moda, los cosméticos y las artes. Esto significa que las mujeres tienen que luchar más que los hombres para conseguir un puesto de trabajo equivalente, porque tanto sus colegas como los clientes tienden a ser menos tolerantes con los errores y a buscar en ellas un comportamiento «femenino», lo que muchas veces significa lágrimas y ataques de histeria.

Modificaciones del comportamiento social

Las buenas formas sociales requieren que los hombres se levanten cuando una mujer entra en una habitación, les abran la puerta, les permitan pasar primero y les ofrezcan el asiento cuando no haya suficientes. Pero en el contexto de los negocios hay que modificar este comportamiento. Esto es lógico, en parte para que no se altere gravemente el trabajo normal de la oficina, y en parte porque es una muestra de cortesía tratar a una mujer de negocios de acuerdo con su situación en la jerarquía de la empresa en lugar de hacerlo de acuerdo con su sexo. Los individuos que se dedican a los negocios son personas, no hombres ni mujeres.

Pero los cambios en estos convencionalismos pueden hacer que resulte difícil para un hombre saber cómo debe comportarse. Lo mejor es observar las normas usuales de cortesía en el caso de mujeres que ocupen cargos superiores —comportándose de la misma forma que con un hombre en cargo superior—. Si la mujer ocupa un puesto de igual o inferior categoría, habrá que comportarse como parezca natural para la situación concreta; por ejemplo, si el hombre llega primero a la puerta, podrá abrirla para que ella pase primero, pero si es ella la que llega antes a la puerta, podrá abrirla para que él pase, no siendo necesario que el hombre haga cualquier esfuerzo para adelantarse a su acción.

La mujer jefe

Las reglas para una mujer que ocupe un puesto de jefe no son distintas de las que hay para los hombres. Es igualmente importante tratar a los subordinados con cortesía, de la misma forma que los subordinados deberán tratar al superior también con cortesía. Sin embargo, una mujer que tenga subordinados masculinos ha de ser consciente de que éstos lo considerarán como una desventaja, y debe estar preparada, por esta razón, para seguir las reglas con especial cuidado. Ver también «Invitaciones de negocios».

Relaciones comerciales con extranjeros

Cuando se lleven a cabo contactos de negocios con personas extranjeras, y especialmente cuando se reciban invitaciones de ellas, es importante —aparte de la cortesía evidente de no criticar la política o la religión del país— ser consciente de las diferencias existentes en el comportamiento y los modales. En muchos casos, las diferencias no son grandes. Los africanos se han educado con frecuencia en Gran Bretaña o en colonias británicas o francesas; los habitantes del continente europeo pueden ser un poco más formales que los británicos; los americanos un poco menos. Pero si el comportamiento es correcto respecto a las normas generales de cortesía, será difícil provocar agravios o confusiones. Los escollos más graves se producen cuando se trata con musulmanes —esta clasificación incluye a muchos africanos y a los árabes— o con japoneses.

Musulmanes

Como el Islam es una forma de vida, sus costumbres se extienden al ámbito de los negocios. El viernes es el día de descanso y las oficinas de la administración pública de los países musulmanes están cerradas ese día, aunque no es contrario a la ley trabajar los viernes, e incluso se puede concertar una cita de negocios para ese día.

Durante el Ramadán (mes dedicado al ayuno) los musulmanes no comen, beben ni fuman durante el día. El calendario islámico es diferente del nuestro; el Ramadán comienza once días antes cada año, de manera que hay que comprobar las fechas exactas. Los negocios pueden efectuarse como siempre, pero es descortés invitar a un musulmán a comer en esta época, aunque se le puede invitar a una cena que comience después de la puesta de sol.

Es también una norma de cortesía evitar fiestas durante el primer mes del año islámico, porque el hijo mayor de Mahoma fue asesinado en ese mes.

La fe musulmana prohíbe comer cerdo o beber alcohol.

Arabes

En su mayor parte son musulmanes, de manera que pueden aplicarse las normas anteriores. Además, en las casas árabes se come sólo con la mano derecha —la mano izquierda no se utiliza nunca para pasar o recoger comida, y jamás se coloca encima de la mesa (aunque si un hombre de negocios no árabe dejara de observar esta regla no sería probablemente tomado como un insulto).

Si se está en una situación en la que es necesario sentarse cruzado de piernas o en el suelo, hay que recordar que la planta del pie no debe apuntar nunca a nadie.

Las mujeres de negocios descubrirán que tratar con los árabes es extremadamente difícil, incluso imposible, puesto que ellos consideran que el lugar destinado a la mujer es la casa.

El hombre de negocios no debe reunirse con la esposa del hombre de negocios árabe; si lo hiciera, no debe preguntarle cosas sobre ella personalmente, sino más bien preguntar sobre «su casa». La mejor forma de evitar agravios es suponer que la mujer no existe.

Japoneses

Las culturas japonesa y europea han sido distintas durante miles de años; los europeos que mantengan relaciones comerciales con empresas japonesas deberán ser conscientes de las diferencias existentes en lo referente al trato y al comportamiento, que a menudo son extremas.

Contactos

En Japón, los primeros contactos en una transacción de negocios son más lentos y menos directos que en Occidente. El primer paso consiste en averiguar con qué persona habrá que tratar e intercambiar tarjetas con ella. Después, podrá prepararse una reunión. No es probable que se discutan cuestiones de negocios en la primera entrevista (los mejores temas son las aficiones e intereses).

Tarjetas

Son muy importantes. Un hombre de negocios occidental debe tener tarjetas para sus contactos japoneses, impresas en inglés por un lado y en japonés por el otro. Al recibir la tarjeta, el japonés se inclinará y se tocará ligeramente la frente.

Posición social

Es extremadamente importante tratar con alguien de la misma posición. Esta posición se valora por la edad, la situación dentro de la compañía y la posición de la misma compañía. Esto quiere decir que, generalmente, un hombre de mayor edad tiene una posición más elevada que un joven, a menos que la persona de mayor edad ocupe una posición demasiado baja para su edad en una compañía de poca importancia. Además, un comprador tiene una posición más elevada que un vendedor.

Saludo

Los japoneses no estrechan las manos; se inclinan, y la amplitud de este gesto se relaciona directamente con el respeto que se debe a la persona saludada.

Nombre

Nunca se llama a los japoneses por su primer nombre; esto sólo lo hace su familia. Hay que saludarle mediante su apellido, seguido de «San», que significa «señor», aunque no se sentirá agraviado si un europeo utiliza su apellido precedido de Sr. Si se llega a tener mayor familiaridad con él, se abrevia el apellido.

Regalos

Son muy importantes, e igualmente lo son las «invitaciones», como sería, por ejemplo, ir a un buen campo de golf. Son siempre recíprocos.

Las fórmulas para ordenar la comida y de comportamiento general son comunes, cualquiera que sea el tipo de restaurant. La vestimenta debe adecuarse a la categoría de aquel, lo que exige advertir previamente a la invitada.

Aún no desaparecidos totalmente los convencionalismos, la mujer que actúa en los negocios debe esforzarse en mantener las reglas de comportamiento establecidas.

Sí y no

Cuando un japonés dice «Sí» quiere decir «he oído y comprendido lo que ha dicho» —no significa necesariamente «estoy de acuerdo con usted»—. Nunca dirá «No». Dirá más bien: «Eso sería difícil» o «Tengo que pensar en ello», y evitará cortésmente la situación.

Cómo poner fin a un negocio o relación profesional

Es norma de cortesía escribir una carta para indicar que se pretende romper una relación de este tipo; en algunos casos, por ejemplo si cambia de abogado, es esencial porque no es ético que un nuevo abogado se haga cargo de un caso hasta que haya sido abandonado por el anterior. Cuando se vaya a romper la relación con un abogado, médico u otro profesional porque se esté insatisfecho con sus servicios, existe la libertad de hacerlo constar en la carta, pero no es apropiado discutir los defectos del profesional anterior con la persona que ha ocupado su sitio.

Si no se desea expresar insatisfacción, la carta se puede redactar en términos generales: «Creo que un cambio será beneficioso.» Si siempre se ha estado satisfecho y se rompe la relación debido a un cambio de dirección o a un altercado familiar, habrá que poner claramente en la carta que se prefiere otro abogado para facilitar las cosas.

En la tarjeta de afiliación a la Seguridad Social figuran las instrucciones para cambiar de médico.

CORRESPONDENCIA

Los impresos son muy importantes para los negocios, ya que a menudo es la primera «imagen» que recibe el destinatario; los impresos baratos no inspiran confianza. Aunque el papel personal para escribir y las tarjetas profesionales se graban con frecuencia, los encabezamientos de cartas de negocios suelen estar normalmente impresos; la impresión y el papel deben ser de buena calidad; habrá que escoger el diseño de manera que refleje el carácter del negocio: formal o informal, «antiguo» o moderno.

En los impresos debe figurar el nombre, dirección y teléfono de la empresa, la sede social (si es distinta), el número de inscripción fiscal, el número de registro de la empresa y los nombres de los directores.

Cuándo hay que escribir

Habrá que escribir en lugar de telefonear cuando sea necesario tener un registro de lo que se ha dicho; cuando se presenten nuevas ideas sobre las que hay que pensar; cuando se acepten invitaciones formales (a menos que figure un número de teléfono en la tarjeta); cuando se agradezca la hospitalidad; cuando se ofrezcan excusas, condolencias o felicitaciones.

Dictado de cartas

Hoy en día, es aceptable para casi todos los tipos de cartas personales dictarlas y mecanografiarlas. Muchas personas dictan mediante una cinta magnetofónica, sistema útil que permite dictar las cartas a la conveniencia del que dicta y escribir a la conveniencia del mecanógrafo. Es importante hablar claramente en el micrófono y no apartarse hablando hacia otros puntos de la habitación o fuera de la ventanilla del coche, ya que en este caso el volumen de voz aumenta y disminuye constantemente. Es grosero e inconsiderado, aunque no poco frecuente, toser o estornudar en el micrófono.

Si se dictan cartas directamente a una secretaria o secretario, deberá hacerse exclusivamente eso y no caminar por la habitación esperando que él o ella cojan las palabras dirigidas hacia la ventana o hacia un estante de libros. También es una norma de cortesía escoger un momento conveniente para ambas partes y no comenzar a dictar cartas cuando esté avanzada la tarde esperando que la persona que las escribe se quede por la noche.

Cómo empezar y terminar una carta

En términos estrictos, una carta que comience por «Estimado Sr./Srt.ª Smith» debe terminar «Suyo sinceramente», y una que comience por «Estimado Sr.» debe terminar «Suyo cordialmente». La fórmula «Suyo afectísimo» se utiliza poco, excepto cuando se escribe a comercios o a un banco. Naturalmente, las cartas que enviamos a los amigos pueden finalizar con cualquier fórmula que elijamos: «Tuyo siempre», «Con mis mejores deseos» y «Afectuosos recuerdos» son algunos ejemplos. Muchas personas tienen su propia forma peculiar de finalizar las cartas, sobre todo si se tutean y se escriben con frecuencia. Sólo se cometerá una incorrección cuando exista un equívoco sobre el grado de familiaridad aceptable. Resulta agradable, aunque es algo pesado, escribir a mano el encabezamiento y la despedida de las cartas en que se tutea al destinatario. Para el tema de la apertura y cierre correcto de las cartas, véanse las tablas del Cap. 8.

Cartas a personas cuyo nombre es desconocido

A veces es imposible averiguar un nombre y un título; si la información no puede conseguirse, lo mejor es poner «Estimado Sr.». Si el sexo de la persona no se conoce, algunas personas prefieren poner «Estimado Sr./Sr.ª»; otros continúan escribiendo «Estimado Señor».

Cartas a mujeres

El encabezamiento de una carta dirigida a una mujer que no tenga un título profesional (doctor, etc.), y cuyo estado civil sea desconocido, plantea problemas.

Algunas mujeres casadas siguen utilizando sus nombres de soltera en el ámbito de los negocios, especialmente si se habían establecido antes de casarse; en este caso, habrá que dirigirse a ellas como Srt.ª Mary Bennett en la oficina, pero como Sr.ª de Harris si se envía una invitación a su casa.

Una buena secretaria debe procurar averiguar la forma adecuada de tratamiento antes de mecanografiar una carta. Igualmente, las mujeres que mantienen correspondencia deben hacer constar claramente a máquina bajo la firma su forma preferida.

Cartas personales

Una carta personal que se envíe a una oficina debe marcarse con la palabra «Personal», pero si se envía al domicilio particular no es necesario hacerlo. Las cartas muy personales —de condolencia, de agradecimiento por la hospitalidad recibida en casa de alguien, o como respuesta a invitaciones enviadas al domicilio y no a la oficina— deben escribirse a mano sobre papel personal de cartas.

Sin embargo, si se envía una carta de condolencia al representante de una empresa en la que uno de los empleados ha muerto y el empleado no tenía otra relación que la propia de la empresa con ambas personas, la carta podrá ser escrita a máquina sobre impresos de oficina. (Ver también «Cartas de simpatía, Cap. 8.)

En mano

Los sobres de las cartas que se envíen en mano deben marcarse claramente con la frase «En mano». Si la carta se envía mediante un mensajero o empleado, debe de estar sellada. Si la lleva un amigo o colega, se considera descortés sellarla y es costumbre que el colega la cierre cuando se le dé.

Comunicaciones internas de oficina

Los memorándums son un medio útil de intercambiar información; son precisos cuando hay que hacer afirmaciones que deben archivarse. Dictar docenas de memorándums cuando usar el teléfono interno los harían innecesarios constituye un indicio de inseguridad. La mayor parte de las empresas tienen sus propias costumbres respecto al estilo de los memorándums.

LOS MODALES EN EL TELEFONO

Dado que el teléfono es una fuente potencial de molestias, guardar los buenos modales por teléfono reviste una especial importancia. La brevedad y la claridad son las dos cualidades esenciales. (Para llamadas personales, véase Cap. 8.)

Cuándo telefonear

Es preferible telefonear en lugar de escribir cuando no sea necesario registrar la conversación, cuando deseamos efectuar un cambio en una cita o avisar de que llegaremos con retraso; para pedir una información que pueda proporcionarse inmediatamente sin necesidad de pensarlo mucho o investigar exhaustivamente; para pedir folletos o «detalles»; para discutir asuntos informales.

Cómo hacer una llamada telefónica

Es importante haber reunido todos los papeles necesarios, teniéndolos ordenados, antes de efectuar la llamada. No es cortés ni demuestra eficacia tener a alguien colgado del teléfono mientras espera que se busquen las notas. Es práctico elaborar una breve lista ordenada de asuntos a tratar, siguiéndola meticulosamente en lugar de confiar en la memoria y correr el riesgo de repetir asuntos mencionados.

Si la llamada va a ser de larga duración, es cortés mencionarlo al principio y comprobar si es el momento oportuno para la otra persona; de no ser así, hay que concertar una cita para la llamada.

Contestación al teléfono

La persona que está al cargo del teléfono debe contestar con el nombre de la compañía, añadiendo «Buenos días/tardes» con voz razonablemente agradable. Cuando llegan llamadas exteriores a un despacho, la persona que conteste debe de decir su nombre: «Le habla John Smith.» Habrá que contestar al teléfono de un colega de la siguiente manera: «Despacho de John Smith.» Una vez la telefonista haya descubierto quién está al otro lado de la línea y comunicado la información, lo mejor es comenzar saludando a la persona que llama por su nombre.

Cómo pedir al que llama que espere

Si la persona por la que pregunta el que llama está hablando por otra línea, la telefonista o secretaria deberá preguntar al comunicante si desea esperar. Si decide aguardar y la espera se prolonga durante bastante tiempo antes de conseguir hablar, la telefonista o secretaria deberá decir de vez en cuando: «Lo siento, creo que él/ella está todavía al teléfono», dando al comunicante la posibilidad de dejar un mensaje.

Si la persona por la que se pregunta es difícil de localizar y la telefonista tiene que llamar a varias extensiones, deberá explicar esta situación a la persona que llama. En ningún caso habrá que dejarle al aparato sin decir nada, sin saber si se ha cortado la comunicación, si se han olvidado de él o si tiene que esperar.

Cómo desembarazarse de las personas

La frase «Lo siento, él/ella está en una reunión» se ha convertido en un eufemismo utilizado para desembarazarse de las personas. Tampoco es aceptable la alternativa «Lo siento, él/ella está ocupado», porque implica la afirmación «con personas más importantes que usted». Las frases «Lo siento, tiene visita» o «Lo siento, está fuera de la oficina en este momento» son bastante aceptables; después de decir cualquiera de estas frases hay que preguntar: «¿Quiere usted que él le llame más tarde?» Si esta oferta se acepta, es muy descortés que la persona en cuestión no llame –aunque constituya un método muy frecuente para desembarazarse de comunicantes con los que no se desea hablar.

Desconexiones

Si la llamada se cortase por cualquier motivo antes de terminar, la persona que ha originado la llamada debe volver a llamar.

CITAS Y REUNIONES

Las citas constituyen un aspecto esencial de una vida de negocios eficaz. No es descortés hacer una visita sin una cita previa, sino simplemente algo poco práctico, puesto que la persona en cuestión podría tener otra cita concertada con anticipación o estar fuera de la oficina. No es descortés negarse a ver a alguien que llegue sin una cita si es materialmente imposible mantener la reunión; pero si es posible, es una tontería negarse diciendo que en ese momento se está ocupado. Después de despedir al visitante, éste llamará para concertar la cita en otro momento.

Cómo hacer una visita

El visitante debe llegar a la hora fijada o un poco antes. Si se trata de una empresa grande, conviene llegar a la puerta principal cinco o diez minutos antes a fin de disponer del tiempo necesario para encontrar el departamento que se desea visitar. Generalmente es imposible que el visitante adivine cuánto tiempo se ha asignado a la entrevista; por ello es prudente ser breve y directo en lugar de perder tiempo en un largo preámbulo y, una vez acabado éste, descubrir que se ha terminado el tiempo.

Cómo recibir visitantes

Si el visitante llega antes de la hora habrá que pedirle que espere hasta el momento acordado, pero si llega a tiempo no debe permitirse que espere. Sin embargo, si no se puede impedir un retraso —debido a que ha surgido una emergencia imprevista—, la persona con la que se concertó la cita debe pedir personalmente al visitante que espere, excusarse, e indicar que la situación reviste urgencia. El ejecutivo que hace esperar deliberadamente a los visitantes para demostrar mucho trabajo sólo consigue dar pruebas de ineficacia.

Antes de recibir a un visitante o visitantes es necesario asegurarse de que habrá suficientes sillas en la habitación y sacar de los archivos todos los documentos necesarios.

Tanto los hombres como las mujeres deben levantarse para saludar a los visitantes, indicar que pueden sentarse y prestarles una total atención durante la entrevista. La persona mayor, o la mujer, será quien extienda primero la mano.

Habrá que ofrecer té o café al principio de la entrevista si el visitante llega a una hora a la que suelen tomarse estas bebidas o si ha efectuado un viaje largo y difícil para asistir a la reunión. La excepción a esta regla se produce cuando ambas partes desean que la entrevista sea muy corta.

Llamadas

Si es posible, se darán instrucciones para que no se pasen llamadas durante las reuniones. Esto no es práctico en todos los negocios, pero si se produce una llamada urgente habrá que atenderla tan pronto como sea posible después de excusarse ante el visitante. No se atenderá ninguna llamada telefónica de larga duración en presencia del visitante a no ser que se relacione directamente con el asunto que se está tratando.

Finalización de la visita

Generalmente, será la persona de mayor categoría o edad quien indique que la visita ha terminado. Si el visitante es el que pide —trabajo, negocio o consejo gratis—, el titular del despacho podrá decir alguna frase que indique la conclusión de la entrevista y levantarse. Si el visitante ha sido invitado al despacho en la espera de que ofrecerá negocio o capital, o paga por la visita (a un abogado, por ejemplo), será éste quien dé generalmente el primer paso. En la práctica, la mayor parte de las visitas finalizan por mutuo acuerdo.

Tanto los hombres como las mujeres deberán levantarse cuando se vayan los visitantes, acompañándoles hasta que lleguen a la puerta del despacho. Si es difícil encontrar la salida, el huésped o una secretaria deberá acompañarles hasta las escaleras o el ascensor.

Tarjetas

Deben estar grabadas, no impresas, sobre papel de buena calidad; deben utilizarse sólo para asuntos de negocios. (Para tarjetas personales de visita, véase Cap. 8.)

Tarjetas profesionales

El tamaño correcto para tarjetas profesionales es de 10 × 6 cm. El nombre debe colocarse en el centro, señalando un poco más abajo la categoría profesional, excepto en el caso de los abogados, que pondrán la palabra «abogado» debajo del nombre. La dirección se pone en la esquina inferior izquierda y el número del teléfono en la esquina inferior derecha.

Humphrey Baker
Abogado

4 Bedford Row
London, W.C.1. Tel. 01-4376591

Tarjetas de negocios

Como las tarjetas de negocios suelen llevar más información que las profesionales, deben ser un poco más grandes. La tarjeta de un ejecutivo suele llevar el nombre en el centro, seguido de sus cualificaciones o condecoraciones; el nombre de la compañía se coloca debajo o en la esquina inferior izquierda junto con la dirección, y el número de teléfono en la esquina inferior derecha. Los representantes de ventas suelen llevar el nombre de la compañía en el centro, el número de teléfono en la parte superior izquierda, la dirección en la esquina inferior izquierda y el nombre del representante en la esquina inferior derecha. Pero cualquier diseño es aceptable siempre que esté claro.

Peter Pumpkin
PRESIDENTE
Metro Newspapers Ltd.

34 Marshall Street
London, W.2.
Tel. 01-423 5551

Tel. 01-792 4334

THE PATRIARCH PRESS LTD.

44 Frith Street
London, W.1.
James Micawber
Representante de Ventas

Reuniones

En el mundo de los negocios se invierte mucho tiempo en reuniones, ya sean del consejo o entre departamentos. Una reunión organizada eficazmente proporciona a todo el mundo la oportunidad de mostrar sus opiniones y es la mejor forma de conseguir decisiones democráticas. Permite también que los implicados comprendan por qué ciertas proposiciones se aceptan y otras se rechazan. Una reunión que se lleve a cabo ineficazmente es un despilfarro de tiempo y constituye una fuente de aburrimiento, frustración y mal humor. Las reuniones se distinguen en cuanto a su grado de formalidad; no tienen que ser extremadamente formales en orden a su eficacia.

Reglamentos

En el caso de reuniones de consejo y de comité, existen a menudo reglamentos de empresa que establecen cómo convocar una reunión, cuántas personas constituyen quórum y cómo debe llevarse a cabo la reunión. Si existen estos reglamentos, es esencial que el presidente sea consciente de su existencia y los ponga en práctica.

Presidente (hombre o mujer)

En una reunión formal de gran número de personas, el presidente suele ser propuesto, secundado y votado. En una reunión del consejo o entre departamentos, no es infrecuente que el ejecutivo de mayor categoría asuma la presidencia como algo indiscutible. Incluso en una reunión pequeña e informal, es útil que una persona se haga cargo de la presidencia y de contabilizar los resultados.

Las funciones del presidente consisten en dar comienzo a la reunión, poner de manifiesto su propósito, pedir que se lean las actas, si éstas existen, pedir que se lea la correspondencia relativa al tema, seguir el orden del día y dar por finalizada la reunión. El presidente debe ser imparcial, proporcionar igual tiempo a las dos partes de una discusión y ser escrupulosamente justo en las votaciones.

Secretario (hombre o mujer)

En una reunión formal, el secretario (y cualquier vocal) es también propuesto, secundado y votado. En las reuniones del consejo, o entre departamentos, el secretario personal del presidente suele desempeñar este papel. El secretario está encargado de enviar las convocatorias, preparar y hacer circular el orden del día, disponer los sitios, proporcionar al presidente todos los documentos necesarios para la reunión, leer las actas y la correspondencia y tomar notas de las decisiones para redactar las nuevas actas.

Orden del día

A no ser que la reunión se haya convocado para discutir de manera informal un solo asunto, es extremadamente útil elaborar un orden del día. Un orden del día formal incluirá la lectura de las actas de la reunión anterior, asuntos que surgen de ésta, correspondencia, informes, elección de nuevos vocales (si es necesario), y cualesquiera otros asuntos. Un orden del día informal estará formado solamente por una lista de los asuntos a tratar en el orden más práctico posible. Es interesante que el secretario haga circular copias del orden del día con anticipación, para que así todos puedan tomar nota de sus ideas al respecto antes de la apertura de la reunión. El orden del día hace que las reuniones sean más rápidas y eficaces y asegura que no se van a olvidar asuntos; proporciona además al presidente la posibilidad de decidir cuánto tiempo se dedicará a cada asunto.

Actas

Si se considera que es necesario levantar acta, se elabora como sigue: fecha, hora y lugar; nombre del presidente y vocales; nombres de los individuos presentes, o su número, según el tamaño de la reunión; una nota de las formalidades de apertura (incluyendo la lectura de las actas de reuniones anteriores; notas de los puntos que se han tratado y de las decisiones que se han acordado, incluyendo tareas específicas a cumplir por determinadas personas; fecha de la siguiente reunión; hora de terminación de la reunión).

A veces se renuncia a leer las actas por acuerdo mutuo.

Forma de hablar ordenadamente

En una reunión ordenada, los miembros deben pedir la palabra antes de hablar; el presidente debe estar alerta y actuar en consecuencia. Si a pesar de esto las personas comienzan a gritarse, el presidente deberá llamar al orden. El método aceptado consiste en insistir que hay que oír al que está hablando y después invitar a los que gritan a hablar a su turno correspondiente. Hay que oír todos los puntos de vista antes de votar para que la votación sea justa. Si alguien dice frases inconexas o efectúa gestos de desaprobación, el presidente deberá decir en una pausa: «¿Le importaría comentarlo, señor/señora...?», pero no insistirá si la persona rehúsa. (Las personas que se nieguen a dar sus puntos de vista en la reunión no deben esperar que determinados colegas las escuchen después de la reunión.) Cuando se hayan oído todos los puntos de vista, el presidente deber poner el asunto a votación. La forma tradicional de efectuar la votación consiste en que los que están a favor digan «sí» y los que están en contra digan «no»; pero, a no ser que haya una mayoría abrumadora en un sentido o en el otro, a veces es difícil estar seguro del resultado. La votación a mano alzada, si se cuentan cuidadosamente los votos, es más segura.

Conclusión

Cuando se dé por terminada la reunión es esencial que el presidente se asegure de que todo el mundo conoce exactamente lo que se ha acordado hacer antes de la siguiente reunión. Esto deberá anotarse en las actas, si existen, para que puedan pedirse los resultados específicos de su trabajo o investigación a las personas que tengan encomendada esta misión.

INVITACIONES DE NEGOCIOS

Los almuerzos y las cenas son los dos tipos más normales de invitación en el mundo de los negocios; en ellos pueden aplicarse las convenciones sociales con dos diferencias principales: primera, es totalmente correcto hablar de las propias ocupaciones; segunda, no es normal distribuir previamente los lugares de los comensales, ya que los criterios de preferencia son diferentes y existen pocos aplicables si hay mujeres presentes.

La tercera forma de invitación de negocios es la fiesta de oficinas.

Almuerzos y cenas

Suponiendo que no haya anfitriona, el invitado principal debe sentarse a la derecha del anfitrión, y el segundo en importancia a la izquierda. A no ser que uno de ellos sea invitado de honor, las mujeres se situarán a intervalos más o menos iguales entre los invitados. El orden de preferencia en los negocios deja sin efecto el que se utiliza en la vida social —esto es, un ejecutivo de mayor categoría tiene preferencia sobre uno de menor categoría, aunque sea conde—. A veces se hace caso omiso del orden de preferencia y se coloca a las personas según su facilidad para hablar con los demás —o se intercala al personal de la empresa con los invitados—. Cualquiera de estas disposiciones es correcta.

En una cena con gran número de comensales es esencial colocar tarjetas con los nombres de los invitados y disponer los sitios de manera muy diseminada. Cuando se invite a personas extranjeras, habrá que poner especial atención en la elección de los alimentos, bebidas e incluso la fecha. Véase también «Relaciones comerciales con extranjeros», pág. 286.

Anfitrionas

Existen todavía muchos hombres que se sienten muy molestos al ser invitados a un restaurante por una mujer, incluso cuando se trata de un almuerzo de negocios. Ella debe ser consciente de esto para hacer que su invitado esté lo menos molesto posible.

Una posible solución a esto consiste en disponer una comida fría con vino en la oficina (suponiendo que el local sea grande y cómodo y que esté equipado con vajilla, cubertería y cristalería). Es una forma eficaz de invitar a dos o más hombres de negocios (especialmente si hay que discutir un asunto de negocios, puesto que un despacho apacible es más apropiado que un ruidoso restaurante). Pero cuando una mujer invite a un hombre de negocios de esta forma es fácil que sus motivos sean mal interpretados, especialmente si se trata de un hombre remiso a aceptar mujeres en los negocios.

Restaurantes

Si se trata de invitar a un hombre en un restaurante, la anfitriona deberá dejar claro cuando proponga la invitación, y al comienzo de la comida, que él es el invitado de la empresa y no de ella. Puede incluso hacer que le envíen la factura al despacho o, si llega primero —es mejor escoger un restaurante donde sea conocida—, puede dejar claro al encargado que ella es la anfitriona. No deberá levantarse cuando llegue el hombre; pero, si exceptuamos esto, deberá comportarse como se indica en el apartado dedicado a los restaurantes (Cap. 11).

Como anfitriona, ella escogerá el vino; sin embargo, teniendo en cuenta que el invitado estará acostumbrado a hacerlo, deberá pedirle su aprobación. Si él pide la comida instintivamente, ella deberá dejar que lo haga sin comentarios. Si al finalizar la comida él comienza a insistir en pagar la factura, ella debe estar en situación de decir con seguridad que todo está ya arreglado y cambiar de tema.

Por su parte, el hombre deberá comportarse exactamente igual que si el anfitrión fuera otro hombre, excepto después de la comida, momento en el que ayudará a la mujer a ponerse el abrigo y abrirá la puerta para salir.

Reuniones de negocios y de prensa

Como son muy frecuentes, los organizadores suelen a veces olvidarse de las invitaciones y, en consecuencia, raramente tienen una idea clara de cuántas personas habrá que acomodar. Cualquier invitación de negocios que ruegue respuesta habrá de contestarse de la misma manera que una invitación social; una vez se haya aceptado, es una descortesía no asistir. Sin embargo, si es posible asistir en el último momento, puede enviarse a otro representante de la empresa.

La invitación debe establecer claramente lo que se ofrece, no sólo respecto a la comida y la bebida, sino también en cuanto a la proyección de películas, la actuación de conferenciantes o visitas a una determinada construcción. Esto contribuirá a que las personas decidan si tienen tiempo o les apetece asistir. Si asiste un número elevado de empleados de la empresa, deberán llevar tarjetas con sus nombres. Es interesante que los empleados de mayor importancia para la invitación —esto es, los que estén mejor preparados para contestar a las preguntas— lleven tarjetas de diferente color que los demás. Los comentarios para la prensa pueden enviarse con las invitaciones o entregarse en la puerta del local donde se celebre el acto.

Fiestas de oficinas

Se dividen en dos tipos principales: fiestas exclusivamente para el personal y fiestas en las que se permite a cada empleado que venga acompañado de otra persona. Si la fiesta es del segundo tipo, es una falta de cortesía limitar la invitación a esposos y esposas, dejando fuera injustamente a los solteros.

Las fiestas de oficina tienen mala reputación, y esto se debe a que los asistentes tienden a beber demasiado y a descontrolarse un tanto, por lo que, en un repentino ataque de ira provocado por los vapores del alcohol, pueden insultar al superior que nunca les ha gustado o ser demasiado sumisos con los que aprecian. Si la oficina es pequeña, amistosa y no jerárquica, hay poco peligro, pero si es grande sería interesante que todos intentaran comportarse recordando que habrá que ver a todas las personas no sólo a la mañana siguiente, sino durante todas las mañanas de las semanas siguientes.

Como en otros actos sociales, los mayores en edad pueden encargarse de los más jóvenes, y los de mayor categoría de los inferiores. Un presidente juicioso se apartará simplemente de un ejecutivo que esté muy bebido y esté pisando terrenos peligrosos, y no le dará la oportunidad de cometer una indiscreción. Es de muy mal gusto que el personal de mayor edad intente persuadir a los jóvenes para que beban más de lo que pueden resistir. Es extremadamente difícil para una joven secretaria rehusar una cuarta copa que le ofrece un ejecutivo de mayor categoría, y es inexcusable que éste se aproveche de ello. Siempre que sea posible, los individuos deben proteger a los demás para que no hagan tonterías.

Invitados

Los invitados a una fiesta de oficina deben recordar que están en una posición única para poner en evidencia a la persona de la empresa que los ha traído. No deben utilizar ropas muy excéntricas sin averiguar cuál es la mentalidad de los compañeros del invitado. Es absurdo considerar este tipo de fiestas de manera diferente que los actos sociales normales. Las esposas no deben informar al jefe de que sus esposos trabajan demasiado y ganan poco; los esposos no deben decir que sus esposas están abrumadas por tener que compartir el trabajo de la casa con el trabajo de la empresa; los invitados no deberán correguir una historia que cuente una persona que les haya traído aunque sepan que es mentira; además, durante el transcurso de la fiesta deberán olvidar todas las informaciones que hayan escuchado a los diversos empleados y no repetirlas nunca a los demás.

Baile

Si hay baile, todos los empleados varones deberán bailar con el mayor número posible de empleadas (recordando, sin embargo, que el primer y último baile está destinado a la persona que les acompañe). No es cortés que los ejecutivos de mayor categoría bailen exclusivamente con sus propias mujeres y con las demás de su rango, olvidando a las empleadas más jóvenes, que suelen ser mayoría y que se ven forzadas a bailar entre sí o permanecer apartadas. Es cruel bailar sólo con las mujeres más jóvenes y dejar aparte a las empleadas de mayor edad.

Agradecimientos

Después de una cena u otro tipo de acto social de importancia, habrá que escribir una carta de agradecimiento a quien haya enviado la invitación. Si la invitación ha sido cursada a una pareja, es la esposa quien debe escribir la carta de agradecimiento, aun cuando el esposo fuera el contacto de negocios. No hay necesidad de enviar carta de agradecimiento por una fiesta de empresa, pero si se pasa por el despacho del director durante el día siguiente, o a los dos días siguientes, seguramente será muy apreciado un comentario entusiasta.

TAITTINGER
INGER
TAITTI
REIN
CHAMPAGNE

13. GALANTEO

Establecer una relación con alguien del sexo opuesto constituye una de las áreas más delicadas de la comunicación humana. Además, es una de las facetas en las que se ha creado más confusión, por la relajación general de las antiguas normas. Hubo un tiempo en que la forma correcta de comportamiento estaba tan firmemente regulada que para establecer, o intentar establecer una nueva relación podía usarse de ella hasta el más mínimo detalle. Aunque había menos libertad, es probable que hubiera menos equívocos. Incluso los que decidían romper las reglas tenían la ventaja de saber exactamente qué reglas estaban rompiendo. Eso no quiere decir, desde luego, que nadie resultara herido en sus sentimientos, pero significaba que dos personas se embarcaban en una relación con las mismas expectativas y bajo idénticas restricciones, aproximadamente.

Hoy en día las expectativas no son tan concretas y han desaparecido muchas de las restricciones. Se suponía que las atenciones denominadas «respetables» que se prestaban a una mujer soltera tenían como objeto el matrimonio si todo iba bien; actualmente, tales atenciones, ya sea por parte de un sexo como del otro, pueden tener como objetivo legítimo el sexo, una relación personal sin lazos permanentes, matrimonio o, a veces, simple amistad. El peligro es que cada uno de los individuos interprete mal las intenciones del otro o desee algo diferente; uno de los dos puede desear vivir con el otro amigablemente, sin planes a largo plazo, mientras que la otra persona puede desear casarse y tener hijos. Las dificultades se hacen, desde luego, muy grandes y se pueden establecer pocas reglas que vayan más allá de decir que lo importante es no herir a la otra persona, quien, al estar implicados sus sentimientos, puede ser extremadamente vulnerable. Es también importante ser honesto con uno mismo sobre las propias necesidades y sentimientos. Cosas que serían normales en unas circunstancias serán inapropiadas en otras. De todas formas, como los buenos modales constituyen una forma de demostrar consideración hacia los demás, son muy importantes a este respecto.

«LOS PRIMEROS DIAS»

La convención social de que el hombre debe ser el primero en invitar a la mujer está desapareciendo. Por ejemplo, la idea de que la mujer puede también hacerlo se acepta cada vez más entre las jóvenes de Estados Unidos, aunque no tiene arraigo en Gran Bretaña. Ya no es incorrecto, pero en el momento actual del desarrollo social, desde luego aún no es aconsejable. Por tanto, hay que suponer que el primer día él será el anfitrión y ella su invitada.

La invitación

Es el anfitrión quien debe decidir lo que se hará el primer día. No tiene por qué ofrecer una cena complicada y cara y, por supuesto, no deberá escoger algo que no se pueda permitir cómodamente. Una copa o incluso un paseo por el parque son sugerencias perfectamente aceptables.

Existen dos formas de invitación para el primer día que son incorrectas y poco leales —aunque sí perfectamente aceptables para personas que se conozcan bien—. No es correcto preguntar a la otra persona si está libre a una hora determinada sin proporcionar detalles de cómo se desarrollará la velada. Ella debe tener la oportunidad de decir que está ocupada ese día determinado, y si decide aceptar necesitará una idea general de lo que va a llevar y si debe comer o no antes.

Tampoco es aceptable disponer la cita y preguntar: «¿Qué te gustaría hacer?» ¿Qué va a contestar ella a esta pregunta? Aparte del hecho de que la responsabilidad debe ser asumida por quien invita, no es probable que ella sepa lo que él puede gastar o lo lejos que pueda permitirse viajar.

Cómo rehusar una invitación

La aceptación es fácil, pero negarse puede ser más difícil, según lo que se entienda por rehusar. Si ella desea no dar pie a otras invitaciones, deberá rehusar cortés, pero firmemente, no dando explicaciones y cambiando de tema en seguida; por otra parte, quien no pueda aceptar y lo sienta realmente, deberá dejarlo claro, mencionando tal vez la naturaleza del compromiso anterior y diciendo que le hubiera gustado aceptar.

El anfitrión

El anfitrión debe llegar puntualmente y saber a qué hora empieza el concierto, si se dispone de tiempo para tomar una copa o para cenar antes o después, cuál es la mejor forma de ir a la sala de conciertos —especialmente si hay que usar transporte público—, y demás detalles. También es su responsabilidad reservar todo lo que sea necesario, evitando cambios repentinos de planes y posibles búsquedas infructuosas de sitios para comer o divertirse.

La invitada

La invitada debe estar dispuesta a la hora indicada o llegar un poco tarde en el caso de que la cita sea en un lugar público —para dar a su anfitrión una posibilidad razonablemente lógica de llegar el primero—. Debe haber sido advertida de los planes para poder vestir adecuadamente y, en caso de dudas, seguir la regla general de vestirse con sencillez antes que con ropas excesivamente complicadas. Un mal comienzo puede estropear toda la velada, y un hombre joven que haya planificado una comida en un restaurante sencillo quizá se acobarde si se encuentra con una joven que lleva encima sus mejores atavíos, expresando por su aspecto que espera algo mejor.

Si se ha planeado comer, ella debe recordar que no es apropiado elegir los platos más caros del menú, pero que también es irritante y puede tomarse como un insulto escoger los más baratos.

Para cualquier anfitrión, lo más agradable es que la invitada tenga en todo momento aspecto de estar pasándolo bien, sin necesidad de ir demasiado lejos y abrumar al anfitrión con palabras de gratitud.

Vuelta a casa

Hubo un tiempo en que los jóvenes estaban obligados a acompañar a su invitada hasta la puerta al terminar la velada. Continúa siendo cierto que si él tiene coche debe llevarla a casa; pero si no lo tiene, y vive al otro lado de la ciudad, resultará muy poco práctico acompañarla si corre el riesgo de perder el último autobús o tren. Sin embargo, él debe mostrar una preocupación auténtica, acompañándola hasta el autobús o el tren, o llamando a un taxi. Si ella dice con firmeza, cuando se le haya preguntado si quiere volver a casa, que desea llamar un taxi, él debe suponer que está en condiciones de pagarlo y podrá decidir si le ofrece o no el importe del taxi. Si, por otra parte, él insiste en que ella tome un taxi cuando podría muy bien ir en autobús, deberá estar preparado para pagarlo. Es ella quien debe decidir o no aceptarlo (la antigua norma que dice que es la mujer quien debe siempre pagar su taxi continúa siendo apropiada y práctica).

Si él la lleva a casa, ella no tendrá obligación alguna de invitarle a pasar, pero debe dejar bien clara su decisión; lo ideal es que se la comunique antes de hacer el trayecto. Si la lleva a casa en taxi, ella deberá recomendar antes de salir que no lo despida. A continuación, la acompañará hasta la puerta y ella le dirá gracias y buenas noches antes de abrirla. Si vuelven a casa en el coche de él, ella se despedirá dentro y saldrá después. En este caso, también él deberá acompañarla hasta la puerta. Si él la lleva hasta su casa utilizando un transporte colectivo y la acompaña hasta el último momento, ella, nuevamente, deberá decir buenas noches antes de abrir la puerta. Esto evita una embarazosa indecisión con la puerta entreabierta.

Si ella decide invitarle a tomar un café o una copa, él no debe suponer que le está invitando también a su cama.

Agradecimiento

Cuando el galanteo era más formal, la costumbre era que el hombre agradeciese a la mujer la velada agradable, aunque él la hubiese planeado, organizado y pagado. Por supuesto, es igualmente apropiado que sea ella quien le dé las gracias; pero una llamada telefónica posterior o una carta de agradecimiento constituye un indicio de interés que nadie debe permitirse a no ser que se desee ver a la otra persona de nuevo.

QUIEN PAGA

Existe otro aspecto que también ha cambiado. Está todavía en el pensamiento de todas las personas que es el hombre siempre quien ha de pagar, aunque existen dos buenas razones para que esto no siga sucediendo así, siendo ambas relativas a la independencia de la mujer. En primer lugar, no hay razón alguna para que un hombre joven pague todo cuando su novia o amiga gana lo mismo que él. No es razonable esperar que sea él quien se haga cargo de todos los gastos, además de que esto haría que salieran con menos frecuencia que si ambos los compartieran. En segundo lugar, la mujer tiene un sentido mayor de libertad si comparte los gastos, pues no siente así obligaciones, y por ello tendrá mayor posibilidad de elección en cuanto al tipo de relación que vayan a establecer y en cuanto a la forma en que vayan a pasar la velada.

«Gastos a escote»

Antes de que las dos personas se conozcan lo suficiente como para discutir el asunto abiertamente, este tema debe tratarse con tacto. A algunos hombres les parece perfecto este tipo de acuerdo, mientras que otros necesitan una suave persuasión. En este tema hay que improvisar, pero es necesario tener presentes dos cosas: primera, que ya no es aceptable que una mujer salga con alguien tres o cuatro veces sin ofrecer de modo sincero participar en los gastos o, por lo menos, devolver la hospitalidad del anfitrión;

segunda, que hasta que ella no haya descubierto los puntos de vista del hombre sobre este punto, no deberá sacar abiertamente su dinero en la taquilla o en el restaurante, sino tratar el asunto con él discretamente y en privado.

Cómo devolver la hospitalidad

Ir a escote no siempre resulta práctico. Si el hombre gana mucho más que la mujer, por ejemplo, y desea comer en un restaurante caro, se sentirá incapaz de sugerirlo si sabe que ella va a insistir en compartir la factura. No es necesario limitar las salidas a los medios económicos del que tiene menos dinero. Además, si el hombre no quiere compartir el gasto de una salida, no es necesario hacerlo en efectivo. Devolver la hospitalidad puede ser un acto mucho más amistoso que compartir las facturas; probablemente lo ideal sea conseguir una mezcla de ambas cosas.

Existen diversas posibilidades, de las cuales dos son especialmente prácticas. Una de ellas consiste en comprar las entradas para un concierto o una obra de teatro (o un cine si se puede reservar); la otra es invitarle a cenar, en cuyo caso y según sea el tipo de relación, puede ser prudente invitar por lo menos a otras dos personas por si decae la conversación.

AMISTAD SIN SEXO

Es perfectamente posible, aunque quizá dé lugar a interpretaciones erróneas, que una de las dos personas desee una relación más completa. No es de buena educación que una de las personas incluya la relación sexual como una posibilidad para el futuro si la otra ha decidido descartarla. La única solución razonable es ser completamente honesto en este tema. Puede ser aceptado y funcionar muy bien. Si resulta evidente que la otra persona sólo continúa sus relaciones en la esperanza de que pueda haber algo más, lo único justo que puede hacerse es terminar la relación, por lo menos durante un tiempo. La espera amorosa a largo plazo pertenece a la literatura de la era de la caballería, no al mundo real.

RELACIONES SEXUALES

Como el sexo puede ser una expresión de emociones muy diversas —afecto, amor, lujuria e incluso agresión—, su inclusión en una relación no significa necesariamente un compromiso más profundo entre dos personas, aunque normalmente suele ser así. Cada una de las partes debe demostrar su consideración hacia la otra asegurándose de que sepa el compromiso que se pretende. Por ejemplo, la suposición errónea de que una determinada relación es exclusiva puede conducir a revelaciones que serían bastante devastadoras para alguien que crea que se trata de una relación seria.

Cortesía para la familia y los amigos

Las relaciones entre dos personas tienen casi siempre implicaciones más amplias, pero existe cierta tendencia a olvidarlas y desestimar no sólo la cortesía esencial que se debe a los demás, sino a veces incluso la propia existencia de los semejantes —otra manifestación de la ceguera amorosa.

Padres

Las buenas relaciones entre padres e hijos pueden verse en dificultades si existen tensiones en la familia, pero son tan importantes como las de otro tipo. Cuando se alcanza la mayoría de edad no es necesario que los padres conozcan todo lo que sucede en la vida de los hijos, de la misma forma que tampoco es preciso que los hijos sepan todo lo que sucede en la vida de los padres. Hay que respetar la vida privada ajena por ambas partes. No obstante, los hijos que viven todavía en casa de los padres les deben la misma cortesía que a cualquier anfitrión. Esto significa, entre otras cosas, respetar sus puntos de vista respecto a temas tales como visitantes nocturnos y llegadas ruidosas a casa en la madrugada.

Amigos

Una de las descortesías más comunes que se tienen con los

amigos consiste en ignorarlos cuando se establece una nueva relación. Esto no sólo es descortés, sino que implica una visión de la vida extremadamente corta. La mayoría de las relaciones se desarrollan mejor en un clima de amistad que en el aislamiento, y si se inicia o se termina cualquier nueva relación es mejor estar rodeado de amigos tranquilizadores y que presten su apoyo.

Vivir juntos

Algunas personas creen que una relación debe ser exclusiva al principio; otras que es perfectamente razonable mantener dos o más al mismo tiempo hasta que una de ellas sea tan importante que merezca la pena olvidar las otras en su favor. Al dejar claro qué tipo de forma de pensar se tiene a este respecto, haciendo imposible así que la otra persona esté en disposición de escuchar de labios ajenos que tiene rivales, demuestra poseer buenos modales.

Rivales

La decisión de vivir juntos debe acordarse por consentimiento mutuo y discutir ambos el tipo de vida que se pretende y cuál va a ser el uso de las pertenencias. Si no es posible discutir esto amigablemente, es dudoso que vivir juntos resulte una idea acertada.

Lo que no es nunca aceptable —aunque, desde luego, existen casos en que ha funcionado bien— es introducirse gradualmente en la vida y en la casa de otra persona (permaneciendo al principio sólo los fines de semana, posteriormente una parte mayor de la semana y olvidando, al final, volver a la casa anterior). Como sucede con muchos de los temas que se tratan en este capítulo, este problema suele afectar de manera principal a los jóvenes. Las personas de mayor edad suelen tener gran cantidad de posesiones, por lo que la decisión de trasladarse ha de planificarse necesariamente.

Consideraciones prácticas

Cuando dos personas han tomado la decisión de vivir

juntas sería interesante resolver ciertos problemas prácticos antes de que surjan los verdaderos problemas. Algunos de éstos —especialmente los económicos— son los mismos tanto si la pareja está casada como si los individuos viven juntos sin casarse. Otros problemas, en cambio, revisten diferencias. Existe, por ejemplo, el tema de dos apellidos diferentes. Si la pareja vive en una casa donde es costumbre poner el nombre en la puerta, o en el vestíbulo del edificio de apartamentos, deben aparecer ambos nombres y no simplemente el de la persona que fue a vivir allí en primer lugar.

Grados de independencia

También está la cuestión de si las dos personas desean estar separadas o no a la hora de las invitaciones. En este aspecto, como en otros, es mejor ser directo y sincero. Los amigos íntimos suelen conocer la situación y las preferencias de la pareja a este respecto. Puede ser necesario comunicar a los conocidos esta situación en un tono alegre y directo; lo mejor es decir una frase de este tipo: «Por cierto, ¿sabías que vivo con fulano de tal?» Merece la pena hacer notar que este tipo de comentario implica que se desea ser considerado como miembro de una pareja. Si no es así, probablemente habría que añadir algo como: «Pero no vamos necesariamente a todas partes juntos.»

Dinero

Los desacuerdos económicos pueden provocar riñas horribles entre dos personas que compartan una casa o un piso, cualquiera que sea su relación. Es posible evitarlo decidiendo al principio cómo van a dividirse los gastos. ¿Se va a compartir el alquiler? ¿Se va a dividir según los medios económicos de cada uno o el ocupante original prefiere continuar pagándolo en tanto que el recién llegado se ocupa de la comida y las facturas de restaurante? ¿Y las facturas del teléfono y de la electricidad? Probablemente existen tantos acuerdos distintos como personas, y lo importante no es cuál de ellos se elija, sino llegar al más razonable antes de que uno de los dos empiece a sospechar, con razón o sin ella, que él o ella está pagando más de lo debido.

Boda

Los compromisos y las bodas tienden todavía a ser acontecimientos tradicionales, aun cuando sean informales. Para conocer los modales aceptados a este respecto, véanse los Caps. 2 y 3.

COMO PONER FIN A UNA RELACION

Este asunto siempre es delicado. La manera adecuada de abordarlo depende, en gran medida, del tiempo que haya durado la relación y de lo importante que sea para cada una de las partes. Si la pareja ha durado sólo unos cuantos días, no hay necesidad de hacer nada formal: bastará con dejar de tomar contacto con la otra persona y rechazar cortésmente las invitaciones. Por supuesto, no hay necesidad de decidir que no es aceptable dejar de asistir a una cita que ya había sido acordada.

Si las dos personas se han estado viendo regularmente, aunque haya sido por un espacio corto de tiempo, lo razonable es romper de manera definitiva, ya sea por teléfono o tomando una copa. La mejor alternativa es una carta, aunque comporta el riesgo de ser interpretado erróneamente. Es de la mayor importancia presentar una razón para finalizar la relación que evite herir los sentimientos de la otra persona en la medida de lo posible, con mentiras inocentes si es necesario. Desde luego, es más fácil dejar de telefonear o hacer caso omiso de las llamadas telefónicas que se produzcan, pero no es sensato dejar a alguien preguntándose si habrá hecho algo mal, preocupándose por la situación del otro o en la suposición de que pronto recibirá una llamada telefónica.

Una relación larga o íntima precisa necesariamente una discusión y/o explicación.

Como sucede con muchas de las normas de etiqueta, lo adecuado es ser consciente y considerado respecto a los sentimientos de la otra persona.

14. EL SERVICIO DOMESTICO

Los buenos modales con el servicio doméstico son los mismos que con cualquier otra persona. Amabilidad, cortesía y consideración no son menos importantes dentro del recinto de la casa o en el ámbito de las relaciones con el personal doméstico. Es más, como esta relación es muy íntima, la cortesía reviste aún más importancia de lo normal.

Para la mayoría de las personas, un hogar tranquilo es esencial para comportarse con calma y eficacia en el exterior, siendo mejor ama de casa quien se hace sentir en lugar de hacerse ver u oír. Si está bien organizada y es considerada será respetada, y si pone de manifiesto un deseo real de hacerles sentirse a gusto, exigiendo al mismo tiempo un buen rendimiento en el trabajo, los buenos empleados se mostrarán deseosos por complacerla.

Cómo admitir personal

Es esencial estipular en la entrevista inicial cuáles serán las obligaciones de los empleados, adhiriéndose firmemente a esto en lo sucesivo. Actualmente existe una gran combinación de funciones (cocinera/ama de llaves por ejemplo), por lo que si se dejan claras las obligaciones desde un principio se evitarán problemas.

Referencias

Las referencias son esenciales, aunque no siempre es interesante depender exclusivamente de una carta escrita de referencia. Unas palabras con el ama de casa anterior ayudarán a establecer rápidamente si el candidato o candidata tiene las cualidades que se precisan.

Cuando se proporcione una referencia, no es justo recomendar a una persona que a nosotros no nos ha valido. Por otra parte, es fundamental recordar la importancia de tener buenas referencias para cualquier persona que busque un puesto. Si se nos pide una referencia, habremos de ser escrupulosamente justos al explicar los buenos aspectos del candidato al igual que los malos.

Consideraciones generales

Toda ama de casa deberá recordar que el afecto y la comprensión obran maravillas a la hora de establecer una buena relación. Invertir algo de nuestro tiempo en charlar o tomar una taza de té con ellos demuestra sentir preocupación por el bienestar de los empleados. A todo el mundo le molesta ser tratado como si no se fuera una persona, y el servicio doméstico no constituye una excepción. Todo irá bien si la patrona trata a los empleados como le gustaría que la tratasen a ella misma.

Disciplina

Si existe un desacuerdo, habrá que tratarlo siempre en privado, y nunca darle más importancia de la necesaria. Bastará con unas palabras dichas con tranquilidad en ausencia de niños o invitados. Nunca se regañará a los empleados como si se tratase de niños malos, así como tampoco corregirles delante de los demás.

Conflictos

Es importante aceptar que siempre existe la posibilidad de que surjan conflictos cuando se tienen dos o más empleados. El ama de casa puede sentirse ofendida por tener que preparar la comida para la niñera, o la asistenta sentirse agraviada si el ama de llaves la ofende o la considera por debajo de su categoría. Es necesario emplear firmeza y tacto para resolver los problemas, pero muchos de éstos podrían solucionarse satisfactoriamente si el ama de casa fuera justa en su forma de tratarlos y cuidadosa en definir las tareas que a cada uno corresponden.

Personal residente

Véase en la página siguiente «Personal permanente».

Siempre hay consideraciones especiales que hay que tener en cuenta cuando el personal vive en la casa. El ama de casa deberá hacer todo lo que esté al alcance de su mano para asegurarse de que existe la suficiente intimidad tanto para el personal como para su familia.

Alojamiento

Cada empleado debe disponer de una habitación y un baño —aunque las niñeras o las señoritas *au pair* pueden compartir su baño con los niños—. Generalmente, a no ser que el dormitorio sea lo suficientemente grande como para tener un sector dedicado a cuarto de estar, deberá existir otra habitación en la que los empleados puedan relajarse y recibir a sus amistades. En el caso de la niñera, esta habitación puede ser la sala de juegos, la habitación dedicada al desayuno, u otra pequeña estancia dedicada a otros empleados.

Horas extras

Cuando el personal viva permanentemente en la casa, existe la tentación natural de pensar que deben estar siempre disponibles; hay que evitar esto en la medida de lo posible. Ambas partes deberán respetar las horas acordadas.

Por supuesto, habrá ocasiones especiales en que la patrona deseará que el personal trabaje a una hora en la que normalmente debería estar libre. Si se utiliza el tacto y se demuestra tener consideración, no surgirán dificultades. Esta posibilidad debe dejarse clara en el momento de contratar el servicio. Cuando surja la ocasión, el ama de casa debe comunicarlo con la suficiente antelación y compensar las horas extraordinarias con un período de tiempo libre correspondiente o mediante una retribución adicional. El ama de casa ha de procurar mantener al mínimo este tipo de peticiones y evitar estropearles el tiempo libre a los empleados. Pedir unas cuantas horas extraordinarias en un día libre podría echar a perder todo el día; esto debe tomarse en consideración al dar la compensación.

PERSONAL PERMANENTE

Algunos de los puestos descritos aquí —mayordomos, lacayos y camareras, por ejemplo— no son hoy frecuentes. Además, estos puestos están menos definidos actualmente, debido a la tendencia a combinarlos. Dos de los puestos mencionados, la ayudante materna y la chica *au pair*, son relativamente recientes, y como no se basan en la tradición son particularmente propicios a equívocos e interpretaciones erróneas. Pero cualquiera que sea el puesto a cubrir, hay que definir explícitamente lo que ambas partes pueden esperar de la otra. Cada caso habrá que considerarlo según las circunstancias concretas.

Impuestos

El ama de casa tiene la obligación de deducir un porcentaje para la Seguridad Social y retener y pagar esta deducción, además del impuesto sobre la renta; cuando éste sea de aplicación, la patrona habrá de efectuar todas las deducciones necesarias para cumplir con la normativa legal.

Propinas

Los regalos, las primas y los «ascensos» son responsabilidad de la patrona; las propinas deben darlas los invitados (para mayores detalles, véase el Cap. 12).

Mayordomo

Tradicionalmente, el mayordomo dirigía a los sirvientes masculinos y estaba encargado de la bodega y de los artículos más valiosos de uso diario, como la plata. Servía las comidas, ayudado por el lacayo, y se aseguraba de que todo fuera bien. Aún se solicitan mayordomos para las

Comenzar una relación con alguien del sexo opuesto, es una de las cosas más delicadas y confusas de la comunicación humana, dada la revolución general operada en las normas tradicionales.

grandes mansiones en el campo, para empresas en las que pueden dirigir el comedor, y también para casas más pequeñas, en las que realiza funciones de todo tipo, desde llevar a la estación al señor de la casa por la mañana hasta planchar sus trajes.

Antiguamente, el mayordomo ascendía hasta este puesto tras haber sido lacayo, aunque actualmente la mayoría proceden del ejército.

Obligaciones

Son extremadamente variadas, según las circunstancias de la casa. En una casa pequeña, el mayordomo anunciará las visitas, cuidará de la bodega, servirá las comidas, actuará como criado (planchará los trajes, limpiará los zapatos y se ocupará de que sean reparados), conducirá el coche y supervisará la casa. No tendrá que encargarse de los niños ni de la cocina, ni realizará faenas domésticas generales; pero en casi todos los casos existe cierta flexibilidad.

Horario

El mayordomo tendrá que trabajar seguramente muchas horas. Se levantará antes de las ocho de la mañana para calentar el coche para ir a la estación y sólo habrá terminado cuando haya sacado brillo al último vaso por la noche después de la cena. Como en el caso del ama de llaves, podrá descansar dos horas a mediodía, un día y medio a la semana y, preferiblemente, un fin de semana al mes.

Forma de vestir

En las casas de gran formalidad, el mayordomo llevará frac y una corbata negra, o bien traje de etiqueta; pero en la mayor parte de las casas llevará un traje completo (negro o azul marino), con camisa blanca y corbata negra.

Forma de tratamiento

El mayordomo se dirige a sus patronos como «Señor» o «Señora» en las casas más tradicionales, y como «Sr.» o

«Sr.ª» seguido del apellido del patrono en las casas con menos formalidades. Si los patronos posen un título habrá que dirigirse a ellos como «Sr. Marqués» o «Sr.ª Marquesa», o como «Su excelencia».

Al mayordomo se le suele llamar «Sr.», seguido de su apellido; en las casas en que impera la moda antigua se les llama sólo por su apellido, por ejemplo «Dawson», aunque esta práctica no es frecuente hoy en día.

Ama de llaves

El ama de llaves es la responsable de todos los asuntos que conlleva la dirección del funcionamiento de una casa, incluyendo las compras, la cocina, la limpieza y la lavandería. La cuantía del trabajo que haga personalmente dependerá del tamaño de la casa y del número de sirvientes. Cuanto mayor sea la casa y el número de sirvientes, más probabilidades habrá de que esté ocupada exclusivamente de la dirección de la misna. Habrá una cocinera que se encargue de las comidas, una persona dedicada a limpiar, otra que ayudará en el lavado y la plancha, una niñeral y un mayordomo que dirigirá la casa de manera más general.

Ama de llaves/cocinera

En la mayor parte de las casas, el ama de llaves tiene una doble función al encargarse también de la cocina, disponiendo de una persona dedicada a la limpieza para ayudarla; sus obligaciones son, por ello, extremadamente flexibles y dependen del número de personas que vivan en la casa, de si están trabajando o permanecen en el hogar y de la frecuencia de sus viajes, de las horas de estancia y de las comidas que haya que preparar, así como de la existencia de animales domésticos y número de empleados en la casa.

En la mayoría de los casos, el ama de llaves tiene la ayuda de una persona dedicada a la limpieza que se hace cargo del trabajo más duro; además, no suele encargarse de los niños, excepto cuando haya que preparar comidas ocasionales, si hay niñera que los cuide. Debido a la flexibilidad de su papel, es esencial establecer claramente en la entrevista las obligaciones que implica el puesto.

Forma de vestir

En las casas más tradicionales, el ama de llaves suele llevar uniforme; en otras se limita a llevar una ropa normal.

Forma de tratamiento

Se suele llamar al ama de llaves con «Srt.ª» o «Sr.ª», seguido del apellido; la antigua costumbre de llamarlas sólo por el apellido casi ya no se utiliza.

A veces el ama de llaves se tutea con sus patronos, pero lo más frecuente es que se dirija a ellos con «Sr.» y «Sr.ª», seguido de su apellido, e incluso a veces «Señor» o «Señora» (para el caso de patronos con título, véase el epígrafe «Mayordomo» pág. 320.

Niñera

La niñera puede estar titulada o no. Una niñera titulada habrá cursado dos o más años de estudios de cuidado de niños hasta conseguir un diploma de capacitación. La formación es bastante diferente. Algunas escuelas no proporcionan experiencia con niños menores de tres años y, lo que es más importante, no proporcionan una formación intensiva en el cuidado de niños recién nacidos, esto es, niños de varias semanas, en una unidad maternal. Por eso, cuando se busque niñera para cuidar un niño pequeño es interesante asegurarse de que las candidatas hayan tenido la experiencia o formación necesaria.

Niñeras no tituladas

Una niñera no titulada es una persona que tiene ciertos años de experiencia en el cuidado de niños sin haber terminado los cursos de capacitación correspondiente. Una niñera sin título puede ser igualmente capaz de proporcionar amor y cuidado responsable a los niños pequeños que las tituladas; esto puede determinarse durante la entrevista y mediante la comprobación de sus referencias.

Referencias

Cualquier buena niñera se mostrará satisfecha al suministrar referencias relativas a su carácter y capacidad, y es esencial que sean fiables para asegurarnos de que estamos empleando a la persona más apropiada para cubrir el puesto. Una carta muy breve de referencia proporciona una clave segura para investigar más; si el patrono anterior está contento de su labor, una conversación telefónica aclarará la situación.

Obligaciones

La niñera asume una responsabilidad completa respecto a todo lo que se refiera a los niños. Comprará, preparará y servirá todas las comidas para los niños y para ella misma; los levantará por la mañana, los lavará y los vestirá; los bañará y los pondrá en la cama por la noche; los llevará a la escuela, les enseñará danza y música, además de acometer otras actividades; hará que jueguen con otros niños de edad similar; les comprará sus vestidos y juguetes, así como cualquier otro juego o material educativo; lavará, planchará y zurcirá sus ropas; mantendrá limpios y aseados sus dormitorios y salas de juegos; los cuidará en ausencia de sus padres y se preocupará de que estén contentos, sanos y ocupados (en casas con un servicio doméstico completo, la cocinera suele preparar las comidas de la niñera).

Obviamente, la madre puede desear comprar las ropas de los niños y bañarlos; como en el caso de cualquier empleado doméstico, se dejará bien claro al principio cuáles son las obligaciones de la niñera.

La niñera no tiene por qué efectuar la limpieza, el planchado, el lavado o las compras generales; sin embargo, si la casa tiene mucho trabajo o el servicio doméstico es escaso, será una muestra de cortesía ayudar en estas tareas si, además, existe una buena relación entre la niñera y sus patronos.

Horario

Tradicionalmente, una niñera residente suele tener 24 horas libres cada semana, además de un fin de semana completo al mes, tres semanas de vacaciones al año y algunas tardes adicionales cuando los padres estén en casa. Esto sigue siendo cierto en muchas casas, aunque, cada vez más, las enfermeras jóvenes prefieren puestos que les permitan disponer de más tiempo libre. Los puestos más deseables son aquellos que les permiten tener libre la mayor parte de las tardes y de los fines de semana; el ama de casa debe dejar bien claro este particular en la primera entrevista.

La niñera maternal residente tendrá tiempo libre para descansar durante el día si ha estado levantada durante la noche para cuidar al niño.

Habrá que permitir que la niñera residente pueda recibir a sus amistades en su habitación o en la sala de estar de la servidumbre durante su tiempo libre. Algunas familias no permiten esto todavía, actitud poco razonable, siempre y cuando los visitantes no provoquen molestias en la casa.

Niñeras no residentes

La niñera no residente suele tener un horario de trabajo de ocho a diez horas, llegando a las nueve de la mañana o antes y marchándose a las cinco o las seis de la tarde, a no ser que se disponga algo distinto. Tendrá tres semanas de vacaciones al año. Puede acordarse también, sólo la vigilancia de los niños en ausencia de los padres.

Forma de vestirse

La niñera puede llevar uniforme (con el distintivo de su escuela) si así lo desea; pero en muchas casas se utilizan ropas normales, por ejemplo pantalones vaqueros, ya que son muy apropiados para correr en el parque, para pintar con los dedos o para compartir otras actividades con los niños. Muchas niñeras prefieren ponerse monos blancos lavables cuando cuidan a niños pequeños, puesto que son más fáciles de limpiar.

Forma de tratamiento

Generalmente, se llamaba a la niñera por su nombre de pila. Las niñeras de más edad prefieren la utilización de «Srt.ª» o «Sr.ª». Se trata de un asunto de elección personal, así que habrá que preguntarle cómo prefiere ser llamada.

En casas tradicionales o de mayor formalidad, habrá que llamar a los patronos «Sr.» y «Sr.ª» (o cualquier otro título), aunque cada vez se utiliza más el nombre de pila por ambas partes. Si los dueños de la casa prefieren utilizar la forma más tradicional de tratamiento, parece ser que se induce un mayor respeto si la niñera se dirige a sus patronos de manera formal. En casas de ambientes más relajados los patronos consideran que el respeto por la autoridad se consigue mejor mediante las buenas relaciones y que se crea una atmósfera más cálida para los niños al utilizar una forma de tratamiento más íntima. Los patronos deben decidir lo que sea más cómodo y establecer su elección desde un principio.

Forma de dirigirse a los visitantes

Cuando en la casa hay invitados, extranjeros o visitantes que van con poca frecuencia, la niñera deberá dirigirse a ellos de manera formal (de igual forma deberá hacerlo con las personas de mayor edad). Sin embargo, puede utilizarse el nombre de pila con los amigos íntimos si ésta es la manera de actuar normal en la familia.

Viajes

Generalmente, la niñera considera los viajes como una recompensa y agradece la oportunidad de ver nuevos lugares. Sin embargo, su horario de trabajo suele ser mayor o más flexible, y si no hay oportunidad de tener tiempo libre durante el viaje habrá que pagarle una cantidad adicional o proporcionarle tiempo libre que sirva para compensar el perdido cuando se vuelva a casa. Como siempre, una planificación cuidadosa con anticipación contribuirá a que la niñera prepare con cuidado a los niños y éstos puedan viajar sin causar problemas.

Consideraciones generales

Ya ha pasado el tiempo en que las madres tenían que llamar a la puerta de la niñera para poder ver a sus hijos; pero la niñera de nuestros días aún espera recibir el respeto y el apoyo de su patrona y encontrar un mínimo de interferencias para realizar su trabajo. Muchos problemas pueden evitarse si se establecen los principios del cuidado de los niños –rutina diaria, dieta, horas de sueño y comidas, disciplina, si hay que pegar azotainas o no– en el momento del empleo, adhiriéndose a estos principios siempre que sea práctico hacerlo. Ninguna niñera se mostrará satisfecha si se levanta a un niño que esté plácidamente durmiendo para enseñarlo a los invitados. Su tarea consistirá en calmar a los niños que lloren y hacer que se duerman. De manera similar, si se atiborra a un niño de dos años con caramelos antes de la comida, no tendrá apetito para comer y estará llorando hasta la merienda. Este tipo de irrupciones en los planes son poco corteses para la niñera y trastocan a los niños. Si el culpable es un invitado o la abuela, será responsabilidad de la dueña de la casa evitar este tipo de cosas, pidiéndole tal vez su contribución para seguir los planes con el niño.

Mucho más que en el caso de otros empleados de hogar (excepto, tal vez, en el caso de una secretaria privada), una buena relación con la niñera puede contribuir a la paz mental y al estilo de vida. Si los niños están bien cuidados y contentos podrá dedicarse la atención a otros aspectos; si no lo están, el resto de su vida se verá interferida. Cuanto más cuidado y atención se ponga en la niñera y sus preocupaciones –que, al fin y al cabo, son los hijos de los dueños de la casa– más beneficios recogerán los patronos y los niños.

Ayuda materna

Si los padres desean tener más influencia en el diario cuidado de los niños, será mejor elegir una ayudante materna que una niñera. Esencialmente, una ayudante materna es lo que su nombre indica: una persona que ayuda en todos los aspectos del cuidado de los niños, pero que no asume una responsabilidad completa. No será necesario que esté titulada, pero deberá tener experiencia previa en ayudar a cuidar de los niños.

Obligaciones

La ayudante materna colabora en todas las tareas relacionadas con los niños; es decir, ayuda a hacer las compras, cocinar, servir la comida, llevarlos al colegio y demás actividades, jugando con ellos, leyéndoles cuentos, bañándolos y vistiéndolos, lavando, planchando, zurciendo, haciendo la limpieza de sus habitaciones y sala de juegos y cuidándolos en ausencia de los padres. También ayuda en algunas tareas ligeras de la casa, como pasar el aspirador, quitar el polvo, poner la mesa, hacer las camas y lavar los platos. No suele hacer trabajos pesados, como fregar suelos, limpiar ventanas, o trasladar muebles pesados.

Forma de vestir

La ayudante materna suele llevar ropas normales apropiadas para el cuidado de los niños, como pantalones vaqueros y faldas lavables.

Horario

La mayoría viven en la casa y el horario es aproximadamente el mismo que el de la niñera residente, con veinticuatro horas libres a la semana y un fin de semana al mes, además de tardes adicionales libres por acuerdo. También suele tener tres semanas de vacaciones al año.

Forma de tratamiento

No existe una forma tradicional de dirigirse a la ayudante materna, pero como suele ser una chica joven de menos de veinte años suele llamársela por su nombre de pila. Ella se dirigirá normalmente a sus patronos con los prefijos «Sr.»

y «Sr.ª» (o mediante el título si lo tienen), aunque en algunas casas los nombres de pila son recíprocos.

Chicas «au pair»

Las chicas *au pair* son muchachas de no menos de diecisiete años que van a otro país a aprender el idioma y vivir al mismo tiempo como un miembro más de una familia. Normalmente será tratada como una hija de la casa y ayudará con los niños y algo del trabajo ligero a cambio de mantenerla y darle algo de dinero (una asignación que cubra sus gastos, y que suele ser equivalente a la que se daría a una hija de la misma edad).

Obligaciones

Normalmente tendrá que realizar tareas similares a las de la ayudante materna: llevar a los niños al colegio, darles la merienda, jugar con ellos, hacer las camas, cuidarlos en ausencia de los padres, quitar el polvo, poner la mesa y, en general, ser de utilidad, aunque durante un tiempo inferior a cinco horas al día. Es normal permitirle que asista a clases de lengua inglesa y que dedique parte de su tiempo a estudiar.

Como compensación, ella vivirá como un miembro más de la familia, comiendo con los padres o los niños y participando en la vida familiar en todos los sentidos.

Horario

Es extremadamente flexible. La chica *au pair* dedicará una hora por la mañana para ayudar a vestir a los niños y hacer las camas e ir después a clase, volviendo por la tarde para pasear con los niños en el parque. Puede haber otro tipo de planes para el día, pero en ningún caso habrá que pedirle que dedique más de cinco horas a tareas de cualquier tipo. Recibirá además un día libre a la semana y un fin de semana al mes.

Forma de tratamiento

Véase en pág. 327 «Ayuda materna».

Consideraciones generales

Una chica *au pair* no es, hablando en sentido estricto, una empleada, aunque es esencial aclarar por escrito el programa de la familia y sus tareas; habrá que dejar esto bien claro en el momento de llegar a la casa, y antes si fuera preciso. Cada familia, incluso dentro de un mismo país, vive de manera diferente a las demás: unas familias se visten para el desayuno mientras que otras permanecerán en bata hasta tomar la segunda taza de café, por lo que merece la pena elaborar un programa con detalle. Por ejemplo: «Siete de la mañana, desayuno, correctamente vestida. Poner la mesa y hacer tostadas. Siete y media de la mañana, hacer las camas, etc.» Pueden evitarse muchos equívocos y contratiempos si se explica la rutina familiar al principio, y si es posible explicarlo en la lengua de la muchacha, mejor.

Las agencias *au pair* experimentadas consideran que son necesarios tres meses para que una chica se ajuste a una nueva familia, pero sólo unas semanas para que los niños se sientan felices con la extranjera. Sin embargo, cuanto más claras estén las cosas al principio mejor será la comunicación durante la estancia de la chica, además de ser rápida y suave su integración en la familia. El tipo de cortesía y consideración que se presta a una invitada extranjera en casa es igualmente importante en el caso de la chica *au pair*. Si se invierte algo de tiempo en averiguar qué es lo que puede hacer mejor (quizá sea una cocinera maravillosa o consiga lavar al perro con un mínimo de alboroto), encontrará su lugar más fácilmente.

Autoridad

Es importante que los niños comprendan que la chica *au pair* está a cargo de ellos cuando se le pida responsabilidad. Los padres deben dejar bien claro el tipo de disciplina que hay que imponerles. Los niños deben comprender además que ella es también una estudiante y no puede estar a su disposición cuando esté estudiando.

Intimidad familiar

Muchas familias sienten la preocupación de que la chica *au pair* estará a su lado todo el tiempo, interfiriendo en su intimidad. La mejor forma de evitar esto es ayudarla a que haga amistades y sea independiente. Podrá encontrar personas en clase, en las fiestas para estudiantes y también en actos culturales. Cuanto más activa sea más feliz estará y mayor será la probabilidad de que salga durante su tiempo libre (en lugar de estar sentada y aburrida en casa). Una televisión o tal vez un tocadiscos ayudará a que se sienta feliz en su propia habitación cuando esté en casa.

Novios

La otra preocupación principal son los novios. Muchas familias evitan el problema especificando que sólo podrán venir amigas a casa; si la chica *au pair* tiene novio, deberá encontrarse con él fuera de la casa. Por otra parte, como la mayoría de estas chicas son muy jóvenes, los dueños de la casa tienen generalmente un fuerte sentido de responsabilidad e imponen un firme toque de queda para que la joven no llegue tarde a casa. Pero este tema puede tratarse independientemente y por mutuo acuerdo, siempre que sea posible.

Generalmente, existen las mismas preocupaciones con la muchacha *au pair* que con una hija de la misma edad.

Señora de la limpieza

La señora de la limpieza puede contratarse por jornada completa (ocho horas al día, cinco días a la semana) o para algunas horas, pero en todos los casos se aplicará las mismas reglas. Se hace cargo de todas las tareas diarias necesarias para mantener limpia una casa, entre las que se incluye quitar el polvo, abrillantar, fregar suelos y superficies, pasar el aspirador, barrer, limpiar los baños y la cocina (incluido el horno), cambiar las camas y airear las sábanas. En algunas casas puede ser también responsable de lavar y/o planchar.

Una buena asistenta se organizará de manera eficaz, asignando cierto tiempo cada día o cada semana para tareas específicas. Habrá que comunicarle cuáles son las tareas más importantes en un determinado momento, advirtiéndole por ejemplo de la llegada de un invitado o de la celebración de una fiesta.

Almuerzo

Si su horario coincide, habrá que darle comida a la hora del almuerzo (si hay cocinera, ésta preparará también la comida de la asistenta).

La casa con servicio doméstico completo

Existen todavía algunas grandes mansiones, especialmente en el campo, que mantienen un servicio doméstico completo, incluyendo un lacayo, doncella, ayuda de cámara, chófer y doncella. Cada uno de ellos tiene una posición definida que ha cambiado poco a lo largo de los años.

Lacayo

El lacayo es realmente un mayordomo ayudante. Ayuda al mayordomo y se ocupa de muchas de las obligaciones que éste desempeñaría en una casa más pequeña, como anunciar las visitas, servir la mesa y limpiar la plata.

Doncella y ayudante de cámara

El ayudante de cámara y la doncella están cerca del dueño y de la dueña de la casa, recibiendo órdenes sólo de ellos, ayudándoles a vestirse, cuidando sus ropas y, en ocasiones, acompañándoles en sus viajes. En casas más pequeñas el mayordomo se ocupa de algunas de las tareas del ayudante de cámara y es posible encontrar un mayordomo de una casa grande que actúe como ayudante de cámara (limpiando los zapatos y cepillando y planchando los trajes) para otros señores en el tiempo que le sobre.

Doncella

El puesto de doncella es muy similar al de lacayo, excepto en el detalle de que recibe las órdenes de la señora de la casa y a veces ayuda a hacer las camas, zurcir, poner flores y otras tareas ligeras.

Chófer

Además de conducir el coche, el chófer es el responsable del mantenimiento del coche (o coches), haciendo que esté limpio, en buen estado de funcionamiento y disponible para la familia en todo momento.

Actualmente, muchos chóferes son empleados de una empresa en lugar de serlo de la persona que transportan; en estos casos no están, hablando en términos estrictos, al servicio de otros miembros de la familia.

Es frecuente hoy en día sentarse al lado del conductor, especialmente los hombres; la razón principal es que hay más espacio para las piernas en el asiento delantero.

PERSONAL TEMPORAL

En casas que no tienen servicio doméstico, o que sólo cuentan con una niñera externa, puede ser de gran valor contar con una ayuda temporal en caso de emergencias o durante fiestas especiales. Generalmente, es fácil conseguir personal temporal a través de las agencias o comentándolo con las amistades, que seguramente conocerán a alguien que haya hecho estos servicios. La mayor parte de los empleados temporales son profesionales competentes: Proveedores, cocineros, mayordomos y ayudantes de cámara experimentados con muchos años de formación en gran variedad de situaciones. Pero en ocasiones hay personas que se dedican a otras cosas y que hacen trabajos domésticos por horas: el joven que limpia las ventanas puede estar en la televisión a la semana siguiente y la niñera de agencia ser aspirante a violinista en el Conservatorio. Obviamente, los empleados por horas menos experimentados precisarán de algún tipo de consejo.

Es una norma de cortesía ofrecer una taza de té al llegar el empleado o poco después, y cuando sea apropiado, una bebida (a un cocinero, por ejemplo). No hay obligación alguna de acompañarles mientras beben.

Forma de tratamiento

El servicio doméstico temporal proviene de todo tipo de sectores y actualmente no tiene ningún sentido dirigirse a ellos como se hacía antes. Si alguien se apellida Jeeves, habrá que llamarle «Sr. Jeeves», a no ser que indique lo contrario. Algunos ayudantes de cámara o niñeras, especialmente si son jóvenes, dicen su nombre de pila cuando se les pregunta; si lo prefieren así, habrá que respetar sus deseos.

Es costumbre en todas las relaciones de negocios que los empleados se dirijan a sus patronos de manera formal, a no ser que se pida específicamente otro tipo de tratamiento.

Propinas

Algunas agencias de empleo pasan la factura a sus clientes después de prestar el servicio. Sin embargo, es más normal pagar personalmente al empleado; la comisión de la agencia se paga mediante factura aparte.

Los camareros, las niñeras y las señoras de la limpieza suelen cobrar por horas; algunos cocineros, según el número de personas para las que estén cocinando.

No hay obligación de dar propinas al personal temporal y no es normal hacerlo. Pero si pensamos que el servicio ha sido extraordinario o se ha prestado alguno adicional, una propina no estará fuera de lugar. En el caso de los cocineros o personas que permanezcan hasta bien avanzada la noche, una alternativa a la propina puede ser pagarles el taxi.

Empresas de suministro

A diferencia de las agencias de empleo, estas empresas suministran tanto el personal como el material —mesas, sillas, percheros, vajilla, ropa de mesa y demás elementos—. Si recurre a este tipo de empresas cuando se dan grandes fiestas, bodas y bailes.

Cocineras temporales

Las cocineras temporales planifican el menú, compran y preparan las comidas para cualquier número de personas (normalmente necesitarán ayuda si los comensales son muy numerosos). Pueden contratarse para una comida especial o para todo un fin de semana, una fiesta de cumpleaños o unas bodas de plata; pueden también ocuparse de la cocina en una fiesta campestre o hacer platos preparados para almacenar en el congelador.

La cocinera puede ser una persona que haya completado un curso del *Cordon Bleu*, el ama de llaves de una familia que esté fuera, o un ama de casa que desee ganar dinero adicional; hay que tener siempre en cuenta las capacidades de la cocinera y las circunstancias de la casa cuando se planifique el menú. La cocinera precisará saber con anticipación cuántos invitados se esperan, el tipo de formalidad que tendrá la ocasión, si es necesario o no servir en la mesa, qué ropas debe ponerse y si habrá o no personal adicional.

Mayordomos temporales

El mayordomo colaborará con el anfitrión en la selección de los vinos y otras bebidas, pondrá la mesa, preparará el lugar destinado a servir las bebidas y trasegará los vinos, servirá las bebidas antes de la comida y el vino en el transcurso de ésta; servirá la comida o dirigirá el servicio y ofrecerá licores una vez finalizada. También abrirá la puerta principal y anunciará a los invitados. Por otra parte, comprará el vino y otras bebidas, si se desea, y se asegurará de que la casa dispone de toda la cristalería precisa.

Camareros/camareras temporales

Los camareros y camareras profesionales sabrán cómo debe servirse la mesa. Si no son profesionales, será necesario darles algunas instrucciones (véase Cap. 6). Si hay mayordomo o cocinera, éstos estarán a cargo de los camareros o camareras.

La etiqueta en los deportes coincide virtualmente con sus reglas, la «estrategia psicológica», tolerable en los torneos importantes, está fuera de lugar en las partidas entre amigos.

En el Golf, la discreción y el silencio son preceptivos
durante las jugadas.

Encargados del bar

Si hay que servir bebidas, esta misión estará encomendada a un mayordomo o camarero especializado. Sin embargo, si se desean bebidas y combinaciones más complicadas o se dispone de una amplia variedad de bebidas, es esencial especificarlo al solicitar la persona encargada del bar. Es necesario también consultar con el encargado del bar antes del acto respecto a las bebidas que se servirán y asegurarse de que todos los ingredientes y vasos se encuentran al alcance de la mano.

Limpiadoras temporales

La mayor parte de las limpiadoras temporales prestan su ayuda para todo tipo de trabajos necesarios. Sin embargo, para tareas más pesadas de limpieza (trasladar muebles, limpiar ventanas) será necesario generalmente un hombre. Si hay que hacer un trabajo especializado, como planchar camisas o ropa, habrá que dejarlo claro con anticipación.

Niñeras

La mayor parte de las familias conocen, en su círculo de amistades, chicas jóvenes o señoras mayores a las que pueden llamar para cuidar a los niños en su ausencia; sin embargo, en ocasiones quizá sea necesario un acuerdo más formal. La mayor parte de las agencias de niñeras poseen listas que incluyen niñeras y otro tipo de personal especializado; pero, como siempre, cuanta más información se proporcione a la gente más fácil será conseguir la ayuda adecuada. Las niñeras suelen esperar que se les pague el taxi para volver a casa, debido a que trabajan hasta horas avanzadas de la noche. Es interesante averiguar qué forma de transporte pueden utilizar cuando se vayan.

15. DEPORTES Y JUEGOS

INTRODUCCION

La etiqueta en la mayor parte de los juegos y deportes es virtualmente un sinónimo de sus reglas. Tal vez la excepción más destacada esté constituida por los deportes campestres, ya que pueden ponerse en práctica las artes necesarias para practicarlos independientemente de la actividad considerada en sí misma. Las personas que vayan por primera vez a un coto de caza, o a tirar al faisán, aunque sean buenos jinetes o disparen bien, no estarán seguramente familiarizadas con los modales apropiados y los requisitos de seguridad que se han formalizado en un conjunto de conductas y convenciones aceptadas. Por tanto, este capítulo se dedicará principalmente a establecer las reglas no escritas de estos dos deportes cada vez más populares. Aunque pueda parecer al novato que hay multitud de advertencias innecesarias respecto a las cosas que pueden o no hacerse, con frecuencia referentes a la forma de vestir y de comportarse, estas normas han sido adoptadas a lo largo de los años para asegurar no sólo el éxito del día dedicado a los deportes, sino también la seguridad de los participantes.

Hay que decir unas palabras acerca de los juegos en que se incorporan normas de etiqueta a las reglas. En una época en que los deportes de todo tipo son cada vez más competitivos —y están más comercializados—, es posible participar en un determinado juego siguiendo las normas actuales pero olvidando la etiqueta. Algunas formas de estrategia psicológica, como romper la concentración del oponente, son cada vez más aceptables en diversos deportes. Son las muestras de consideración y buen humor las que caracterizan a un buen deportista y convierten la participación no sólo en un ejercicio físico y de destreza —por muy interesante que sea—, sino también en un acto social placentero; estas características se sacrifican con mucha frecuencia en aras del deseo de ganar. A continuación figuran algunos ejemplos que indican lo que está permitido en distintos deportes en cuanto al sacrificio de la deportividad en aras del interés puesto en el juego —o mejor dicho en la victoria—; se incluyen también algunos conocidos deportes en los que la etiqueta queda fuera de las normas del juego. Se supone que el lector tiene ciertos conocimientos del juego (excepto en los deportes campestres).

TENIS

La estrategia psicológica está imponiéndose en el tenis; discutir con el árbitro o con el público, incluso con el oponente, no sólo constituye un rasgo de poca deportividad, sino que es un método para impedir la concentración del adversario, hacer que se enfríe y provocar que pierda la ventaja que pueda tener. Aunque estas tácticas son difíciles de suprimir en partidos importantes, por ejemplo en Wimbledon, están totalmente fuera de lugar en un partido entre amigos.

GOLF

El golf es un juego aparentemente tranquilo y relajante; sin embargo, lo cierto es que cada vez que se golpea la pelota se siente el fracaso o el éxito y no hay nadie a quien echarle la culpa —el adversario, después de todo, juega en paralelo—. No está bien considerado estarse quieto y no ayudar cuando el adversario busca una pelota perdida, así como dar consejos que no haya solicitado el adversario o preguntarle en qué club aprendió a hacer una jugada determinada (de la misma forma que no se debe preguntar en el póquer al que tiene la mano si posee o no una determinada carta). Tampoco se debe hablar, toser o hacer ruido cuando el adversario vaya a golpear la pelota; habrá que tener también cuidado para permanecer en una posición que no distraiga al jugador —curiosamente, suele decirse que hay que permanecer a 90 grados del adversario—. Siguiendo el espíritu de la etiqueta del golf de esta forma, podrá reducirse la tensión del contrario, además de ser considerado como una compañía agradable.

JUEGO CON DINERO

Los juegos con dinero y los juegos de azar implican muchas formalidades; buena parte de los modales que se han convertido en reglas sirven para eliminar la posibilidad no sólo de hacer trampas, sino también de que existan dudas cuando el dinero o la reputación de alguien se ponen en tela de juicio.

Aunque es de esperar que el jugador esté familiarizado con las reglas del juego, los establecimientos de juego y los casinos especifican claramente sus reglas particulares respecto a la vestimenta y al comportamiento; no cabe duda de que aunque ofrecen al jugador comodidad, amabilidad y lujo, estos lugares tienen como única razón de ser la consecución de unos amplios beneficios a cambio de sus servicios.

En los establecimientos privados y en las casas particulares es necesario tener aún más presente la necesidad de adoptar buenos modales; hay que asegurarse de conocer todas las reglas del juego y no intentar tomar parte en juegos que sean desconocidos —además de ser irritante para los otros jugadores y para uno mismo, existe la posibilidad de perder dinero innecesariamente—. Hay que tener cuidado con las bebidas, vasos, vajillas y cigarrillos; tampoco hay que alborotar en la mesa o interferir el juego de otras personas.

La conversación que no se relacione con el juego está limitada y hay que tener cuidado de no sobrepasarse. Sobre todo, no hay que poner en duda los resultados al dar la vuelta a una carta o girar la ruleta: se puede ganar o perder, y en este último caso hay que poner buena cara y evitar demostrar demasiada decepción. También es igualmente tedioso para los otros jugadores demostrar demasiada alegría al ganar.

Pago de deudas

En lo relativo a las deudas, no es aconsejable negarse a pagarlas; las deudas del juego no pueden recuperarse legalmente, y la sociedad relega a las personas que no pagan, no invitándola a jugar en ocasiones futuras y considerándola como una persona que se ha comportado poco honorablemente.

CAZA CON ESCOPETA

Aunque casi todos los deportes activos tienen un elemento de riesgo, no existe deporte más peligroso que el tiro. Después de todo, un arma no tiene otra función que matar, y lo hará en cualquier dirección que se apunte. El tiro es, de hecho, peligroso; toda persona no experimentada que sea invitada a practicarlo deberá declinar la invitación. El anfitrión lo comprenderá y estará agradecido por no tener que verse en la situación de contar con una persona no experimentada entre sus compañeros de tiro.

Formación

¿Cómo se aprende a disparar? Tradicionalmente, los muchachos podían acompañar a sus padres o tíos durante los días de caza; ésta es la forma en que los hombres experimentados transmitían la formación necesaria.

Al principio, el muchacho se dedicaba a transportar bolsas de cartuchos y otros elementos necesarios y se le permitía cargar las armas. Existe también la oportunidad de que los muchachos vayan en una cacería organizada con los ojeadores, guardas, perreros para que aprendan a apreciar lo que sucede, trabajando con los perros y efectuando funciones de este tipo. La culminación de esta tarea educativa es el Día de los Muchachos, en que los tiradores mayores ofrecen sus puestos, dejando que los jóvenes tengan su primera oportunidad.

Las personas que no hayan tenido esta oportunidad por no pertenecer a una familia en la que se vaya de caza deben asistir a una escuela de tiro. Existen instituciones de este tipo, en las cuales no sólo se enseña a tirar, sino también las reglas de seguridad y los modales a seguir —ambas cosas están totalmente entrelazadas—. El principiante debe seguir el veredicto de su instructor acerca de si está preparado o no para aventurarse con un arma cargada, tanto si está sólo como en compañía de otras personas.

Manejo de la escopeta

Manejar la escopeta correctamente es, desde luego, el aspecto más importante de la etiqueta de la caza. Obviamente, un arma, tanto si está cargada como si no, no debe apuntarse hacia otro sitio que no sea el aire o el suelo.

Las armas habrán de llevarse a la espalda con el protector del gatillo hacia arriba; también podrán llevarse bajo el brazo con la boca del cañón apuntando hacia abajo.

Después de cargar la escopeta, cerrarla llevando la culata hacia los cañones: así apuntará al suelo y evitaremos que apunte inadvertidamente a alguien.

Como es imposible comprobar si una escopeta está cargada o no, existe la precaución de llevarla abierta con los cartuchos quitados para que los demás puedan ver que no hay peligro. Esta práctica es reciente; muchas personas aficionadas al tiro desde hace mucho tiempo consideran que su formación es suficiente para asegurar que sus escopetas están invariablemente vacías entre dos disparos. Sin embargo, teniendo en cuenta la cantidad de personas que se aficionan a este deporte, esta precaución sirve para un propósito útil. Como medida de seguridad, la escopeta debe estar siempre abierta cuando se entregue a alguien y descargada cuando se crucen vallas y zanjas, aunque implique perder una oportunidad para disparar. En una cacería organizada hay que descargar todas las escopetas entre una batida y otra, y no es apropiado disparar después de oír la señal de finalización de una batida o ir en búsqueda de una pieza herida o muerta con la escopeta cargada. (Las señales para comenzar y finalizar cada batida se efectúan mediante silbato o bocina y varían según las cacerías; es mejor preguntar antes de actuar.)

Cuando no estemos disparando, habrá que transportar la escopeta en una funda de cuero o lona.

El día de cacería

Normalmente, se cita a los invitados a las nueve o nueve y media de la mañana, con variaciones de media hora aproximadamente, según la época del año, luz del día y programa para la jornada. Es muy importante ser absolutamente puntual en las invitaciones para cazar —es mejor llegar media hora antes que con un minuto de retraso—. Una jornada de caza bien organizada requiere planificar muchas cosas, y los anfitriones no suelen esperar a las personas que llegan con retraso. Así, de nueve a nueve y media de la mañana significa reunirse a las nueve, salir a las nueve y media y estar cazando hacia las diez en punto.

Como muchas personas tienen que desplazarse grandes distancias para asistir a una jornada de caza, podrá ofrecerse una taza de café o té, pero es aconsejable llevar termos con estas bebidas.

Línea de fuego

En una jornada de caza organizada, las escopetas están en línea y la pieza es batida por un equipo de diez a veinte ojeadores que caminan en línea hacia las escopetas conduciendo la pieza de caza por delante de ellos. Por razones de seguridad, las escopetas se colocan a una distancia de 50 metros por lo menos, en posiciones que suelen estar indicadas por un número colocado en un palo o estaca.

El número total de escopetas en una jornada de caza puede variar entre seis y diez: si hay más de diez tiradores, no será posible manejar apropiadamente la jornada de caza. Antes de trasladarse hay que quitar los números para indicar que ha variado la posición de la escopeta; estas posiciones varían a lo largo del día para proporcionar una oportunidad a todo el mundo de estar en el centro y en los extremos —el lugar del centro suele ser el mejor—.

(Normalmente se añade el número dos después de cada incursión, por lo que el cuatro se convierte en seis en la siguiente batida, luego en ocho, y así sucesivamente.)

Forma de disparar

Cuando las escopetas estén en posición, se dará la señal para comenzar y podrá dispararse hacia las piezas de que se trate. Es costumbre que el anfitrión u organizador de la cacería explique el programa para la jornada antes de trasladarse; esto incluye detalles sobre las piezas a las que habrá que disparar y aquellas que no deberán ser tocadas.

Algunas cacerías de faisanes son para cazar machos y otras para cazar hembras. Algunas cacerías tienen vetada la caza de perdices después de Navidad, mientras que en otras se evita la caza de liebres y conejos. Normalmente, puede dispararse a las palomas silvestres, pero es una tontería hacerlo al comienzo de la batida, porque esto sólo serviría para alertar a las piezas de la presencia de escopetas. El anfitrión estará complacido si las escopetas consiguen matar animales como arrendajos o ardillas, pero disparar a los zorros es un tema delicado que varía según las cacerías, dependiendo del interés en la caza de zorros entre los asistentes y su relación con el cazador local. Si se acuerda disparar a los zorros, depende totalmente del individuo disparar o no, pues podría no importarle.

Comportamiento

Durante la batida, debe permanecerse lo más quieto y oculto que sea posible. Es, desde luego, muy importante no disparar en la dirección de las otras escopetas o de los ojeadores (que van por delante); tampoco habrá que blandir la escopeta a través de la línea de tiro. Esta forma de comportarse no sólo es una falta de educación, sino que resulta peligrosa; un cazador que proceda de esta forma podrá ser expulsado, no sin razón, de la cacería. Si un compañero de tiro maneja su escopeta de forma peligrosa, lo mejor es hacérselo ver lo antes posible, ya sea directamente o a través del anfitrión. Lo único que se conseguirá esperando hasta la hora del almuerzo para mencionar este detalle será crear una atmósfera poco placentera en la comida.

Durante una batida es importante recordar el número de aves abatidas o heridas y señalarlas para que puedan ser recuperadas después. Si pensamos que hemos dejado atrás una pieza herida o muerta, no hay que ir al siguiente puesto sin asegurarnos de que se está haciendo lo posible para recogerla.

Es poco correcta explicar extensamente las puntuaciones conseguidas —si se ha disparado bien, esto será evidente para los otros cazadores, igualmente que si se ha disparado mal—. Con bastante frecuencia, dos escopetas disparan y matan la misma pieza simultáneamente, al volar el ave a una distancia igual entre las dos y al escoger los dos cazadores el mismo momento para disparar. No se debe disparar hacia piezas que sean, evidentemente, de otro cazador debido a su proximidad, pero si no acierta o sólo consigue herir a la pieza, es correcto intentar matarla. En una cacería en que las aves sean abundantes constituye una muestra de deportividad intentar disparar hacia las piezas que vuelan más alto y que son más difíciles de acertar, dejando las aves que vuelen bajo para otro día. No demuestra mucha inteligencia abatir a un faisán, destrozándolo, a corta distancia; probablemente es peligroso y hace que el pájaro quede incomestible. Igualmente, no hay que disparar a los conejos o ardillas si un perro va tras las piezas; existen muchos casos de perros que han muerto por esto.

Batidas de perdices

Considerada por muchos como la forma reina de caza, tiene algunas peculiaridades propias. Las escopetas suelen situarse generalmente en una línea de puestos de piedra y turba en lugar de estacas numeradas. Estas aves vuelan rápido y a baja altura, siguiendo los contornos del coto y apareciendo repentinamente en determinados momentos. Este deporte es muy emocionante, e indudablemente es más peligroso que la caza del faisán, puesto que hay que hacer blanco a la altura de la cabeza. Naturalmente, está prohibido disparar en dirección a otros cazadores o cuando los ojeadores se aproximan al extremo de la zona donde se efectúa la batida, así como apuntar hacia la línea de puestos. Debido a la velocidad y reacciones imprevistas de estas perdices, no es tan fácil disparar sobre una que pueda pertenecer a un compañero de caza; de hecho, muchos expertos afirman que esto no es posible hacerlo en un coto de perdices. En cualquier caso, si se pierde el tiempo en buscar aves a cada lado se perderá seguramente la mejor oportunidad: cuando las aves vuelan directamente sobre el puesto.

Almuerzo

Las invitaciones a cazar deben especificar si los invitados tienen que llevar bocadillos o se dará un almuerzo; éste puede variar desde una merienda en el campo hasta una comida en un restaurante o en la casa del anfitrión. El almuerzo suele llevarse a cabo hacia la mitad de la jornada, pero puede decidirse, por razones de táctica, seguir cazando hasta terminar las batidas y almorzar al final, por ejemplo a las dos y media de la tarde. En este caso habrá un descanso a mediodía para tomar sopa y jerez y para que los ojeadores descansen. Es correcto llevar una botella de bolsillo en una jornada de caza, que puede contener coñac, ginebra, o whisky con agua.

Las capturas

Al final del día, cada cazador obtiene una pareja de todas las piezas que haya cazado; el resto suele venderse para pagar a los ojeadores y hacer frente a otros gastos. (Es posible comprar piezas adicionales al precio del mercado.) En la cacería de perdices, cada cazador suele recibir un par de ejemplares, uno joven y otro viejo (esto debe advertirse a la cocinera).

Propinas

Es usual, para aquellos que no son cazadores que asistan regularmente a una cacería, dar una propina al guarda al final del día de caza, generalmente cuando distribuye las piezas. Si se ha proporcionado un ayudante para cargar las escopeta, habrá que preguntar a los cazadores locales o al anfitrión cuál es la tarifa.

Agradecimiento

Si nos han invitado a una cacería, no debemos olvidar el detalle de escribir una carta de agradecimiento.

Términos de caza

Como puede deducirse del texto de este capítulo, la palabra *escopeta* no sólo se refiere al arma, sino también al cazador. La *batida* es la operación que realizan los ojeadores para que las piezas se dirijan hacia los puestos de caza; un *puesto* es el lugar donde permanece el cazador. Al final de la batida el guarda grita *«¡Alto!»*. Un grupo de faisanes se llama *bouquet;* las *capturas* (piezas matadas en un día) se cuentan por *pares* en el caso de las perdices. Los faisanes pueden contarse por *pares* o por *cabezas.* Los patos se cuentan por *parejas.*

Fiestas

Muchas jornadas de cacería constituyen la base de una fiesta, durante la cacería en algunos casos dos o tres días. En caso de que hayamos recibido una invitación para permanecer en la casa después de la cacería, hay que preguntar si es necesario llevar chaquetas especiales para la cena, ya que es fácil olvidarse de lo que se da por supuesto en la zona. Al llegar, puede que lo normal en la casa sea dejar las escopetas, botas, bolsa de cartuchos e impermeable en la sala de armas o, en el caso de una cacería de lagópodos, bajo el cuidado del guarda. (El equipo nos lo llevará el ayudante, si lo hay, en la primera batida.)

Las propinas habituales para los criados en una casa de campo se aplican también a las fiestas de cacería.

Ayudantes para cargar la escopeta

Si se dispone de una escopeta de doble cañón, es aconsejable preguntar al anfitrión si es posible conseguir una persona que ayude a cargar. Hay que tener en cuenta, sin embargo, que las escopetas de doble cañón necesitan una práctica considerable; no es aconsejable que los principiantes las utilicen.

Perros

Los perros añaden un considerable placer a la caza, pero también son capaces de estropearle una jornada a cualquiera. El hecho es que en una cacería bien organizada no es preciso llevar un perro, ya que habrá suficientes recogedores profesionales que recuperen la pieza. En una cacería más informal, los perros serán bien recibidos siempre que sean obedientes, silenciosos y realicen sus obligaciones adecuadamente. Los perros que no sean de presa no deben llevarse a una cacería. En caso de duda, dejarlo en casa aunque se quede triste.

Compañeros

Si deseamos llevar un compañero, hombre o mujer, que no vaya a disparar, hay que preguntar siempre con anterioridad, ya que esto no resulta aceptable en algunas cacerías y podría afectar también la organización del almuerzo, transporte y otras actividades. No hay que presentarse nunca con un compañero cuya idea sea cazar o «compartir» la escopeta: es usted quien ha sido invitado a cazar.

La persona que no va a disparar tiene que respetar algunas sencillas reglas. Utilizará las mismas ropas, como si se fuera a cazar. No hablará en la línea de fuego ni cuando se esté caminando para ocupar la posición. Preguntará a la persona que va a cazar dónde quiere estar exactamente, si desea sentarse o permanecer de pie: lo ideal es estar detrás de la escopeta y bastante cerca del tirador.

Aparte de tomarse interés en el deporte, hay tres cosas que le pueden pedir: mantener los cartuchos dispuestos para que la escopeta pueda cargarse más rápidamente, mantener a un perro sujeto de la correa y, lo que tiene mayor importancia, marcar la posición de las capturas para que, al final de la cacería, puedan recuperarse. Tanto el anfitrión como el guarda agradecerán que el invitado diga después de la batida: «Hay tantos delante y tantos detrás.»

Equipo de caza

Cualquier marca de escopeta es aceptable en una cacería, siempre que sea un modelo de doble cañón. Hay todavía un prejuicio poco razonable hacia los rifles, mientras que las armas automáticas son tabú: si no se puede abatir un faisán con dos cartuchos, es mejor marcharse. Hay que recordar que en diciembre y enero no hay mucha actividad en el campo, y muchos agricultores y terratenientes se van de cacería varios días por semana.

Para la mayoría de la gente, el calibre 12 es el preferido, pero también es aceptable el 16 ó el 20, siempre y cuando haya una adecuada provisión de cartuchos de este tipo. Por supuesto, quedarse sin cartuchos en seguida indica poca organización; aunque no hay dificultad en conseguirlos del calibre 12, será más difícil que alguien nos pueda prestar cartuchos del 16 ó del 20.

Otros elementos necesarios del equipo son una bolsa de cartuchos impermeable y un bastón de caza (bastón de asiento), además de un impermeable, botas y polainas. (Si el tiempo no se pone demasiado desagradable, es probable que la cacería continúe con la lluvia.) Antiguamente nadie se preocupaba de llevar impermeables y botas, ya que un grueso traje de lana y unas abarcas se consideraban indumentaria suficiente; sin embargo, no cabe duda de que, en un día frío, con las rodillas mojadas y el agua goteando por el cuello, es más difícil hacer puntería.

Una de las señales que delatan al principiante es la utilización de equipo nuevo o de diseños ostentosos —o simplemente poco conocido por los cazadores experimentados, que suelen llevar equipos muy parecidos—. La mayoría de los cazadores eligen impermeables de algodón y botas de goma verdes.

Ropa

El clásico traje de caza *tweed* puede parecer pasado de moda, pero es la prenda más adecuada para el campo.

Incluso su chaleco es preferible a los jerseys, ya que deja libres los brazos y protege el estómago y la región lumbar, zonas donde se manifiestan más los efectos del frío. Es sorprendente cómo combinan los tonos del traje *tweed* con los colores naturales del campo; esto sirve para camuflar al cazador. No obstante, no es necesario utilizar ropas militares o de camuflaje. Hay que evitar también las chaquetas con demasiados lazos o refuerzos de cuero. Los fabricantes de este tipo de prendas pretenden un aspecto deportivo en el usuario, pero sólo se conseguirá que los compañeros de caza se pongan nerviosos.

En muchas cacerías se utilizan cuellos almidonados y corbatas, mientras que en invitaciones informales bastará con llevar un jersey de cuello alto. Es de rigor utilizar sombreros: los más aceptables para la caza de faisanes son las gorras marrones flexibles, pero para la caza de perdices es mejor un sombrero con un perfil más bajo. Cuando hace mal tiempo pueden utilizarse gorros de lana y pasamontañas.

Palabras sabias

Tal vez las palabras definitivas sobre la etiqueta de caza y reglas de seguridad estén bien expresadas en el conocido poema que Mark de Beaufoy escribió para su hijo de trece años.

Nunca apuntes tu escopeta
hacia nadie que esté cerca:
aunque descargada esté,
a nadie habrás de apuntar.

Cuando cruces una valla,
la escopeta descargada.
Es mejor la previsión
que lamentar después un error.

La línea de fuego
jamás deberás cruzar.
Sé sagaz y ten cuidado,
si quieres conservarte sano.

A veces tras las hojas
ojeadores puede haber.
Ten cuidado y mira bien
antes de disparar.

No te muevas de tu puesto
ni hagas ruido torpemente;
las presas ven tu movimiento
y oyen inmediatamente.

Puedes acertar o no.
Pero nunca olvides esto:
Si tú matas un faisán, otro habrá de repuesto.
Pero ¿cómo sustituir
a un hombre que esté muerto?

MONTERIAS

La etiqueta que rige en las monterías es la más alta expresión de las reglas de caza que deben ser observadas para gozar de una jornada segura y feliz. Esto no quiere decir que ir de montería sea un deporte restrictivo: para el jinete, las monterías son emocionantes e incluso competitivas; para los que llevan perros, pueden ser igualmente emocionantes. Todo esto puede venirse abajo a causa de un comportamiento negligente o descontrolado. He aquí otra importante consideración: sólo se puede cazar sin estorbos con el permiso y cooperación de los terratenientes y agricultores propietarios del terreno. Esto significa que un conocimiento básico de la zona es tan importante como el de la caza en sí misma considerada. Después de haber estudiado lo que hay que hacer y lo que no debe hacerse, el consejo más importante para los principiantes que deseen aumentar sus conocimientos sobre la terminología de caza y los procedimientos de la misma es estar en silencio y mantener sus ojos, oídos y mente abiertos. Hay que recordar siempre que los monteros y guardas tienen conocimientos y experiencia que deben tenerse muy en cuenta en la jornada de caza.

16. VESTIDO

«Cualquier hombre sensato —decía Lord Chesterfield, caballero muy versado en los más sutiles matices de modas y modales— evita cuidadosamente todo tipo de características peculiares en su indumentaria.» Anthony Trollope, novelista de la época victoriana, era de igual opinión: «Mantengo que el caballero mejor vestido es aquel cuya indumentaria pasa desapercibida.» Beau Brummel, árbitro de la elegancia de esa época, consideraba que cualquier detalle de la indumentaria que atrajera la atención de los demás revelaba una lamentable falta de gusto.

Aun cuando existe actualmente una flexibilidad considerable en el grado de informalidad o comodidad que se observa en los distintos grupos sociales, estas máximas pueden aplicarse, en términos generales, a la indumentaria de los hombres, que ha permanecido relativamente estática y que evolucionó lentamente para dar lugar a los distintos estilos actualmente aceptables. Por tanto, es más fácil regular la indumentaria masculina que la femenina.

La moda para mujeres tiene menos restricciones en cuanto a la hechura, pero es más difícil de definir en líneas generales. Desde la década de los 60, ha habido una gran incidencia de la fantasía, ha existido una revolución en lugar de una evolución y la personalidad auténtica es muy bien aceptada ahora en los círculos de la moda. Los errores de juicio, a no ser que sean muy evidentes, constituyen simplemente una muestra del carácter o una variante nueva en la moda antes que una grave equivocación. La edad y la figura en lugar de las normas sociales son, con mucho, las preocupaciones actuales más inmediatas para

Los juegos con dinero y de azar, exigen formalidad y reglas estrictas para eliminar la posibilidad de situaciones incómodas que afectarían la reputación de los actores.

El «jogging», ejercicio físico tan en boga, puede constituir, realizado en compañía, un hecho social grato.

la mujer. Excepto en las ocasiones más formales o tradicionales, los convencionalismos tienen muy poca aplicación hoy en día.

Motivación

Son pocas las personas que se visten exclusivamente para complacerse a sí mismas; la mayoría se dejan llevar, en cuanto al estilo de vestir, por el comportamiento normal del grupo al que pertenecen y por los amigos con los que se relacionan. Y, por supuesto, las convenciones respecto a la forma de vestir apropiada varían según las profesiones: Una agencia de publicidad admitirá una actitud más relajada en cuanto a la forma de vestir de sus empleados que un banco o un bufete de abogados. El director artístico de una revista se sentirá probablemente obligado a expresar su carácter e individualidad mediante excentricidades en su forma de vestir, ya que eso es lo que se espera de él. Ha de atenerse a una autoimagen además de a una imagen que viene impuesta por los demás, de la misma forma que un director de banco propicia la confianza mediante una manera más sobria de vestir. Cada uno de ellos tiene un interés profesional en promocionar un aspecto de su carácter sobre el otro, y la forma de vestir contribuye a esto.

Con mucha frecuencia, los hábitos en el trabajo se proyectan sobre la vida social. Solemos asociarnos con amigos que tienen una mentalidad parecida en cuanto a las actitudes sociales y que comparten, hasta cierta medida, intereses comunes; nuestro estilo de vestir refleja también nuestras elecciones sociales. Esto es particularmente cierto en los jóvenes (de cualquier edad entre los adolescentes y los treinta años). Se visten de una forma que es aceptable para sus amistades y forman una sociedad tan rígida e inflexible como cualquier otro grupo unido de personas que compartan las mismas aspiraciones y puntos de vista. Forzar a un joven a vestir de forma inaceptable para su propia sociedad le conduce casi siempre al aislamiento. A partir de los veinticinco años, la vida social tiende a formalizarse un poco, y se adoptan con gusto algunas convenciones que observa la mayoría de la población adulta.

Así, la forma de vestir tiende a reflejar que la persona pertenece a una sociedad determinada o que aspira a pertenecer a la misma. En este caso, la moda es la que dicta las convenciones y la belleza está exclusivamente en los ojos de aquellos a quienes deseamos impresionar.

Conflictos

La forma de vestir de los grupos no es nada nuevo. Todos estamos familiarizados con las convenciones de clase que produjeron ropas populares o campesinas y asociamos la uniformidad con las escuelas y con la vida militar. Han existido leyes que prohibían a las personas de clase y medios inferiores utilizar telas lujosas como *corduroy* (literalmente, ropa de reyes). La fragmentación de los hábitos contemporáneos de vestir está basada principalmente en grados de comodidad y no tiene nada que ver con la clase en el sentido usual; pero implica exclusividad y, por ello, pone en peligro la armonía social. Cuando se usa una determinada indumentaria, incluso de manera inadvertida, que constituye un signo de pertenencia a un grupo, se convierte en un vestido tribal. La más mínima confrontación puede causar consternación: un agente de bolsa y su esposa, por ejemplo, que vayan vestidos respectivamente con un traje de tres piezas y una falda larga de noche pueden sentirse incómodos y desmoralizados en una fiesta de un productor de televisión en la que todos los invitados vayan en pantalones vaqueros y ropas de montar en motocicleta. Nadie puede evitar estas cosas desde el momento en que existe una forma de vestir sectaria. El anfitrión o la anfitriona que sea considerado puede ayudar a evitarlo indicando cuando inviten a personas que no estén familiarizadas con su estilo de vida, en la medida de lo posible, la naturaleza de la fiesta y el grupo de personas que estará allí.

INDUMENTARIA MASCULINA

Dentro de las normas convencionales de vestir, tanto de manera desenfadada como formal, se observan ciertas reglas básicas que incluyen matices sobre cosas tan aparentemente inconsecuentes como los botones del chaleco o los pañuelos. Desde luego, es posible burlarse de las normas y adoptar una actitud excéntrica; pero si este tipo de independencia no se basa en un conocimiento de lo que resulta apropiado, existe el peligro de cometer una incongruencia.

Trajes

Cada vez más, las reglas sobre la forma apropiada de vestir en el trabajo se van relajando, pero aún es normal en la mayoría de las oficinas llevar un traje oscuro. La moda y la figura dictarán si el traje debe ser sencillo o cruzado, o constar de dos o de tres piezas. Los trajes cruzados suelen favorecer a las personas más gruesas. Al sentarse, es correcto desabrochar el botón inferior de la chaqueta para evitar arrugas en la tela. Hay que volver a abotonar la chaqueta al levantarse; en ningún momento debe haber más de dos botones abrochados, ya que los dos botones superiores son meramente decorativos. En un traje sencillo sólo se abrocha un botón, el central.

Los trajes de ciudad deben estar hechos de tejido de buena calidad –lo ideal es que sean de pura lana con estambre– y de color apagado. Si no es liso, el diseño debe ser discreto –rayas, cabezas de alfiler, cuadros–, y aunque el gris y el azul marino son los colores más tradicionales de los trajes, el marrón es también popular –aunque no debe usarse en las ocasiones formales–. Los trajes de *tweed*, aunque son aceptables, no suelen verse en las ciudades, excepto algunos viernes, cuando el que lo lleva se va al campo durante el fin de semana. Una combinación de chaqueta deportiva y pantalón de franela en la ciudad suele significar que la persona que lleva esta indumentaria es americana o europea.

Las chaquetas de los trajes deben ser lo suficientemente largas para cubrir el asiento de los pantalones, y deben colgar a la misma altura por todo el contorno. Las mangas de la chaqueta deben llegar hasta la base de las manos cuando los brazos están rectos, y las solapas adaptarse bien a la parte posterior del cuello, con un centímetro aproximadamente de cuello de la camisa sobresaliendo por encima de la solapa de la chaqueta. Los puños de la camisa deben sobresalir aproximadamente un centímetro por debajo de las mangas de la chaqueta.

El extremo inferior de la pierna del pantalón descansa sobre la parte delantera del zapato y debe ser un poco más larga por la parte posterior. En un traje bien hecho, casi todos los botones deben tener una función; los botones de los puños, por ejemplo, sirven para poder remangar el traje para lavarse las manos.

Chaleco

Si se utiliza chaleco, el botón inferior suele dejarse desabrochado.

Bolsillos

No es correcto poner objetos en el bolsillo superior externo de un traje de ciudad, tanto si se trata de pañuelos como de bolígrafos; ni tampoco poner la cartera en el bolsillo posterior de los pantalones. La cartera se coloca en el bolsillo interior de la chaqueta, al igual que los bolígrafos y plumas, y el pañuelo se lleva en la manga de la chaqueta (fuera de la vista) o en un bolsillo interior.

Camisas y corbatas

Las camisas correctas con trajes de ciudad son las de color blanco, las de tonos pastel suaves, las de rayas o las de cuadros discretos. Con trajes *tweed* o ropas informales, los diseños pueden ser más atrevidos, no siendo necesario llevar corbata. Se dice que con un traje de ciudad es esencial llevar corbata, y la regla general es que las corbatas con dibujos se llevan con camisas lisas, y viceversa. Llevar corbata o pajarita es cuestión de gusto personal, pero si se lleva corbata hay que anudarla para que el triángulo de la parte delantera final de la corbata no sobrepase la cintura de los pantalones.

Zapatos

En la ciudad, los zapatos con cordones o hebillas son apropiados cuando se lleva traje oscuro. Los zapatos sin cordones de tipo mocasín son también populares, pero deben ser lisos y sin adornos. Con trajes grises o azul marino, es correcto llevar zapatos negros; con traje tipo *tweed* o marrones, suelen llevarse zapatos marrones. Las mujeres, que son excelentes conocedoras del carácter, suelen decir que pueden juzgar a primera vista a un hombre por sus zapatos; como a veces es ésta la única prenda de vestir que elige por sí mismo, merece la pena hacer caso de esta observación.

Calcetines

Deben ser lo más lisos posible —sin franjas en la parte superior—, y de colores oscuros, aunque con trajes *tweed* pueden utilizarse diseños más atrevidos.

Sombreros

Los sombreros están desapareciendo. Incluso el tradicional sombrero hongo se utiliza raramente en la ciudad, y excepto en ciertos actos muy formales en que es necesario su uso, no hay necesidad de llevarlo. Las gorras son aún muy populares en el medio rural. Los hombres no deberán llevar sombreros nunca en el interior de una casa.

Ropas para el campo

Fuera de la ciudad, lejos de la oficina, se permite mayor tolerancia. La norma es, como siempre, vestir por «debajo» más que por «arriba»; muchos hombres prefieren la comodidad a cualquier forma de convención social. Lo cómodo puede ser llevar unos pantalones vaqueros viejos y una camiseta abierta; pocos atavíos son más apropiados para las necesidades normales del tiempo dedicado al ocio o del destinado a las tareas domésticas. La alternativa tradicional es, desde luego, unos pantalones de franela y una chaqueta tipo *tweed*. Los distintos deportes tienen diversos equipos de vestir para obtener flexibilidad; la mayor parte de las ropas deportivas tradicionales han surgido por razones prácticas. (Véase Cap. 15.)

Ropa formal

Hay todavía cierto número de ocasiones en que se utiliza la indumentaria tradicional de mañana o de tarde; estos actos van disminuyendo y la conveniencia de utilizar esta indumentaria va haciéndose algo voluntario. La ropa de los tribunales ha desaparecido totalmente, excepto para ciertos funcionarios y acontecimientos especiales en la profesión de la abogacía. El traje completo de tarde, o frac, se utiliza raramente en los bailes de sociedad, aunque se pueden ver en ocasiones en cenas oficiales o actos solemnes de empresa. Las chaquetas de cena (o esmoquin) aparecen muy pocas veces en las cenas, pero son normales en los bailes de cierta formalidad. Cualquiera que sea la ropa que se utilice por la mañana o por la tarde, hay algunas normas rígidas respecto a lo que se debe utilizar y cómo hay que llevarlo.

Chaqué

Se lleva aún en investiduras, coronaciones, en la apertura del Parlamento, en bodas, así como para otros actos especiales. Para las instrucciones específicas, véase el acto concreto.

La forma más tradicional de chaqué consta de una levita negra de mañana y unos pantalones a rayas o, a veces, pantalones de cuadros blancos y negros. Es esencial un sombrero negro, y es correcto llevar guantes amarillos de gamuza. Los zapatos deben ser de cuero negro u *oxford;* un chaleco liso de tejido fino de lana, una camisa blanca con los cuellos almidonados, una corbata plateada y un alfiler de corbata rematado en una perla completan la indumentaria.

Traje completo de noche

El traje completo de noche, frac, es poco frecuentemente exigido, excepto para actos muy formales. Consta de una levita negra con faldones, camisa blanca piqué con cuello aparte y corbata de lazo blanca con chaleco. Los pantalones negros tradicionales tienen dos hileras de galón negro en la parte exterior de las perneras. Se usan gemelos de oro, perla o madreperla y, hablando en sentido estricto, los zapatos deben ser escarpines de cuero cortesano, aunque hoy en día son bastante normales los zapatos tipo *oxford*.

En general, es apropiado llevar encima un abrigo sencillo del tipo *chesterfield* o una capa. Puede añadirse una nota elegante con una chistera de seda negra, guantes blancos de piel y un bastón negro de ebonita con empuñadura de oro o plata.

Traje de noche

Esta indumentaria se llama en la conversación «chaqueta de cena» y en las invitaciones esmoquin. Comprende una chaqueta negra con pantalones a juego. Los pantalones llevan un galón negro en la parte exterior de las piernas. La camisa puede ser de piqué blanco o plisada en la parte delantera, y se complementa con una corbata de lazo negra de seda o terciopelo. Si se utiliza chaleco, suele ser normalmente negro. La alternativa al chaleco es una banda negra de seda (nunca se usan juntos el chaleco y la banda). Una chaqueta de doble peto implica la necesidad de usar ambas cosas. Los zapatos deben ser siempre negros, como los calcetines.

En los climas cálidos o en las noches de verano se suele utilizar una chaqueta de cena blanca con pantalones negros y banda.

Opciones

Cada vez se utilizan más los trajes completos negros normales en lugar del esmoquin. También se ven cada vez con más frecuencia chaquetas de terciopelo y pajaritas o trajes negros de seda. Vuelven los motivos navales como variantes de moda en las cenas convencionales, al igual que las camisas poco formales; sin embargo, a no ser que pensemos que nuestro medio nos permite llevar este tipo de ropas, es mejor seguir las restricciones mencionadas al principio de este capítulo.

Joyas

Caso de llevarlas, las joyas deben ser sencillas y discretas. Esto debe ser así tanto si se utilizan para ocasiones formales como si se llevan a diario; con ropas informales hay una tendencia moderna a que los hombres utilicen joyas más ostentosas de lo que había sido aceptado en el pasado. La elección de las joyas a utilizar y su combinación con la ropa es cuestión del gusto personal. Los trajes sobrios requieren joyas sencillas, mientras que las ropas más desenfadadas pueden requerir o permitir accesorios más complicados.

La norma general es que habrá que utilizar un sello en el dedo meñique de la mano izquierda. Puede utilizarse, según los gustos, un reloj de muñeca o de bolsillo. Los gemelos pueden ser lisos o con protuberancias, y normalmente están hechos de algún metal precioso; muchos hombres prefieren simplemente botones, evitando los gemelos excepto en actos formales.

Condecoraciones y medallas

Las condecoraciones y medallas pueden utilizarse en aquellas ocasiones en que la persona sea responsable de la función que representan. Tales ocasiones se indican en la tarjeta de invitación. He aquí las condecoraciones y medallas apropiadas con cada tipo de ropa:

Traje completo de noche

Los caballeros de las distintas órdenes de caballería llevan las cintas e insignias de la orden a que pertenecen, a no ser que en ciertas ocasiones sea más apropiado llevar la insignia de una orden extranjera.

Pueden llevarse hasta cuatro estrellas en el lazo izquierdo de la chaqueta y, además, una insignia en el cuello sobre una cinta muy estrecha, que puede colgar justo por debajo de la corbata.

Las insignias en miniatura de órdenes, condecoraciones y medallas se llevan en una faja de metal.

Chaqueta de cena

Si se prescriben condecoraciones en la invitación, se utilizan en miniatura; puede utilizarse una estrella en la parte izquierda del pecho y/o una insignia de cuello sobre una banda estrecha que cuelgue por debajo de la corbata.

Chaqué

La utilización de condecoraciones y medallas con los chaqués es bastante rara y debe indicarse en la invitación. Si así fuera, podrán utilizarse hasta cuatro estrellas de tamaño natural y condecoraciones y medallas montadas sobre una faja en el lado izquierdo de la chaqueta.

Trajes de diario

En algunas ocasiones es costumbre llevar insignias y medallas de tamaño natural montadas sobre una faja en el lado izquierdo de la chaqueta. En estas ocasiones puede utilizarse una insignia de cuello si no se llevan insignias y estrellas en la chaqueta.

INDUMENTARIA FEMENINA

Ya ha pasado la época en que casi todas las horas de ocio de una mujer las monopolizaba la costurera, la peluquera y la vida social. También han quedado atrás los tiempos en que tenía la responsabilidad de reflejar, a través de su vestido y aspecto, la posición y riqueza de su marido. La vida actual está llena de ocupaciones de otro tipo y no hay tiempo para observar detallada y escrupulosamente todos los rituales y ropas que se utilizan en sociedad. Como otras muchas preocupaciones, se han simplificado casi en proporción inversa a la complejidad de las demandas de las otras áreas de la vida de una mujer ocupada. Las normas respecto a la forma correcta de vestir para casi todas las ocasiones formales se han reflejado considerablemente.

La norma general para vestir solía ser admitir que es

preferible la sencillez a las ropas complicadas. Conocidas ahora las líneas que ha seguido la forma de vestir en las mujeres, se ve que esto ha quedado superado en cierta medida por el consejo de vestirse según la propia personalidad, combinando el humor con la ropa; sin embargo, si se está en duda respecto a las circunstancias y el estilo de una ocasión, es aconsejable aún hoy abstenerse de usar ropas demasiado complicadas. La ropa y la credibilidad social van totalmente unidas, y presentarse en una fiesta con vestidos complicados cuando todo el mundo lleva vaqueros es peor que hacer lo contrario, puesto que indica que se ha dado demasiada importancia a la ocasión.

La consideración más importante que todas las mujeres deben tener en cuenta —y que normalmente tienen— al elegir el vestido es que las personas tienen que mirarse unas a otras, por lo que es una muestra de cortesía hacer que el aspecto sea lo más agradable posible. Esto puede conseguirse en parte mediante una apreciación correcta de la edad, estatura y peso, y mediante la firme determinación de evitar un aspecto desgarbado. A las mujeres muy gruesas no les sientan bien los colores fuertes, los dibujos grandes ni los vestidos apretados, aunque un sorprendente número de ellas los utilizan. Los escotes y los vuelos hacen parecer necias a las personas de edad. Las tendencias de la moda favorecen a las mujeres jóvenes y delgadas, aunque estas modas no son ya dictadores a quien obedecer en lo que debe utilizarse; una mujer puede desarrollar un estilo de vestir que se acomode a su propia edad, figura y estilo de vida. Esta es la definición moderna de una mujer bien vestida.

Individualidad

Para todas las funciones sociales, en cualquier parte que se desarrollen éstas existe siempre una norma y, a no ser que usted sea aventurera por naturaleza —y valorada como tal—, su estilo de vestir no deberá apartarse muy radicalmente del de las otras personas con las que está en contacto. Vestir, como se ha dicho, es, en parte, un índice de la pertenencia a un grupo determinado, por lo que un excesivo despego de las convenciones puede interpretarse como si se dijera: «Usted no es mi tipo» o «Yo no soy como ustedes», lo que constituye una obvia violación de los buenos modales, aun cuando dichas cosas no se expresen directamente.

Ropa de diario

Los hombres y las mujeres se visten cada vez más de manera parecida. Las mujeres suelen sentirse más cómodas con blusa, jerseys y pantalones vaqueros o normales para pasear, conducir, hacer las compras, hacer las labores de la casa o relajarse. Muchas mujeres llevan pantalones vaqueros para trabajar; esto, desde luego, depende del ambiente laboral. Las mujeres que trabajan deben vestirse por las mañanas para hacer frente a todas las eventualiades del día y de la tarde, al igual que los hombres: reuniones de negocios, entrevistas, almuerzos, recepción de clientes o invitados, fiestas y salidas al teatro o a cenas. Lo mejor es vestir de una manera sencilla: un vestido elegante o un traje de chaqueta, una falda y una blusa o chaqueta y pantalones. Las múltiples elecciones que se abren para las mujeres —al igual que para los hombres— tienen ventajas e inconvenientes. Complica la solución, pero proporciona también la libertad de adaptarse a diferentes formas de vida y estilo personal.

Pantalones

Los pantalones pueden llevarse casi en todas partes, aunque existen aún ciertos reductos de resistencia donde los pantalones en la mujer son recibidos con poco agrado. En estos casos, es más sencillo acomodarse a las circunstancias, y de existir dudas sobre la conveniencia de llevar pantalones habrá que comprobarlo primero.

Ocasiones especiales

Pueden llevarse vestidos diáfanos o largos, si así se desea, en una fiesta al aire libre, pero lo normal es llevar vestidos cortos o trajes de chaqueta. En las bodas ya no es necesario llevar trajes y sombreros complicados, viéndose muy raramente chaqués en ellas. En los funerales, a no ser que pertenezcamos a la familia del fallecido o seamos amigos íntimos, es más frecuente llevar colores grises o en tonos apagados (véase también ese particular acontecimiento).

Vestido de noche

Cuando una invitación indica la posibilidad de ponerse los mejores atavíos, muchas mujeres se muestran muy felices. Es un tributo a los anfitriones demostrar que nos hemos tomado la molestia de vestirnos para la ocasión a la que han tenido la amabilidad de invitarnos. Bailes, galas y cualquier invitación que estipule «traje de etiqueta» para los hombres significa que las mujeres deben llevar algo festivo. Pueden llevarse vestidos largos o cortos, o incluso pantalones de tarde, según la moda y las preferencias; pero estas ropas deben ser de una tela o diseño muy finos, para demostrar que la ocasión es especial.

Guantes

Si antiguamente los guantes eran el signo de una mujer bien educada, hoy se han convertido en accesorios opcionales, volviendo a su objetivo original de mantener calientes las manos. Pero cuando se llevan como parte de la indumentaria hay ciertas normas que deben respetarse: los guantes muy largos o muy cortos se llevan con vestidos de manga corta o sin mangas; con mangas de tres cuartos, los guantes deben llegar a la manga, que a su vez ha de sobrepasarlos ligeramente. Los guantes blancos de piel, como los que solían llevarse en los bailes, no se ven mucho actualmente, excepto tal vez en presencia de personas de la familia real. Cuando se utilicen hay que dejarlos puestos si se baila o se saluda, y quitárselos del todo para comer.

Sombreros

Los sombreros no son ya necesarios ni siquiera en las ocasiones más tradicionales, aunque algunas mujeres prefieren adherirse a la tradición y llevarlos en bodas y fiestas al aire libre. Desde luego, forman parte del acontecimiento y de la decoración de la escena. La única regla importante a observar al escoger un sombrero para un espectáculo es que habrá otras personas sentadas detrás de nosotros, por lo que no deben ser de un tamaño excesivo para no impedirles la visión.

A diferencia de los hombres, las mujeres pueden llevar, por supuesto, sombreros en el interior de las casas, y generalmente los tienen puestos en las casas de otras mujeres.